伟大的19世纪

重返文学的正典时代

毛 亮
陈以侃
毛 尖
等著

生活·讀書·新知 三联书店

Copyright © 2025 by SDX Joint Publishing Company.
All Rights Reserved.
本作品版权由生活·读书·新知三联书店所有。
未经许可，不得翻印。

图书在版编目（CIP）数据

伟大的 19 世纪：重返文学的正典时代 / 毛亮等著. 北京：生活·读书·新知三联书店，2025. 8. --（三联生活周刊·中读文丛）. -- ISBN 978-7-108-08038-7

Ⅰ . I106.4

中国国家版本馆 CIP 数据核字第 20256KE226 号

责任编辑	蔡雪晴
装帧设计	薛　宇
责任印制	卢　岳
出版发行	生活·讀書·新知 三联书店
	（北京市东城区美术馆东街 22 号 100010）
网　　址	www.sdxjpc.com
经　　销	新华书店
印　　刷	河北鹏润印刷有限公司
版　　次	2025 年 8 月北京第 1 版
	2025 年 8 月北京第 1 次印刷
开　　本	880 毫米 × 1230 毫米　1/32　印张 10.5
字　　数	245 千字
印　　数	0,001－5,000 册
定　　价	68.00 元

（印装查询：01064002715；邮购查询：01084010542）

总　序

李鸿谷

杂志的极限何在？

这不是有标准答案的问题，而是杂志需要不断拓展的边界。

中国媒体快速发展 20 余年之后，网络尤其智能手机的出现与普及，使媒体有了新旧之别，也有了转型与融合。这个时候，传统媒体《三联生活周刊》需要检视自己的核心竞争力，同时还要研究它如何持续。

这本杂志的极限，其实也是"他"的日常，是记者完成了 90% 以上的内容生产。这有多不易，我们的同行，现在与未来，都可各自掂量。

这些创造力日益成熟，下一个有待突破的边界在哪里？

新的方向，在两个方面展开：

其一，作为杂志，能够对自己所处的时代提出什么样的真问题？

有文化属性与思想含量的杂志，重要的价值，是"他"的时代感与问题意识。在此导向之下，记者以他们各自寻找的答案，创造出一篇一篇文章，刊发于杂志。

其二，设立什么样的标准，来选择记者创造的内容。

杂志刊发，是一个结果，这个过程的指向，《三联生活周刊》期待那些被生产出来的内容，能够被称为知识。以此而论，在杂志上发表不是终点，这些文章，能否发展成一本一本的书籍，才是检验。新的极限在此！挑战在此！

书籍才是杂志记者内容生产的归属，这源自《三联生活周刊》的一次自我发现。2005年，周刊的抗战胜利系列封面报道获得广泛关注，我们发现，《三联生活周刊》所擅不是速度，而是深度。这本杂志的基因是学术与出版，而非传媒。速度与深度，是两条不同的赛道，深度追求，最终必将导向知识的生产。当然，这不是一个自发的结果，而是意识与使命的自我构建，以及持之以恒的努力。

生产知识，对于一本有着学术基因，同时内容主要由自己的记者创造的杂志来说，似乎自然。我们需要的，是建立一套有效率的杂志内容选择、编辑的出版转换系统。但是，新媒体来临，杂志正在发生的蜕变与升级，能够持续，并匹配这个新时代吗？

我们的"中读"APP，选择在内容升级的轨道上，研发出第一款音频视频——"我们为什么爱宋朝"。这是一条由杂志封面故事、图书、音频节目，再集结成书、视频的系列产品链，也是一条艰难的创新道路，所幸，我们走通了。此后，我们的音频课，基本遵循音频-图书联合产品的生产之道。很显然，所谓新媒体，不会也不应当拒绝升级的内容。由此，杂志自身的发展与演化，自然而协调地延伸至新媒体产品生产。这一过程结出的果实，便是我们的"三联生活周刊"与"中读"文丛。

杂志还有"中读"的内容，变成了一本一本图书，它们是否就等同创造了知识？

这需要时间，以及更多的人来验证，答案在未来……

目 录

引 言　为什么说19世纪是文学的正典时代？　余斌　1

　　不近不远的19世纪　3
　　小说的登顶　8
　　现实主义不是标签　16

第一讲　歌德：德国文化精神的代表　胡蔚　23

　　人中之至人　25
　　站在新旧时代的门槛上　30
　　悲剧《浮士德》：历史渊源与叙事框架　34
　　《浮士德》中的救赎与永恒女性　38
　　"来世论"与云的形变　43

第二讲　简·奥斯丁：婚姻诗学的开拓者　毛尖　51

　　贫穷摧毁爱情，但我们过好了各自的一生　53

浪漫主义时代的"经济学家" 58
　　资产阶级的启蒙诗学 64
　　散文的莎士比亚与资产阶级喜剧 69

第三讲　司汤达：在浪漫主义与现实主义之间　　王斯秧　75

　　真话与假话 77
　　诗人–哲学家：情感与理性 85
　　《红与黑》中的现实主义与浪漫主义 93
　　主观现实主义 100
　　地理高度与精神性 107

第四讲　巴尔扎克："人间喜剧"的缔造者　　董强　117

　　被碎片化、被神化的巴尔扎克 119
　　脱胎换骨的小说 125
　　《人间喜剧》：一座庞大而有机的建筑 132
　　从《高老头》到《幻灭》 140
　　"幸福的西西弗"：巴尔扎克的现代意义 147

第五讲　爱伦·坡：19世纪哥特小说代言人　　马凌　157

　　命运多舛的黑色大师 159
　　南方·哥特·黑森林 166
　　变态，是人类对自我折磨的渴望 175
　　他所发现的宇宙 182

第六讲　狄更斯：用放大镜看世界的现实主义
小说家　乔修峰　193

运用"最高比较级"的小说家　195
儿童是成人视角的盲区　197
"远大前程"的幻灭和忏悔　200
重塑英国"绅士"的定义　206

第七讲　托尔斯泰：19世纪俄国文学的巅峰　石一枫　211

《安娜·卡列尼娜》：人类巅峰时期的巅峰之作　213
两对三角恋与一个真圣徒　220
名著的艺术震撼　226
爱情是最符合人性的东西　232
谁是你心中的安娜　235

第八讲　亨利·詹姆斯：书写美国文明的核心价值　毛亮　241

亨利·詹姆斯的文学生涯　243
《小说的艺术》与詹姆斯小说创作的成熟　245
个体与社会秩序之间的紧张　251
美国女孩的人生戏剧　254
伊莎贝尔，现代人格的典型　257
小说的转折和解读的关键　261
美国文明的核心问题　266

**第九讲　奥斯卡·王尔德：伪装成"段子手"的
　　　　 天才**　陈以侃　273

　　无处不在的王尔德　275
　　如何制造一个王尔德　282
　　在矛盾中生发的唯美主义　285
　　藏着秘密的人，挑衅规范　290
　　真相很少纯粹，也从不简单　296

第十讲　契诃夫：小说与戏剧中的人间诊断　刘文飞　305

　　契诃夫的一生　307
　　梅列霍沃庄园　311
　　短篇小说创作　315
　　戏剧创作　320
　　契诃夫创作的历史意义　324

引 言
为什么说19世纪是文学的正典时代?

余 斌
学者、作家,南京大学文学院教授

  19世纪的经典小说之所以能够雅俗共赏,与今日普通读者的阅读仍有"接轨"的可能性,说到底是因为它所呈现的世界是有序的,其手法大体是写实的……小说家们都认定,存在着一个不依赖于人的意识的客观世界……只要我们愿意,就可以凭借人的理性将它看个一清二楚。因此,呈现在小说家笔下的世界是清晰可辨的……19世纪文学已被纳入"古典"的范畴——除了时间因素之外,正是因为这份清晰有序,正因为与"现代""后现代"小说呈现的无序混乱形成的对照,"古典"这个描述才有了更多的合理性。

不近不远的 19 世纪

本书中的 10 位作家都是 19 世纪的。19 世纪说近不近，说远不远。说不近，因为 19 世纪距我们最近的一端——那个世纪的最后一年，1899 年——与我们也有百年的距离了。当时的人们谈论"古典"，指的是古希腊、古罗马，今天在一般读者的意识里，19 世纪的文学也已经被归入"古典"的范畴。新文化运动以后，周作人在北京大学首开"欧洲文学史"课程时（1918 年），19 世纪文学还属于"近世文学"，托尔斯泰甚至还在世；茅盾上世纪二三十年代大力推介西方文学，像托尔斯泰、福楼拜、左拉、莫泊桑等人，都是当作挺"新潮"的人物介绍的。

要说 20 世纪的作家，比如乔伊斯、卡夫卡，虽然实际上距我们也已相当遥远，但冥冥中仍感觉他们依稀是"在场"的，而本书中的狄更斯、司汤达、巴尔扎克、托尔斯泰，更不用说歌德、奥斯丁，其背影似乎已从我们的视野里消失，他们的存在，更近乎一种雕像、纪念碑式的存在，就是说，大体上，他们已被当作"古人"。他们对当今作家影响力的下降，可以反证他们的古典性：从中国当代一些名作家关于创作的夫子自道中我们就不难发现，给他们的写作带来直接刺激、提示他们"写什么"特别是"怎么写"的，基本上是20世纪以后的西方作家，19世纪作家对新文学作家的感召力（狄更斯之于老舍，巴尔扎克、托尔斯泰、左拉之于茅盾），在当代作家那里已经不那么强大了。我不是说影响根本不存在，事实上许多中国作家对19世纪作家仍怀有深深的敬意，以本书涉及的作家为例，叶兆言曾经多次表露对巴尔扎克的膜拜之情，残雪甚至写过关于《浮士德》的专著。但是他们的影响更多是间接的，是在精神内核的层面上发生的，就"小说居然可以这么写""小说就该这么写"这样的引领与发现而言，他们不能提供更多直接的借鉴。

但是另一方面，我们也可以说，19世纪作家离我们并不十分遥远，他们还没到全然被束之高阁的份上。实话实说，我们贴上"古典"标签的大多数作家，已不再被自发地阅读，他们或是被放在书架上供瞻仰，或是因读者"久闻"其如雷贯耳的名字而被熟知，其作品的"真面目"却难得"一见"，读者对其少有真正自发的阅读行为。就算读者略知其内容，大多也是通过各种改编作品，要不就是出于专业的需要，将其作为研究对象。经典作家中当然也有流行款，有的甚至是爆款，比如简·奥斯丁，不过这种情况不多见，但大体而论，对当今的读者仍具有亲和力的"古典"作家，大都出现在19世纪。对普通读者而言，《红与黑》《安娜·卡列尼娜》这样的作品有时候比20世纪之后的许多纯文学小说还更容易进入，至少更容易摸得着头脑。形成这种局面，当然有各种原因，宽泛地说，是因为19世纪的小说与当代作家的写作虽已脱钩，却还能与今天普通读者的阅读接上轨。能接轨，当然有各种原因，一方面，这是由我们的欣赏习惯造成的：相对于更早时代的小说，19世纪的小说更符合我们意识中"小说"该有的样子，可以说，关于小说的"基本面"，我们的认知就是以19世纪的小说为"原型"的。另一方面，相比作家，特别是具有先锋色彩的作家，我们的欣赏习惯是大大滞后的，20世纪的小说经过现代派的洗礼，在时空处理上做了种种实验，已让文类变得相当复杂，大大超前于当代普通读者。

不妨说，19世纪小说大体上还处在"雅""俗"混沌未开的阶段。其实每一个时代都有属于自己的雅俗之分，只是20世纪以后，商业化的力量以及纯文学创作的个人化使得小说的雅俗之界变得特别清晰，通俗小说与纯文学完全分道扬镳了，极少出现雅俗共赏的局面，这种分化就像电影里的两极——商业化的好莱坞片与所谓的"作家电影"。

而本书涉及的许多作家，比如奥斯丁、狄更斯、巴尔扎克，他们的小说却是叫好又叫座，既被论者叫好，在当时又都是畅销的小说。后面还会提及，小说在欧洲原本也是较通俗的文类，后来升俗为雅，到19世纪其高雅者已入庙堂，与诗歌、戏剧鼎足而三，却仍然可以保持与普通读者的密切联系。一位读者，只要有一定的文化水准，读托尔斯泰、巴尔扎克、契诃夫就不成问题。同等文化程度的人读20世纪纯文学的小说却很可能摸不着头脑，这样的小说，理想的读者是一些训练有素的人（未必和文化程度呈正相关），因此阅读也已经小圈子化了。

你可以举出反例，说马尔克斯《百年孤独》的中译本销量都过百万了，但这样"出圈"的情形是极少见的，马尔克斯已被符号化，其中还有营销的作用，真正的阅读行为可能是另外一回事。

19世纪的经典小说之所以能够雅俗共赏，与今日普通读者的阅读仍有"接轨"的可能性，说到底是因为它所呈现的世界是有序的，其手法大体是写实的，还维持着故事的基本形态，虽说情节的组织淡化，却还有着可辨认的情节线——大多数读者对一部小说的期待，这些面向都是不可少的。

本书将这10位作家放在一起，是因为时间设定的上下限，事实上他们相差很远。他们是因我们的阅读选择而偶然"坐到一起"的19世纪文学大家。文学家、艺术家原本就是特立独行的，比其他人群更有"散装"的性质，由他们标记的19世纪欧美文学也注定是"散装"的。100年的跨度非常大，这份名单里最年长者歌德去世时，托尔斯泰还是低幼的四龄童，王尔德、亨利·詹姆斯则还没出生，差着几代人，一代和一代不一样。跨越年代、国别来"合并同类项"，相当困难，事实上即使是同一国度、同一时代的人，甚至一个对另一个表达了欣赏之意（比如巴尔扎克赞赏过司汤达），彼此也还是面目各异。

当真让他们聚在一起，场面一定很尴尬，因为彼此的文学主张、个性气质、写作风格，差异太大了，不是各自表达同一个意思，而是各人都抱定自己的"主义"，都愿意开口的话，是真正的"众声喧哗"。我们很难想象歌德与王尔德坐到一起是什么场面，虽然两个人都是社交场上的明星，假如谨守社交礼仪的话，他们的聊天多半是尴尬的。

倘若勉为其难，就着这份名单来给19世纪西方文学列出几个关键词的话，大约"现实主义"和"小说"是比较合适的选择。很显然，这份名单上的歌德、爱伦·坡、王尔德，远远溢出这两个概念之外，尤其与"现实主义"不搭界。若须找个标签的话，"浪漫主义"更合适。

19世纪的欧洲文学有两次浪潮，前有浪漫主义，后有取而代之的现实主义，用丹麦文豪、大批评家勃兰兑斯的话说，19世纪文学是"对18世纪的反动以及这反动的被压倒"。话有点绕，意思很清楚：18世纪在文坛上一统天下的是古典主义，浪漫主义起来造反,取而代之,后来现实主义又成为了主流。歌德的书信体小说《少年维特之烦恼》是"狂飙突进"运动的产物,可称德国浪漫派的先声,但他很快就进入了他的"古典"时期,就精神气质而言,他更属于18世纪。歌德在1832年去世,从时间上说是个跨世纪的人物,而且他的集大成之作《浮士德》到他去世前一年才完成,把他看作19世纪的作家似乎并无大错,然而他的精神塑造,在他实现从"狂飙突进"时期到"古典"时期的转换后,实际上已经完成。在他的晚年,施莱格尔兄弟、诺瓦利斯等年轻一代已经把德国文学带到另一方向,他们的浪漫主义,接续的是歌德早年写《少年维特之烦恼》的精气神——歌德高寿,他的《浮士德》还在"进行时",英国的拜伦、雪莱却已经结束了他们的浪漫主义演出,过早地谢幕(雪莱1822年溺水身亡,拜伦1824年在希腊病逝),歌德甚至在《浮士德》里写到了拜伦的过早夭折(欧福良实为拜伦的化身)。可以说,在歌德的晚年,浪漫主义已经席卷整个欧洲,他此时的创作却在这个潮流之外。几十年前,《少年维特之烦恼》引领潮流,越出德国,影响一代欧洲年轻人,那时的歌德是与时代共振的,《浮士德》却不是时代精神的产物,"结束铅华归少作,屏除丝竹入中年",在浪漫主义已成燎原之势的背景下,《浮士德》更像是他"独与天地精神往来"的结果。

王尔德最准确的标签是"唯美主义",不过从某种意义上说,把唯美主义看成浪漫主义在世纪末的转世投胎也并无大错,他唯一的小说《道连·格雷的画像》,与浪漫派小说一脉相承。王尔德对小说这种样式并无特别的感情,他不过是为他的唯美主义人生观、艺术观,还有他机智狡黠的谈吐、他的"毒辣讽刺"找到一个容器,至于这容器究竟是小说还是戏剧,他并不在意。

说起来,许多浪漫派作家都写过小说,荷尔德林写过《许培里安》，缪塞写过《一个世纪儿的忏悔》，斯达尔夫人写过《柯丽娜》……不过浪漫派作家最钟情的文类是诗歌，即使写小说，他们骨子里也还是诗人，诗情渗透于小说之中，抒情主人公牢牢占据中心位置，万变不离其宗，都是自我的投射。可以说，这是一种诗人的小说而非小说家的小说，其特征是抒情压倒叙事，而我们知道，小说是以叙事为主导的文类。即使像雨果这样写出了《悲惨世界》这种鸿篇巨制的浪漫派宗师，对小说艺术的贡献也不大，其成功来自雄浑粗犷的风格和雄辩色彩，叙事上他是不讲究的。

浪漫派作家的小说大都是"断魂枪"，基本上后无来者。这也不难理解：他们的小说和他们的个性气质浑然一体，很难分离出一个技艺的层面，后人自然难以追随。他们的小说笼罩在他们整体的诗性光辉之中，更像是其诗情的延伸和移植。爱伦·坡也许是个例外，他作为一个"为艺术而艺术"的诗人，有《乌鸦》那样的杰作，其小说却并非诗歌的余兴节目，不过作为纯文学，他的小说引人注目的乃是怪诞诡异的美感、阴森恐怖的氛围，以及背后的神秘主义，他诡异的侦探故事为后来的侦探小说打开了无限法门，以至于他被尊为侦探小说、推理小说的鼻祖。纯文学作家不断被通俗作家模仿，文学史上似乎也仅此一例。

小说的登顶

等到现实主义兴起之后，欧洲的小说才算大放异彩。"现实主义"与"写实"都是realism一词的中译，它既是一种文艺思潮，也是一种写作风格。作为一种风格，"现实主义"自然是"古已有之"，作为思潮，则特指19世纪中叶继浪漫主义之后波及整个欧洲的文艺运动。现实主义见于各种文学体裁，有现实主义戏剧，也有现实主义诗歌，不过正像诗歌构成了浪漫主义文学的核心文类一样，小说是支撑起现实主义文学大厦的最主要的文类。欧洲小说走向巅峰，正在此时。

我们说欧洲的小说在19世纪"登堂入室"，意思是在长期的发展中，特别是在18世纪英国完成"小说现代化"的转型之后，小说在19世纪迎来了辉煌时刻，终于成为与诗歌、戏剧鼎足而三的文学样式。从此文坛上演的就是"三国演义"，不再是诗歌与戏剧的二分天下了。

西方的文学家族中，小说是个"晚生子"，虽然追溯起来，也可以说一句"源远流长"，但和地位崇高的诗歌、戏剧比起来，却一直"人微言轻"、默默无闻。我们现在对小说的定义，除了区别于"非虚构"的"虚构"这一特征之外，还必须是散文的叙事。有人据此追认公元2世纪古罗马作家阿普列乌斯的《金驴记》（又译《变形记》）为最早的小说，但荷马史诗、《俄狄浦斯王》、《被缚的普罗米修斯》、《美狄亚》可都是公元前就出现的杰作，所以就算小说是起源于《金驴记》，它的出现也要迟于诗歌和戏剧。今天讲到古希腊、古罗马文学，荷马、索福克勒斯、欧里庇德斯是大讲特讲的对象，阿普列乌斯的《金驴记》只是聊备一格、一带而过。

倘若读者有好奇心，找来《金驴记》翻翻，会发现它和我们心目中的"小说"距离非常之大。事实上直到18世纪，流传下来被追认为"小说"的作品不仅数量上和诗歌、戏剧不成比例，面目也很模糊。以今天的标准，18世纪以前的绝大多数散文体的虚构叙事也许更接近我们通常说的"故事"，它们与我们心目中"真正的小说"的差别，正像《故事会》与《收获》《人民文学》等纯文学刊物的差距。

"故事"恰可成为我们考察欧洲小说演变的某种参照。故事构成了小说的基本面，但小说绝对不仅仅是故事。英国小说家E. M. 福斯特在《小说面面观》中曾对故事与小说做过区分：一个故事，我们听或读的动力来自"后来呢？"的追问，也就是想知道后面发生的事情的欲望，中国章回体小说中每回的结尾都采用"欲知后事如何，且听下回分解"的套语，正是对这欲望的挑逗。结局到来之际，就是我们的兴味中止之时。我们对一部小说的要求却远不止故事本身，从某种意义上说，小说的发展，就是越来越远离单纯的讲故事，小说家在故事上面附着越来越多的东西，故事的叙述也越来越复杂。讲故事的大忌是"剧透"，真正优秀的小说则不怕"剧透"，因为相对于发生的事情，理想的小说读者更关心的是小说家提供的解释、赋予故事的意义。

薄伽丘的《十日谈》曾被认定为欧洲短篇小说的滥觞，以上面的标准来看，它与影响它的《一千零一夜》一样，在形态上是短篇故事的集成，讲故事而不妨碍其伟大。塞万提斯的《堂·吉诃德》、拉伯雷的《巨人传》都是文艺复兴时期的伟大作品，都不是讲讲故事而已，只是它们皆是孤峰独峙，构不成小说"类"的意义，而且与近现代意义上的小说还不是一回事。

我们现在说的"小说"，对应的英文单词是novel。汉语里原本有"小说"一词，原是指文言的叙事，从六朝的"志人""志怪"小说到纪昀的《阅微草堂笔记》、蒲松龄的《聊斋志异》，都是此类。章回体的白话长篇，一直是叫作"说部"的，后来反客为主，"说部"从边缘走向中心，变成"小说"的主流，乃是根据来自西方的小说定义重新梳理了自己的传统，显然，白话的章回体而不是文言的笔记体更接近"小说"(novel),同时白话文运动也把白话章回体推到了"小说"的中心。

西方的小说也是不断被重新定义的。在大多数欧洲国家的语言里,表示小说的术语都是romance,意思是"传奇",英文novel是从意大利语novella变来的(字面意思是"小巧新颖之物"),指用散文体写成的短故事。这类故事在14世纪的意大利非常流行,《十日谈》就是其中最流行的。词源学上的追溯太麻烦,这里我们只须知道,我们现在所定义的"小说"是18世纪才出现的。

近现代意义上的小说出现在18世纪的英国,这并不意外。小说是有中产阶级属性的。戏剧供人观看,荷马史诗最初是以讲唱的形式流传的,大众并不通过阅读了解希腊英雄的故事。小说则需要个人化的阅读,读者需要有识文断字的能力,需要有闲暇时间,当然,小说的诞生还离不开现代印刷业,英国首先具备了这些条件,教育的普及、工业化、出版业的兴起,都让小说的诞生有了合适的土壤。

英国小说家特别追求小说的逼真感,他们要表现的是普通人眼中的社会和生活,引导读者产生这样的意识:小说中的人物真的存在,小说中的事情可能真的会发生。虚构的世界与真实的世界毗连在一起,书中人仿佛迈出几步就可进入我们的真实世界。要虚构出"真实",笛福常用的一招是以文献的方式开始讲述,信誓旦旦声称从哪儿得来了日记、口述之类,这一招有些19世纪的小说家还在用,不过更值得一提的是18世纪英国小说中出现的大量细节描写,事实上,丰满的细节才能制造出身临其境的逼真感,满足写实的要求。注重细节,这对今日的写作者来说已是老生常谈,对当时的小说却是新生事物——《十日谈》是没有细节描写的,《堂·吉诃德》的笔墨常溢出故事之外,也鲜少涉及关于人物、环境的细节。

可以说,近代意义上的小说在英国已然成形,但暂时还只是"岛国的狂欢",在英吉利海峡的另一边、欧洲文学艺术的中心法国,小说还是不大受待见。我们的文学史上常提到启蒙思想家们的"哲理小说",孟德斯鸠、伏尔泰、狄德罗、卢梭都有小说问世,但是小说只是他们传达思想的工具,虽然他们后来正是通过小说在文学史上留下痕迹的。当代作家昆德拉自称对狄德罗的《宿命论者雅克》非常欣赏,声称他经历过对狄德罗的"苦恋",认为《宿命论者雅克》对于他"是小说第一时的化身"。然而,这些启蒙思想家对小说创作是不是那么全力以赴,却要打个问号。典型的例子是伏尔泰,他的《查第格》《老实人》《天真汉》等小说是他至今仍在文学史上留下痕迹的作品,但他自己并不太在意,选择小说不过是因为小说通俗,可以让他的思想流布更广。真要想"藏之名山,传诸后世",他寄予希望的是戏剧,那是更高雅的文学样式,所以他在戏剧上花了更多的心血。只是"人算不如天算",他的戏剧早已无人提起,小说倒是"无心插柳柳成荫"。

伏尔泰对小说的态度有一定的代表性,即使在英国,小说在被广泛阅读的同时,作为一种文学样式也没有获得和诗歌、戏剧同等程度的尊重。在这种情形下,我们看到简·奥斯丁就小说发表的一番议论,不禁要对这位"弱女子"对小说的信心满满大感惊异——她认为好的小说"展示了才智最强大的力量,其中作者以最精心选择的语言向世人传达了对人性最透彻的了解,对丰富多彩的人生恰到好处的描绘,以及对机智幽默最生动活泼的抒发"。奥斯丁是一位远离文坛的小说家,没有多少人会倾听她的声音,要到19世纪中期现实主义大潮席卷全欧,小说才开始在文坛上扮演最吃重的角色,而现实主义也在小说这里找到了最好的载体。

小说要证明自己配得上和诗歌、戏剧平起平坐的地位，就要具备与两种古老的文学样式同样巨大、深刻的表现力，足以传达丰富的人类生活经验，并且具备高度的艺术性，还得贡献出足与最伟大的诗歌、最伟大的戏剧比肩的作品，其标志性人物还要能与文学史上诗歌、戏剧的代表人物站到同样的高度上。要产生这样的杰作，又必须要有第一流的人物投身其中。这几方面是互为因果的：有大量第一流人才的进入，才有小说的开疆拓土、小说在艺术上的翻新；小说愈益高雅化，赢得世人的尊重，不再仅仅是茶余饭后的消遣，才会吸引更多的人选择通过这一样式来施展文学抱负。

19世纪中后期，这种局面形成了：文坛上最出风头的不是诗人、戏剧家，而是小说家，我们可以举出一大串闪亮的名字：狄更斯、萨克雷、特罗洛普、乔治·爱略特、司汤达、巴尔扎克、左拉、福楼拜、莫泊桑、屠格涅夫、托尔斯泰、陀思妥耶夫斯基、契诃夫……比起同时代杰出的诗人、戏剧家，可谓人多势众，关键是，他们不仅拥有更广大的读者群，还坐上了最前列的位置。而与许多前代文人不同，他们对小说创作全力以赴，即使有其他创作，小说也是他们的第一选项。

18世纪的小说家菲尔丁曾将小说比作一场盛宴，他要端上一道道人性的佳肴供人品尝。这比喻若能成立，现实主义小说的席面就无比丰盛——总的趋势是向下扩张的，昔日不上台面的，可以被恭而敬之地端上来，取材愈益接近普通人的生活，三教九流都可以成为描摹的对象，皆可成为主角，日常琐细也不乏浓墨重彩的书写。在不同的时代，文学"写什么"都是有一定之规的。小说的发展，从某个角度看，就是席面不断扩大的过程。举个例子，以往的文学中，多半是十七八岁的少女才有资格充当女主角，故事一般也以结婚告终，成年妇人只有当配角的份，《麦克白》中的麦克白夫人戏份不少，形象却趋于负面，这倒像是对贾宝玉"女孩儿未出嫁时是颗无价的宝珠"、结了婚的妇人即成"腌臜婆子"的说法的回应。现实主义小说家笔下却出现了许多中年妇人，读者最初感到相当不适，有人甚至讽刺说，男主敲门，读者期待纯情少女的出现，结果门一开，就会大失所望，因为露面的是孩子的妈妈。但这类形象日渐成为小说家钟意的描写对象，巴尔扎克有部小说集，书名就叫《三十岁的女人》。显然，成年女性经历丰富、情感复杂，远比单纯的少女拥有更广阔的描写空间，其故事也的确成为小说的一个新的取材领域，产生了《包法利夫人》《安娜·卡列尼娜》这样的杰作。与取材相应，19世纪小说家观人观世的态度与18世纪小说家相比也更为复杂，显示出远为宽广的道德视野。

"三十岁的女人"只是聊举一例、见其一斑。事实上，19世纪的小说家们把触角伸到了现实的每一个角落，社会纷纭万象，时代的种种问题，都映射在小说之中，凡现实中可能发生的，都有可能成为小说叙述的对象。

另一方面，作家在扮演故事讲述者的同时，也化身为历史学家、社会观察家、心理学家和人性研究者，小说不仅提供丰富的情节，而且试图对人性、对人物的命运、对环境提供某种解释和透视，令阅读小说这项原本具有更多消遣色彩的活动具有了某种严肃性。狄更斯的有些小说采用了拟人化的描写手法，后来就有论者认定它们不足以满足具有成熟心智的读者的要求。这样的批评是否合理另当别论，却反映出对小说的新的期待，而现实主义小说的严肃性着实也为小说作为一种文类赢得了尊重。

为小说带来尊严的，当然还有作家们在叙事艺术上的探求，这种探求虽然不像20世纪的小说家那样大张旗鼓——与旧有的欣赏习惯决裂，因而富有挑衅色彩——却一直在进行着。事实上，任何一位称得上伟大的小说家都有溢出既有叙事模式的一面，有的人是自发这样做的，有的人则有充分的自觉。亨利·詹姆斯是后一种作家中突出的一位，他的繁文缛节式的长句令有些读者觉得不耐烦，在有教养的读者群中，他委婉细腻的叙述，对人物心理幽微处的把握，则始终被称道。更关键的是，他对小说的艺术性有着不懈的追求，这种追求又与他对限制视角的自觉运用联系在一起。

现在谈论小说，大都会从全知视角、限制视角说起，亨利·詹姆斯充分自觉地运用了限制视角，将视角问题提升为小说艺术的根本问题，并以此琢磨对重要人物的塑造。詹姆斯对小说叙事模式的探索，不仅有实践，而且有理论，他把自己的心得写成一系列文章，后来结集为《小说的艺术》一书。福楼拜是亨利·詹姆斯的先行者，他对小说的惨淡经营是大家都知道的，他竭力要让作家隐身于故事之后，这一点在很大程度上也是通过运用限制视角达成的。福楼拜并没有一套完整的理论，但桃李不言，下自成蹊，就小说的艺术而言，后来的小说家都在沿着他的方向前行。

上面讲到的各个方面加在一起，让小说的表现力空前提升，就传达人类生活的经验、反映生活的广度、刻画人性的深度而言，19世纪的小说完全不输于诗歌和戏剧。而待到托尔斯泰、陀思妥耶夫斯基这样足以与但丁、歌德比肩的巨人出现时，更是没有什么人怀疑小说作为一种文学样式的伟大了。

现实主义不是标签

我们一直在谈论19世纪欧洲的写实小说，"现实主义"这个概念一再被提及，要强调的是，万不可将它当作万能标签，好像豆荚里的都是豆子一样。现实主义是千姿百态的，一言蔽之的做法大错特错。写实小说的两大重镇，英国和法国，其小说的风味就大不一样。19世纪英国流行的是多卷本的结构松散的小说，与法国小说严谨的情节组织迥异其趣，就像英式园林布局随意，法国园林讲究工整。

英国小说家擅长描写在一个相对稳定的社会结构中，不同阶层的人身上体现出来的习俗以及他们的对话和行为方式，以一种洞悉人情世态的笔调勾画社会众生相，多少有点像鲁迅在《中国小说史略》里归纳的"世情小说"，"描摹世态，尽其情伪"。"社会风习小说""生活方式小说""世态喜剧小说"还有其他说法都是对它们的不同命名。简·奥斯丁和萨克雷的小说，还有狄更斯的部分小说，都可归入这一类型的写作。

简·奥斯丁的小说因题材均为婚姻恋爱，常被当作爱情小说，事实上她的故事都是在社会风俗的底子上展开的，以《傲慢与偏见》而论，她花在描写小镇人情世故上的笔墨，一点不少于男女主人公的谈情说爱。她偷笑着向我们展示的是一幅小镇风情画，像当下的言情小说那样让主人公去"专业地"谈恋爱，是她所不取的。

状写社会风习这一点当然不是英国小说独有的，事实上，它在所有写实派小说中几乎都不可或缺。但是社会风习在法国作家那里大不一样，典型的例子是巴尔扎克。《人间喜剧》分量最大的一个板块叫"风俗研究"，照这题目，就是奔着展示世间百态去的，但是我们一点看不到英国作家笔下那种阅世已多、见怪不怪、多少有点居高临下的口吻，相反，巴尔扎克总是在"吃惊地"发现，仿佛第一次面对这些风俗。比如，他"吃惊地"发现了"金钱"。福楼拜的《包法利夫人》可称为他的"外省生活研究"，与狄更斯小说中的描写——比如《大卫·科波菲尔》中的世相刻画——就大相径庭，福楼拜将对外省世态的点染，细密地编织进包法利夫人的悲剧命运中，狄更斯的描写则是众生相式的"浮世绘"。

　　这里就不必再说俄罗斯现实主义小说的特别之处了，它的抒情气息、深沉的责任感都是英法文学没有的。撕去笼统标签的更具体的做法，是回到一个个具体的作家：托尔斯泰的现实主义不同于契诃夫的现实主义，简·奥斯丁的现实主义不同于狄更斯的现实主义，巴尔扎克的现实主义不乏热情，福楼拜的现实主义则冷静克制……这里我们不必纠缠概念，对于真正走近一个作家而言，贴标签毫无意义。贴标签完成的只是归类，将一个人认定为胖子或瘦子并不真正有助于我们了解他，对作家也一样。阅读并不是捉拿逃犯，根据一些外部特征，将作家——"捉拿归案"，标签也从不提供阅读快感。

　　同为法国作家，而且在欧洲文学史上都带着"现实主义"的标签，司汤达和巴尔扎克却从文风到取材都不一样，硬要说他们有什么相通之处，那就是他们对当代生活都怀有浓厚的兴趣。现实主义小说家都是聚焦于当代生活的，只是这两位尤其突出，值得就着他们多说两句。

　　文学贴近当代生活，对于现今的作家，似乎是顺理成章的事，但若放眼古希腊以降的西方文学，会发现这一点其实并不那么理所当然。荷马史诗记述的是想象的历史，古希腊悲剧取材于神话，中世纪的浪漫传奇多由传说演绎而来，到了18世纪，当下生活进入文学，但仍不具有正当性。在作为古典主义大本营的法国尤其如此。古典主义要求作家对古希腊罗马经典亦步亦趋，取材上也要有看齐意识，既然古希腊悲剧均以神话、传说为题材，剧作家就也该如此，不能越雷池一步。这也是一种"题材决定论"：只有重要的题材才能保证悲剧的崇高，神话、传说的分量是不待证明的，当代题材则分量不够。18世纪末19世纪初，浪漫主义起来造古典主义的反，破了后者很多规矩，包括取材上的限制，但浪漫主义是"生活在别处"的，英国诗人寄情于大自然，德国作家美化中世纪，都是对当下的逃避，当下的生活即使进入他们的视野，也是作为诅咒的对象。

当然，过去也并非没有写当代题材的作家，古希腊人对喜剧就网开一面，当代人于是照写无妨，后来也一直如此，18世纪莫里哀的喜剧风靡一时，但喜剧的地位始终要比悲剧低一个级别。小说对当代生活更偏爱一点，可小说原本是文学中比较低俗的一个文类。总之，就取材而论，当代生活是低俗的，喜剧、小说作为文学样式被看轻，部分原因就是被"低俗"的当代题材拖累。

还须强调的是，过去的作家即使写当代生活，却不甚在意其"当代性"，司汤达和巴尔扎克不同，关键是，他们特别突出了"时代"这个概念，总是希图对一个时期的时代特征做一种把握。《红与黑》的书名即有时代象征的意味，司汤达还加了副标题，"一八三〇年纪事"。巴尔扎克的《人间喜剧》有一种特别的对当下的关注，他将自己定位为"时代书记官"。

当然，除了对当代现实的关注之外，两个人的差异又很大，他们把握时代的方式、路径，还有文风，都大相径庭。以《红与黑》为例，它对现实的反映是由内而外的，很多时候，读者是通过主人公于连的精神世界在感知时代，司汤达的笔墨更多地呈现于连的心理现实，所以有人给他的风格贴上了一个细化的分类标签，称他的现实主义为"心理现实主义"。

本书中的俄国作家有列夫·托尔斯泰和契诃夫，从时间顺序上看，他们写作的年代是靠后的，这里恰好也有某种对应，因为在欧洲的文学版图上，俄罗斯文学的崛起原本就比较迟。

我们今天常用一个词，叫"欧洲中心主义"，这是把欧洲当作一个整体，其实它的内部也分三六九等，"中心"里面，还要再分中心和边缘。俄罗斯就属于边缘，这是政治、经济、文化上的，很长一段时间里，文学亦如此。18世纪，俄国人在文化和文学上都还是落后的状态。托尔斯泰小说里，上流社会的人都说法语（俄文原版直接出现法语，中译本也大多保留法语原文，并在注释中翻译出来），那是实录，当时的情形可见一斑。直到普希金出现，俄罗斯才真正拥有了自己的民族文学。17世纪以来，欧洲文学的中心一直在法国，外加大陆之外的英国，德国文学在歌德以后就动静不大了。但是到了19世纪中后期，俄国文学迅速崛起，一跃而上巅峰，完成了从边缘到中心的"逆袭"。就整个19世纪而言，法、英、俄可以算是文学上的超级大国，俄国文学群星灿烂，而这当中的好多位都是小说家。

用"超级大国"这个字眼，有一个指标是看影响力：你对别国的文学施加影响，还是相反。"超级大国"可以无视别国的存在，比如19世纪中期以前，法国作家完全可以不理会俄国文坛，而俄国作家却不能绕过法国文学。勃兰兑斯的皇皇巨著《十九世纪文学主流》对整个欧洲文坛做了一次扫描，各国文学之间的相互影响也在其考察之中，时间下限到19世纪中期，对英、法、德文学大书特书，却没俄国文学什么事。

普希金以后，情形大为改观，俄国作家渐渐受到西欧作家的关注，屠格涅夫不仅被法国作家接纳，而且大受赞赏。再往后，俄罗斯更是从文学上的输入国变成了输出国。在此转换中，托尔斯泰、契诃夫，当然还有陀思妥耶夫斯基，都是关键人物，可以说，他们完成了对欧洲文坛的征服，他们的出现，让俄国文学变成了主流。证据是，托尔斯泰和契诃夫在欧洲其他国家被广泛阅读，而且他们有众多写作上的追随者。

可以说，托尔斯泰和契诃夫征服了西方文坛。用"征服"这个字眼，是因为他们给西方文坛带来了一些异质性的东西，这异质的一面，那些超级大国的作家原先是不感冒的，后来却纷纷效仿。对许多西欧作家而言，19世纪后期的俄国文学，特别是在小说这一块，其优势甚至是碾压式的。普希金、莱蒙托夫在俄罗斯是神一样的存在，在别国影响却有限。屠格涅夫受到礼遇，部分原因是他进入了法国作家的圈子，他的小说被欣赏，除了自身的优秀，多少是因为他的创作路数容易被接受，与法国作家的标准并不相犯。托尔斯泰、契诃夫的小说则来势很猛，且有另立山头的意味，这有点像柴可夫斯基的音乐在德奥主宰的欧洲乐坛不受待见。不同的是，托尔斯泰、契诃夫一路碾压过去，从边缘走向中心，不再被贴上"民族性"的标签，而被当作世界性的作家。

时至今日，托尔斯泰的长篇小说已被公认为杰作，《战争与和平》《安娜·卡列尼娜》都是长篇创作难以逾越的高峰。然而这两部小说问世之初，都曾受到诟病，尤其是它们的结构。《战争与和平》浩瀚无际，线索繁多而看上去无始无终，仿佛生活之流的自然展开，它的结构在哪里？《安娜·卡列尼娜》如题所示，应是对安娜悲剧的叙述，为何节外生枝冒出列文、吉娣这么一条线索？有这么组织情节的吗？然而托尔斯泰无视种种成规，让小说服从于写出生命的"全部真实"的更高立意。当西欧文坛认识到这一点之后，他的俄罗斯式的"野蛮"也就被接受了。后来兴盛过一阵全景式展示社会生活的小说，称为"长河小说"，就是从托尔斯泰的小说发展而来的。

契诃夫在很多方面都是一个和托尔斯泰很不一样的人。契诃夫待人温和，但他不仅在短篇小说的创作上发起了一场"革命"，在戏剧上的改革同样堪称"革命"。

在文学史上，契诃夫首先被认定为一位短篇小说的大师。关于短篇小说，曾有"三大师"之说，指的是莫泊桑、契诃夫和欧·亨利。欧·亨利借鉴莫泊桑的《项链》和《我的叔叔于勒》，在构思的巧妙上下功夫，走火入魔，以致缺少内涵，成为单纯的"技术流"。莫泊桑与契诃夫并称，没什么异议，他是第一个将短篇小说当成一门有别于长篇小说的独立艺术来经营的人。莫泊桑在短篇之外还写过6部长篇，契诃夫的小说则全是短篇，没有例外。

莫泊桑的小说最为人称道的，是他精巧的结构，而契诃夫在短篇小说写作上的"革命"，恰恰在于他粉碎了莫泊桑式的结构。莫泊桑之所以成为短篇之王，在于他不在短篇里讲有头有尾的故事，他只给我们一些生活的片段，他的高明是通过闪转腾挪，将片段组织成有起伏有高潮的故事。契诃夫延续了对生活片段式的截取，但他放弃了将片段故事化，或者说戏剧化，他不要起承转合，不要高潮。这种开放式的、看似"自然而然"的写法后来成为短篇小说的主流，莫泊桑式的写法倒被挤到了一边，甚至在后来形成的关于短篇小说的新的认知里，被看成"不入流"的。"一战"以后，莫泊桑的追随者已经寥寥无几，毛姆是其中之一，他在一篇文章中不无委屈地提到莫泊桑式写法的式微，似乎已经到了要为自己的写法声辩的地步；而直到今天，契诃夫的影响仍然不可忽略，短篇小说仍然走在他开拓的道路上，被称为"加拿大的契诃夫"的门罗获得诺贝尔文学奖，就是一个证明。

到此为止，我们已为19世纪的写实小说勾勒了一个大致的轮廓，不管它们怎样的千姿百态，都共享一个背景，或一个前提，即小说家们都认定，存在着一个不依赖于人的意识的客观世界，这个世界是有序的，只要我们愿意，就可以凭借人的理性将它看个一清二楚。因此，呈现在小说家笔下的世界是清晰可辨的。开篇提到，19世纪文学已被纳入"古典"的范畴——除了时间因素之外，正是因为这份清晰有序，正因为与"现代""后现代"小说呈现的无序混乱形成的对照，"古典"这个描述才有了更多的合理性。

第一讲
歌德：德国文化精神的代表

胡 蔚
北京大学德语语言文学系副教授

  宗白华将歌德在近代文化史上的意义概括为，他带给近代人生一种新的生命情绪。这新的人生情绪是什么呢？就是"生命本身价值的肯定"。基督教认为人类的灵魂必须依赖上帝的恩惠始能得救，获得意义与价值。近代启蒙运动的理性主义则认为人生须服从理性的规范、理智的指导，始能拥有高明、合理的生活。而歌德珍惜生命本身的每一种形态，无论是青年时期的情感，中年时期的古典规范，还是老年时期的从心所欲不逾矩，都有自身的价值，都将之赋形为文学作品。

人中之至人

将歌德作为德国文化精神的代表，不会有人提出异议。德国官方对外文化机构"歌德学院"，就以歌德命名。但是歌德自己未必会满意这样的安排，他说："德国人不喜欢我，我也不喜欢他们。"的确，歌德在19世纪的德国是个异类，在他的同胞眼里，他不够爱国，敌我立场不分，缺乏英雄气概——他厌恶战争，却与拿破仑一见如故，即便拿破仑战败，他还公开赞颂拿破仑是个伟人。他笔下的人物维特、浮士德，以及《亲合力》中的主人公，道德都有失检点。他个人的私生活——与市民女子克里斯蒂娜·乌尔皮乌斯未婚生子，也引来很多非议。当然，对于俗人的闲言碎语，歌德向来不以为意。

歌德1832年去世时，德国人几乎已经将他遗忘，直到1871年以后，歌德才被塑造为德国文化和精神的代表。"二战"以后，德国人在歌德身上看到了更高远更广阔的人格典范——对狭隘民族主义的超越，对陈腐道德观念束缚的摆脱，对人文主义的笃定和信赖。这也符合当时的德国想建立的一种理性清明、开放包容、人道主义的现代国家形象。当然，歌德本人要比歌德所代表的形象更为复杂。

歌德出生于1749年，去世于1832年。我们当下的时代精神和世道人心早已迥异于歌德的时代。大家会问，今天，我们为什么要阅读歌德、纪念歌德？他对我们当代人的精神生活有何借鉴意义？歌德有没有"过时"？

1919年1月18日，五四运动前夕，郭沫若写信给《学灯》的主编宗白华，如此评价歌德：

> 他是解剖学底大家（解剖学中有些东西是他发现的），他是理论物理学底研究者……绘画音乐无所不通，他有他的Konkursordnung（破产法条例）底意见，他有政治家和外交家底本能和经验……盖世的伟人拿破仑一世也激赏他是Voila un homme，他有他的哲学，有他的伦理，有他的教育学，他是德国文化上的大支柱，他是近代文艺的先河……他这个人确也是最不容易了解的。他同时是Faust, Gott, Uebermensch；他同时又是Mephistopheles, Teufel, Hund。所以Wieland说……Goethe是一个"Menschlichste aller Menschen"。他这名称似乎可以译成"人中的至人"……我想歌德底著作，我们宜尽量地多多地介绍，研究，因为他处的时代——"胁迫时代"——同我们的时代很相近！我们应该受他的教训的地方很多呢！

"人中的至人"，我觉得这是对歌德最好的评价。歌德首先是个人，与神相比，人是自许会思想的"两脚蚱蜢"，有限、脆弱、狂妄。但是，人是可以被期许的，歌德在一首题为《神性》的诗中写道："Edel sei der Mensch, Hilfreich und gut!"（人啊，你要高贵、博爱和良善！）人身上的神性，让人们对不可见的神升起信心。于是，歌德大胆对神提出了要求："神啊，你要和人一样，是人的榜样让我们去信任神！"拿破仑1808年在军营里见到歌德，赞叹道："Voila un homme!"（看啊，一个真正的人！）的确如此，歌德是那个时代的"至人"，是人的典范，他毕生的追求，就是以有限的肉身在人生里体验和认知无限。

郭沫若敏锐地感觉到了五四运动时期与歌德的"胁迫时代"（现译为"狂飙突进时代"）的近似，认为应当向歌德学习，于是他翻译了《少年维特之烦恼》和《浮士德》；宗白华于1920年前往德国留学，他的生命美学也受到了歌德的影响。

2013年，德国学术思想传记作家吕迪格尔·萨弗兰斯基出版了最新的歌德思想评传，题目是《歌德：生命的杰作》，这个题目一语双关，既是对歌德生命本身的嘉许，也是对歌德作品的嘉许。这本书由卫茂平老师翻译，2019年已经在三联书店出版，原著封面类似教堂祭坛上的三联画，从左到右放上了三张歌德的肖像，分别是狂飙突进时期的青年歌德、魏玛古典时期的中年歌德和老年歌德。

相应地，歌德的人生有三个转折点：1770年（21岁）前往斯特拉斯堡，进入了狂飙突进时期；1786年（37岁）从魏玛宫廷不辞而别，前往罗马，1788年回到魏玛，由此开始了古典时期；1805年（56岁）席勒去世，歌德进入晚年，开启了新的人生和创作阶段，直到1832年去世。

歌德1749年出生于法兰克福的一个大市民家庭，家境优越，外祖父是法兰克福市长，父亲有一个皇家顾问的头衔，这是个闲职。歌德的父亲一辈子有两件事值得骄傲，一是修订用拉丁文写的意大利游记，二是负责歌德和妹妹的教育。歌德在童年时就显示出天资非凡，掌握了多种语言（英语、法语、拉丁语、希腊语、希伯来语），8岁就开始写诗。16岁时，歌德前往莱比锡大学学习法学。那时他年少轻狂，无心学习、恋爱酗酒，不久因病休学。这个时期他有一些诗歌创作，效仿当时流行的洛可可风格阿那克瑞翁体，但还没有发展出自己的风格。

1770年，痊愈后的歌德前往斯特拉斯堡大学继续学业，偶然结识了年长他五岁的赫尔德，这是一次载入史册的相遇，开启了狂飙突进运动。赫尔德是狂飙突进运动的理论主导者，他敏锐地发现了歌德的文学天才，鼓励他成为德国的莎士比亚。在赫尔德的指引下，歌德以荷马和莎士比亚为师，认为文学作品应该表达内心真实的情感，反对僵化的法国古典主义美学，并致力于打破戏剧写作的"三一律"。除此之外，赫尔德和歌德还认为民歌中蕴含着每个民族本质的东西，收集民歌和具有民间特色的叙事谣曲。狂飙突进运动虽然时间不长，却在历史上影响深远，这是德国文学史上第一次反对封建专制束缚、宣扬个人自由的青年运动，提倡回归自然的天才美学。1774年，25岁的歌德发表了《少年维特之烦恼》，从此一举成名天下知。在当时重情主义的时代情绪里，这本小说在青年男女中引发了一轮"维特热"，人们竞相穿着"维特装"（蓝色燕尾服，黄背心），也有人仿效维特殉情自杀。

然而，歌德还需要经历更广阔的世界，魏玛公国公爵的母亲索菲-阿玛利娅邀请歌德前往公国担任宫廷重臣，陪伴和辅佐18岁的公爵治理国家。索菲-阿玛利娅公爵夫人是有远见卓识的女性，她之前已经邀请了维兰德担任公爵的老师。歌德欣然受邀，于1775年来到魏玛定居，从此再也没有离开。赫尔德、席勒也先后来到魏玛。距离魏玛市约30公里的耶拿大学也隶属于魏玛公国，歌德主管耶拿大学期间，那里荟聚了费希特、施莱格尔兄弟、谢林、蒂克、施莱尔马赫等哲人，成为德国早期浪漫主义的大本营。魏玛公国从此由一个贫弱的小国，一跃而成为当时德意志文化的中心。

在魏玛的第一个十年，歌德政务繁忙，深受奥古斯特公爵信赖和器重，并获得了贵族封号。然而，歌德焦虑于艺术灵感的枯竭，终于在1786年的一个凌晨，突然从魏玛出走，独自来到了古典文化的中心罗马。两年时间里，歌德在意大利古典艺术的熏陶洗礼下，经历了艺术生命的重生。两年后歌德回到魏玛，公爵同意减轻他过于繁杂的政务，只让他负责管理剧院、大学等文化机构。从此，歌德开始系统地研究自然和艺术并于1795年与席勒结盟。两人在接下来十年的交往中互相砥砺、密切合作，成就了德语文学史上的一个高峰——魏玛古典时期，共同倡导古典美学、审美教育，以文学艺术培育、教化人心。

1805年席勒去世，1806年德意志神圣罗马帝国终结，歌德也在经历了青年的狂飙突进、中年的古典中道之后，步入了收放自如、从心所欲不逾矩的老年时期。令人惊讶的是，他艺术成就最高的作品是在人生最后30年完成的：长篇小说《亲合力》和《威廉·麦斯特》、自传《诗与真》、自然科学论著《色彩学》。他还把目光投向东方，在波斯诗人哈菲兹的影响下，完成了诗集《西东合集》，接触到印度和中国的诗歌和小说，提出了"世界文学"的概念。他最重要的作品《浮士德》在他去世前一年完成。

通过这个简短的介绍，我们会发现歌德一生中有过多次"出逃"的经历，当他意识到沉浸于一种生活方向将要失去自我时，便"猛然地回头，突然地退却，再返于自己的中心"（宗白华语）。他在莱比锡大学身心俱疲后，逃回了故乡法兰克福；他历次从情人身边逃开，他从安逸的家乡逃到魏玛，又从魏玛前往罗马；他从文学逃向政治，从政治逃向自然科学，老年时又再次从西方逃往东方,借东方文学的感性之美重振情感和心灵。每一次出逃,都是新生,歌德不断地蜕变,开辟生活的新领域,开始新的创造,从而不断地超越自己。

站在新旧时代的门槛上

歌德生活的时代,经历了七年战争、法国大革命、德意志神圣罗马帝国终结等历史大事件,这是新旧交替、东西碰撞的时代,是旧时代的终结、现代的开端,也是西欧从封建农耕社会到近代工业社会的转型期,德国历史学家莱因哈特·科泽勒克称之为"鞍型时代"(Sattelzeit)。这一时期的思想意识形态发生了剧烈变动,启蒙运动晚期的狂飙突进运动、古典主义向浪漫主义的过渡均发生在这一时期,这一时期被直接命名为"歌德时代"。

歌德站在这个从旧时代通往新时代的门槛上。这意味着什么?

在欧洲文学史上,荷马的长歌展现了古希腊人的人生与理想,但丁的《神曲》揭示了中世纪基督徒的心灵与信仰,莎士比亚的戏剧表现了文艺复兴时期人们的生活矛盾与权力意志。而近代人生,则有歌德以他的人格、生活和作品表现出其特殊意义与内在问题。

宗白华将歌德在近代文化史上的意义概括为,他带给近代人生一种新的生命情绪。这新的人生情绪是什么呢?就是"生命本身价值的肯定"。基督教认为人类的灵魂必须依赖上帝的恩惠始能得救,获得意义与价值。近代启蒙运动的理性主义则认为人生须服从理性的规范、理智的指导,始能拥有高明、合理的生活。而歌德珍惜生命本身的每一种形态，无论是青年时期的情感，中年时期的古典规范，还是老年时期的从心所欲不逾矩，都有自身的价值，都将之赋形为文学作品。

中世纪和巴洛克时代的主题是"Memento Mori"（铭记死亡），歌德却说："Gedenke zu leben, wage es, glücklich zu sein."（铭记生活！有勇气去幸福生活！）歌德的一生，贯穿着他对生命、对自然、对此在的惊叹和赞许。

回到开头的问题，歌德对于今天读者的意义，可以总结为两点：

第一，他的人生和作品中有对生命本身价值的肯定，表现出蓬勃的生命情绪，他本人即是人中之至人。

第二，歌德所处的时代正处在旧时代的终结、新时代的开端。站在新旧时代的门槛上，他的文学作品如同琥珀，鲜活地保留了前现代的社会风貌、时代情绪，也保留了现代的人文知识和自然科学，体现了古典与现代、理智与情感、机械与有机的自然图景的对峙、交锋和共存，同时也展现了一个启蒙运动以后的知识分子在面对这些时代问题时所采取的策略和立场。

可以说，歌德的作品并不代表某种永恒不变的经典价值，而呈现为一种不断反思追问、抛弃旧我、超越自我的人生轨迹。

下面我分享一首歌德的小诗《漫游者夜歌》：

众峰之巅，皆是安宁，
树梢之上，悄无声息。
鸟儿已沉默在林里，
稍候，尔也将安息。

这首隽永的小诗是歌德最著名的诗歌,被舒伯特谱曲后传唱甚广。1780年9月6日,歌德前往图林根森林的伊尔默瑙视察矿井,途中登临此地最高峰季克尔翰山,夜晚在山顶木屋的墙壁上信手写下这首小诗。这首诗引发很多读者的共鸣,因为自然在这里与人情意相通、融为一体,这是我们中国人非常熟悉的诗歌主题"天人合一"。

歌德时代人与自然的关系,却并不都是如此和谐。雷电、火山、洪水,自然不可控的暴虐,在那时还主宰着人们的日常生活。维苏威火山爆发引发的巨大自然灾害,更是动摇了启蒙运动时期人们对神正论的信仰。同时,歌德时代,也是欧洲人利用科学技术摆脱自然对人类绝对控制的时代。通过掌控自然来获得自由,成为了新时代的最强音。人与自然的分离,主体与客体的分离,又带来了人的虚无感。如何重新建立人与自然的联结,克服人与自然的异化?唯一的途径是艺术。歌德时代伟大的自然科学家亚历山大·冯·洪堡是歌德的忘年交,他说:"当自然成为自然科学和技术利用与剥夺的对象时,诗歌和艺术将自然作为风景,用美学的方式呈现。"歌德同样认为自然与艺术密不可分,"艺术是自然最好的解读者"。

歌德一生有50多年的时间在进行实证的自然研究,并有大量著述。毋庸置疑,歌德的自然观是他的世界观的基础,也决定了他的人生观和艺术观。在狂飙突进时期,歌德开始研读斯宾诺莎,接触到了泛神论"神在万物"的观点。从1780年开始,歌德受到林奈的影响,开始系统进行实证的自然研究。通过解剖,他发现人类也有腭间骨;旅居意大利期间,又发现了"植物原型",认为所有植物都是由"植物原型"发展变化而来的。回到魏玛后,他即着手撰写《植物形变论》,最终用古典双行哀歌体完成了《植物形变论》和《动物形变论》，又在形变论的基础上创建了形态学。1789年，歌德在哈尔茨山获得了对山区地质地貌的丰富认识，开始了地质研究。1790年，歌德开始研究光和色彩现象，1810年发表了《色彩学》一书，对牛顿的光学理论提出了异议。1815年，歌德开始研究气象学，研究云的形态，研究成果影响了《浮士德》终场的结构。

歌德的自然研究一定程度上也受到了18世纪下半叶开始流行的自然秘契主义（Naturmystik）的影响，这是建立在新柏拉图主义和赫尔墨斯主义基础上的折中主义的自然观念和研究方法，构成了浪漫主义自然哲学的基础。歌德20岁在家中养病期间受到母亲的好友克莱滕贝格夫人的影响，接触到了虔敬派宗教团体，开始阅读一些自然秘契主义的文献。医治歌德的医生是一位炼金术士，歌德也曾在家里尝试炼金术。自然秘契主义的基本观念是：自然是一个有机整体，是发展变化的，自然万物是绝对精神的寓象，是自然之书、自然的符码，它们指向自然背后隐藏的神圣秩序。因此，尽管当时现代实验科学大行其道，歌德却非常反感这种机械主义的科学研究方法，认为这样势必杀死活生生的自然，不能解开自然的秘密，无法揭开自然女神伊西斯的面纱。

歌德研究自然的方法是形态学，他关注每一种特殊形态，通过长时间的观察，揭示出特殊形态所属的序列，进而从"变形"中发现那种原初形态（Urform）。他认为，植物的形成其实是叶子的变形，头骨的形成是脊椎骨的某种变形，颜色的形成是光透过一种非透明介质而与黑暗相关联时的某种变形。歌德把变形起源的现象称为"原初现象"。原初现象是人类无法解释的，只可以观看和接受，却可以解释各种现象。因此，原初现象就与象征融合在一起，象征显示了"某种无法言说的东西"，类似康德所谓的审美直观,它是"对不可探究之物活生生的直接揭示"。

歌德喜欢将自然规律描述为显明的秘密(Offenbares Geheimnis),他认为"自然现象本身就是自然的本质",自然的内核与表象是同一的,要认知自然的秘密,只有一种方式,即与宇宙合二为一,通过美学、艺术直观的方式去把握自然,并用文学象征的方式将其呈现出来。如果没有艺术的呈现,自然规律就会永远对我们秘而不宣。

文学象征是把现象转化为理念,将理念转化为图像,由此,由图像呈现的理念永远有效,同时又永未穷尽,即便存在于所有的语言中,依然不可言说。文学象征是歌德文学创作理论的核心,象征是感性现象与超验精神的统一。

悲剧《浮士德》:历史渊源与叙事框架

关于经典,有人戏谑之,"经典就是那些人尽皆知,你却不会打开的书"。读者们对经典敬而远之,有时也是因为作品在事实上或想象中的难懂,《浮士德》便是如此。《浮士德》之所以难懂,是因为文本中融合了宗教、科学、思想等各个领域的前现代信息符码,而想要理解这部作品,首先需要破译这些符码。

在民间传说中,浮士德是15世纪末至16世纪上半叶德意志西南地区的一位炼金术士,他为了探索世界的本源而与魔鬼结盟,死后灵魂被魔鬼攫取,下了地狱。1587年,法兰克福出版商施皮思最早将浮士德的传说付印。浮士德出于对知识的渴望而出卖灵魂,正是文艺复兴时期时代精神的一种反映,然而对宗教改革后恪守虔敬传统的德国人来说，无节制的求知欲便已是受到魔鬼诱惑的表现。无论是1587年出版的《浮士德博士传奇》，还是1599年魏德曼等人撰写后陆续出版的德语浮士德故事，都属于宗教训导书的范畴。相对于16世纪的德国，同时期的英国文化界更为开明，随着实验科学和经验哲学的发展，启蒙理性已经逐渐形成传统。文艺复兴才子马洛在其名剧《浮士德博士的悲剧》中强化了浮士德反抗神权的细节，指出了启蒙的原罪所在——试图用理性僭越神的领域。

与魔鬼结盟自然是罪不可恕，然而，追求真理也要下地狱吗？这便是浮士德传说中让启蒙运动之后的知识分子深感惶惑不安的地方。18世纪的德国，由莱布尼茨、沃尔夫开创的理性主义哲学体系影响日增，与法国启蒙运动中的理性专制主义和无神论倾向不同，德国启蒙思想家力图协调理性与信仰，而不是简单否定基督教的精神内涵。德国启蒙运动旗手莱辛在他未完成的"浮士德"剧本中，第一次让浮士德摆脱了下地狱的命运。莱辛把人类的求知欲称为"天主恩赐给人类的最高贵的冲动"，人类为了获得真理而付出的不懈努力值得赞美，不过"纯粹的真理只属于天主"。

歌德从18世纪70年代开始动笔写作《浮士德》，1808年发表《浮士德》第一部，1831年去世前一年完成《浮士德》第二部，全剧一共12111行。歌德时代的人们，已经不再认为能够从本质上认识世界和谐秩序的真理，但却希望通过大千世界、自然万物的寓象获得启示。歌德将世界比作"神性的生动的衣裙"。他说："一切无常世相，无非是个寓象。"至此，浮士德剧终于摆脱了历史上宗教劝诫和教诲的单一功能，从宗教训导书转变为文学作品。歌德在写作《浮士德》的60年里，不断修订，也有停滞，但最后的定稿从头到尾12111行都贯注着一个一致的精神。很多人，包括德国人，都认为《浮士德》不好懂，认为其内容繁杂，没有统一的情节。为了帮助读者厘清思路，我先介绍一下《浮士德》的结构。

《浮士德》是一个悲剧故事，分为两部，内容是主人公浮士德进行探索的经历——从他与魔鬼订立赌约到他去世。整部作品可以归纳为两个框架或者说是两个约定，四个阶段或者说是四个悲剧：

（一）知识悲剧

（二）爱情悲剧

（三）美的悲剧

（四）事业悲剧

这四个悲剧由前后两个约定框嵌。第一个约定是上帝和魔鬼的约定，开篇"天上序曲"讲的就是上帝和魔鬼在天上打赌，上帝准许魔鬼去诱惑浮士德，看他是否会在魔鬼的各种试探和诱惑中偏离上帝设定的道路，结局是浮士德死后灵魂得救，故事在天堂里众天使的神秘和歌中结束。这个框架借鉴了《圣经·旧约》中的《约伯记》。

全剧的第二个约定，是浮士德和梅菲斯特的约定，也就是人和魔鬼的约定。浮士德的第一个悲剧是知识悲剧，几十年孜孜不倦的学者生活，最后获得的是僵死的知识，生活里充满"忧虑"，内心是两个灵魂的冲突——一个"执着尘世"，另一个则要"超离凡尘"。同时，他又感到外边的自然与人生好像在向他呼唤。他独自坐在牢狱一般的书斋里，求死未果，求生不能，正在这怀疑绝望的时刻，魔鬼乘隙而入。浮士德最后和魔鬼订约，放弃了学者生活，魔鬼答应浮士德满足他的各种欲望，直到那一刻，浮士德说出"你真美呀！请停留一下"，他的灵魂就归魔鬼所有。

与魔鬼订约后，浮士德服用了返老还童的魔汤，在大街上引诱了一个市民女孩格雷琴，把她骗到了手，诱使这天真无邪的女孩毒死母亲，杀死自己的婴儿，她的哥哥也死在浮士德的剑下。最后格雷琴因罪孽深重被捕，临死前，她察觉到了浮士德身上的邪恶，拒绝了浮士德的私奔提议，甘愿受死。浮士德也由此结束了他的爱情悲剧。《浮士德》的第一部，包括知识悲剧和爱情悲剧，就在这里终结。

第二部开幕时，浮士德在山明水秀之乡苏醒，无数的精灵在歌唱，使他忘却过去的罪恶，得到新生。梅菲斯特把他带到一个皇帝的宫廷，皇帝认为浮士德擅长魔法，要他招来古希腊的美女海伦。浮士德受了魔鬼的指点，当众使海伦出现，他一见这从未见过的绝世美人，就大受感动，昏倒在地上。魔鬼背着昏迷不醒的浮士德回到故居的书斋，这时浮士德旧日的学生瓦格纳正在制造一个"人造人"。魔鬼帮助瓦格纳把"人造人"做成，这"人造人"能够看出浮士德在昏迷中向往的是古希腊的美女，于是领着浮士德和魔鬼到了古希腊的神话世界。浮士德在地狱里感动了冥后，她允许海伦复活。海伦作为美的化身和浮士德结婚，代表了古希腊精神和日耳曼精神的结合。他们的儿子欧福里翁在出生后不久就因为浮士德无节制的追求而殒逝，随着儿子的去世，海伦也回到了冥间，只留下一件轻薄的衣衫托着浮士德回到北方。这就是第三个悲剧——美的悲剧。

浮士德体验了爱和美后，想要成就一番事业。在用魔鬼的魔法帮助皇帝平息内乱后，他在海边获得一片封地，进行围海造田，还命令魔鬼去劝说住在海滨的一对老夫妇搬家，魔鬼却将之连房带人都给烧毁。这时浮士德已经100岁，"忧愁"女神吹瞎了他的眼睛,魔鬼派来的小鬼已经在为浮士德挖坟墓。浮士德双目失明,听到挖坟墓的声音,以为是他的事业正在进行,心中欣喜,高呼一句:"你真美呀!请停留一下。"话音一落,魔鬼与浮士德在人间的约定就生效了,魔鬼正要带走他的灵魂。

忽然,众天使降临,魔鬼和天使争夺浮士德的灵魂,最终天使得胜。众天使在天上高唱天主教传统里的神秘和歌,歌声中,众天使托举浮士德的身体徐徐升上天空。全剧最后一段是大家熟悉的:

>一切无常世象,
>不过是个隐喻;
>不可描述者,
>在此处实现;
>不可解读者,
>在此处完成;
>永恒之女性,
>引我们飞升。

《浮士德》中的救赎与永恒女性

上一节讲述了浮士德母题的历史渊源,介绍了《浮士德》的整体结构,这一节将分析《浮士德》作为悲剧的意涵,并将视线聚焦于浮士德升天的终场,探讨歌德掩藏于文学象征背后的意义。

众所周知,但丁的《神曲》又叫"天上喜剧",或者说"神的喜剧";歌德也有这个雄心,他要写的是一部"人的悲剧"。为什么浮士德的灵魂被众天使接引,升上天堂,得到了救赎,歌德还依然称《浮士德》为悲剧呢?

要回答这个问题,需要从全剧的两个约定说起。

在魔鬼与浮士德的赌约中,浮士德输了。浮士德经历了知识、爱情、美、事业,无一不以失败告终,这就是人的悲剧。浮士德一生探索不息,直到死亡,在梅菲斯特看来,不过是徒劳无用、毫无意义的奔忙。这个魔鬼的形象对于理解全剧非常关键。基督教中的魔鬼撒旦、路西法,是堕落的天使,他曾经试探耶稣,遇见信道的人就给以困苦,成为人的大敌,所以又被称为试探者。虽然如此,魔鬼试探人,必须先得到上帝的允许;若是不经上帝的允许而擅自试探,上帝必加以限制。《浮士德》里的梅菲斯特有基督教中魔鬼的影子,性格却是歌德的创造,可以说是"一个消极的本质",一个否定的精神,一个现代的魔鬼。梅菲斯特的哲学是虚无主义,他把一切看得毫无意义,只发现"空"和"无"。

浮士德一死,魔鬼自觉胜利,他以为他的哲学应验了:

> 过去与纯粹的虚无,完全一样!
> 永久的创造对我们有什么用处!
> 创造的事物终归又归入虚无!
> 所以我爱那永久的空虚。

然而,这时众天使出现了,浮士德的灵魂终归被天使夺去,魔鬼输掉了与上帝的赌赛。

为什么呢?我们回到开头,上帝为什么愿意和魔鬼打赌,让他去诱惑浮士德？因为上帝知道人在努力的时候总不免要走些歧路，但同时他又确信一个好人、善人在阴暗的冲动里总会寻找到正当的道路。所以上帝在浮士德有生之年把他交给了魔鬼，却并不担心浮士德被魔鬼诱惑，因为他对人类还有更大的期望。上帝认为人的努力非常容易衰落，而恶的、反动的势力对于一个孜孜不倦探索的人是一个有力的刺激，可以使他更加积极地努力。在全剧最后，歌德借天使之口说出了其中的奥妙：谁若奋发向上，就能得到解救。浮士德的一生由于人性的局限而成为悲剧，但他终究得到了救赎，因为他的人性中体现了神的意志——浮士德终究是一个得到神的恩宠的人。

浮士德在四个阶段里，经过知识、爱情、美和事业的历险，如同《旧约》中的约伯，作为被选中的人，最后得到了拯救，进入了澄明之境。1831年6月6日，爱克曼和歌德有一段著名的谈话，歌德在谈话中解释道："这些诗句中蕴含着浮士德得救的关键。浮士德身上自始至终都有一种不断升华和净化的奋发有为的精神，上天给予他的帮助则是永恒的爱。"

浮士德的灵魂是否得到救赎，关系到全剧的主旨，学术界对此有非常多的讨论。基本上可以分为两派。"救赎派"认为，浮士德一生奋发有为，始于自新，终于自我救赎，因而他是自强不息的人生奋斗楷模；"反救赎派"则认为，浮士德是个永恒的迷途者，是个自我欺骗的被欺骗者。有学者考察最后的救赎场面，认为其不过是浮士德临死悔罪而产生的幻觉，即"濒死意念"。也就是说，浮士德的灵魂并没有获得天使的拯救，浮士德还是下了地狱。而爱克曼记录的那段谈话的真实性，也遭到了质疑。但是，显而易见，在《浮士德》的接受史中，人们只要还把浮士德描绘成德意志民族的榜样和民族身份认同的象征，就必然将浮士德理解为"奋发向上者"。

1871年德意志帝国成立之后,"浮士德精神"变身为帝国殖民主义扩张的意识形态,成为德意志民族自我神化和自我膨胀的代名词。随后,无论是第一次世界大战期间、魏玛共和国时期还是纳粹统治时期,形形色色的民族主义和意识形态都暗中绑架了"浮士德精神"。希特勒声称尽管自己不喜欢歌德,但《浮士德》中对于"太初有为"的称许符合纳粹党的意识形态,因而他倾向于"原谅"歌德。社会主义的苏联和东德,同样也将《浮士德》意识形态化,将浮士德塑造为推翻封建主义的无产阶级解放者。东德的执政党总书记用"浮士德精神"激励人们说:"如果你们想知道前进的道路通往何方,就读一读歌德的《浮士德》和马克思的《共产党宣言》。"

怀疑的声音也一直存在,争议最大的莫过于对剧终救赎的疑问——为何这个身上背负几条人命、与魔鬼结盟的浮士德可以逃脱下地狱的命运?歌德在"天上序曲"中借用《约伯记》中上帝和魔鬼的赌约作为整部诗剧的线索,上帝认定"人在追求时,就会迷误",魔鬼的诱惑是上帝刺激倦怠的人性走向行动的工具,而剧终天使对浮士德灵魂的接引则意味着,浮士德的绝望与追求、沉沦与获救,没有脱离上帝的意志。也就是说,浮士德是上帝应许之人,或者说他就是上帝所应许的现代人性,而不计代价追求成功的马基雅维利主义是不懈追求(streben)的浮士德精神中的应有之义。魔鬼自述"欲求恶却成就了善",而浮士德可谓是"欲求善而导致了恶"。暴力以启蒙的名义横行,自由容忍了极权的诞生——《浮士德》中揭示的启蒙二元性正可以为阿多诺和霍克海默的《启蒙辩证法》背书。

浮士德升天一场谜团重重:全场剧终"永恒之女性/引我们

飞升"常常在各个场合被引用，却经常被认为是指向现实中的女性，这是一个误解。究竟谁是"永恒之女性"？

我们看到，在这一场中不再有充当末日审判官的基督和教士及全体圣徒。取而代之的是以下人物：早期基督教的隐修僧侣、中世纪基督教的教父、升天童子、天使合唱队、悔罪女人（其中包括那个旧名格雷琴的女子），还有光明圣母。"永恒之女性"是否就是天主教中的光明圣母？歌德在这里展示的，不是对浮士德的末日审判，而是浮士德的升天。这样的做法在诗人的同时代人中，已经激起了双重的愤怒和指责——自由主义者们愤慨于歌德这个老异教徒竟然把主人公安排在一个基督教性质的天堂里；而新教徒也怒不可遏，因为"新教徒"歌德竟然变成了天主教圣母的崇拜者，虽然歌德早就宣称，这些判断都建立在一种根本的误解之上。歌德从天主教教义和礼仪宝库中借用的东西，是文学象征，不可将其混同于它们字面上所指的东西，而在新教的仪式中，却很难找到可资借鉴的文学寓象。对此，歌德有一段与爱克曼的谈话：

> 《浮士德》的结尾，就是得救的灵魂升天的情节，是很难处理的。在处理这类完全超乎感觉、几乎难以预想的事物时，我差点就迷失在模糊不定的状态中——如果我不曾借助基督教中那些轮廓鲜明的人物和观念，为我的各种诗意的动机赋予一种得到了善意限制的形式和稳固性。

需要注意的是，主宰《浮士德》终场的主题词是爱，而并非赌赛的胜负或者基督教意义上的罪孽与惩罚。"爱"是沉思神父歌咏里的那个"无所不能者"："爱"塑造并孕育一切，并以永恒女性的形象出现，德语原文是das Weibliche，是形容词"女性的""阴柔的"的名词形式，所以读者不可将此处的女性与现实中的女性等同起来。而浮士德无疑是代表着刚健有为的"永恒男性"，是那个迷失方向的追求者、有为者和强势者，而阴柔、仁慈、有助益且有拯救之力的爱，就被隐喻为了永恒之女性。

"来世论"与云的形变

《浮士德》最后一段的8行诗中说："不可描述者/在此处实现/不可解读者/在此处完成。"这里还有一个关于"不可描述者"和"不可解读者"的疑问。

《浮士德》的注释者薛纳指出，《浮士德》终场与3世纪古希腊教父奥利金的"来世论"有关联。这种学说的要义是，所有人死后都可以通过爱并以和解的方式向上帝回归，不管是源于上帝者，疏离上帝者，脱离上帝者，还是地狱中的魔鬼。这种见解符合《新约》里涵盖面最广的说法：在生命的尽头，"天上地上一切所有的，都在基督里面同归于一"（《以弗所书》1:10），于是"上帝"经由基督"为万物之主"（《哥林多前书》15:28）。

可是，后来的基督教正统教义统统摒弃了这一学说。它们都坚持末日审判的观点，坚持对正义者、得救者、有福者和被抛弃者行终裁性的区分和裁决，坚持将罪人永久性地罚下地狱。然而，奥利金的主张并没有因为遭受排挤就远离神学家们的视野，它在18世纪重新获得了广泛的传播。

对于这样一种"来世论"，歌德有过细致了解，他尤其借助了阿诺德的《教会与异端史》，该书大量援引了奥利金的核心思想。歌德曾认真考虑过，在《浮士德》的结尾，或许可以让梅菲斯特"自己到上帝那里寻得恩典和宽宥"；他让浮士德在悲剧第二部"旷野"一场里提到"永远的宽恕者"；让天使们在"埋葬"一场里提到极乐的"万汇一体"；旧名格雷琴的悔罪女子在诗剧最后一场里也说："昔日的恋人/不再忧愁/他回来了。"这种与基督教正统观念难以协调的"回来"，其依据正是奥利金主张的"回归"神学。

腾空、向上、在高处飘浮、上升、生长、嬗变——《浮士德》终场里贯穿了这类具有"升腾"含义和"变化"隐喻的词语。它们具有双重含义，一方面指向奥利金的神学，另一方面指向歌德热衷的自然科学特别是形态学。作为整部诗剧结尾的"高山深谷"这场戏堪称歌德作品中最后一个演绎其"直观方式"和"想象方式"的诗化范例。歌德认为，就是这两种方式，就是它们"教我看见了自然中的上帝和上帝中的自然"，并且看见了"我的全部存在的理由"。

歌德在《浮士德》最后一场里的描述，诸如"低处"和"中部"，或"在较高的大气中"和"在较高的空间"等，被用作歌德所潜心从事的自然研究的专门术语。这些术语也出现在歌德19世纪20年代的气象学日记中。歌德观察云层时，就用它们表示不同的高度：云升入高处，变幻形状，最后消散，于是"整个大气中就呈现出一种纯粹的蓝色"，歌德称之为"上升的游戏"。

老年歌德一再使用由英国气象学家霍华德为各种形状的云确定并沿用至今的那些名称，来描述云的形变。"层云变成积云，积云变成卷云，"歌德写道，"过去人们曾以为，这些现象是在三个空间层面上叠加起来发生的。"他还说过："为了更好地理解眼前这篇文章里使用的表达方式,此处予以补充说明,有三个大气区域,上部、中部和下部,我们还可以再添加第四个,也即最下部。"这些不同高度的空间就是上升的云经过的区域——"云的形变"这一自然事件,就是我们透过《浮士德》最后一场的文本看见的东西。年幼的天使描绘自己"像雾一样绕着高高的岩石",那些正在摆脱地球引力的升天童子被称作"小云朵",光明圣母"膝下缠绕着/轻盈的小云朵/是悔罪女/一朵柔弱的小云"。"抬着浮士德灵魂的天使们"唱道:"尘世花团锦簇的纽带/从他身上脱落/云朵织就的衣袍/托举他向上。"至于那个旧名格雷琴的悔罪女子的情况又如何,我们得回到题为"连绵的群山"的那场戏。在那里,浮士德看见她站在卷云里,"一直向天穹飞升/并带走了我内心最美好的东西",因为此时光明圣母发话了:"来吧,升入更高的空间/当他(浮士德)料到是你,他会跟随而来。"

是的,歌德记录在自然研究和气象学日记里的观察,出现在了《浮士德》的最后一场里。1820年5月28日,从卡尔斯巴德返回魏玛的途中,歌德说:"这时候,如果上部区域,它那种干燥的、吸水性的、收敛性的强力占了上风,那么这些大团大团的东西(云团)的上沿就会被分解、被扯散,然后它们将一片一片地升向高空,变为卷云,最终消失在无限的空间。"这是《浮士德》最后一场的气象学结构模式。

事实上,在完成这场戏之前,歌德已经写下了一段文字,清楚地揭示了《浮士德》结尾中的"救赎事件"。它就是献给霍华德的组诗中题为《卷云》的那一首:

可是那个宝贵的渴望它越升越高!
拯救在天空里是一种轻轻的束缚。

> 那堆积而成的,将会片片地消散,
> 如欢跑的羊羔,被轻轻梳理成群。
> 最终,在下面轻轻产生的,都悄然
> 流向上面那位天父的怀里和手中。

一个朋友曾和歌德谈到他对《浮士德》结尾的猜测:《浮士德》的终场可能会被安排到天上,而梅菲斯特作为失败者,会在听众面前自白说:"一个好人在其内心的驱使下认识到什么是正道。"歌德听了这个安排,并不满意,他摇着头说:"那倒真是一种启蒙了。浮士德最后头发花白了,而在头发花白的年纪,我们会变成神秘主义者。"

头发花白的浮士德本人当然是得到了启蒙,可是老歌德为死后的浮士德安排的升天一场戏,却是以神秘主义者的口吻写成的。剧终的神秘和歌里有一行是"不可描述者"——正如我们从阿诺德的《教会与异端史》里读到的,奥利金也曾"简约地指出,这一切都神秘莫测、难以言传"。

就这样,在《浮士德》最后一场里,歌德把那些在上升中变化、不断飘向更高区域、最终消失在无限空间里的云朵之奇妙的形变,搬上了想象中的舞台。从而使这场戏成了奥利金"来世论"在自然界中的象征,这一学说又被诗人反过来为死亡之后的形变过程赋予了神学框架。

歌德并非要借此把一部押了韵的神学教义塞到我们手中,以便告诉我们天上是怎么回事,歌德无意传教,不管是为哪种教派。他只是以文学象征的形式提示读者,要注意那些终极事物,注意那些不可描述、不可理解之物。

歌德使用的文学象征并不等于其所指的东西本身,他尝试借助一些文学传统、神话寓托来表现天上的事情。结果在我们看来，那通常难以理解的救赎事件就被"去神秘化"了。通过这种方式，他让天上的事情得以保持为"不可描述者"和"不可解读者"，以文学寓象的形式与后世读者相遇。

至于相遇时会发生什么事情，歌德并不太在意，他在1831年9月8日完成终稿后，致信友人布瓦瑟瑞，用谐谑的口吻说道："我的《浮士德》已经成为它所变成的模样。尽管还会有足够多的问题产生，作品绝不可能给每个问题提供答案，这对那些通过脸色、手势和轻微的暗示来理解作品的人倒是值得高兴的事。他们从中将会发现的东西，甚至比我自己知道的还多。"也许在21世纪的中国，歌德会遇上一些知音。

延伸阅读

1. 〔德〕歌德:《歌德文集》(全十卷),冯至、范大灿、杨武能等译,人民文学出版社,1999年

    人民文学出版社在歌德诞辰250周年推出的十卷本《歌德文集》,是百年歌德汉译成果的总结,由资深歌德译者和研究者——冯至、钱春绮、绿原、范大灿、杨武能等先生——合力完成,荟聚了歌德最有代表性的作品。这套《歌德文集》译笔忠实可靠,文风晓畅明白,是外国文学爱好者和研究者认识和深入研究歌德创作的一手资料。优秀的歌德作品译本还有不少,钱春绮先生所译《浮士德》不仅译文贴切严谨,而且在诗体格律上也力求贴近原作,做到这一点殊为不易。

2. 宗白华、周冰若(辅成)编:《歌德之认识》,南京钟山书局,1933年

    1932年是歌德逝世100周年,中国文艺界和学界掀起了一股"歌德热"。宗白华与周辅成先生编撰的这部论文集《歌德之认识》分为"歌德的人生观与宇宙观""歌德的人格与个性""歌德的文艺""歌德与世界""歌德纪念"五个部分,撰稿者和译者中有冰心、宗白华、贺麟、陈铨、田汉、唐君毅、杨丙辰、范存忠等,皆为当时学界各个专业领域的翘楚。

    这本书反映了当时国内学界对于歌德的关注和研究已经到达的高度和广度,以今天的视角来看,论文集中的观点依然有强健的生命力和鲜明的主体意识,其中宗白华的长文《歌德之人生启示》(后收入《宗白华文集》)是理解歌德、理解宗白华先生生命体验美学的重要文献。

3. 冯至:《论歌德》,上海文艺出版社,1986年

    冯至先生是杰出的现代抒情诗人,也是新中国成立后我国歌德研究的灵魂人物。他青年时期倾心于里尔克和诺瓦利斯,中年之后服膺歌德。冯至留德期间曾在海德堡大学亲炙著名歌德研究专家贡多尔夫,在西南联大期间,开始潜心研读歌德,连日军空袭、"跑炸弹"时都带着《歌德全集》,在此期间,有《〈浮士德〉的魔》《从〈浮士德〉里的"人造人"略论歌德的自然哲学》等多篇重要论文问世。

    "文革"后,冯至继续进行他的歌德研究。1986年,冯至将多年歌德研究的成果集结为《论歌德》发表。冯至的歌德研究受益于在德国接受的文学研究训练,有着鲜明的问题意识和开阔的思想史视野,语言平实、说

理明晰，堪称文论的典范。

4. 〔德〕吕迪格尔·萨弗兰斯基：《歌德：生命的杰作》，卫茂平译，生活·读书·新知三联书店，2019年

吕迪格尔·萨弗兰斯基是德国著名学术畅销书作家，他为席勒、尼采、海德格尔和德国浪漫派撰写的思想评传在德国国内颇受好评。萨弗兰斯基擅长将史料和观点融会贯通为精彩的故事娓娓道来。这部歌德传记同样文笔优美圆融、剪裁得当、叙事精彩，为堪称人类生命杰作的歌德生平绘制了一幅精细的工笔画。

这部传记的另一个特点是使用了大量的一手资料，即歌德的著作、信件、日记、对话以及同时代人对其的评价，全面再现了歌德生命的各个阶段和思想发展的历程，为读者了解歌德及歌德所处的时代提供了一部可靠的指南。

5. 〔法〕皮埃尔·阿多：《别忘记生活：歌德与精神修炼的传统》，孙圣英译，华东师范大学出版社，2015年

皮埃尔·阿多是法兰西学院荣誉教授，以研究西方古代哲学尤其是新柏拉图主义和斯多葛主义而闻名，也是深得福柯器重的当代哲学家。阿多是歌德忠实的粉丝，他通过毕生的研读发现，歌德是现代人悟道和践行古代哲学传统的典范：歌德针对"勿忘死亡"（Memento Mori）的弃世观，呼唤"铭记生活"（Gedenke zu leben），认为人类应该专注于当下，而不是迷失在对过去或者未来的浪漫感伤中；人类应用"高空俯视的目光"看待问题，弃绝自我，与宇宙融为一体，从而获得永恒的平静和快乐。

第二讲
简·奥斯丁：婚姻诗学的开拓者

毛 尖
作家，华东师范大学教授

伊丽莎白和达西，完成了罗密欧和朱丽叶的遗愿。婚姻提供了最大价值的诗学。就像达西声称的伊丽莎白给他的教训那样，单纯的等级标志和财产转化成了自我表现的形式，使进入这一交换关系的双方都得到了改善。可以说，通过增加他们作为个人的价值，小说提升了一般意义上个人的潜在价值。奥斯丁也在这个意义上，成为具有启蒙知识分子意义的作者，只不过，她如此轻松、如此不教条、如此愉悦地让人跟随她。没错，达西和伊丽莎白的结合，完成了几代人孜孜以求的资产阶级的最高任务——教育大众，惠及大众。婚姻才是最高的罗曼司，爱情实在不算什么。

贫穷摧毁爱情,但我们过好了各自的一生

今天想讲一讲《傲慢与偏见》,我给第一节取了个小标题:贫穷摧毁爱情,但我们过好了各自的一生。

终于要来讲奥斯丁了,多少有点失重感。因为爱她太久,近乡情更怯。读了她半辈子,却跟奥斯丁的全球粉丝一样,始终还只是她的粉丝。有些大作家读第二遍,就觉得没劲了,比如昆德拉。奥斯丁可能是所有伟大作家中,词汇量最不大的,但每次看,每次都有新鲜感,就像《傲慢与偏见》的第一句,我们早就会背了,一读,就觉得还得重新理解一下这个句子的真理性表述是怎么达成的。"凡是有财产的单身汉,必定需要娶位太太,这已经成了一条举世公认的真理。"(我这里的引用,全部是王科一的译文。)一句话,既概括了全书的中心思想,又"拯救"了小说中吵吵闹闹的班纳特太太,这个让伊丽莎白和简、让我们读者抓心挠肝的班纳特太太,不正是这个真理最矢志不渝的旗手吗?所以,这句话既包含了陈述,也暗含了讽刺,这个讽刺既朝向小说中的所有人,也朝向我们,"嘿嘿,让你们看不起班纳特太太,人家混混沌沌就践行真理了"。

所以,怎么讲奥斯丁好呢,她比莎士比亚朴素,却也比莎士

比亚更普世,事实上,她早就构成了当代文学的潜意识,高的不说,打开任何一部偶像剧,都有"伊丽莎白"和"达西"在其中。好的文艺里有"达西",烂剧里有霸道总裁,他们的原型都能追溯到《傲慢与偏见》。还有柯林斯先生,他的各种"变体"也出没于全世界的文艺中。每个国家都拍过自己语种的《傲慢与偏见》,几年前还有《傲慢与偏见》的"僵尸版"。所以,进入了文艺肌理的奥斯丁,就像好天气、好酒、好菜,你享受就是了,怎么说得出一个晴天的好,说得出一碗米饭的香呢?

我想了很久,还是决定用最老实的方式来讲奥斯丁,先从她的生平讲起。

奥斯丁出生于1775年,于1817年去世。据说,她最后的话是:"除了死亡,我什么也不需要了。"和莎士比亚一样,简·奥斯丁的生平信息很稀缺。我们只能通过她的160封信来拼凑她的形象——她姐姐卡珊德拉(奥斯丁的大部分信是写给她的)焚烧了她的大部分信件,也审查了剩下信件的内容。奥斯丁去世后的50年间,她的亲戚越来越把她往"good quiet Aunt Jane"形象上塑造,这可算是典型的在家族保护下形成的人格形象,从中也看得出来,奥斯丁家族可谓是"理智甜美型"。在家族叙事中浮现出来的奥斯丁,和她写给卡珊德拉的书信中的形象很不同,语气、语速、词汇都截然不同。相对而言,书信中的奥斯丁更接近《傲慢与偏见》中的伊丽莎白。这一点,也被和奥斯丁有关的影视剧佐证——在电影《成为简·奥斯汀》里,饰演奥斯丁的是活泼明媚的安妮·海瑟薇。我还是比较相信奥斯丁家族为她塑造的形象和她本人之间略有差距,她本人的活跃度要高出许多。

简单地说一下奥斯丁的家庭。奥斯丁的父亲乔治·奥斯丁是英国国教会的一位堂区长,母亲卡珊德拉是乡绅之女。父亲还招了三四个男孩住家里补贴家用,电影《成为简·奥斯汀》对此有所表现。奥斯丁有6个兄弟,一个姐姐。姐姐和她一样终身未婚,比她多活了差不多30年。姐姐是简的形象的首席设计师,我们现在看到的奥斯丁肖像,也是出自姐姐之手。兄弟中,奥斯丁和亨利关系最亲密,他是奥斯丁的文稿代理人,亨利交友广泛,让奥斯丁得以看到不同于乡村小教区居民的社会阶层和各色人物。

　　奥斯丁今年250岁了,她是被印在英国纸钞10英镑上的人物,是全世界文艺青年的女神,没有之一。她10岁前短暂又零星地受过一点学校教育,主场教育基本在家里完成,也就是在父亲和亨利的指导下读读书。她的传记作者帕克·赫南描述,奥斯丁家是"开放、愉快、无拘束的知识分子家庭",家里还能讨论政治和社会,也会组织家庭成员和好友排演舞台剧,这些都培养了奥斯丁的喜剧天赋,她作品中信手拈来的讽刺应该和他们当时排演过的不少剧以及开明的家庭氛围有关系。从她的作品中可以感受到,奥斯丁与邻人交往密切,人缘很好,她是邻里社交舞会的常客,她喜欢跳舞,她哥哥也说她擅长跳舞,她也喜欢和姐姐汇报跟某某跳舞的情况,这和家庭为她塑造的"quiet"的形象有出入。

　　有必要讲一下奥斯丁短命的爱情。奥斯丁20岁时,托马斯·兰洛伊斯·勒弗罗伊(邻居家的侄子)在1795年底到1796年初的两个月间拜访了她家所在的史蒂文顿。他刚大学毕业,正要搬去伦敦接受训练,准备成为律师。两人的故事成为半传记片《成为简·奥斯汀》的主要罗曼司。从奥斯丁与姐姐的通信中可以看出,他们俩在一起度过了相当长的时间:"我几乎不敢告诉你,我和我的爱尔兰朋友的行为举止。你自己想象下最不检点、最放肆的跳舞，坐在一起的方式。"后来，勒弗罗伊家族介入此事，让托马斯在1月底离开。结婚是不现实的，因为两人都知道：他们没有钱，而且托马斯要依靠爱尔兰伯祖父的经济支援来完成教育、开启法律生涯。用电影中的台词来说，就是"贫穷摧毁了爱情"。这只是前半句，它还有非常好的后半句，"但我们过好了各自的一生"。托马斯·勒弗罗伊后来成了大法官，奥斯丁也成了著名作家。这里面的转折，让人觉得又幸福又凄凉。

1802年12月，奥斯丁人生中第一次也是唯一一次被求婚。她和姐姐拜访了住在贝辛斯托克附近曼尼塘庄园（Manydown Park）的老友阿丽西亚和凯瑟琳·比格。她们的弟弟哈里斯·比格-魏泽刚完成牛津的学业回到家中。他向奥斯丁求了婚，她接受了。哈里斯没有什么魅力，我看了两本传记，估摸着他有点像夏尔·包法利，当然，奥斯丁绝不是包法利夫人。哈里斯长得平凡笨重，又不会说话，奥斯丁之所以接受求婚，只是因为她从小就认识他，而这门婚事还会给她和她的家人带来许多实际好处——他是家族地产继承人，和他结婚，奥斯丁能够庇护家人。但奥斯丁第二天就反悔了。

当时，奥斯丁27岁了，说实在的，拒绝这样家境殷实的求婚者是需要一点勇气的。奥斯丁的信件和日记中没有描述她对这次求婚的想法。1814年，她的侄女范妮来信为自己即将谈婚论嫁的恋情征求意见，奥斯丁在回信中写道："除非你真的喜欢他，否则别考虑接受他的求婚。任何事都比没有感情的婚姻要好，都可以被忍受。"那时奥斯丁快40岁了，离生命结束仅剩下3年。每次想到这点，我都觉得奥斯丁虽然度过了理智的一生，也不能说不好，但在情感和理智的对局中，她对前者始终保持着少女般的坚持。也是由于这个原因，作为浪漫主义时代的作家，奥斯丁被浪漫主义定义，并不算勉强，但有时候又觉得她和其他浪漫主义作家是那么地不同。在奥斯丁的文本里，我们看不到人们今天所定义的粗俗的"浪漫"；但从奥斯丁的爱情选择和婚姻选择中，我们又可以看出她依然受制于浪漫主义的人生观、价值观。当然，在她身上，更值得让小资青年学习的是，爱情这东西，即便失去了，也不能就要了你的命，你看，奥斯丁多么出色地过好了她的一生。

好了，回到"地面"。反正，在奥斯丁拿起笔的时候，她真真实实地知道，经济的重要性。

1800年12月，奥斯丁的父亲乔治出人意料地宣布退休，举家搬往巴斯。据说，当奥斯丁得知自己要离开出生以来唯一的家时，她生平第一次昏倒了。在巴斯居住期间，奥斯丁在写作上也几乎没有任何进展，这多少展现了奥斯丁在巴斯时的心理状态。也有传记作家认为此时的奥斯丁深陷抑郁，无法写作。

奥斯丁的父亲去世得突然，奥斯丁和母亲、姐姐陷入了被动的经济局面，这种局面，在她的大部分小说中都有涉及，像《理智与情感》的开头，几乎是照搬了当年父亲去世的场景，虽然奥斯丁的兄弟们都还不错，但兄弟们的经济资助毕竟像一种开恩，而不是理所当然的。父亲的钱和哥哥的钱，毕竟是两回事。

1809年初，奥斯丁的哥哥爱德华安排母亲和妹妹们搬去位于肖顿（Chawton）的一幢大农舍里，希望她们能拥有更安稳的生活。母女三人于1809年7月7日搬入"肖顿屋"（Chawton House），过上了搬到巴斯后未有过的安定宁静的生活。这次搬家在奥斯丁个人写作史上可以算一个分水岭，之前她完成了《理智与情感》《傲慢与偏见》《诺桑觉寺》，之后则完成了《曼斯菲尔德庄园》《爱玛》和《劝导》。虽然《曼斯菲尔德庄园》在《傲慢与偏见》出版一年后就出版了，而且两书在人物和情节上有诸多同构，但无论是语调还是气氛，两书都截然不同。有很多"骨灰级"奥斯丁粉丝都更喜欢"肖顿屋"时代的奥斯丁小说，因为它们更冷静、层次更多，但我始终把《傲慢与偏见》排在全部小说的第一位，不仅是奥斯丁的小说，而且是全部英国小说，甚至是除了中国小说以外的全部小说。因为《傲慢与偏见》如此轻松地确立了小说的难度，如此轻松地成了整个世界的文艺潜意识。

浪漫主义时代的"经济学家"

接下来，我会谈谈奥斯丁为什么这么厉害，以及她为什么会是浪漫主义时代的"经济学家"。

21岁时，奥斯丁开始创作她的第二部小说《第一印象》。她于1797年8月完成了初稿，这部小说日后成为世界上最有名的小说，即《傲慢与偏见》。像创作其他小说一样，奥斯丁在写作过程中把书稿读给家人听，这个故事成了家人的最爱。她的父亲曾经试图帮她出版这部小说，但没成功。后来在"肖顿屋"期间，通过哥哥亨利的关系，出版商托马斯·埃杰顿同意出版《理智与情感》。《理智与情感》于1811年出版，两年后首版售罄。小说稿酬使奥斯丁获得了一定程度上的经济和心理独立。随后，埃杰顿在1813年又出版了《傲慢与偏见》，小说大获成功，销量也好。1814年，《曼斯菲尔德庄园》出版，在6个月内全部卖出，给奥斯丁带来的收入比其他作品都高。之后，她完成了《劝导》。去世前，她一直在写后来被命名为《桑迪顿》的小说。1817年7月18日，奥斯丁去世，葬在温彻斯特座堂中殿的北廊，哥哥詹姆斯为她写了墓志铭，但没有提及她在写作方面的成就。1817年底，《劝导》和《诺桑觉寺》捆绑出版，亨利写了篇传记文，才第一次点出简·奥斯丁小说家的身份。可以看出在当时，小说家的地位并不高，女性写小说好像也并不是一件特别光彩的事情。

来看《傲慢与偏见》。小说收盘，简·奥斯丁轻松促成四桩婚姻：伊丽莎白和达西，吉英和彬格莱，丽迪雅和韦翰，还有夏洛特和柯林斯，虽然看上去一桩不如一桩，但合上书细想想，却也桩桩般配。

韦翰和丽迪雅的结合，是互相"为民除害"。般配产生愉悦，愉悦源于准确。奥斯丁描画的对象并不高雅，她也不试图引发崇高的情感，但她的描写方式总是逼真、准确。奥斯丁自己曾经攻击哥特小说，说它们在对象里注入庞大的意义，却无法证明其正当性："现在事情再明白不过了，这都是自己主观臆测、胡思乱想的结果，因为决心要历险而想象，又因想象而将一桩桩小事演化成至关重要的大事……一切事情都不得不服从于一个目的……"

所以，奥斯丁自己从不描写她没见过的东西。她的天地可能狭小，但是完整。在所有靠想象而写作的作家中，她是最为写实的。她从不超越自己的真实经验去写，可是她笔下的每一个行动又都触动了他人的经验。

财产问题最能体现奥斯丁描写现实的准确性，以及她的经济学能力。可以看看下面的表格，摘自剑桥大学出版社2011年出版的《奥斯丁读本》(*The Cambridge Companion to Jane Austen*)。

奥斯丁小说中人物的年收入与生活水平一览

年收入	生活水平	实例
100英镑	刚好买得起流动图书馆的门票，家里仅能以很低的薪资雇用一个年轻女仆。	《爱玛》中贝茨小姐的生活水平，身边只有帕蒂一个女仆。
200英镑	刚够跻身乡绅阶层，但只够面子工程。	奥斯丁父母婚后的生活水平。
300英镑	"单身汉可以过得很爽，但是结婚就不够了。"布兰登上校谈爱德华。	奥斯丁哥哥詹姆斯结婚时的生活水平，不足以使用马车和养猎犬。
400英镑	舒适但不宽裕，可以雇个厨子和女仆，外加一个门童。	《曼斯菲尔德庄园》中范妮母亲的家用，可雇两个仆人，但不会持家则捉襟见肘。
500英镑	家庭幸福的水平线，可雇两个女仆、一个男仆。	如果奥斯丁先生去世，此等收入可以维持他们母女三人的生活。
700—1000英镑	"亨利，一年700镑你啥也干不了。"《曼斯菲尔德庄园》	《爱玛》中埃尔顿太太的生活水平，可以吹嘘她的马车。
2000英镑	有地乡绅的收入水平。班纳特先生和布兰登上校的收入。	但班纳特先生有五个女儿，太太又不善理财，家用依旧吃紧。
4000英镑及以上	可以尽情享受上流社会生活，得在伦敦有房，方便社交季应酬。	达西先生和彬格莱先生的生活水平。

对财产，以及财产分身的各种精确描绘，让奥斯丁远远甩开了同期的浪漫主义作家。她是浪漫主义时代的"经济学家"，她的语义发生学都关乎经济问题，但又如此绵里藏针，我每次看每次都叹服，如果我们的小说和影视剧有这样精准的经济表达，而不出现一个刚毕业的大学生就能住两层楼房这种完全为了剧情而设的情节，文化输出会比现在顺利许多。看看《傲慢与偏见》第十三章，柯林斯先生的夸赞反而引起了班纳特太太的不满："连一顿午饭也蒙他称赏不置，他请求主人告诉他，究竟是哪位表妹烧得这一手好菜。班纳特太太听到他这句话，不禁把他指责了一番。她相当不客气地跟他说，她们家里现在还雇得起一个像样的厨子，根本用不到女儿们过问厨房里的事。"这么一个情节，看起来好像是一

段情感表达和人物刻画，但其实和经济问题密切相关。

再比如第五十九章，班纳特太太知道了伊丽莎白和达西已经发展出恋情，她马上表示："天啊！达西先生！谁想得到哟！真有这回事吗？丽萃，我的心肝宝贝，你马上就要大富大贵了！你将要有多少针线钱（pin-money），有多少珠宝，多少马车啊……"我们可以看出，班纳特太太对这门婚事的反应首先也是想到了经济问题。人物在文本中的发言总是紧紧地关联着经济问题。同样地，咖苔琳夫人对伊丽莎白的舅舅家有男仆感到惊讶，因为那个时候，男仆的薪水是20—60镑一年，女仆5—15镑一年，差得很多。势利眼的咖苔琳夫人觉得伊丽莎白舅舅家应该只雇得起女仆，怎么还会有男仆呢？所有这些都和经济问题息息相关，所有这些细节，全部是经济账，但都简简单单、入情入理地嵌合进小说内部。在这一点上，奥斯丁的小说和卓别林的电影有点像，卓别林电影的每一个笑点都是自然生成的，不是我们今天的喜剧那种脱离语境的恶搞。奥斯丁对每一个细节也都是信手拈来，四两拨千斤。

奥斯丁之前的小说，财产出场都是虚头巴脑的，奥斯丁小说中的"人和财产"，却精准得像200镑和2000镑的差距一样。回到小说开头的真理，"凡是有财产的单身汉……"，关键词是"财产"。财产，或者说，经济问题，是这部小说当仁不让的主人公。逐章读过，小说中所有人物出场，都是首先带着经济身份的。伊丽莎白的父亲班纳特先生，年进2000镑，刚刚够养活一大家子，所以当"每年有四五千镑收入"的彬格莱先生来到村里，班纳特太太马上准备在自己的5个女儿中为彬格莱先生挑选一位妻子。类似地，达西先生出场，也是带着他"每年一万镑的收入"进入小说中的社交界，而且，因为他的财产比彬格莱先生的更丰厚，

"男宾们都称赞他的一表人才,女宾们都说他比彬格莱先生漂亮得多"。由此,奥斯丁也有效又讽刺地说出了财产的"人品"估值。

财产是爱情的形象顾问,甚至可以说,财产是爱情的大 boss,它不仅划定小说人物的形象等级,也决定他们的感情去向。

开场,因为伊丽莎白的村子里出现了"新钱",村里的舞会就是必要的,吉英和彬格莱、伊丽莎白和达西就此相识;随后,爱情中最重要的"打酱油"者柯林斯先生登场,他赤裸裸为财产而来,作为班纳特家族未来的财产继承人,他自己没钱,单凭性别前来夺取班纳特家的"老钱"——柯林斯先生自然在小说中扮演了丑角,后人对他的这一印象也一直没变;韦翰出场时也是财产的产物,他漂亮的面容是他过去身份的遗迹,现在他却是小说中最穷的男人,只配得到最轻浮的姑娘丽迪雅·班纳特。可以看出,小说是按照财产来分配人物配偶的,因此,韦翰和丽迪雅这对没有灵魂的浪荡夫妻,后来是靠达西的钱才挽救了班纳特家族的面子,也让伊丽莎白鉴定出了谁是坏男人。

而在《傲慢与偏见》倒数第三章,曾经断然拒绝过达西的伊丽莎白向姐姐坦白,她已经同意达西的求婚,姐姐大吃一惊:天哪!你之前不是对他深恶痛绝的吗?伊丽莎白俏皮地回说,这是慢慢儿发展起来的,也说不出从什么时候开始,"不过我觉得,应该从看到彭伯里他那美丽的花园算起"。

彭伯里的花园毫无疑问是达西的阶级和身份符号,小说完成至今 200 多年,奥斯丁研究者关于伊丽莎白的"彭伯里供词"一直争论不休,她到底是喜欢达西的人还是达西的彭伯里?这个,真不是问题。

在奥斯丁的时代,金钱还没有被工业革命的浓烟完全弄脏,财产和它的各种分身一样，还具有强大的抒情能力，就像小说中最光辉的地产彭伯里，在任何意义上都是达西最好的替身。伊丽莎白一走近彭伯里，就一阵心慌。这个地方太美了，他们沿着上坡路走了半英里，来到一个相当高的山坡上，然后，当当当，当！彭伯里大厦映入眼帘。"这是一幢很大很漂亮的石头建筑物，屹立在高垄上，屋子后面枕着一连片树林茂密的高高的小山冈；屋前一泓颇有天然情趣的溪流正在涨潮，没有一丝一毫人工的痕迹。"大家都热烈地赞赏不已，伊丽莎白不禁觉得，"在彭伯里当个主妇也还不错吧"。

这是小说中最重大的一次情感转折，作者和读者都不觉得有任何势利在其中，后来达西再次出场，伊丽莎白转变态度，我们也就觉得顺理成章。而细细看去，这对世纪情侣关系的每一次重大转折，都是达西的财产——爱情的家长——打好了感情的前阵。彭伯里那么"天然"，那么"没有人工的痕迹"，达西的傲慢也就是"天然"的，而谁又能跟"天然"计较呢！天然的傲慢简直比不傲慢还动人，彭伯里不费一点口舌就在潜移默化间除掉了伊丽莎白的偏见。彭伯里俘获了伊丽莎白，她看到了"有张画像非常像达西先生，只见他脸上的笑容正像他从前看起她来的时候那种笑容。她在这幅画像跟前站了几分钟，欣赏得出了神，临出画室之前，又走回去看了一下"。一个女孩会看画像那么久，"又走回去看了一下"，我们知道这个事情就成了。等到最后一场戏，达西用钱摆平私奔的韦翰和丽迪雅，伊丽莎白对达西的万分歉疚让她感到"说不尽的痛苦"，我们的男主也便一马平川地驶入了伊丽莎白的心田。

因此，从现实主义的视角来看，《傲慢与偏见》更是一部关于财产、关于婚姻的小说，说它是爱情小说不会错，但感情道路的掌舵人,一直是"财产大哥"。

正如列奥·基尔什鲍姆所说:

对于金钱在生活中起的作用,甚至连大卫·李嘉图也不会具有比简·奥斯丁在这部小说中更清醒的认识了。她描写的乡绅社会这座大厦所以能够巩固,正是由于财政上的安全保证,她的每一个笔触都表明她深知这个道理。这部小说可以说是为了详细说明这一点而写的。(转引自朱虹编选:《奥斯丁研究》,中国文联出版公司,1985年,第178页。)

资产阶级的启蒙诗学

我为第三节取的标题是"资产阶级的启蒙诗学",想以此回应为什么奥斯丁这么热衷于写财产。

因为财产既是婚姻的主战场,也是婚姻诗学的主体材料。通过财产,资产阶级青年男女完成彼此的启蒙教育。财产,是启蒙诗学的子弹。这一点,奥斯丁在20岁那场短命的爱情中就领略了——和奥斯丁同时代甚至比她稍晚一点的很多女作家,其实也都领略了这个道理,但是她们不这样写。而且,小说中那些让读者看不上的人,事实上,都是这个财产教育的执剑人。柯林斯先生,班纳特太太,包括咖苔琳夫人,都是小说中最大的嘲讽对象,但是,我们也会发现他们最终是正确的,小说虽然嘲讽了他们,却没有惩罚他们,在小说的结尾,班纳特太太还成了一个"头脑清楚、和蔼可亲、颇有见识的女人"。咖苔琳夫人在小说倒数第二节中，也重新赢回了读者，小说写道："她老人家还是屈尊到彭伯里来拜访。"这些势利眼也好，备受奥斯丁嘲讽的对象也好，最后都重新回到了小说中所处的地位，而且也赢回了读者的好感。班纳特太太最能说明小说的这一特点。作为小说中最活跃的人物，班纳特太太让人反感的品质一再造成小说中的滑稽局面，甚至造成让伊丽莎白痛苦的局面。但不管班纳特太太做了什么，奥斯丁还是让她在文本中占有非常舒适的一席之地，并充分鼓励类似的人物自行其是。这是奥斯丁在小说中体现出的理智，是作为作家的理智，她给了这些人物恰当的生存空间。

　　奥斯丁描写中老年女性也很有自己的想法，不像现在的文本会各种抨击中老年女性，好像她们跳个广场舞就该死似的。虽然奥斯丁对中老年女性有各种讽刺，但是她会把她们纳入文本内部，而且非常包容她们，这一点尤其体现在她晚期的作品中。例如，《曼斯菲尔德庄园》中的诺里斯太太，是书中最受嘲讽也最讨人嫌的人物，但是在第十章的结尾，一群年轻人旅行回程，奥斯丁还是非常公道地说了一句："但是当诺里斯太太不再说话时，车上便变得死一般的沉寂。"像诺里斯太太这样多嘴多舌的中老年女性，都会因为这句话获得在小说中的生存权。班纳特太太在文本中的"存活率"自然更高。

　　奥斯丁能容忍、接受自己所憎恶的人，并把他们舒适地安置在自己熟知的那个世界里，对于她来说，他们是社会对她的一种尴尬的、无意识的评论。同样地，柯林斯的求婚，是整部小说中看上去最荒谬的一节，夏洛特也为一半文艺女青年所不齿，但夏洛特对柯林斯的容忍还有更深一层的意义：它表明在一个更大的社会环境里，当个人情感与实际利害发生冲突时，个人情感就是一种文艺腔，就必须被置于一个无足轻重的位置上。我觉得这是奥斯丁特别牛的地方，但是现在的文艺根本看不到这点，要是现在的小说写到夏洛特和柯林斯这样的婚恋状态，肯定要把这俩人整死的。但奥斯丁却用他们的婚姻反向批评了伊丽莎白的婚姻观。所以接受夏洛特的婚姻，也就是接受对伊丽莎白的批评，也就是修正了奥斯丁对"势利行为"的偏见。相比之下，尽管班纳特先生是小说中最爱嘲讽人的人，但是，生活最后也批判了他。在奥斯丁的小说中，那些看上去最该死的人，又在文本内部获得了原谅与理解，而那些看上去最聪明的人，在文本中又都被批判了。作品中的这些人，一个个都得到了奥斯丁的讽刺和谅解，因为他们都是伊丽莎白和达西的"周边"。伊丽莎白和达西的幸福必须被扩大到周边，才能完成启蒙的真正进阶。

通过彭伯里，伊丽莎白重新审视了高于她自身阶级的财产标志，并把这标志和男性的内在品质联系起来，得以从资产阶级道德的角度重估达西的价值。还是小说第四十三章，读者和伊丽莎白一起被彭伯里迷得神魂颠倒之后，奥斯丁继续在达西的财产上"补大刀"，让管家奶奶多次歌颂达西，然后是伊丽莎白的内心戏，其实也是奥斯丁的叙述："什么样的称赞会比一个聪明的下人的称赞更来得宝贵呢？她认为他无论是作为一个兄长，一个庄主，一个家主，都一手操纵着多少人的幸福；……他可以行多少善，又可以做多少恶。那个管家奶奶所提出的每一件事情，都足以说明他品格的优良。她站在他的画像面前，……她不由得想起了他对她的钟情，于是一阵从来没有过的感激之情油然而生。"

这一章后来成为整个19世纪小说中的典范章节，如果小说的目的只是为了说服伊丽莎白——不管是从她的角度还是达西自己的角度出发，以此来贬低自负的她，那么，《傲慢与偏见》

不会永流传。财产只有转化成美德,转化成启蒙的教材,才真正完成达西对伊丽莎白的征服。达西启蒙了伊丽莎白,而伊丽莎白也以美德教育、启蒙了达西,借此,两人达成平衡,走到婚姻的诗学。

小说的最后,最有钱的咖苔琳夫人出场,她很傲慢地要求伊丽莎白退出婚姻,伊丽莎白反击:"目前这件事情谈不到什么天良、廉耻、恩义。我跟达西先生结婚,并不触犯这些原则。要是他跟我结了婚,他家里人就厌恶他,那我毫不在乎……"

隔了两三页后,达西出场,再度强调伊丽莎白的启蒙能力。达西先前对伊丽莎白的态度十分高冷,而现在看起来都有些甜蜜了,他坦白了对伊丽莎白的爱意,甚至崇拜,他说:"从小时候起,大人就教我,为人处世应该如此这般……却不教我要把脾气改好。他们教我要学这个规矩那个规矩,又让我学会了他们的傲慢自大……不幸我是一个独生子,……从小给父母亲宠坏了。虽然父母本身都是善良人……却纵容我自私自利,傲慢自大,甚至还鼓励我如此,教我如此。他们教我,除了自己家里人以外,不要把任何人放在眼里,教我看不起天下人,至少希望我去鄙薄别人的见识,鄙薄别人的长处,把天下人都看得不如我。"因为这番话,达西再度被刻上了在彭伯里时令伊丽莎白突降的等级标志。

然后,在下一段陈述中,达西为自己的阶级注入了新的道德价值:"从八岁到二十八岁,我都是受的这种教养,我最亲爱、最可爱的伊丽莎白,要不是亏了你,我可能到现在还是如此!"他解释道,首先她剥掉了他的等级价值:"你羞辱得我好有道理。当初我向你求婚,以为你一定会答应。"他接着回忆,她如何证明了等级本身的价值微乎其微:"多亏你使我明白过来,我既然认定一位小姐值得我去博得她的欢心,我又一味对她自命不凡,那是万万办不到的。"就这样,他总结道,她让他有机会获得更优秀的价值:"我哪一点不都是亏了你!你给了我一顿教训,开头我当然受不了,可是我实在得益匪浅。"

由此,在达西非常热烈的"好伊丽莎白,亲伊丽莎白"的呼唤中,他们完成了彼此准则的修订,各自摆脱了来自对方准则的敌对情绪。新的阶层融合完成,启蒙带来诗意。就像《罗密欧与朱丽叶》最后的诗意,"清晨带来凄凉的和解",凯普莱特家族和蒙泰古家族终于彼此修正了自己。

伊丽莎白和达西,完成了罗密欧和朱丽叶的遗愿。婚姻提供了最大价值的诗学。就像达西声称的伊丽莎白给他的教训那样,单纯的等级标志和财产转化成了自我表现的形式,使进入这一交换关系的双方都得到了改善。可以说,通过增加他们作为个人的价值,小说提升了一般意义上个人的潜在价值。奥斯丁也在这个意义上,成为具有启蒙知识分子意义的作者,只不过,她如此轻松、如此不教条、如此愉悦地让人跟随她。没错,达西和伊丽莎白的结合,完成了几代人孜孜以求的资产阶级的最高任务——教育大众,惠及大众。婚姻才是最高的罗曼司,爱情实在不算什么。

在小说最后一章,我们可以看到奥斯丁为此提供了多么好的范例,比如她说:"吉蒂最受实惠……当然家里少不了要小心地管教她,不让她和丽迪雅来往,免得再受到她的坏影响。"吉蒂的妈妈班纳特太太成为了头脑清晰、颇有见识的女人,达西的妹妹乔治·安娜也受到了启蒙。乔治·安娜非常推崇伊丽莎白,看到嫂嫂跟哥哥谈起话来那么活泼调皮,她不禁大为惊异,几乎有些担心,因为她一向尊敬哥哥,几乎尊敬得超过了手足的情分,想不到现在他竟成为公开打趣的对象。通过他们的婚姻,不同等级的资产阶级家庭都受到了教育，都完成了他们被启蒙的任务。每个人，都在这场家族婚姻里得到进步，每个人都得到启蒙和教益。文学史上，没有哪部作品有这么"欢乐"的结局——小说里没有一个坏蛋，哪怕是渣男渣女，也都在小说的最后完成了一点点进步。回头看，只有《傲慢与偏见》做到了这点。

散文的莎士比亚与资产阶级喜剧

在小说第十五章，柯林斯陪同班家的小姐们步行去她们的姨母家做客，路上遇到漂亮的新任军官韦翰，于是在一起攀谈，而远处彬格莱和达西正骑马过来。这是整部小说中四对男女第一次同台。四对男女青年电光石火、彼此纠缠，换成其他作家来写，不知道要如何铺垫这样的重头戏。奥斯丁却只用一段话、一个段落就全部解决了。第一次看的时候不觉得高明，回头重看、再看，越来越赞叹于奥斯丁的才华。奥斯丁就像新浪潮电影运动的发起者，"当自然光可以使用的时候，高强光就没必要了"。她轻轻松松就把莎士比亚的舞台拆了，而且训练哈姆雷特"讲人话"。

几乎是第一次，"自然光"进入了小说。就像司各特说的，奥斯丁不用五花八门的事件和感伤的情绪来娱乐读者，这些在过去都是虚构人物必备的属性，然而在真正生活着或死亡的人们身上却极少看到。第十五章是这样描写的：

……他们正站在那儿谈得很投机的时候，忽然听到一阵得得的马蹄声，只见达西和彬格莱骑着马从街上过来。这新来的两位绅士看见人堆里有这几位小姐，便连忙来到他们跟前，照常寒暄了一番。带头说话的是彬格莱，他大部分的话都是对班纳特小姐说的。他说他正要赶到浪搏恩去拜访她。达西先生证明他没有撒谎，同时鞠了个躬。达西正打算把眼睛从伊丽莎白身上移开，这时突然看到了那个陌生人。只见他们两人面面相觑，大惊失色，伊丽莎白看到这个邂逅相遇的场合，觉得很是惊奇。两个人都变了脸色，一个惨白，一个通红。过了一会儿，韦翰先生按了按帽子，达西先生勉强回了一个礼。这是什么意思呢？既叫人无从想象，又叫人不能不想去打听一下。

《傲慢与偏见》里的四对年轻人，也不再是奥斯丁同时代作家——夏多布里昂、司各特等——小说中充满激情的主人公，"伊丽莎白们"都是日常的，是常见的，性格中都没有以往小说中占统摄地位的激情，但彼此又绝不雷同。

有学者称奥斯丁是"散文的莎士比亚"（朱虹编选：《奥斯丁研究》，第49页）。奥斯丁把莎士比亚时代的人物从大江大海、宫廷战场赶进"乡间村庄里的三四户人家"，而且，让所有的事情基本上都发生在"光天化日"之下。我想再强调一次，奥斯丁是最"环保"的小说家，她用"自然光"照耀她的小说，就像她小说里的主人公用自己的情感经验丈量对方，他们虽然也会出错，但不会变成包法利夫人。到最后，傲慢也好，偏见也好，都呈现为资产阶级的一种有待提升的魅力，没有达西的傲慢，就不会有伊丽莎白的应激反应，没有伊丽莎白的偏见，就不会有达西的"再战"，如此往复，没有咖苔琳夫人的偏见，就没有伊丽莎白的傲慢,也就没有达西的心悦诚服。

整部作品中,每个角色都表现过傲慢、产生过偏见,"傲慢"与"偏见"推动整部小说向前发展,很像《鲁滨逊漂流记》中鲁滨逊建造世界的程序,先"砍枝条",然后发现可以"晾晒"它们,然后发现可以"编篮子",又发现可以"编大篮筐"、可以"不用袋子装谷物"。鲁滨逊一次又一次地往前推进,达西和伊丽莎白也是如此,用"傲慢"编篮子,晾晒"偏见",然后用"傲慢"和"偏见"编更大的篮子,伊丽莎白开始只是觉得达西傲慢,后来听了韦翰的鬼话,产生更大的偏见,达西也是,本来只是上流社会顶层人士对乡绅家的傲慢,看到班纳特太太和丽迪雅等人的喧闹行状,产生更大的偏见,顺带连累温柔甜美的吉英,导致伊丽莎白的偏见更深,这一路,跟笛福写鲁滨逊荒岛求生的节奏相似、逻辑雷同。这种结构法,就是黑格尔所说的"散文的心智"(prosaic mind),套用莫莱蒂在《布尔乔亚》里的表述,我们通过"原因与结果""目的与手段"这样的范畴来理解世界、进入世界,这种理性,就是投向布尔乔亚心态的第一束目光。

所以,我把《傲慢与偏见》看成资产阶级的一次喜剧表演。之后资产阶级的所有喜剧,都受制于这个模式,而且至今没变。散文构成典型的布尔乔亚style。套用莫莱蒂的话,散文既是一种再现世界的方式,也是一种在世界中存在的方式。傲慢与偏见,就是这种散文的主要模式。莫莱蒂说,他是在style里而不是在故事里寻找布尔乔亚,所以,整体而言,《傲慢与偏见》告别了以往惊心动魄的故事中心主义,而呈现出一种散文性(prosaic)。奥斯丁的句子精确又轻松,有效又愉悦,这就是我们在世界中的样貌,她把哈姆雷特的"to be, or not to be"变成了同一个选择。

所以回头看,《傲慢与偏见》和同时期的传奇文本的区别,几乎就是今天好片和烂片的区别。当然,我不是说当年的那些传奇文本是烂片,而是说今天的烂片还在当年传奇文本的逻辑里没出来——男主和女主永远会遇到超自然的力量和爱情,有超级运气和天外横财。反正,当代文艺还遵循着18世纪的套路,局限于各种夸张、各种怪力乱神。

但奥斯丁越过了套路的"崇山峻岭",打开了自说自话的"房门",让"自然光"照进了小说。亨利·奥斯丁在《奥斯丁传略》里这样评价简·奥斯丁:

> 凡是喜剧诗人天赋的最优秀才能,她多半都具有。她是天然景色和风景绘画的明智而热情的爱好者。她老老实实地反映真实。经济尺寸管住了小说分寸。(朱虹编选:《奥斯丁研究》,第51页。)

当然,这样做也有一个巨大的危险,奥斯丁的所有效仿者都栽了跟头,包括琼瑶。琼瑶一直在模仿奥斯丁的《傲慢与偏见》,但是她的小说并没有真正用经济问题来掌控所有人物。一旦小说分寸不受经济尺寸制约,情节的发展就会失去协调;而小说分寸过分受制于经济尺寸,结果就是情节变得枯燥。

奥斯丁的所有人物对于被扩大了的生活(他们从未被要求或几乎没有计划去过的生活)是有准备的。包括班纳特太太,她在小说中有很多次的惊讶,但她每次面对令她惊讶的事时,都会说"不出我所料","这件事情我早就料到了",等等。

奥斯丁笔下的人物,就像班纳特太太对所有刺激做出的反应一样,他们被打破程序,又马上进入程序。在一个简单的程序里,班纳特先生和班纳特太太,在惊讶中膨胀成一个圆的人物,接着马上又瘪成了扁的人物。当班纳特太太的程序被打破时,她有少女的一面,而当她退回自己的程序内部时,就又成了有点愚蠢的班纳特太太,这样一来,人物既是荒谬可笑的,又是合理的,但没有一个人物是真正可憎的。人性中的怪癖、错觉和自相矛盾,都是乐趣。在小说内部,情节不停地反转,又不停地进入"傲慢与偏见":傲慢一次,偏见一次,再来一次傲慢,紧接着又是一次偏见。所以丽迪雅的错误被纠正,不是靠谁的机智,也不是靠谁的勇敢,而是资产阶级喜剧的结果。这是喜剧的方法。我觉得,资产阶级喜剧能走到今天,是因为资产阶级有凭着自身超克自身的能力。这是令莎士比亚也叹为观止的吧。

延伸阅读

1. 〔英〕简·奥斯丁:《傲慢与偏见》,王科一译,上海译文出版社,2006年

　　《傲慢与偏见》有很多中译本。我推荐王科一的译本,因为他的译文句子灵活,再现了奥斯丁的风格,并且表达十分简洁,简洁则带来动人,言以简为贵。我举个例子,小说第十九章,柯林斯向伊丽莎白求婚,整个过程层层推进,里面有些很搞笑的地方,柯林斯说道"你一直拒绝我是不是为了提升我的……",原文是这么说的:to increase my love by suspense。"suspense"代表悬疑,直译的话,听起来语气有些重。而王科一在这里用了一个成语"欲擒故纵",把这个词纳入了汉语的轨道,显得非常贴切。总的来说,王科一的翻译十分简洁,很接近奥斯丁的语言风格。

2. 电视剧《傲慢与偏见》,BBC出品,1995年

　　这部BBC版的《傲慢与偏见》,男女主角科林·费尔斯和詹妮弗·艾莉是我认为的最准确的达西和伊丽莎白。

3. 朱虹编选:《奥斯丁研究》,中国文联出版公司,1985年

　　这是我从淘宝买来的一本旧书。我没有把这本书当成一本研究著作,因为这本书年代有些久远,观点也不太新颖,多少带点一窥过去时代的意思,而且还有些错别字。但是从这本书里,我们还能看到奥斯丁所处时代的人物对她直接的印象,比如夏洛蒂·勃朗特小姐对奥斯丁的"有节制的憎恶",评价她"全然不知激情为何物"等,可以看出奥斯丁是自然派,而勃朗特姐妹的灵魂比较凶猛。这些都是本书蛮有意思的地方。朱虹编选的文章都很经典,值得保留。

第三讲
司汤达：在浪漫主义与现实主义之间

王斯秧
北京大学外国语学院长聘副教授

　　对于司汤达来说，小说是对现实的一种补偿。他身材肥胖，长相平平，在小说里却变成了风度翩翩的于连、法布里斯、吕西安·勒万……司汤达给人物一个俊朗的外表，在人物身上寄托自己的理想，写他们在激情驱使下做出的疯狂、可笑、盲目的行为，同时又假设一个无比理性、成熟的观察者，在小说中发表评论，批评人物太傻、太幼稚、没有经验……他把最温情的灵魂的冲动推给年轻人，借助他们的身份来表达自己，又忙不迭地拉开距离，表明自己比人物高明。小说的面具让他能安全地表达自己，又不会显得可笑。小说满足了他的两重需求：一是我要讲我自己，二是我不要讲我自己。

真话与假话

说起司汤达，读者首先想到的可能是《红与黑》。这部小说自从1944年由赵瑞蕻先生第一次译成中文，半个多世纪以来一直是中国读者熟悉的经典作品。

它掀起过两次大辩论，一次是在20世纪50年代末，读者看重小说的政治历史内涵，把它当作观察社会变革的范本。支持者说它是现实主义的杰作，反对者说它美化野心家，两面派，宣扬资产阶级价值观。第二次是在20世纪90年代，围绕《红与黑》的翻译引发的大辩论。众多翻译家都把小说作为一试身手的试金石，推出各具特色的译本。以郝运先生和郭宏安先生为代表的译者主张贴近原文，用简练的译文传达出原作朴实瘦硬的风格；以许渊冲先生为代表的译者认为翻译是一种再创作，是两种文化的竞争，因此主张发挥中文的优势，运用四字成语和古雅的表达。他最引人关注的实践，就是借用《红楼梦》里形容林黛玉结局的一句话，把《红与黑》结尾德·莱纳夫人去世翻译成"魂归离恨天"。

众说纷纭的接受史，正说明《红与黑》是一部有深度的作品，经得起很多角度、甚至相互矛盾的解读。刚才说到《红楼梦》，它和《红与黑》有一层渊源。《红与黑》研究长盛不衰，被称为"西方的红学",与《红楼梦》相提并论,可见它在读者中的影响。关于《红楼梦》,鲁迅说过一段非常著名的话:"经学家看见易,道学家看见淫,才子看见缠绵,革命家看见排满,流言家看见宫闱秘事。"郭宏安先生在他的《红与黑》译序里引用了这段话,意在表达读者对于《红与黑》的理解也是千人千面。有多少个读者,就有多少个于连。每一部文学作品都可以有各种各样的阐释,而且没有唯一的、正确的阐释。司汤达作为现实主义作家的一面已经深入人心,特别是从苏联文艺批评中学来的"批判现实主义"概念直到今天仍然有很大的影响力。但是,他作为浪漫主义作家的敏感、诗意而又矛盾的一面还有待我们去发掘。我们从司汤达的生平和作品说起,来看他何以成为现实主义和浪漫主义两大流派的代表作家?他的现实主义特点何在?

司汤达本名亨利·贝尔,但是他在作品、甚至私人日记和写给亲友的信件中,从来没有用过真正的名字。他给自己取过200多个假名,有的诗意十足,比如"风暴""苦闷的人""忧郁男爵",有的低俗可笑,比如"酸黄瓜""鳄鱼威廉";他有时给自己加上贵族头衔,变成伯爵、公爵;有时来到沙龙,让仆人通报商人凯撒·邦贝到了。他在日记里喜欢把自己叫作"多米尼克",他的自传取名"亨利·布吕拉尔传"。1817年,他出版游记《罗马、那不勒斯与佛罗伦萨》,署名为"德·司汤达先生,骑兵团骑士"。这是他第一次使用"司汤达"这个名字。Stendal本来是一个德国小镇的名字,是艺术史家温克尔曼的故乡。温克尔曼把古希腊艺术之美定义为"高贵的单纯和静穆的伟大",使其成为德国古典主义的美学理想。司汤达并不赞成温克尔曼所说的"永恒的理想的美"这种古典主义观点,他对于美有着浪漫主义的理解,那就是美的标准随着时代而变化,因此提出"现代的理想的美"

这一概念。司汤达没有忘记给名字打上自己的烙印,在地名中间加了一个字母H,就是他的本名亨利的第一个字母。中国读者读到《红与黑》的众多译本,会发现作者的名字有时候译成"斯丹达尔",就是根据名字的德语发音翻译过来的。

司汤达为什么喜欢用假名呢?批评家从精神分析的角度,做了各种猜想。首先,这要从他的出身说起。他于1783年出生于法国中部格勒诺布尔市的一个上层家庭,父亲是律师,7岁时母亲去世,从此开始了他阴郁孤独、饱受压迫的童年。他痛恨庸俗的父亲,还有严厉管教他的姨妈和家庭教师。等他长到16岁,由于数学成绩很好,他就以报考法国最负盛名的工程师学校巴黎综合理工学院为借口,离开了家乡,来到巴黎。司汤达使用假名,抛弃他的姓氏,首先是为了摆脱令他厌恶的父亲,和他的家庭、祖辈断绝关系,从而摆脱真实的身份,给自己创造一个新的出身、新的命运。就连他给自己准备的墓志铭也写着假的身份:"亨利·贝尔,米兰人,活过,爱过,写过。"这说明他想要摆脱法国身份,让自己归属于他最爱的国度——自由随性、情感热烈而且遍布古迹、美术馆和歌剧院的意大利。他说自己是米兰人,还有一层原因,他的妈妈祖上居住在法国南方,因此司汤达猜测他可能有意大利血统。在他亲爱的妈妈去世之后,暗淡的童年当中,他最喜欢的人是他渊博开明的外祖父——德高望重的加尼翁医生。外祖父给他读了伏尔泰、卢梭等启蒙思想家的作品,这对他影响很大。他不想当市民阶层的父亲的儿子,只能从母亲的家族中寻找浪漫的、耽于幻想的基因。

司汤达来到巴黎,根本没有去报考理工学院,而是在巴黎闲逛。他的表兄皮埃尔·达吕是拿破仑的得力助手,后来被封为伯爵,当上了部长。达吕给这个沉默寡言的表弟在军队里安排了一个文职。在位高权重的表兄庇护之下，司汤达当过龙骑兵、军需官，参加过拿破仑的意大利战役，也远征过俄罗斯。他不关心拿破仑的宏图伟业，也不关心战争的胜败，安全地待在后卫部队里，每到一处就去看歌剧、听音乐、逛美术馆，悠闲度日，过着关系户加文艺青年的生活。七月革命之后，他成了法国驻意大利的领事。但是，在这之前，他出版过《意大利绘画史》《罗马、那不勒斯和佛罗伦萨》，在书中表达过自由思想，受到奥地利和意大利当局的怀疑，最后只能来到偏僻的意大利小城奇维塔韦基亚，度过了他生命的最后10年。当然，这个自由散漫的领事经常把工作丢给部下，自己去罗马游玩或者回到巴黎。正是在这10年之中，他写出了大部分作品。他在作品里继续胡编乱造，在《巴马修道院》（又译《帕尔马修道院》）的前言里，他说这本书是1830年在离巴黎1200里的地方写的，其实这部小说是他1838年在巴黎写的。在自传里，他说自己参加了哪些战役，其实那个时候，他正舒舒服服地待在巴黎。他说拿破仑曾经接见他、向他面授机宜，但是到下一卷他就承认："拿破仑才不跟我这样的傻瓜谈话呢。"司汤达去世之后，他的好朋友梅里美写道，司汤达写信喜欢用不同的假名字落款，写上假的日期、胡思乱想的地点，当然也不忘给收信人取各种外号。因此，"没人知道他到底见了什么人，写了什么书，去了哪里旅行"。梅里美对此做出的猜测是，使用虚假信息，主要是为了掩人耳目、躲避当局的审查。

但是，上面两种推论都不足以解释，司汤达为什么需要200多个名字。除了使用假名、假地点，他的手稿里还到处写着一些奇奇怪怪的缩写、前后颠倒的词、自己造的生词，或者在法语里夹杂意大利语和英语。1811年12月4日，也就是司汤达开始写《意大利绘画史》的那一天，他在稿纸封面上写了几个字母和标点，被后人还原出来是"I'm Great"，"我很伟大"。1832年的一天，他在日记里写道："我就要满50岁了，缩写成这样，让别人猜不到。"于是，他把这句话藏头去尾、顺序打乱，写在皮带背面。这些动作并没有多少实用价值，可见司汤达运用假名和密码，主要目的不是逃避政治审查，而是保护自己的内心免受他人目光的困扰。评论家从中看出作者对语言、对写作极端的信任和极端的不信任，他想要把私密的感情落实到纸上，又不想把个人事件贸然抛进公共空间。使用伪装和密码，就是控制事件的一种手段，由他自己来掌控交流的分寸，把冒昧的、没有资格的读者排除在他的世界之外。

司汤达写过两部自传，一部是《亨利·布吕拉尔传》，用的是假名字，另一部叫《自我主义回忆录》。"自我主义"这个词来自英语，本意是指喜欢谈论自己，引申为自我夸大、自我崇拜。经过司汤达的运用，这个词有了另一层意思，指作者对自己人格的分析，是一种认识自我又隐藏自我的感情。他说，小说要出人意料，要让读者在读一页的时候，猜不到下一页要讲什么，同样，在现实生活当中，一个有深度的人，也不能让人猜到他的意图。他在日记里写道："如果有人希望我会出现、送礼物，我偏不送……我就喜欢出人意料。"自我主义者最想达到的效果，是别人面对他，却不知道他是什么人。让人捉摸不透，他就获得了不被限定的自由，可以随心所欲地变成各种各样的人，过上各种各样的人生。从这个意义上来说，写作是假名的一种形式，让作者能够摆脱真实、有限的人生，借助假的身份开启新的生活。

对于司汤达来说，小说是对现实的一种补偿。他身材肥胖，长相平平，在小说里却变成了风度翩翩的于连、法布里斯、吕西安·勒万。他笔下的主人公，身份、地位各不相同，却都是满怀激情的年轻人，走进一个庸俗冷漠的社会，经历精神的成长和蜕变——他的小说是典型的"成长小说"。司汤达给人物一个俊朗的外表，在人物身上寄托自己的理想，写他们在激情驱使下做出的疯狂、可笑、盲目的行为，同时又假设一个无比理性、成熟的观察者，在小说中发表评论，批评人物太傻、太幼稚、没有经验，经常说"我们的主人公太傻""可怜的小伙子如果不是那么笨，就应该怎样怎样"。他知道世上俗人和傻瓜占大多数，他羞于让一个不知底细的、冷漠无知或是冷嘲热讽的读者猜到他在人物身上暴露了多少灵魂中的秘密。于是，他把最温情的灵魂的冲动推给年轻人，借助他们的身份来表达自己，又忙不迭地拉开距离，表明自己比人物高明。小说的面具让他能安全地表达自己，又不会显得可笑。小说满足了他的两重需求：一是我要讲我自己，二是我不要讲我自己。

司汤达在晚年这样写道："我的情感过于强烈。在别人身上不痛不痒的事，却能把我伤到流血。我在1789年是这样，到现在1840年仍是这样，但我至少学会了把感情隐藏在俗人难以捕捉的嘲讽之下。"他的天性中有羞怯与戏谑两种成分。出于害羞，他隐藏自我，选择孤独与隐退；出于戏谑和嘲讽的天性，他满心欢喜地写着假名字、假的经历，用层出不穷的假象和花招戏弄世人，唯一的目的就是"不要被人猜到"。就像《红与黑》里的于连用冷淡掩饰心里的激情，司汤达也装出玩世不恭的样子，用冷嘲热讽来掩饰内心的极度敏感。在司汤达的世界里，虚伪不完全是一个贬义词。高明的虚伪不是自我美化，而是不要泄露内心的激情和本能，保护珍贵的感情不受俗人的亵渎。它不是真诚的对立面，而是保护内心真实的一种迂回的方法。

司汤达担任驻意大利领事的时候，有一天，他给法国外交部部长寄了一封密码信，还把解码信息装在同一个信封里。这可能是他粗心大意，出了纰漏。但是，考虑到这个人的性情，还有另一种可能，那就是他做这些无用的行为，是出于一种游戏的乐趣。他热衷于设置密码、让人解密，乐此不疲，就像小孩子喜欢捉迷藏和猜谜语。他说："我很乐意戴上面具，我兴致勃勃地改名换姓。"在伪装和隐藏的行为当中，创造与游戏的乐趣胜过现实的需要。从这个角度来看，写作和阅读就对应着设置密码和解密。作品邀请人来阅读，只有加大难度，才能增加游戏的乐趣。司汤达在作品里隐藏重要的线索，发表半真半假、虚实相间的评论，这让他的作品带上了荒诞无稽、轻盈欢快的独特趣味。也只有这样，才能够把庸俗愚笨的读者排除在外。他使用假名和诡计，不是一味隐藏自己，而是希望敏感的人透过复杂的表象看到他真实的自我。他的几部作品都写着一句题词"给幸福的少数人"，这幸福的少数人就是足够敏感、足够聪明、能够真正理解作品的享有特权的读者。

　　这样一个把弄虚作假当成乐趣的人，伪装之下还有伪装，面具之后还有面具，却又是一个极为真诚的人。他可以欺骗别人，但从不欺骗自己，从不违背自己真实的感受，从不夸大和美化真实的情感。他在自传中写自己16岁时离开家乡，去巴黎报考综合理工学院，告别的时候，他父亲很舍不得，流下了眼泪。这样一幕，在其他作家的笔下，会写出一篇《背影》或者《目送》。司汤达却只写了一句："看到他流眼泪，我只觉得他很丑。"他17岁时第一次来到意大利，在米兰歌剧院听到契玛罗萨的歌剧，他说："女演员前排缺了一颗牙，就是我对这次极致的幸福全部的回忆。"他来到梦想已久的巴黎，发现这里街道泥泞，不像故乡那样群山环绕，感到非常失望和厌恶，他在心里自问："巴黎，就是这样吗？"他第一次参加战争，是在1800年跟随拿破仑远征意大利（我们在历史书上经常能看到一幅拿破仑骑在马上、充满英雄气概的画作，是新古典主义画家、拿破仑的首席宫廷画师雅克-路易·大卫的作品，叫《拿破仑越过圣贝尔纳山》，讲的就是在这次远征中，拿破仑抄近路越过圣贝尔纳山的隘口，出其不意地取得了胜利。这场战役奠定了拿破仑登上权力顶峰的道路）。司汤达在自传中记录下这次经历，讲他跟随军队越过险峻的山岭之后，又一次失望地问长官："圣贝尔纳山，就是这样吗？"这些感受后来被移植到了小说当中，法布里斯参加了滑铁卢战役，于连每一次费尽心思得到恋人的芳心，他们都忍不住问："就是这样吗？"司汤达的全部作品，不过就是一部或坦诚或迂回的自传。他始终忠实于自我，警惕与怀疑轻巧之举。

茨威格在他的《三作家传》中说，司汤达既敢于说假话，也敢于说真话，他撒谎撒得离谱，说真话也说得彻底。他像外科医生一样解剖自己的心，观察里面最隐秘、最真实的想法，又用嘲讽隐藏真心。他说："谈论我们热爱的东西多傻啊！能换来什么呢？用他人情感的反光来折射自己片刻的愉悦。可是如果有个俗人看到你自言自语，就会想出一句玩笑话，来玷污你的回忆。真正的激情所具有的矜持也许就由此而来。"这个敏感到病态的作家，有无限的情感要表达，但他又有孤高严苛的一面，害怕情感的表达和接受掺杂了不真诚的成分。为此，他在写作中保持自省与思虑，以无所不在的批评与嘲讽来平衡热烈的情感，形成他亦庄亦谐的独特笔调。这种克制与审慎，是出于对真正的激情的珍视与保护。

20世纪的评论家安德烈·苏亚雷斯说："在司汤达身上，一切都是面具，甚至对逻辑的热爱与机智的玩笑话都是面具。思想从来没有像这样成为心灵的面具。"

诗人－哲学家：情感与理性

司汤达是一个矛盾的综合体。他出生于法国大革命之后，经历了法国社会动荡、政体更迭的时期，他有时支持拿破仑，有时支持共和政体，却又按照家族传统，保持着贵族观点和趣味。他赞成大革命带来的民主与政治自由，却又厌恶与之相伴相生的庸俗的资产阶级趣味，认为19世纪的人在金钱、政治、党派的争斗中变得虚伪冷漠、阴郁沉重，丧失了大革命之前轻快无忧的心境和雅致品位。他最初的理想是成为像莫里哀一样的喜剧作家，却又担心自己的玩笑过于微妙，观众无法领会。他说："自从民主制让无法理解微妙感觉的俗人坐满了剧院，我就把小说视为19世纪的喜剧。"等他写了小说，仍然担心读者无法理解书中描绘的情感。

从他的精神成长来看，他有着极为敏锐的感受力，把敏感视为生活与审美最重要的品质，甚至是划分灵魂高低的首要标准；同时，他又从18世纪哲学家那里继承了理性批判精神。他认为感性与理性并非对立，而是相辅相成、共同帮助人"寻找幸福"。这是一个非常超前的想法。情感与理性自古被视为对立，理性作为人的本质属性、生命活动的原则与动力受到推崇，而情感被视为一种混乱，是人性中应该归顺于理性的成分。笛卡尔的身心二元论更是强化了这种对立。但是司汤达意识到情感是判断的基础，也是认识的基础。直到20世纪后期，心理学家和神经生物学家才通过实验确认了人脑中存在参与情感进程的区域,证明了人的理性与情感之间的相互作用,由此证明了文学家的直觉。这样说来,别人眼里的矛盾,在司汤达看来都不是矛盾,只是同一件事情的不同侧面。他说:"我喜欢反复琢磨我在意的事情;从不同的灵魂态度反复观看这些事件,我从中看出了新意,让它们变了样。"别人只看到一面的事情,他能看到正面和反面,形成至少一对观念。司汤达说自己是"悖论的制造者",这里所说的"悖论",不是无解的难题,而是把事物相互矛盾的各个方面呈现在读者面前,让人看到它的全貌,达成全面的认识。

1801年,18岁的司汤达在日记中写下他的人生信条:"生活中几乎所有的不幸都缘于我们对已发生之事的错误看法。深刻地认识人,正确地判断事件,是走向幸福的一大步。"认识自我、正确推理,是寻找幸福的武器。怎样锻炼正确推理的能力呢?依靠严密的逻辑。他把哲学家特拉西的《逻辑学》当作锻炼思维能力的指导书。他在1804年最后一天的日记中写道:"我深切地感受到,美德与精神成正比。"于是他冒雪去买来特拉西的作品,一口气读了60多页。在写给他最喜爱的妹妹波利娜的一封信中,司汤达写到了他的一个朋友,那是个睿智可爱的年轻人,在外省任职4年之后回到巴黎,却变成了一个偏颇愚钝的俗物。他说这个人在外省人当中随波逐流,逐渐失去了判断力与正确推理的能力。这一分析并没有特别之处,有趣的是司汤达对这件事的反应:

> 我被这个事例吓坏了,深信没有正确的思想,就没有坚实的幸福,昨晚让人给我买了一本特拉西的《逻辑学》。……我打算重读这本书,或者至少每年重翻一遍,以保证我的思想时刻向光明敞开,或者如果碰上某人对我说:"拉斐尔的

圣母不是世界上最圣洁的画像",或是"梅于尔的音乐比契玛罗萨的音乐好",我能够听听他的证据,再判断是否正确。

在司汤达看来,社会上充斥的"平庸错误的观点"会给人的思想带来侵害,他甚至用"有害的""传染"这两个生理学词语来形容错误观点的影响,而《逻辑学》则成了抵挡毒害的"解毒药"。锻炼正确的思维方式,就像在不清洁的环境中锻炼身体、增强抵抗力。如果不坚持锻炼,就会流于怠惰与庸俗。

这一点同样适用于文学艺术的创作,司汤达虽然认为感受力是艺术家最重要的品质,但从不忽略理性判断的重要性。他认为文学艺术的功能是予人愉悦、令人动情,而要打动人心,首先要认识人心。这个"认识"包括两个层面,一是对激情的亲身体验,二是审视与分析激情的能力,前者需要敏锐的感受力,后者需要冷静的理性。两者难以在同一个人身上达到平衡,因为最具感受力的往往是诗人,最具理性的则是哲学家。理想的状态是结合诗人与哲学家的特质。于是,他提出"诗人哲学家"的概念,这意味着诗人是深刻了解人性的人,既掌握真理,又能以适当的方式表达出来,触动人心。

司汤达希望清晰地解释情感运作的法则。用他自己的话说,"把数学应用于人心"。司汤达认为精确是模糊的对立面,更是"虚伪"的对立面。他回忆起年少时厌恶周围的人夸张模糊的说话方式:"我热爱数学,主要的原因可能就是我厌恶虚伪。"数学简明、清晰,包含可证实的真理,因此他要把数学的精确运用到对人的认识之中,从纷繁复杂的现象中提炼出普遍法则,用统一的测度单位来标示莫可名状、难以捕捉的情感。他用强度与持久度来划分情感现象,预测激情持续的时间和各个阶段的进展。他在哲学笔记里写过一篇文章,名叫《每一种激情带来的幸福和不幸的量》,他甚至提出"幸福指数"这一概念,用于比较幸福的程度,与今天心理学、社会学的研究方法如出一辙。

司汤达本来想写一部情感辞典,对人的每一种情感做分门别类的分析,为以后的文学创作做准备。雄心勃勃的情感辞典最终没有问世,但是命运给了他一个机会,让他建立他的情感理论。1818年5月,司汤达在米兰结识了令他终生难忘的恋人梅蒂尔德,爱而不得,因情深笨拙而惹怒对方,以致对方不再同他相见。于是他写了一部哲学论著《论爱情》,希望为自己的情感寻找一种客观的解释。他说:"我努力摒弃个人感情,以便充当一个冷静的哲学家。"这部作品出版后读者寥寥,据司汤达说,11年里只卖出了17本,出版商对他说:"可以说这是一本圣书,因为没人碰它。"我们今天得知的这些难堪、失败的经历,都是司汤达自己说出来的,可见他是一个非常真诚的人。虽然这本书不受欢迎,但是司汤达对其非常重视,它不仅隐藏了司汤达心里最深的秘密,而且用全新的、科学的方法研究了爱情这样一个古老的话题。他这样评价自己的创举:"关于爱情的诗已经写了2000年,但这是第一次有人这样观察和描写爱情,就像卡巴尼斯观察和描写高烧或者其他任何一种病。"卡巴尼斯是观念学家,在1802年出版了代表作《人的肉体与道德的关系》,从生理学角度解释人的精神与道德。《论爱情》反复强调作品的科学属性:"本书将简单地、理性地,可以说以数学的方法,解释先后相继的各种情感,这些情感共同构成被称为'爱'的激情。"书中把爱情称为"高烧""疯狂""疾病",把研究方法称为"比较解剖学""人心的道德解剖课",试图确认情感的症状,甚至像医学书一样,想要寻找治愈爱情的药方。司汤达甚至把自己用科学冷静的手法来处理"人类最可怕的激情"这一举动比喻成"富兰克林在大胆的试验中捕捉天空的雷电"。

全书分为两部分,在第一部分中,司汤达将爱情分为4类,把爱情的产生与发展分为7个步骤。第二部分把4类爱情分别放在6种性情不同的人身上,观察爱情在不同时代、不同地域和政体中的体现。作品开篇秩序井然,颇具科学气象,但很快开始逻辑涣散、思路混杂、论述自相矛盾。《论爱情》并不像司汤达设想的那样,有着数学般的清晰与严谨,反而成了他所有作品中最为晦涩难懂的一部。种种缺陷,都来自作品的主题与分析工具之间的不匹配:用"科学、逻辑和数学"工具来阐明这种"抗拒人类精神的所有努力"的激情,使理性很快认识到自身的局限。司汤达说:"我竭尽全力保持冷峻。我的心有很多话想说,我却让它保持缄默。我总在担心,以为自己写下了真理,其实只不过写下了一声叹息。"《论爱情》最根本的矛盾,就是真理与叹息之间的矛盾。这个向往严谨的观念学家、清醒的战略家,首先是一个性情中人,是一个全凭喜好与意气行事的人。在这一部追求冷静的智性思考的作品中,处处流露的"叹息"与浪漫主义胜过了作者所追求的真理,强烈的感觉胜过了脆弱的推理。

时至今日,情感能否作为一门精确的科学,仍然是情感研究的一个核心问题,因为超出人的控制与理解的情感,本质上不可捕捉,更不可量化,是抵抗与悬置认识之物。而200年以前,司汤达已经手持理性的解剖刀,开始剖析情感。虽然他出于艺术家的天性,最终超越了"科学的阴郁",选择用诗学方式来捕捉情感,但他超前的情感理念与研究方法,隔着两个世纪与当代科学遥相呼应,显示出小说家对于人类情感复杂性的洞见。

在浪漫主义盛期以科学的方法处理"爱情"这一主题,显得不合时宜，但是它能让司汤达与情感泛滥的浪漫主义保持距离，冷静地审视情感。司汤达在写作中一直保持这种理性克制、精确严谨的风格，毫不夸张，反而刻意精简和省略。促成他这种写作风格的另一个偶然因素，是司汤达43岁才写出第一部长篇小说《红与黑》，50岁写了《吕西安·勒万》（但是没有完成），54岁写出《巴马修道院》，可以说他是一个大器晚成的作家。正因为这些小说是晚期作品，它们保存了年轻人热烈的情感，又拉开了距离，以成熟的智慧来审视激情。时间和思考，让司汤达有了超越激情的立足点，能够洞察秋毫地描绘激情。

1833年，司汤达的女友戈尔捷夫人写了一部小说《中尉》，请他提意见。司汤达说言辞太高贵、太夸张了，每一章至少要删掉50个最高级。"最高级"就是我们在言情小说和偶像剧里经常看到的"全世界最美丽、最聪明、最善良的女孩子"或者"最英俊、最富有的男人"这类表达。在19世纪初期，小说有很大的女性读者群，司汤达说，外省生活烦闷，男人热衷于狩猎或农耕，而他们可怜的另一半只能读小说解闷。所有的女性都读小说，只是受教育程度不一样，欣赏的小说类型也不一样，所以小说就分成了"女仆小说"和"沙龙小说"。当然，我们不要以为司汤达轻视女性，越是思想深刻的作家，越不容易形成偏见，更何况是把爱情、把女性的恩典当作人生头等大事的司汤达。他早年研读哲学的时候就打算写一本书探讨法国女性的性格，《论爱情》中用了很大篇幅谈论女性心理和教育；他在小说中也塑造了很多光彩照人的女性形象，他还有一部未完成的小说《拉米埃尔》，主角是一位特立独行的自由女性，堪称"女版的于连"。哲学家波伏娃在她的女性主义经典著作《第二性》中把司汤达视为女性主义的先驱，分析了他笔下的女性怎样反抗传统与偏见。这里，司汤达提到"女仆小说",特意解释说:"我深感抱歉,这个粗俗的称呼是书商发明的。""为女仆而作的小说",顾名思义,就是不讲究艺术手法,只求情节离奇、催泪煽情的小说,它在外省广受欢迎,却不能进入巴黎的沙龙;与之相对的"沙龙小说"追求真正的文学价值。司汤达最害怕的就是把作品写成感伤通俗小说之流,受到品位不高的读者欢迎。

女仆小说的第一个特点是喜欢塑造完美无缺的人物,男主角英俊潇洒,女主角纯洁无辜、命运悲惨。司汤达在20岁思考情感体系时,就考虑过避免在作品中创造单一的、脸谱化的人物,他说"在每个人物身上逐一尝试所有的恶习与所有的美德,看看哪些适合这些人物。我觉得最好不要把瓦尔贝拉夫人写成一个纯粹的野心家。"他读到莫里哀的《悭吝人》,认为阿巴贡只具有吝啬这种激情,格调太低,难以引起读者或观众的共鸣,因而认为一个摆阔的吝啬鬼要比纯粹的吝啬鬼更为可笑,因为他怀有两种互相矛盾的激情——吝啬与虚荣,而虚荣心恰是每个读者或观众都有的情感,更容易让读者或观众感同身受。他在写给朋友的一封信里谈到《红与黑》的写作计划:"作者绝不会把于连写成一个女仆小说的主人公,而会指出他所有的缺点、灵魂中所有不好的想法。"他在《吕西安·勒万》中同样拒绝将人物理想化,直接在小说里写:"我们的主人公与时兴小说的人物大不相同,他远非完美无缺,甚至根本不完美。"在他的笔下,人时刻处在关系当中,自然关系、社会关系、人与上帝的关系,还被欲望、习惯、梦想等各种因素左右,呈现出多种面貌。

女仆小说的第二个特点是语言夸张、用词模糊。司汤达读完戈尔捷夫人的小说,给出的建议是:"永远不要说'奥利维埃对海伦热烈的激情'。可怜的小说家要设法让人相信热烈的激情,但从不给它命名。"意思是说小说家应该用细节展示事物,而非命名或点评。他认为创作者不能直接说出真理,而要让读者或观众感受到真理,再自行表达出来。他不应该写"若弗鲁瓦很好笑",而是要让读者或观众看过他的剧本之后说:"这个若弗鲁瓦真是可笑!"司汤达根据《中尉》的情节写出了他的第二部小说《吕西安·勒万》。主人公是大银行家的儿子,单纯耿直,毫无社会经验。他到外省当兵,对德·夏斯特莱夫人产生感情,却受人挑拨,恋情落空。他回到巴黎家中,父亲好言安慰,让他非常感动。然后他去歌剧院度过了愉快的夜晚,把几位女伴一一送回家之后,他在马车上想起与父亲的谈话:"凌晨一点,他一个人坐马车回家,对自己这一晚开始时的真情流露感到惊奇。"司汤达认为这个情节写得精确,为此非常得意,在手稿旁标注:"这才是在小说中说'他的情感狂乱热烈'的真正方法。"在另一处批注中,他又写道:"我从不说'他享受着温柔流露的母爱、发自母亲肺腑的温柔劝告',就像俗气小说中写的那样。我展示事物本身、对话,而且避免说这是一句令人感动的话。"他把自己的写作方法总结为"精确的化学":"我精确描绘其他人会用一个模糊、雄辩的词总结的东西。"

  在司汤达的时代,很少有读者能够欣赏这种简练精确的写法,因此他生前并不出名,反而遭到包括雨果、福楼拜等大作家在内的读者们的诟病。就连唯一欣赏他的巴尔扎克,也建议他改进文笔。司汤达却回答:"我只关注事物的本质。"他发现作家所描绘的情感越模糊、越俗套,就越能引发大众的共鸣;精确描写独特的情感,反而少有回应,因为少有人体会。他最初想要成为广受欢迎的喜剧作家,后来逐渐转变为只为"幸福的少数人"写作;他在《拉辛与莎士比亚》中说,艺术家需要给同时代人带来最大限度的欢乐，后来却将自己得到认可、获得荣耀的时间推到了未来。他说，"到1880年，将有人读我的作品"，"到1935年，人们将会理解我"；他还说："要取悦精心选择的、数量有限的观众；圈子由此开始，慢慢缩减，最终缩减到我一人。可以写一部作品，只有我喜欢，到2000年被认为很美。"这并非故作高冷，或是失意之中的自我安慰，而是赋予自己的一种自由，不再追求眼前的成功，也就不再受制于短浅的评判标准，而能去实现更为长久的价值。

《红与黑》中的现实主义与浪漫主义

在司汤达的小说中，有一部与《红与黑》齐名的《巴马修道院》。这部小说是司汤达根据一部意大利手稿《法奈斯家族遗事》创作的，仅用53天就口述完成，由一个抄写员记录下来。由于独特的创作形式，小说笔意轻灵，具有一种自由飘逸的音乐性。它和《红与黑》一样深受法国读者喜爱，司汤达迷甚至根据偏爱《红与黑》还是《巴马修道院》分成两派，"红粉"（《红与黑》的粉丝）和"修士"（《巴马修道院》的粉丝）。虽然《巴马修道院》具有更高的诗学价值，但在影响读者的历史观与社会观念层面，《红与黑》似乎更胜一筹，因为它是第一部真正意义上的现实主义小说。这是小说中第一次出现塑造个体的历史、政治、社会、文化等决定性因素，呈现的是"被裹挟在不断变动的现实整体之中的人"。

我们从《红与黑》的标题谈起。在19世纪初，小说流行用主要人物的名字做书名，比如《勒内》《阿道尔夫》。司汤达最初给这部小说起名《于连》，后来改成了《红与黑》。第一层解释，就是红代表士兵的服装，黑代表教士的道袍，像于连这样出身卑微的穷青年，如果早生20年，就可以追随拿破仑，在军队建功立业；可惜他晚生了20年，拿破仑垮台堵死了这条光荣之路。在教会势力猖獗的复辟时代，他只有披上教士的黑色道袍才能有出头之日。司汤达同时代的作家于勒·雅南在评论文章里写道：小说描绘教会影响之下的法国，但是不愿用诸如"耶稣会会士与资产阶级"或是"自由党与圣会"这样直白的书名，所以用颜色来代表，只不过他也不知道谁是红，谁是黑。司汤达的其他小说也喜欢用颜色来命名，比如《红与白》《粉红与绿》，同样有象征意义。第二层就是象征意义上的解释，红代表革命、鲜血、青春、热情，黑则代表森严、肃穆和死亡。我们也可以认为红与黑没有具体的含义，只是一种感觉，就像听音乐时产生的朦胧感觉。

《红与黑》还有一个副标题，叫"一八三〇年纪事"，可见作者的意图是把小说当作当代历史来写。在此之前风行的小说，不是受司各特影响的历史小说，就是充满个人情调的倾诉，或是荒唐离奇的无稽传说。从巴尔扎克和司汤达开始，当代历史与社会才真正成为小说的主角。《红与黑》通过一个青年的经历，从外省写到巴黎，从教会写到上流社会、贵族生活，从爱情写到政治格局与密谋，呈现了复辟时期整个法国的社会面貌。

在司汤达之前，文学艺术作品有一种古典主义的人物观，认为人性普遍而永恒。司汤达却认为一切都是相对的。他曾经在欧洲各国游历或居住，见多识广，丰富的阅读加上广泛的游历，让他认识到一条最大的法则，那就是思想与情感的历史性与相对性。

人不是抽象的存在,而是性情、家庭、种族与文化的产物,受制于多种多样的偶然因素。因此,他在小说中从不把人物和他的社会历史背景剥离开来。司汤达在一篇向意大利读者介绍《红与黑》的文章里写道:"德·莱纳先生和瓦勒诺是1825年左右法国一半有钱人的画像……德·莱纳夫人是巴黎,尤其是外省常见的那种迷人的女性,美而不自知。"每一个人物都不是超时空的人物类型,而是由大革命之后法国新的风俗所塑造的典型的历史人物,归属于那个时代特定的社会阶层,有着特定的政治立场和经济地位。

例如,小说描写了德·拉莫尔府沙龙的无聊气氛:"只要不拿天主、教士、国王、在位的人、受宫廷保护的艺术家和一切既成的事情打哈哈,只要不说贝朗瑞、反对派报纸、伏尔泰、卢梭和一切胆敢稍许直言的人的好话,尤其绝口不谈政治,那就可以自由地谈论一切了。"把这么多敏感话题一一排除在外之后,人们交谈的内容就只剩下问好和天气了,最后一句"自由地谈论一切"是辛辣的讽刺。

奥尔巴赫在著作《摹仿论》中指出,笼罩着贵族沙龙的"无聊"并非普通意义上的、个人情感的烦闷,而是由特定的历史环境造成的社会氛围。一方面,经历了法国大革命的贵族充满恐惧与迷茫,不敢说出真实坦率的言论,仅仅用无关痛痒的废话来维持社交;另一方面,出身于资产阶级的、庸俗势利的暴发户也进入贵族沙龙,败坏了原本高雅的社交氛围。只有结合法国七月革命前夕的历史背景,读者才能理解这一片段。

又如这沙龙里两个独特的人,于连和玛蒂尔德,他们都厌恶自己所处的无力又无趣的19世纪,向往已经逝去的光荣时代。但是,他们身份不同,内心的想象也大不相同:于连出身贫穷,他向往的是下层民众能够凭借勇气和才智出人头地的拿破仑时代;

玛蒂尔德是世袭贵族，性格高傲，她的偶像不是当代英雄拿破仑，而是她生活在16世纪的祖先博尼法斯·德·拉莫尔，他为了解救朋友亨利四世而牺牲。玛蒂尔德崇尚的不是祖先的权势、地位，而是他忠诚勇敢的贵族精神，还有他和王后之间的爱情。甚至是小说的配角，于连身边形形色色的神父，按照他们是耶稣会会士还是冉森派教徒，行事的方式、说话的腔调都不一样。人物的每一个行为、每一个想法都受到社会规则的影响。从这个意义上说，司汤达是一位具有超前意识的社会学家。

在社会现实之外，《红与黑》更深刻地描绘了心理现实，这两种现实相伴相生，但有时并不协调。于连可以说是一个典型人物，是他那一代年轻人的缩影。但是，无论在哪一个环境里，他都与众不同。在家里，父亲和哥哥因为他不够壮实，瞧不起他、打骂他；在神学院，其他庸俗的农家子弟嫉妒他、排挤他；到了巴黎的侯爵府，他又跟浮华无聊的氛围格格不入。再来看玛蒂尔德，她是沙龙的女王，深谙巴黎的社交规则和谈话之道，喜欢用尖刻却又妙趣横生的话来嘲弄别人。但是小说写道："玛蒂尔德的性格在我们这个既谨慎又道德的时代是不可能有的。"这两个人物，既是他们所处时代和阶层的缩影，又是所属阶层的异类，表现出异乎寻常的情感和思考能力。从刻画独特的性格这一角度来看，小说体现出浪漫主义的一面。它在这些与时代格格不入的人物身上，展现出诗意的灵魂与现实的冲突。

在《红与黑》第五章，于连刚刚出场，准备去当家庭教师。一开篇就屡受父亲责罚的文弱少年做出这样的反应："然而，一当他那可怕的父亲看不见他，他就放慢了脚步。他认为到教堂转一圈儿对他的虚伪有好处。"此时，叙述者突然跳出情节，与读者交谈："'虚伪'这个词使您感到惊讶吗？在到达这个可怕的词之前,这年轻农民的心灵曾走过很长一段路呢。"小说紧接着就用几个事件说明于连如何审时度势,放弃成为军人的理想、走上教士之路。这里所说的"虚伪"性格绝非天生,也并非独立、封闭地养成,而是在与周遭世界的互动中形成的。少年于连见识虽少,却从他有限的社交圈中窥见了社会格局的变化。他所见到的军人点燃了他心里的热情,这热情杂糅着浪漫的英雄主义与在现实中飞黄腾达的野心,是内心欲望与外在环境的一种契合;然而世事变化无常,他只能收起不合时宜的理想,转向一条更为稳妥的晋升之道。"虚伪"意味着内外的反差,但小说不满足于推出一个"虚伪"的形象,而是要描绘这个时时处在斗争与冲突中的人。有一次教士聚餐时,于连突然狂热地赞颂起拿破仑来:"新的虔诚正当盛时,那股噬咬着他的灵魂的火突然迸发出来,揭去了他的假面。"事情如果到此为止,于连这个人物还不够有深度,仅限于一个满腹理想主义的浪漫派人物,因此司汤达又写到,于连为了惩罚自己贸然暴露内心,借口受伤把右臂吊在胸前长达两个月,以此警诫自己——自我体罚成为修炼"虚伪"的一种方法。

  于连把敏感视为软弱,每当他有真情流露的冲动,就尽力用理性来压制敏感。他不断地分析自我、解释自我并纠正自我,不是因为他工于算计,恰恰是因为他的野心与虚伪都不够彻底。他的斗争始终在两个层面,一个是出身低微而才华横溢的穷人实现阶层跃升的外部斗争,一个是自卑又自尊的年轻人克服敏感的天性、给自己强加责任的内心斗争,两者相伴相生,但后者更为激烈,构成小说暗潮奔涌的深层脉络。小说这样形容于连:"在这个奇怪的人身上,几乎天天都是风暴。"评论家普雷沃说:"巴尔扎克的主人公首先在与世界作战,司汤达的主人公尤其在与自身的感性作战,不断地跟自己为难。"

于连这个形象正是在持续不断的冲撞与对立中构建起来的。尤其是在冲动之下回到维里埃、用枪打伤德·莱纳夫人的行为，突然揭示出于连性格中深藏不露的一面：小说开篇，他是一个像女孩子一样清秀羞涩的小青年，随着情节的推进，他变成了在空寂无人的山顶上与教堂中尽情遐想的理想主义者、巴黎上流社会中无懈可击的征服者，此时又突然变成了失去理智的杀人犯。各种面貌层层叠加，向读者呈现了一个难以捉摸、难以定义的人物。

　　在19世纪，这样一个人物曾使习惯于传统小说的读者感到困惑。《红与黑》面世时，很多读者都认为"于连的性格在某些地方虚假、矛盾、不可理解"。连司汤达的好友梅里美也问他："您为什么选了一个看起来这么不现实的性格？……我以为我理解了于连，可他没有哪一个行为不违悖我所设想的性格。"推崇现实主义的左拉也认为于连的性格离奇古怪，特别是他试图枪杀德·莱纳夫人的行为："这完全不符合日常的真实、我们随处可见的真实。心理学家司汤达就像故事大师亚历山大·仲马一样，把我们带到了奇幻之境。从严格的真理层面来看，于连就像达达尼昂一样让我惊奇。"（达达尼昂是大仲马小说《三个火枪手》中的人物，这里左拉把于连和冒险小说的主人公相提并论，意思是故事荒诞离奇、不合常理。）然而，到了20世纪，人物的复杂多变、意图与态度的多样化成为现代小说的一个标志，证明了司汤达的写作具有远超时代的现代性。

　　从整体来看，变动不居的人物仍然具有内在逻辑。司汤达笔下最为关键的概念——力量，有助于理解人物。这种"力"指的是生命活力与动力，也就是小说中德·拉莫尔侯爵无法定义的于连性格深处"可怕的东西"，包括意志坚定、愿望强烈，也包括情感强烈、感受深刻。于连企图杀死德·莱纳夫人，不仅仅是因为她毁了自己的大好前程，更是因为她写信揭发，意味着背叛从前的感情。背叛使他出离愤怒，才做出这个毁灭他人、同时自我毁灭的举动，他宁愿毁灭爱情也不愿接受不纯洁的爱。如果没有这个最终的转向，于连的形象就会停留在野心家的层面，仅仅把爱情当作晋升的手段，"把英雄主义寄存在成功的衣帽间里"（吉尔贝·杜朗）。其实这个时候杀死德·莱纳夫人于事无补，如果于连老谋深算，他应该向德·拉莫尔侯爵悔过求饶，才有望保住前程。他出于骄傲而放弃财富与野心，恰好证明他不是一个为了发迹而不择手段的野心家。他深层的本性最终显露，被野心所掩盖的敏感与高傲，突破种种顾虑与克制而迸发。可以说，这个行为让于连在现实利益的层面失败，却让他在小说浪漫精神的层面得到拯救，证明了他性格的坚毅与爱之热忱。

现实中的人远非只有一种激情、一种稳固连贯的心理，而是身处外在世界与内在世界各种情境的交汇处，是先后相继的各种状态的集合体。司汤达从不先入为主地规定某种性格，而是通过记录与审视人物的行为，不断地发现他性格中新的一面，展现人心的戏剧性。正如左拉所说，司汤达创造出了"心智与激情全速运转的人类机器"。有些读者觉得司汤达笔下的某些人物似乎比巴尔扎克的人物更有深度、更出人意料，原因是司汤达在他的主人公身上集中了全部人性，而巴尔扎克则把不同的激情分散到各个人物身上。巴尔扎克塑造典型人物的方法，是把他的某种激情推到极致，作为决定人物命运和推动情节发展的力量，于是人物就成了这种激情的化身，比如高老头象征父爱，葛朗台象征吝啬，拉斯蒂涅象征野心。但是，司汤达笔下的主人公，例如于连、法布里斯，很难用某一种激情来定义，他们身上融合了各种相互对立的品质，他们也经历着转变巨大的成长——司汤达的小说正是从内部出发、以强烈多变的情感支撑起了复杂的人物形象。

值得注意的是，《红与黑》是根据1827年一桩真实的刑事案件创作出来的。一个名叫安托万·贝尔德的穷青年，在神学院学习4年后到贵族米肖先生家当家庭教师，与米肖夫人产生恋情，被扫地出门。他在教堂里向米肖夫人开枪，被判处死刑。于连这个矛盾的人物并非小说家的凭空想象，恰恰相反，司汤达试图通过小说来理解这桩表面看来离奇古怪、难以理解的案件。司汤达的真实不局限于明晰、理性的心理分析，而且也指向人性晦暗不可知的领域。在于连这个脱胎于现实又高于现实的人物身上，我们可以看到，浪漫精神并不是现实的对立面，而是与现实合而为一。现实唯一的法则是无序、易变，人心的现实更是如此，小说也应通过多变的人物、无常的事件，呈现实的丰富与厚度，这才是最忠实的现实主义。这就是为什么司汤达既被称为浪漫主义的轻骑兵，又是现实主义的代表。独特的双重标签印证了司汤达对社会与人性的深刻认识，他认为小说应该再现时代本质，更要关注人心的真实，暗示现实的种种可能。

主观现实主义

司汤达的独特之处不仅在于他所描写的当代社会，还在于他构建虚构世界的方法。他深受相对主义和经验论哲学家的影响，认为没有普遍的真善美准则，有的只是个人的感觉与判断，因此世上并无绝对的真理，只有个人的、主观的真理；也没有客观、全面的现实，只有个人在某个时刻、某个角度所捕捉到的现实，而人的感知是不完整的、有选择的。司汤达举例说："您刚刚在大街上碰到了想要争夺您情人芳心的情敌，您跟他说了话；……告诉我，他的领带结是什么形状的。"这就是说，人受环境、时机或自身情感所限，无法掌握全局。司汤达说："我们被禁锢于自身的感觉之中，更被禁锢于我们从中得出的结论之中。"他在小说中忠实于他所认为的真实，避免用全知全能的视角居高临下地描绘环境和人物，而是描绘人物所捕捉到的外在世界，以人物的目光为出发点，记录他的所见、所闻、所感。

以《红与黑》为例，书中很多篇幅展示的都是于连眼中的世界，并通过他的自我剖析，向读者展现他对人、对事的印象以及他的心理活动。于连第一次见到阿格德主教，他先看到的是一个人的背影，那个背影对着镜子似乎在练习降福的动作。这人突然转过身来，于连看到对方胸前挂着的十字架，才猜到眼前的年轻人就是主教。于连来到神学院，被领进彼拉神甫的房间，只见一个身穿破旧道袍的人在低头写字，等对方抬起头，他才发现这人容貌丑陋、目光严厉。他承受不住神甫可怕的目光，紧张得昏了过去，小说就只通过他残存的意识写了他模糊听见的脚步声和话语，而他什么都没看见。3小时之后，等他通过神甫的考试，才看见自己的箱子一直摆在面前，只是他没有注意到。小说的叙述局限于人物的有限视野中，在叙事学中叫"内聚焦"，这种手法构成了司汤达的"主观现实主义"。

《红与黑》中于连与德·莱纳夫人的第一次见面，是一幕精心建构的场景。德·莱纳先生决定给三个孩子聘请家庭教师，德·莱纳夫人想象会有一个粗鲁肮脏的教士，要来打骂自己的孩子。正在她担心难过的时候，突然发现家门口站着一个陌生人。小说是这样写的：

德·莱纳夫人在远离男人目光时，总是自然而然地活泼优雅。她正从客厅开向花园的落地长窗走出来，瞥见大门口有一张年轻的乡下人的脸。这人几乎还是个孩子，脸色苍白，刚刚哭过。他穿着雪白的衬衫，臂下夹着一件很干净的紫色平纹格子花呢上衣。

第一个长句中，小说视角很快由外部描写转入德·莱纳夫人的内心，于连的形象不是由全知全能的叙述者来描述，而是透过观看者德·莱纳夫人诧异的目光展现出来。从来者的衣着打扮，她一眼就看出这是个乡下人，但是又发现了与他社会地位不相符的几个细节：脸色苍白，穿着白衬衫。常年在地里干活的农民，不会有这样白皙的皮肤，衣着打扮也不会这样干净。正是这些不同寻常的细节，把于连和普通的农民区分开来，使德·莱纳夫人第一眼就对他产生了好感。她看到他"雪白的"衬衫、"很干净"的外套，放在名词之前的表示强度的两个形容词表明，在她的观察之中已经暗含了某种感情色彩。如果我们去读司汤达在《意大利绘画史》中的评论，会发现他尤其注意绘画怎样用细节表现人物的情感，比如描绘一个人非常吃惊，就画出她手中的乐器掉在地上，她却浑然不觉。司汤达在小说中也运用了"赋予细节以激情的艺术"，使卑微的物品带上柔情的色彩，让它们摆脱物质的冰冷，具有了感情的热度。

"衬衫"是贯穿《红与黑》的一个具有表现力的细节。于连刚到市长家，市长见他穿着衬衫，就问家里有没有人看见他，因为穿着短上衣，让孩子和仆人看见是很不成体统的。市长马上带他去裁缝店买了一套新礼服，让他穿着得体之后才和孩子见面，这样才能树立家庭教师的威信。这个细节展示出夫妇二人的差别：

丈夫关心的是社交规则，妻子注意到的则是衣服的干净，还有这个人本身的品质。相遇场景的第二段是："这个小乡下人面色那么白，眼睛那么温柔，有点儿浪漫精神的德·莱纳夫人首先还以为可能是一个女扮男装的姑娘，来向市长先生求什么恩典的。"在这个具有"浪漫精神"的观察者眼中，于连没有被归为普通农民，而是被想象成浪漫故事的主角。接下来，德·莱纳夫人发现于连和女仆说话很勤，了解到他是因为衬衫不够穿，需要女仆经常替他送到外面去洗。生活优渥的德·莱纳夫人这才知道穷人的窘迫，她心生同情，想要偷偷送给于连几个金币去买衬衫，于连非常生气，认为她在羞辱自己："我出身卑微，但是我并不低贱。如果我对德·莱纳先生隐瞒有关我的钱的任何事情，那我就连一个仆人都不如了。"后来，于连来到巴黎，德·拉莫尔侯爵竟然关心他的衣着起居，问他在裁缝那里买了多少件衬衫，于连说两件，侯爵马上给他头一个季度的薪水，说："很好，再去买二十二件衬衫。"

要了解司汤达的写作手法，我们需要把他和巴尔扎克的描写做个对比。在《高老头》中，巴尔扎克从衣食住行各个方面写出了阔绰的高老头怎样节衣缩食、为女儿付出一切：他搬进伏盖公寓的第一年，住着最好的套间，里外服装、被褥行头都非常讲究。衬衣料子细腻光洁，搭配着别针、金链子。到了第四年，高老头搬上了四楼寒酸的房间，"漂亮的被褥衣物用旧了，他买十四铜子一码的棉布来代替。……他脱下宝蓝大褂跟那些华丽的服装，不分冬夏，只穿一件栗色粗呢大褂，羊毛背心，灰色毛料长裤"。两相比较，能看出巴尔扎克的描写繁复、厚重、细致入微，通过物品的堆积慢慢营造故事所独有的、具有宿命气息的氛围，再让人物的命运在其中展开。

司汤达的描写却极为简练，他把物质作为一种象征，只选择

第三讲 司汤达：在浪漫主义与现实主义之间

最具表现力的细节，融会在行动当中。他说不愿在《红与黑》中"用两页描述从主人公卧室窗前看到的景色，再用两页描绘他的穿着，再花两页展示他坐着的扶手椅的形状"，他甚至主张"让读者完全不知道德·莱纳夫人和德·拉莫尔小姐穿着什么样的裙子"，为的是避免读者将注意力分散到生动的描写之中，而要让其注意力集中在情感的发展上。左拉曾批评司汤达忽视人物的外形，其实司汤达只是没有按照传统的写法对人物做一个客观、穷尽的描绘。他由内及外，以人心为出发点来构建外部世界，呈现的是人物在迅速的行动当中、在各种情绪的影响之下所捕捉到的片面、零散的信息。

主观视角影响了整个虚构世界的构建。最具说服力的一个例证，就是《红与黑》中于连两次握住德·莱纳夫人的手。一天晚上乘凉的时候，德·莱纳夫人不小心碰到了于连的手，她马上缩了回去。于连想：如果拿破仑碰上这样的情况，一定会抓住对方的手。于是，他把诱惑德·莱纳夫人当作一项军事任务，下定决心在夜晚10点之前抓住她的手。这是他强加给自己的责任，是考验勇气的战斗：

> 责任向胆怯发起的战斗太令人痛苦了，除了他自己，什么也引不起他的注意。古堡的钟已经敲过九点三刻，他还是不敢有所动作。于连对自己的怯懦感到愤怒，心想："十点的钟声响过，我就要做我一整天里想在晚上做的事，否则我就回到房间里开枪打碎自己的脑袋。"
>
> 于连太激动了，几乎不能自已。终于，他头顶上的钟敲了十点，这等待和焦灼的时刻总算过去了。钟声，要命的钟声，一记记在他的脑中回荡，使得他心惊肉跳。

就在最后一记钟声余音未了之际,他伸出手,一把握住德·莱纳夫人的手,但是她立刻抽了回去。于连此时不知如何是好,重又把那只手握住。虽然他已昏了头,仍不禁吃了一惊,他握住的那只手冰也似的凉;他使劲地握着,手也战战地抖;德·莱纳夫人作了最后一次努力想把手抽回,但那只手还是留下了。

于连的心被幸福的洪流淹没了,不是他爱德·莱纳夫人,而是一次可怕的折磨终于到头了。

这段叙述,正如小说所写,聚焦于连的内心:"除了他自己,什么也引不起他的注意。"他仅仅注意到与行动相关的两个细节:一是钟声,这是他给自己规定的行动的时限;二是他抓在手中的德·莱纳夫人的手,冰凉、挣扎,它的去留决定着行动的成败。于连沉浸在自己的行动中,外部世界的一切似乎不复存在。并且,小说巧妙地以另一重视角,描写了在于连经历内心剧烈争斗的同时,德·莱纳夫人度过了一段幸福的时光:"风在椴树浓密的枝叶间低吟,稀疏的雨点滴滴答答落在最低的叶子上,她听得好开心啊。"

第二天晚上,于连又在同一位置握住了德·莱纳夫人的手。这一次,他不再被担忧、胆怯所折磨,能够静心享受爱的甜蜜:

于连不再想他那愤怒的野心了,也不再想他那些如此难以实施的计划了。他生平第一次受到美的力量左右。他沉浸在一种与他的性格如此不合的、模糊而甜蜜的梦幻之中,……恍恍惚惚地听着,那棵椴树的叶子在夜晚的微风中沙沙作响,远处杜河磨坊中有几条狗在吠叫。

人物在前一天晚上全然无感的环境、物品，此刻一一浮现，并因人物心境而带上了温柔的色彩。这两个片段，人物心境不同，关注不同，对外界的感知也完全不同，展现了完全由个人视角与内在情绪所界定的外部现实。

每个人眼中的世界图景既带有个人的局限与偏见，也带上了主观情感的热度与独特性。小说所呈现的，是透过情感透镜看到的被染色、被变形的现实。再来看《巴马修道院》中著名的描写滑铁卢战场的片段。在司汤达之前，小说家对战争场景的描述往往采取鸟瞰式的、回顾的全景视角，各个部分都非常清晰，组合成一个和谐、壮阔的画面。司汤达一反以全知全能视角进行宏大战争叙事的常规，透过一个初出茅庐的士兵惊奇困惑、支离破碎的眼光来呈现这场欧洲历史上最著名的战役。主人公法布里斯怀着一腔热情奔赴战场，把战争想象成他在史诗中读到的英勇壮阔的样子，可是等到他身处其中，对于全局、事态毫无了解的时候，他只能捕捉到零星的、片面的画面，看到远处冒出白烟，听到远远近近的巨响，身边不时有士兵在混乱地奔跑。他看到"有一块田地奇怪地动起来"，土块四处飞溅，然后才明白是炮弹在身旁爆炸。这些"奇怪的景象"，就是他对于战争的全部感知，主观印象的碎片拼凑成战争的拼图。

这个片段局限在主人公的感知之中，不像传统小说那样因果分明，而是充满偶然事件，造成各种偶遇、冲突、惊奇。法布里斯丝毫不懂战场规则，处处碰壁，狼狈不堪，就连碰见他的偶像拿破仑，他都认不出来，以致错失良机。同行的战友把他从马背上举起来扔在地上，让长官骑上马扬长而去，他才明白其他人心照不宣的战争规则。小说的高明之处在于它不仅仅呈现了法布里斯充满激情和幻想的灵魂所折射出的现实，同时也呈现了他实际遭遇的世界，二者的反差让这个片段奇妙地融合了英雄主义与笨拙、诗意与可笑。可见叙述的主要目的不是呈现一场战役，而是描绘天真所引发的诗意。这种叙事手法体现了司汤达对于他所认为的"现实"的忠实，后来影响了托尔斯泰《战争与和平》的创作。

地理高度与精神性

中国读者对司汤达作品中的现实主义非常重视，对它浪漫主义、精神性的一面却关注不多。细读司汤达的作品，我们会发现重大的事件，精神的震撼、领悟与转变，经常发生在人迹罕至的高处，或者发生在昏暗阒静的幽深之处。这一节将通过山顶、高塔、监狱、教堂这几组意象，解读地理位置在人物的精神冒险中起到的象征作用。

浪漫主义作家偏爱高山意象，因为高处象征着远离尘世与凡俗，离天空更近意味着更接近灵性，与更高、更无限的世界相通。从卢梭的《新爱洛漪丝》开始，浪漫主义文学与绘画作品中，独立高处的人物随处可见。例如德国画家卡斯帕·大卫·弗里德里希的《云海之上的旅人》中，孤独的人物独立山顶、背对观众，面对着自然界的天光云影、历史的风云变幻，给人以广阔无限之感。夏多布里昂笔下的勒内梦想着"游荡于风、云与幽灵之间"，与弗里德里希的画作几乎形成精确的对应。在偏爱高度的作家中，最为突出、表现最为丰富独特的是司汤达。普鲁斯特在司汤达的小说中发现了一个非常重要的意象，那就是他的人物都喜爱高处，象征着"与地理高度相对应的一种精神境界"。

在小说人物的经历中,群山之巅总是与幸福和自由相连。《红与黑》多次描写于连在高处漫步、俯瞰风光:"身凌绝顶,他止不住会心一笑。他所企慕的,不正是这样一种境界吗?高山之上空气纯净,他心灵上感受到一种静穆,甚至欢乐。"但是,于连是热衷于行动的人,他看到天空飞翔的鹰,内心的安静很快被激荡的意志所代替。由此可以看出于连身上强烈的冲动,随时准备起飞,也随时面临坠落的危险。《巴马修道院》中法布里斯抛弃安逸的生活,奔赴战场,同样以鹰来寄托梦想。法布里斯出身贵族,不论从社会地位还是精神境界来说,从一开始就站在高处。他从小生活的城堡建在150尺高的山冈上,下临科摩湖。他在塔楼楼顶上观察天象,目光总是投向高处。正如小说中另一个人物莫斯卡伯爵所说,"在他眼里,样样事情都简单,因为他看什么都居高临下"。

在司汤达的作品中,灵性不仅体现在远离尘嚣的自然界的高处,也体现为城市楼层的高度。短篇小说《费代》的主人公费代以玩世不恭的口吻向德国女友介绍城市居民的精神等级:"在巴黎,激情只有在公寓顶高的几层上才有,我敢打赌,您住的圣奥诺雷区这条可爱的街道上,在四层楼以下您是找不到那种温柔、热烈、慷慨的感情的。"公寓顶层是穷人的住所,人物以住宅的高低譬喻财富与真情的对立、与精神境界的反差。更应注意的是这句话出现的背景:主人公在与女友谈论卢梭的《新爱洛漪丝》时发表了这番言论,小说以互文的方式呼应着卢梭对于文明与自然、虚伪与真情的区分。

在深受理性主义哲学影响的司汤达笔下,高处不仅代表着灵魂的崇高与自由,也意味着心智的澄明与开阔。在司汤达的想象中，哲学家和诗人都是住在高塔上的人，能够清晰地俯瞰人性。小说人物的塑造正对应着作者的设想。在《红与黑》开篇，困顿之中的于连冲上山顶的树林，因为"他有必要看清自己的灵魂"。这里呼应着小说结尾于连在死亡面前抛去伪装与野心，最终认识自我，"看清自己的灵魂，感到坚强而果敢"。《巴马修道院》中，法布里斯心怀困惑，独自在钟楼上度过一天，经历了一次精神上的洗礼。小说这样写道："最震撼法布里斯心灵的，是从高楼上极目眺望，几里外大湖展现两个水面，雄浑的景色使他慨然释怀，心里升腾起最崇高的情感，童年的回忆纷至沓来。关在高塔上的这一天成了他一生中最幸福的一天。"这是一种俯瞰众生的喜悦感，站在高处观看村民的日常生活，变成了对世态万象的洞察与思考；这更是对自我的清醒认识，达到精神上的澄明之境。

居高临下、看清自我的愿望如此强烈，它不仅反复出现在司汤达的小说中，也成为写作的动力与象征。《亨利·布吕拉尔传》开篇便是1832年10月16日清晨，作者站在罗马的雅尼古卢姆山顶俯瞰全城，面对古代与现代交叠的城市，感慨历史兴亡、时光飞逝，进而联想到自己的一生："我即将年满50，到了认识我自己的时候了。我曾经是什么样？现在又怎样？说实话，我也很难说清。"一部兼具回忆、联想与自我剖析的长篇巨制由此开始。此外，司汤达常把写作行为置于孤独的高处，因为写作与退隐、观察、深思紧密相关，比如他提起自己写过的《罗马漫步》："如果我能在五层楼上再写一本类似的书，我会倍感幸福。"他在自传中又说："自从46岁以来，我的理想就是生活在巴黎，住在五层高楼上写一部剧作或一本小说。"

司汤达笔下不仅屡屡出现群山之巅的形象，也常常出现一组看似矛盾的结合体：塔顶监狱。监狱本该是阴暗潮湿的地牢，是限制自由的地方，司汤达的人物却幸运地被关进塔楼高处的牢房，从而避开世事的干扰，面对真实的自我，找到内心的安定。例如法布里斯被捕后，被关进位于塔顶的监狱，他被高处的美景震撼，后来在这里与独处高楼的克莱莉娅隔窗相望，产生了爱情。评论家指出《巴马修道院》的前半部分是英雄主义的、史诗性的行动，后半部分则转向浪漫与抒情。监狱这一形象反复出现，在前半部分是英雄冒险的障碍，在后半部分却成为隐秘、内在化的保障。法布里斯想象中阴暗恐怖的监狱变成了幸福与自由的象征，而重获自由则意味着回到险恶的生活，再次卷入政治斗争。小说以反讽的方式实现反转，与塔顶监狱相对的巴马公国成为真正的流放之地。

于连被判处死刑，在死囚地牢与德·莱纳夫人和解，感到温暖安全，同时抛去各种浮华与野心，看清自己的灵魂。监狱非但不是对自由的限制，反而是一种保护与激发。这一结局在小说中早有伏笔：避人眼目、隐藏真实情感是于连的习惯，单从地理位置的选择就可见端倪。他在山顶遐想时总会找一个隐蔽的山洞作为栖身之所，在这里不仅能一览众山小，更能随时发现闯入他独立天地的来者。到达巴黎之后，在德·拉莫尔府书房里，他的第一反应是找一个幽暗的角落藏身，安全地欣赏侯爵的藏书。即使在狱中，他也不无黑色幽默地感到遗憾，说监狱的缺点是不能把门反锁。死刑之后，他被安葬在他事先为自己选定的墓地——山顶的山洞。这个位置与《巴马修道院》结尾的修道院相似，是主人公钟爱的归宿，既开阔又隐秘，既是提升又是回归，呼应着人物复杂的人格。

最后一组代表高度的意象是教堂与修道院。司汤达是无神论者，但他对宗教的态度并不是完全反对与排斥，他鄙弃的只是上帝在人间的伪善使者。他小说中的爱情常常发生在教堂里，因为在他看来，爱情与虔诚都是灵魂敏感的体现，由此继承了文艺复兴时期由但丁与彼特拉克开启的爱与信仰合一的文学传统。《巴马修道院》中的几座教堂与修道院——记录着主人公的成长与情感历程。教堂不仅是现实层面的藏身避难之所，更是精神层面的庇护与安慰。人物到达教堂要走过漫长、曲折而狭窄的路程，尘世的感情得到升华。刚才提到的监狱也与僧侣隐修的修室相似，是主人公进行灵修、提升精神境界的契机。由此，司汤达笔下两组看似互相矛盾的意象"监狱-幸福""教堂-渎圣"相互融合，既象征着对爱情的朝圣与皈依，也象征着精神的净化与淬炼。

书名中的巴马修道院直到小说最后才出现，它是法布里斯最终修行和离世的场所。小说的寥寥几笔让它始终笼罩在神秘的气氛中。小说的结尾是："巴马的监狱空了。伯爵成了巨富。艾奈斯特五世受到臣民的爱戴，他们把他的朝代与托斯卡尼历代大公的朝代相提并论。"几位主人公悄然遁逝，身后留下的是"幸福的表象"：财富、权势与声名。"巴马的监狱空了"一语双关，表层意思是政治清明、人民安居，但联系前文的故事，更应理解为对主人公法布里斯的缅怀：那位爱的囚徒已经不在了，空留曾经见证美好故事的监狱。因此，紧随其后的"伯爵成了巨富"一句语带嘲讽：巨富掩盖的仍是空虚，因为伯爵已经失去他最爱的人。众人的赞颂同样是表象，与紧随其后的篇末献词"给幸福的少数人"形成嘲讽般的对照，烘托出众声喧哗中一曲微茫的感伤。真正的幸福只能被窥见、被暗示，它是无法描述、不可触及的。

司汤达希望用理性的思维来研究人的情感，对错综复杂的情感做出精确的描绘与分析。他在《论爱情》中试图把爱情分门别类、条分缕析，使爱情在各个阶段、各个情境中的表现都一览无余。十几年后，在晚期小说《巴马修道院》中，他却尤其钟爱矜持、慎重与隐秘。这种转变体现出作家对人类情感认识的深入与表现方法的改进。从科学研究到诗学呈现，文学作品的力量不仅仅来自清晰准确的描绘，更来自暗示与象征。地理高度是一组重要的意象，呼应着人的情感世界与精神世界的丰富与深度。

司汤达说，他将在50年后、100年后被人阅读。直到今天，两个世纪过去了，他还在被人阅读。《红与黑》甚至被改编成摇滚音乐剧，受到年轻观众的追捧。可见他对于人性的刻画超越了时间，在他保存的青春锐气与热烈之中，浪漫主义离摇滚并不遥远。不应忘记，司汤达的小说大都以真实的事件为蓝本，《红与黑》以当时的真实案件为题材，《巴马修道院》改编自16世纪的《法奈斯家族遗事》。经过小说家的写作，这些故事深入人心，似乎比现实生活中的事件更为生动、清晰而持久，因为它们发掘了深层的人性，以令人信服的方式讲述非同寻常的故事，使读者能够沉浸其中、感同身受，深刻地理解人物的内心。

司汤达深知美学情感会影响人对现实的感知与态度，因而他反复强调感受力的培养。他在笔记中分析敏感的人与普通人面对文学艺术所营造的幻象时的不同反应，说道："对文学艺术所制造的模仿产生同情的习惯，让我们具有这种感知方式的习惯，比普通人更加同情真实的不幸。"他在《论爱情》中写到，很多人习惯读书，将阅读好书当作生活中最大的乐趣："10年之后，他们发现自己加倍聪明。没有人会否认，一个人越有才智，越不易产生与他人的幸福不相容的激情。"文学通过培养感受力，扩展读者的视野与经验，能够培养一种更为包容、更为牢靠的理性。基于情感与理性共同的支撑，司汤达的小说不是对现实的简单再现，而是借助想象力与诗学形式对人类行为进行假设、试验、推理与解释，因而是对现实的一种思考形式、一种认识方法，进而影响到现实中人的认知、行为与思维，有着助人摆脱习惯势力与僵化思想、形成新的视角和感知方式的力量，这是他的深度与现代性所在。

文学所具有的认知功能、道德价值，最终还是要回到它最本源的价值上，那就是"予人愉悦，令人动情"，通过共情的力量来抚慰人心。司汤达回顾自己的一生，说他自始至终都是一个"不幸的恋人"："我在生活中习惯的状态就是一个不幸的恋人，热爱音乐和绘画……我知道我喜爱遐想胜过一切，甚至超过被人视为机智幽默的人。"敏感之人总是不幸，因而作家向文学和艺术寻求慰藉，也以此来慰藉和他同样敏感之人。可以说，文学通过记录激情来拯救激情。

司汤达非常推崇莎士比亚，他从莎士比亚的作品中认识到，"诗人真正的价值是拥有最具理解力的灵魂"，"理解所有悲伤、所有欢乐的灵魂，具有最高的同情心"。这是诗人的天职，洞悉人性的各个角落，看到现实的各种可能，因理解而产生深刻的同情，他所描绘的幽微深广的激情才能激起回响。

延伸阅读

1. 〔法〕司汤达:《巴马修道院》,罗芃译,译林出版社,2005年

    因为《红与黑》的盛名,司汤达从未淡出中国读者和学界的视野。但司汤达也恰恰为盛名所累——独尊《红与黑》导致读者忽略了他的其他作品。其实他的另一部小说《巴马修道院》,文学价值有时甚至被排在《红与黑》之上。这部小说同样植根于作者所处时代的历史,但信马由缰的结构、轻灵的笔触和亦庄亦谐的语气都营造了一种既是现实、又比现实美好的奇异氛围。

    要表达对一位作家的敬意,最好的方法就是去细读、慢读他的全部作品。除了《红与黑》和《巴马修道院》,《意大利遗事》《吕西安·勒万》《阿尔芒斯》等小说、两部自传作品《亨利·布吕拉尔传》和《自我主义回忆录》,还有司汤达的书信、日记、文艺评论等,也都是重要的文本,有助于了解司汤达复杂的人格和极具现代性的美学理念。

2. 〔法〕巴尔扎克:《司汤达研究》,李健吾译,平明出版社,1950年

    司汤达在世时并不出名,唯一欣赏并深刻理解他的大作家是巴尔扎克。巴尔扎克把司汤达与梅里美、缪塞、诺迪埃等作家归为"观念文学"流派,认为他们的共同风格是"事件多发,图像简练,行文精炼明晰,伏尔泰式的短句,18世纪作家的讲述方式",而最突出的特征就是"喜剧感",尤其是司汤达和梅里美,"他们陈述事件的方式有一种我说不清的嘲讽与揶揄。他们的喜剧性隐而不露,就像石里包的火"。《巴马修道院》出版后,巴尔扎克发表文章称赞,还给司汤达写信,诚恳地建议他修改结构与写作风格。《司汤达研究》正收录了巴尔扎克对司汤达小说的评论。

3. 〔法〕勒内·基拉尔:《浪漫的谎言与小说的真实》,罗芃译,北京大学出版社,2012年

    司汤达在文学史上的经典地位自19世纪末得到确认,法国评论界对其作品的研究热情经久不衰。尤其是20世纪50—60年代,涌现出一大批以现象学和原型批评为方法的经典评论。可惜的是,关于司汤达的经典评论,译成中文的并不多,比较有代表性的一部作品是勒内·基拉尔的《浪漫的谎言与小说的真实》,作者从文学与欲望的角度,分析了塞万提斯、司汤达、福楼拜、陀思妥耶夫斯基和普鲁斯特五位经典小说家的作品,关注他们意识的深层世界。

4. 〔法〕让-皮埃尔·理查：《文学与感觉》，顾嘉琛译，生活·读书·新知三联书店，1992年

  本书用现象学理论分析司汤达的作品。书中最重要的两篇文章，分别谈论司汤达作品中的认识与温情，以及福楼拜作品中形式的创造，以此阐述现象学色彩浓重的感觉理论。

5. 〔德〕埃里希·奥尔巴赫：《摹仿论》，吴麟绶、周新建、高艳婷译，商务印书馆，2014年

  《摹仿论》谈论西方文学对现实的再现，从古希腊的荷马史诗，一直到伍尔夫、乔伊斯等现代作家的作品，都有精彩论述。其中论述司汤达的一章名为"在德·拉莫尔府"，奥尔巴赫结合法国七月革命前夕这一特定历史时期的政治形势、社会结构和经济条件，分析《红与黑》对法国社会的描绘，认为它是第一部真正意义上的现实主义小说，因为这是小说中第一次出现塑造个体的历史和社会等决定性因素，呈现的是"被裹挟在不断变动的现实整体之中的人"。

第四讲

巴尔扎克:"人间喜剧"的缔造者

董 强
学者、翻译家,北京大学法语系博雅特聘教授

可以看到,巴尔扎克的小说,已经是真正的现代社会的小说。他抓住了现代社会的本质:资本对于人、对于精神世界的冲击,对原有社会秩序的动摇和摧毁,以及人在这样一个社会中的沉浮与荣辱。他的清醒,他对现实的关注和分析,使得他超越了浪漫主义的程式化的美好和抒情,剖析社会发展的各个方面和各个角落。

被碎片化、被神化的巴尔扎克

在浩瀚无垠的文学世界里,巴尔扎克无疑是个神。他的名字,可以说无人不知,无人不晓。但是,我有时会很怀疑,落实到许多人身上,他很可能仅仅是一个名字而已;与他本人的名字紧密联系在一起的,还有一套巨著的名字——《人间喜剧》。同样,我很怀疑,落实到许多人身上,《人间喜剧》也只是一套书名、几本书的书名,或者几个人物的名字而已。

我的感觉可能是错的。但是,如果我们具体地来看一下,假设有一个疯狂热爱巴尔扎克的中国读者,他想了解巴尔扎克,在很长时间内,在整个汉语语境中,他能读到什么?当然有收入中学课本的《欧也妮·葛朗台》,还有《高老头》。其他呢?有《幻灭》《夏倍上校》《贝姨》《邦斯舅舅》等等,也都是傅雷先生的译著。傅雷先生的译笔抵达哪里,一个中国读者的眼光就最多能抵达哪里。我说"最多",是因为有谁真的读过《搅水女人》《赛查·皮罗托盛衰记》?还有一些其他人翻译的,比如,《舒昂党人》《交际花盛衰记》,又有谁听说过《婚姻生理学》?谁又读过《三十岁的女人》?

当法语翻译家施康强翻译出《都兰趣话》的时候,有谁会问：这本书在巴尔扎克的《人间喜剧》中，占什么位置？或者说，它跟《人间喜剧》是什么关系？罗兰·巴特有本著名的分析巴尔扎克的著作，叫《S/Z》，专门解构了巴尔扎克的短篇小说《萨拉辛》。有谁读过《萨拉辛》？另一部巴尔扎克的短篇小说，《不知名的杰作》，被称为对现代艺术最早的预言，又有谁读过《不知名的杰作》？或者更简单：好吧，我们都知道，葛朗台是著名的守财奴，那么，他的女儿欧也妮·葛朗台到底是个什么样的人，小说的名字为什么叫"欧也妮·葛朗台"，而不是"葛朗台先生"？

到了20世纪末，《巴尔扎克全集》（30卷）终于在国内面世了。似乎，全面认识巴尔扎克的时机已经到来。然而，究竟有多少读者，会去阅读30卷中的所有作品？且不说众多不同译者必然会造成翻译风格的不统一，甚至人名的不统一，明明是同一个人，也让人误以为是另外一个人；同时，假如不了解《人间喜剧》的结构与逻辑，只恐怕，即便读完了全集，也依然看不到它的全貌，反而会被湮没在近百部作品之中……

事实上，关于巴尔扎克，我们但凡提出稍微深入一些的问题，绝大部分人都回答不上来。我们不得不承认，在中国，巴尔扎克无疑被大大地碎片化了。而且，由于他被神化了，围绕着他产生了一套固化的话语，出现在大量雷同的外国文学史、百科全书词条或媒体转载的专家解释中，使得人们怎么也绕不出一种僵化、固定的形象。有多少经典作家与作品，都被这样固化的话语缠绕着，就像裹尸布缠绕木乃伊！所以，我今天讲巴尔扎克，特别希望能从整体上还原他，特别想还给大家一个活生生的巴尔扎克！

其实，即便是在法国本土，巴尔扎克的作品也首先是中学课本选读的内容，或者是中学课本参考阅读中的必读书目，人们为了考上大学而不得不阅读它。因此，巴尔扎克是一个仿佛跟当下的生活失却了联系的"经典"作家。然而，关于巴尔扎克还有一个动人的故事，或许会让我们重新审视这位作家。有一天，一名法国女士因为心情郁闷，偶然踏入了如今属于巴黎十六区的巴尔扎克故居。巴尔扎克在去世前的好几年内，一直生活在那里。她看到了巴尔扎克起居的地方，见到了巴尔扎克著名的咖啡壶，尤其是巴尔扎克几乎天天端坐在那里埋头写作的小桌子。一种难以言表的情感攫住了她。她怎么也想不到，就在一个如此简陋、狭小的地方，一个矮小而粗壮的男子，用一张纸、一支笔，凭空构建出了一个由近百部作品组成的、拥有2000多个栩栩如生的人物的想象世界。用英国人的话说，巴尔扎克的世界是一个"比生活更大的世界"，a world bigger than life。她自己也想不到，在巴尔扎克的故居里，她竟流下了眼泪。后来，这位女士开始关注巴尔扎克，就在几年前，她写下一部专著，叫《巴尔扎克与我》，她本人的名字叫提蒂乌·勒科克。这本书，表达了一种感觉，那就是，直到今天，巴尔扎克还依然跟"我"，也就是每一个人，休戚相关。按照巴尔扎克故居纪念馆馆长伊夫·加涅的说法，每个人的心中，都有一个自己的巴尔扎克。但前提是至少知道巴尔扎克是谁，写过什么，为什么这么写。

2019年，我和伊夫·加涅等人在乌镇的木心美术馆一起讨论巴尔扎克，当时陈丹青请加涅做了一个关于巴尔扎克的展览，题目非常有意思，叫"文学的舅舅：巴尔扎克"。是的，巴尔扎克让人觉得亲切，因为有好几代人都受过他的培养，对他的感受像亲人一般。但真要细究一下，又会发现他如今距我们是多么地遥远。今天，就让我们来近距离地看看这位曾经的文学舅舅，看看他如何离我们既远又近，或者说，如何把他重新拉近。

巴尔扎克所处的时代非常好记，恰好是整个19世纪的上半叶，不多不少。他生于1799年，也就是18世纪的最后一年，卒于1850年，也就是19世纪的最中间一年。当他把创作《人间喜剧》的宏伟目标告诉自己的朋友时，最信任他、对他的才华最深信不疑的人，也会脱口而出："上帝啊！愿上帝让你足够长寿，好完成你的事业！"然而，在作家中，即便在人均寿命还不是很长的19世纪，巴尔扎克也算是英年早逝的。他真的是活生生被写作累死的！

我们来看看他的作息时间：一天只睡4个小时。哪4个小时？晚上8点到12点。也就是说，午夜时分，当人们已经熟睡、进入梦乡时，他开始工作了。而且，千万不要以为当人们醒来时，他才去睡觉休息。他不休息！一宿不眠的他，就跟什么也没发生似的，跟常人一样，正常工作。写作，再写作。一直工作到夜幕再次降临，当有些人的困意又开始上来时，他才歇息。而当人们真的被浓浓的睡意席卷时，他醒来了。然后通宵达旦，紧接着进入白天的工作……所以，一天50杯咖啡，不是传奇，而是一个肉身真正需要的兴奋剂。在一本书出版之前，他的睡眠时间就更少了：他把床放到印刷厂里，印出一页改一页，每天只睡两个小时。当他给远在波兰的情人韩斯卡夫人——后来在他去世前一年成了他的妻子——写信的时候，他会自豪地告诉她，他的情书是多么的珍贵，因为那是他从仅有的两小时睡眠时间里挤出时间写的，也就是真正用生命写就的情书……

所以，巴尔扎克只活了51岁，但他的工作时间，假如我们相信8小时工作制的话，竟然胜过了一个一直不退休的百岁老人。对于巴尔扎克来说，这是某种能量守恒定律，就像他在让他崭露头角的小说《驴皮记》中所讲述的，每一个愿望的实现，都会让那张代表人生的驴皮缩小一点……在《人间喜剧》总的前言中，他提到，一个人如果需要真正长寿，那就必须什么都不干，保存能量。所以，连巴尔扎克自己也知道，他是在与时间赛跑，而且最终没能跑过，没能完成自己的宏愿，但他留下的，已经足够让他傲视群雄。就好像西班牙的天才建筑师高迪，他的作品即便未完成，也已可惊为天人了。

　　巴尔扎克生于巴黎南部的图尔。这是一座位于卢瓦尔河边的中等城市。他家族的原名叫巴尔萨斯，到了他父亲那里，才改为巴尔扎克。而他，则给自己的名字加了一个代表贵族身份的"德"字。所以，严格地说，巴尔扎克的正确译法，应当是"德·巴尔扎克"，他只有一部小说是以"巴尔扎克"署名的，其余都是"德·巴尔扎克"——但如果那样的话，他的名字，在中国可能就没有那么家喻户晓了，毕竟巴尔扎克念起来顺口多了。他家里希望他学法律，他确实也做过公证人的助理，而且曾在巴黎大学法学院注册入学，就像他笔下著名的男主人公拉斯蒂涅。他很早就想自由创业，办过印刷厂、书店，甚至想跑到意大利去开采银矿，结果都不成功。反倒是他少年时的文学志向，让他最后找到了自己的路。但即便是这一志向，也险些没能实现：有谁能想到，这位几乎成了文学家的代名词的巴尔扎克，在年轻时，遭遇过致命的打击？中学毕业时，他提出要成为作家。他父母答应给他一两年时间试一试，他发奋写下了五幕诗剧《克伦威尔》。有点法国文学史知识的读者，一定知道另一位大文豪雨果写过《克伦威尔》，而且雨果的《〈克伦威尔〉序》是法国浪漫主义最早的宣言之一。但巴尔扎克其实比雨果早好几年就写到了克伦威尔。跟许多望子成龙的父母一样，巴尔扎克的父母请了当时一位著名的文人、法兰西学院的院士来读小巴尔扎克的处女作，想看看儿子在文学方面有没有前途。那位院士先生说了一句著名的话："你的儿子应当可以从事文学创作之外的任何工作！"这位院士也可能因为这句话，才在法国文学史上留下了名字——或者也没有留下，因为此刻我就想不起他的名字来……

  所幸，巴尔扎克并没有因此而气馁。他一边被迫从事一些谋生的职业，比方说，给公证人当助理，当一个小印刷厂的老板，铸造铅字，出版莫里哀和拉·封丹的书——也就是做书商，等等，一边继续从事创作。他的机遇还是有的，因为巴尔扎克年轻的时候，也就是19世纪二三十年代，小说作为文学体裁，已经开始变得重要，读者群越来越大，种类也很多，有历史小说、情感小说、探险小说、奇幻小说等等，所以出版商愿意出钱，甚至组织大批年轻、没有名气的作家集体创作。这非常像现在网络小说的创作模式。巴尔扎克就用各种各样的笔名，甚至不署名，参与集体创作。这种练笔的经验，让他渐渐形成了自己的文学观和文学风格，开始发表一些具有自己独特性的作品，并首次使用"巴尔扎克"这个名字发表了《驴皮记》（1831年出版）。《驴皮记》是一部带有奇幻色彩的小说，它的出版使巴尔扎克一举成名，之后就一发不可收，最后成为最伟大的小说家之一。巴尔扎克一生献身于创作，一直单身，跟波兰的韩斯卡夫人维持着长期的情人关系，直到去世前一年才结婚。即便结婚之后，两人也没有在一起生活多长时间。韩斯卡夫人更多的是在巴尔扎克去世之后处理了他的债务。

  巴尔扎克的一生，都在给予别人一些最佳的建议，而自己在实践中反其道而行之。他的小说，被认为是最好地抓住了金钱的本质，他在书中分享各种发财致富的妙方，在生活中却什么事情也做不成，做一样、亏一样，直至债台高筑，留下了一生都在四处躲债的声名。他对巴黎的生活迷恋不已，却一直对自己出生的外省情有独钟。他的小说看似以男性人物为主，然而，他对女性的尊重和理解，却使他成为最早的女权主义者之一；他被人认为虚荣、浮夸、追求奢侈生活，实际上却独自一人耕耘不辍，做着文学上的苦役犯……

所以，就是这样一个几乎被专家下了定论的、"没有文学才华"的年轻人，在后来的创作生涯中，将小说这一体裁提升到了前所未有的高贵地位，并在文学领域完成了拿破仑在军事上的壮举，也就是建立起了一个完整的文学帝国。而且，随着时间的推移，巴尔扎克笔下的人物——假如他们都有原型的话，那些原型早已灰飞烟灭——依然比真实的人还真实，通过书本，改编的电影、电视剧，等等，随时活灵活现地展现在人们面前。按照19世纪另一位法国大作家、著名诗人波德莱尔的说法，巴尔扎克笔下的人物，甚至连一名女看门人，都有她的天才之处。

那么，巴尔扎克究竟做了什么，让他几乎成为文学的代言人？或者说，巴尔扎克的历史意义是什么？他的《人间喜剧》，究竟意味着什么？巴尔扎克的名作，比如《高老头》，比如《幻灭》，比如《贝姨》，究竟有什么高明之处？以及最后，巴尔扎克的现实意义在哪里？我接下来就分四个部分，分别加以讲述。

脱胎换骨的小说

巴尔扎克年轻的时候，也就是19世纪二三十年代，虽然小说作为文学体裁，已经开始吸引越来越多的读者群，种类也很多，但是，小说还不是一种重要、高贵的体裁。当时，文学是分等级的，最高贵的体裁是诗歌。所以，浪漫主义的重要作者，大都是诗人，比如拉马丁、缪塞、维尼等等，当然还有雨果。雨果更多是以诗人的名声而在文学界占据重要地位的。在很大程度上，雨果写小说，是受到了巴尔扎克的启发。所以，在巴尔扎克去世的时候，雨果代表整个法国文学界为他作了悼词，并在悼词中将他称为最伟大的作家之一。除了诗歌，重要的还有戏剧，比方说，雨果就是通过戏剧而树立起浪漫主义的大旗的。戏剧的重要性，除了文学意义之外，还有实际的经济上的意义。因为，小说在当时是没有什么版权的，也就是说，当小说家挣不了钱，而戏剧，每演一次，都需要向剧作家支付酬金。所以，到后来，巴尔扎克有了一定的话语权之后，他就联合一些作家成立了法国文学家协会，主要是为了捍卫作家的版权。今天所有的小说家都要感谢巴尔扎克，因为他不仅仅是一个文学体裁上的祖师爷，还是最早为作家赢得了合法权益的人之一。

小说到了巴尔扎克那里，具备了高贵的意义，而且超过戏剧和诗歌，一跃成为19世纪最重要的文学表现形式。那么。巴尔扎克究竟做了什么，让小说脱胎换骨、独占鳌头？

第一，巴尔扎克前所未有地把当下社会作为小说的关注点。由于英国的瓦尔特·司各特在欧洲的巨大影响力，人们开始对阅读小说产生很大的兴趣。但是，司各特的小说主要是历史小说，不免带有很强的娱乐性，因为跟人们所处的时代没有直接关联。巴尔扎克正式署名的第一部小说，就是历史小说《舒昂党人》。19世纪的法国也涌现出了一批历史小说的大师，比方说大家熟知的大仲马，他的《三个火枪手》就是有名的历史小说。但是，巴尔扎克的与众不同之处在于，即便写了历史小说，他的关注重点也是跟他所处时代紧密相连的近期历史,因为舒昂党人的故事发生在大革命时代,也就是巴尔扎克出生前后,巴尔扎克的着眼点更多是在人物心理的矛盾冲突上,而不是展现大幅的历史画卷。很快,巴尔扎克就找到了他一生致力的方向——同时代的社会。社会与风俗的概念,取代了历史的概念。小说要观照的是人们身处其中的当下社会,所以巴尔扎克是最早的社会学家,尽管当时还没有这个叫法。巴尔扎克敏锐的历史感使他最早感受到了时代的巨变——新兴的资产阶级正在登上历史舞台,取代原先贵族的力量,而宗教的力量又开始不断减弱。这势必带来社会的变化、人的变化,以及人与人关系的变化。这就是巴尔扎克意义上的"风俗"。巴尔扎克可以说是发现了小说的全新"任务":研究人和研究社会。

那么具体来说,如何研究人?巴尔扎克借鉴了他钦佩的自然学家的观点,确立了要像研究动物一样研究人的原则。当时法国有两位从好友变成论敌的杰出的自然学家,一位叫若夫华·圣伊莱尔(1772—1844,法国一位杰出的脊椎动物专家),一位叫乔治·居维叶(1769—1832,18—19世纪著名的古生物学者,提出了"灾变论",是解剖学和古生物学的创始人)。简单地说,他们创立了对动物进行分类的科学研究体系,确立了比较解剖学,并对动物的生物结构进行了剖析。他们两人都相信,物种本身决定了动物的本性。但后来,圣伊莱尔与居维叶在物种是否演变的问题上,出现巨大分歧。居维叶认为物种是不会变异的,圣伊莱尔则认为物种会因为环境的变化而产生演变。大家注意,那时候还没有达尔文的进化论什么事,达尔文的《物种起源》是1859年出版的,也就是巴尔扎克去世已经近10年。圣伊莱尔的思想深深影响了巴尔扎克,他认为社会环境对于人的影响是巨大的。如果读者细心一点,就可以看到,巴尔扎克最著名的小说《高老头》,就是题献给圣伊莱尔的。所以,巴尔扎克的小说,也被称为"社会的自然史"。

第二,巴尔扎克是第一个意识到资本主义的特征并在小说中加以详尽阐释的小说家。巴尔扎克意识到了资本主义社会中资本的力量、金钱的作用,以及金钱对人性造成的改变。这一点,使他获得了马克思和恩格斯的高度赞赏。因为他们从巴尔扎克的小说中,看到了自己的理论所关注的问题。恩格斯关于巴尔扎克有句非常著名的话,经常被巴尔扎克专家们引用:"巴尔扎克,我认为他是比过去、现在和未来的一切左拉都要伟大得多的现实主义大师,他在《人间喜剧》里面给我们提供了一部法国'社会'特别是巴黎'上流社会'的卓越的现实主义历史。我从这里,甚至在经济细节方面(如革命以后动产和不动产的重新分配)所学到的东西,也要比从当时所有职业的历史学家、经济学家和统计学家那里学到的全部东西还要多。"大家知道,左拉也是法国大文豪,著名的"自然主义"大师,还因为在德雷福斯事件中发出了"我控诉"的强音,而影响了整个法国20世纪的知识分子,所以,说巴尔扎克比一切左拉都要伟大得多,是何等的推崇和赞赏!至于比所有的历史学家、经济学家和统计学家教给恩格斯的还要多,那就可见巴尔扎克小说中涵盖的社会、历史、经济知识的广度和深度。

尤其是,巴尔扎克笔下的金钱更多是一种信用体系,是现代经济学意义上的"金融"概念,而不是实体的钱币。也正是因为这一点,葛朗台的形象在巴尔扎克的小说中尤其突出:他对货币的物质形态最为敏感。他在去世前对金币的恋物癖一般的崇拜,不仅仅显示出他是守财奴,更说明他对待金钱的老派做法,也就是对看得见、摸得着的钱币的怀旧,对证券、股票、支票等金钱的对等物的不信任,同时证明他是一个必须死去的旧时代的遗老。

巴尔扎克敏锐地感受到了资本在社会中的力量，由于商人们的投机和对金融体系的掌控，资产阶级可以迅速积累财富，并将大革命和帝国成立造成的社会变革推到极致。巴尔扎克笔下有一个非常重要的人物，是一个银行家，叫纽沁根。对这个人物的塑造，参考了不少当时的金融家，但最主要的一个，就是大名鼎鼎的罗斯柴尔德。大家知道，罗斯柴尔德家族是世界上最重要的金融家族之一。在巴尔扎克的笔下，纽沁根的财富积累很大一部分来自在各种市场上的投机，甚至对股票市场的操纵。比方说，在滑铁卢战役时，纽沁根比别人先得到消息，知道拿破仑战败了，而就在滑铁卢战役的前一天，人们还在传言拿破仑赢了，从而造成了股票市场大跌。为什么呢？因为大家知道拿破仑如果赢了，他将重新统治法国乃至欧洲，又会穷兵黩武，把欧洲带入无尽的战火之中，所以纷纷抛售股票。而纽沁根比别人消息灵通，知道拿破仑败了，所以大量买入股票，等到正式消息真的传来，他的股票就开始大涨，从而获取了大量的收益。他还囤了好多酒，低价买入，高价卖出，赚取了大量的差价。除了这位职业的金融家，巴尔扎克笔下的许多人物，也都是靠倒买倒卖发财的，无论是高老头，还是葛朗台。

巴尔扎克时代的人，受到新的经济法则的影响，同时又受到瞬息万变的法国政体的影响，以至于发财致富的人也不能过于显富，尤其是在外省。所以，巴尔扎克笔下的许多守财奴，必须隐藏自己的真实财富，他们会因为自己究竟拥护或者曾经拥护拿破仑，还是拥护或者曾经拥护国王而受到影响。法国的政治和社会演变，为巴尔扎克的小说提供了广阔的舞台和养料，使其有取之不尽的素材。正因为如此，巴尔扎克才说法国的社会就是主人，就是历史学家，他只需要为这主人服务，就可以写出比历史学家的作品还要丰富的作品。

第三，巴尔扎克提出了"典型人物"说。文学史上有一个著名的说法，叫"典型环境中的典型人物"，长期以来被认为是巴尔扎克小说，乃至于现实主义文学的一大特点。事实上，巴尔扎克的典型化，既有外在的社会环境对人造成的影响，但更多是内在的生物学原理的支撑，因此，确切地讲，至少在巴尔扎克的手法中，典型化并不是现实主义的特征。巴尔扎克对人的长相、外貌非常重视，认为外貌决定一个人的性格与行为举止。虽说他本人就是这种想法的反面例子，因为他长得不行，从外貌看绝不可能让人猜想出他的天才，但他还是一辈子乐此不疲。罗丹的雕塑《巴尔扎克像》，当时引起巨大的争议，就是因为罗丹想透过巴尔扎克难看的外貌，展示他博大的内心世界，结果不符合当时人的美学欣赏习惯。另外更为重要的一点是，他的人物都是受到一种内在激情驱使的极端例子，而任何极端，如我们的常识所知，都不可能是现实中的常态。因此，我们需要从多方面来理解"典型"的含义。

由于激情的内在冲动，由于性格的极端化，巴尔扎克笔下的人物，就变得比生活中的人更加真实。其实这一点是比较容易理解的，比方说，假如我们觉得一个人的鼻子很大，那么，当我们看到一个漫画家把一个人的鼻子夸张地画得巨大时，我们的印象就会非常深刻。在民间传说中，苏东坡形容他妹妹苏小妹的长脸时，用了"去年一滴相思泪，今年方流到嘴边"，可怜的苏小妹的那张脸，就一直到现在都能被人记住。这也是为什么文学艺术总是要高于生活。比方说，高老头的形象，为什么会那么脍炙人口？就是因为高老头对女儿的爱，被描写得达到了一种极致，按照高老头的说法：上帝对人的爱都不如他对女儿的爱。所以，我们在看待现实主义这个概念时，尤其是涉及巴尔扎克，一定要慎重，千万不要以为现实主义是对真实的一种被动模仿。

巴尔扎克的现实主义，有一种强烈的内在的能动性。这种内在的力量，和上文提到的巴尔扎克希望像研究动物一样去研究人，很有关联。最简单地说，当我们说一个人像狮子一样勇猛时，狮子的所有特性，就移到了那个人的身上——尽管勇猛只不过是狮子的一部分特性，但当巴尔扎克像动物学家研究狮子一样去研究一个人的时候，那个人就会展现出狮子的全部特性。这就给了巴尔扎克更高的要求，因为，如果说一个动物学家只需要描写一头狮子的外形特点和习性，就可以写出百科全书的一个词条，那么，对于一个人来说，仅仅描写他的外形和习惯，是远远不够的，你还必须去叙述他的行动，即所谓的action，而这体现在小说中，就是情节。所以，巴尔扎克小说中的典型人物，都需要在环境中做出他们的行动，并以他们的言语和行动，来体现他们的个性与特征。这就对小说的丰富性和复杂性提出了极高的要求。所以，巴尔扎克的小说，为小说带来了巨大的扩充，为后世提供了巨大的借鉴可能性。直到今天，且不说文学，我们还可以在电视剧、电影中，看到巴尔扎克的影响，一个好的巴尔扎克的徒子徒孙，就可以写出非常引人入胜的剧本和故事来。

第四，巴尔扎克系统性地用一个年轻主人公的成长作为小说的主线，这样的做法，使得他跟司汤达一起，创立了我们今天所说的"启蒙小说"或者"成长小说"。这在后来成为小说的一个极其重要的类别，为小说的发展提供了新的方向。

从欧洲小说的源头开始，无论是拉伯雷还是塞万提斯，都已经将一个主要人物的故事，作为一条主线贯穿整部小说。照米兰·昆德拉的说法，堂·吉诃德的冒险，揭开了一道遮住世界的真实性的帷幕，人走向了未知，需要靠自己的实践，去了解和认识在眼前打开的世界。巴尔扎克根据法国特有的巴黎与外省的巨大差别，让一个年轻人来到巴黎独自闯荡，这更符合一个人的生活发展经历，从而让小说的情节发展与一个人成熟的过程融为一体。从某种程度上来讲，巴尔扎克让小说在人的教育过程和知识体系中占据了重要的位置，从而大大提升了小说的地位。法国小说在这方面非常突出，司汤达的《红与黑》，福楼拜的《情感教育》，普鲁斯特的《追忆似水年华》，甚至萨特的《恶心》，等等，都可以被看作典型的启蒙小说，巴尔扎克是这方面的开山鼻祖。

第五，巴尔扎克首次将人物在不同小说中的重复出现，作为重要的文学手段运用到创作之中，从而让他的作品有了现代"追踪报道"的含义，他的作品，也因此而真正成为社会发展的镜子，他自己也成为现实主义的大师。或者说，正是在这一意义上，我们才能将巴尔扎克视为"现实主义的"。人物在不同小说中的重复出现，还起到了另外一个结构上的作用，那就是把一系列不同的作品有机地串联在了一起。而这一点，已经涉及了另外一个庞大的问题，也就是巴尔扎克作品的整体性。接下来的部分，我将着重讲述巴尔扎克最重要的巨著《人间喜剧》。

《人间喜剧》：一座庞大而有机的建筑

首先我们要厘清一个概念，《人间喜剧》并不指巴尔扎克的所有作品，也不指巴尔扎克的所有小说。"人间喜剧"的叫法，是很晚才出现的：构思于1840年左右，1842年正式提出。根据上文所说的巴尔扎克的生平，1842年离巴尔扎克辞世只有8年时间了，而《人间喜剧》计划要有140部作品，最终也有97部作品。这就意味着巴尔扎克把不少在1842年前出版的作品，事后归入了《人间喜剧》中。但是，给自己的小说一个整体框架的想法，在1833年就出现了，也就是在他的成名作《驴皮记》让他初露头角之后两年，他把这个整体的想法告诉了当时跟自己最亲近的人。同时，"人间喜剧"这个说法的正式提出，让巴尔扎克可以更好地、明确地构建他的庞大而有统一性的文学体系。一方面，他看到，在他之前创作的一些作品中，有一种一贯的东西，可以成为一个更为博大的体系的一部分；另一方面，他有了一个前瞻性的宏大计划，而他之前的写作，已经为这一计划指明了方向和可能性。

  巴尔扎克早年参与了许多集体创作，当时的出版商看到小说这一体裁有很大的潜在读者群，而且成本小，不需要支付版税，就拉起一些写作班子，成批量地制作小说。这个时期的作品，巴尔扎克是不承认的；另外，巴尔扎克写过的戏剧，以及大量的报刊文章，也不收入《人间喜剧》中。他的一些滑稽短篇小说，也就是施康强翻译的《都兰趣话》，是他自己承认的，但由于没有统一性，也没有收入到《人间喜剧》中。不过，有不少短篇小说，经过他的整合之后，被扩充为长篇，纳入了《人间喜剧》之中，最著名的例子就是《三十岁的女人》，还有《妇女研究再论》，等等。这就造成了有的作品情节不连贯，甚至自相矛盾，会出现前面说了一个人还活着，到后面又说他已经死了之类的情况。他在规划《人间喜剧》之前，已经写下了长篇小说《舒昂党人》《驴皮记》等，以及论著《婚姻生理学》等，这些都收入了《人间喜剧》

之中，其中《婚姻生理学》被列为"分析场景"的第一部。

因此，巴尔扎克对于自己已存的作品总量，以及哪一部可以收入《人间喜剧》，哪一部不能收入，是有明确的标准的。能进入《人间喜剧》的作品，必须符合《人间喜剧》的整体宗旨，就是全面展示作者所处的社会，而且是通过这一社会中2000—3000个具有特点的"鲜明"人物来展现的。

关于"人间喜剧"这一题目的翻译，还有一段公案。虽然大家都接受一点，即巴尔扎克选这个题目，是相对于但丁的《神曲》，但是，《神曲》的中文译者通过一个"曲"字，巧妙地绕开了原文中comedia一词的多义性，而巴尔扎克的译者，却绕不过去。巴尔扎克的作品，大多可以说是悲剧，比如《高老头》，比如《幻灭》，比如《夏倍上校》，怎么能称为"人间喜剧"？其实同样，但丁的《神曲》中，有那么可怕的炼狱和地狱，又怎么会是"神圣的喜剧"？

确实，在但丁以及后来的巴尔扎克的时代，comedia一词，主要是"戏剧"的意思，可以通指舞台上的演出。所以，如果译成"人间戏剧"，听起来确实更为接近原意。巴尔扎克在细分的时候，用了许多"场景"，就是指戏剧场景。但是，巴尔扎克非常推崇以莫里哀戏剧为代表的法国喜剧，希望能够写出同样深刻的刻画人性的作品，所以在取名的时候，他应该是想到了莫里哀的喜剧；更为重要的是，巴尔扎克的《人间喜剧》有一个非常重要的目标，就是揭开世界的表象，去揭示人们看不到的、世界更为真实的一面，世界仿佛是一场巨大的假面舞会，在文质彬彬、温情脉脉的礼仪之下，充斥着利益相关和钩心斗角。法国到现在为止，还有一座著名的法兰西喜剧院，它最初成立，就是强调戏剧要拿掉面具，揭开表象，展示幕后的东西。巴尔扎克揭开幕布，给读者提供新的知识,提供了解社会、了解世界的手段,从而让小说成为一种最有普遍性的文学体裁。所以,如果我们借用鲁迅先生所说的"喜剧将那无价值的撕破给人看",那么,译成"人间喜剧",也不是没有道理。总之,既然已经约定俗成,我们是可以接受这一译法的,只要知道这后面的道理就可以了。我们汉语中有"人世间"的说法,也很接近作品的原意。

巴尔扎克对于《人间喜剧》,有着清醒、明确的观念。他把《人间喜剧》看作一座庞大的建筑,必须有基石。这些基石,就是"风俗场景"。在"风俗场景"这一大主题之下,涵盖"私人生活场景""巴黎生活场景""外省生活场景""乡村生活场景""政治生活场景",以及"军事生活场景"。所谓"私人生活场景",就是去描述耸立的高墙、紧闭的大门后面发生的事情。"巴黎生活场景",很好理解,因为巴黎是法国的核心,本身就构成了一个完整的世界。与之相对,就必然有"外省生活场景"。但为什么还要有"乡村生活场景"呢?那是因为,外省主要指巴黎之外的中小城市,而乡村是与城市相对的。通过这三个"场景",巴尔扎克的小说就涵盖了整个法兰西的地理领土。这一点也是前所未有的创举,在巴尔扎克的笔下,许多法国的小地方,都在小说中"登堂入室",成为重要的描述对象。

接下来,在这些风俗场景之上,有"哲学场景",以及"分析场景"。简单地说,风俗场景是一种忠实的、普查式的描述,是对现状的展现,哲学场景是上升到一定的哲学高度,找到其中一定的规律,并得出一定的结论。分析场景,则是试图找出这些场景背后的机制。这三大场景("风俗""哲学""分析")构成了《人间喜剧》这座庞大的建筑。我们可以通俗地说,风俗场景描述"是什么",哲学场景探索"怎么样",分析场景挖掘"为什么"。

因此，巴尔扎克的小说具有一种前所未有的整体性，而巴尔扎克具有一种前所未有的雄心壮志。可以说，他用文学涵盖了我们今天所说的社会科学和人文科学的几乎所有领域。无论是政治、经济、文化、军事，还是心理学、社会学、人类学，他用小说这一种文学形式就可以全面展现。

巴尔扎克的这种整体意识，受到了斯威登堡（又译史威登堡，科学家、哲学家和神学家）思想的影响。斯威登堡是个瑞典人，在伦敦去世，是18世纪著名的神秘主义者，他提出了一种万物之间都有关联和呼应的思想，对19世纪的文学产生了很大的影响，尤其是影响了象征主义。巴尔扎克受母亲的影响，对一些神怪、超验的东西一直保持着兴趣，这也说明我们不能简单地看待巴尔扎克的现实主义。

但是，客观地说，《人间喜剧》的分类并不完全科学，或者说并不完全符合逻辑。比方说，私人生活场景并非政治生活场景的对立面。从逻辑上讲，无论是巴黎生活，还是乡村生活，还是外省生活，都是以描写私人生活的方式去创作的，否则不可能成立。在作品数量上，这些部分也没有好的平衡（这当然也和巴尔扎克没能写完有关系），巴尔扎克其实是根据他已有的、现成的创作而顺势提出这一分类的。比如，《婚姻生理学》就引出了"分析场景"。《舒昂党人》的例子更能说明问题，因为严格来讲，《人间喜剧》作为描写、分析当下社会的作品，并不应该囊括《舒昂党人》。但是，转换一下视角，那是对军旅生活的描述，而大革命前后的战争状态，是造成巴尔扎克所处社会的缘由之一，所以，将其纳入"军事生活场景"，还是很有必要的。但是，从作品数量上来看，"军事生活场景"总共只有两部，"分析场景"囊括的作品也并不多。

作为一座庞大无比、逻辑上也并不很严密的"建筑",《人间喜剧》其实有很多值得特别注意的独到之处,这让它成为世界文学史上独一无二的鸿篇巨制。巴尔扎克非常喜欢来自东方的《一千零一夜》,当他独自一人、彻夜不眠,在一个狭小的空间里埋头讲述他那两三千个人物的故事时,他一定是把自己当成了山鲁佐德,讲故事直到天明。然而,《一千零一夜》的叙事主要是一种时间上的延续,仿佛串在一起的珍珠,而巴尔扎克另有雄心,他要在内部结构上让整个《人间喜剧》成为各个部分相通、串联的"建筑"。

　　为此,他系统性地运用了一个小说手法,并让它成为他的小说最大的特点之一,那就是人物的重复出现。并不是所有人都接受这一特点。巴尔扎克时代有一个最伟大的文学评论家,叫圣伯夫,巴尔扎克对他很尊敬,但他就是不肯承认巴尔扎克的文学成就,原因之一就是他无法接受这种做法。在他看来,这是一种偷懒的做法,将文学家的想象力建立在了一种机械性的东西上。但这跟巴尔扎克的雄心壮志是一致的,可以说,这是巴尔扎克实现他的目标而找到的最好手法。因为巴尔扎克的目的是写人类前所未有的"风俗史",同时表现一个人在世界、社会和环境中的变化,他要靠他的文学让一个人的户籍和表面外在的身份资料变得黯然失色,全面展现他所处的社会中各色人等的处境。所以,他的人物必须交叉在一起,在不同的处境中做出不同的行动,从而折射出时代的现状和演变。

　　也正是这样的手法,让他的小说有了现实主义的风格,因为随着一些主要主人公的成长,他小说中的时间开始渐渐趋近于现实中的时间,以至于跟现实中发生的事件产生重叠,甚至使人物成为现实中事件的推手或者始作俑者,虚构的人与现实的人完全混杂在了一起。比方说，巴尔扎克所处的时期，法国在1830年发生了七月革命，导致了王权的更替，后来，1848年又发生了二月革命，导致了第二共和国的诞生，虽然第二共和国很快被拿破仑三世窃取，法国又进入了帝国时代。巴尔扎克笔下的人物，就参与了这些革命，甚至在新成立的政府中担任要职，比如德·玛赛。《人间喜剧》的核心人物之一拉斯蒂涅甚至当上了内阁部长。如果把巴尔扎克小说的这一特点，跟我们熟悉的金庸武侠小说做比较，马上就可以看出巴尔扎克的与众不同，金庸笔下的那些武侠人物经常参与当时的历史事件，这一点跟巴尔扎克笔下的人物一样，但金庸所描述的事件，发生在距离当代非常遥远的时代，而巴尔扎克则让他的虚构人物直接介入当时发生的事件，成为社会发展的推动者或者现实命运的被动的接受者。这种手法，不仅打破了文学虚构的一般条件，更与20世纪布莱希特的"陌生化"理论完全相反。通过这一点，大家可以更好地体味巴尔扎克现实主义的特色和意义。

巴尔扎克让他的人物如此近距离地介入生活，跟他的文学理想是紧密联系在一起的。他不仅仅希望成为时代的记录者，成为时代的"镜子"，更希望通过自己的作品，去改变社会。我个人认为，正是这种赋予小说改变社会之力量的追求和做法，让巴尔扎克开创了整整一个世纪的文学，并成为全世界最重要的大文豪之一。他在揭开世界的喜剧面具、展现世界的真实面目的同时，也针砭时弊，希望改变社会的混乱状态，并为社会的发展提供一定的方向。《人间喜剧》的结构，就是建立在这种追求之上的。比如，巴尔扎克关注外省与乡村，就是为了告诉人们法国不光有巴黎，告诉人们这个国家必须全面发展。

他的《乡村医生》和《乡村教士》，在这一点上就尤其能说明问题，二者形成了对称的结构。他的人物也都相应形成了不同的类型，呈现社会阶层的多样性，保证社会结构的平衡。除了主要人物拉斯蒂涅、夏同、伏脱冷、纽沁根之外，还有一个非常重要的人物，是一名医生，叫毕安训。他从未作为主要人物出现，但是，他几乎无处不在，一直忠实地完成他的职责。从《高老头》开始，他就成为拉斯蒂涅的好友，但并不像拉斯蒂涅那样追名逐利。他以他的职业特性，代表了理性、冷静和人性的一面。从一开始，就是他陪着拉斯蒂涅埋葬了高老头，但拉斯蒂涅因为高老头而看清了上流社会，决定不顾一切地往上爬，最后变得面目全非，而毕安训则一直保持自己的个性。在他身上，巴尔扎克寄托了一种对人性、理性、科学的信任。这种信任和寄托，也体现在《乡村医生》里的贝纳西身上。巴尔扎克对贝纳西的塑造，可以说是全身心地投入，他让贝纳西医生成为改变落后乡村的积极分子，成为其乌托邦思想的践行者；同时，就像鲁迅认为做医生只能医治人的身体而不能医治人的灵魂一样，巴尔扎克把医治人的灵魂的职责，交给了神甫和教士。在《乡村教士》中，博内神甫通过对银行家太太韦萝妮克的关心和启发，指引她致力于改变她所爱的一名瓷厂工人的家乡，造福当地的农民。在巴尔扎克看来，当灵魂的宣教和引导民众改变自己、改变社会的行动结合在一起时，才能真正体现出精神与物质相结合的改变世界的力量。

因此，《人间喜剧》作为庞大的"建筑"，虽然有诸多不合逻辑之处，但也有着有机的内在结构需求，从而也为巴尔扎克的每一部单独的小说带来了更大的力量。

从《高老头》到《幻灭》

在《人间喜剧》的庞大"建筑"中，有几部支柱性的作品，撑起了整个结构。那就是《高老头》《幻灭》和《交际花盛衰记》。《高老头》中，出现了拉斯蒂涅这个典型的巴尔扎克式人物。而在《幻灭》中，另一个巴尔扎克笔下的典型人物吕西安，通过自己的经历在巴黎与外省、城市与乡村之间建立起了联系。在《幻灭》的结尾，因幻灭而想自杀的吕西安遇上了伪装成西班牙神父的伏脱冷，两人一起去了巴黎，这就又开启了吕西安在巴黎的短暂辉煌，引出了《交际花盛衰记》。可以说，《幻灭》与《交际花盛衰记》是《高老头》的另一个版本，一个形式上更加铺陈展开的版本，同时也是更为苦涩的版本。巴尔扎克的作品，经常有这样一种对立，如果理解了这一点，就可以说拥有了进入巴尔扎克文学世界的钥匙。比方说，赛查·皮罗托，一个被同行倾轧、几乎倾家荡产的商人，就是大银行家纽沁根的反面。吕西安，就是拉斯蒂涅的反面，等等。

《高老头》无疑是巴尔扎克最重要的作品之一。它创作于1834年。上文已经提到，《人间喜剧》的正式构思，要到1840年以后才出现，然而，《高老头》已经具备了开启《人间喜剧》的所有元素。它具备了《人间喜剧》的基因，是它的萌芽。一个伟大的作家，往往有一种非他莫属的个人直觉和舍我其谁的明确的写作规划，这在巴尔扎克身上，体现得尤其明显。那时巴尔扎克虽然还没有找到"人间喜剧"这个总的题目，但已经形成了将未来所有的作品都连起来的想法，而且已经有了"风俗场景"的创作规划。

《人间喜剧》中最重要的几个人物,拉斯蒂涅、伏脱冷、纽沁根,以及虽然不是主要人物却贯穿整个《人间喜剧》的医生毕安训,在《高老头》中悉数登场。他们可能连自己都还未意识到,巴尔扎克会让他们在多长时间内活下去,成为他所处的时代活跃的角色。而高老头的死,从某种程度上来说,就是为了给他们的社会活动拉开帷幕。高老头是整部《人间喜剧》这一"蚕茧"里的"蛹",他死了,《人间喜剧》才能飞舞起来。

《驴皮记》是使巴尔扎克获得成功的第一部小说,连德国大文豪歌德也因为这本小说关注起了巴尔扎克,这一点在爱克曼著名的《歌德谈话录》中有所记录。但真正让巴尔扎克获得巨大成功的,是《高老头》。巴尔扎克的传记作者之一、20世纪法国著名作家安德烈·莫罗瓦写道:"《高老头》让整个巴黎都疯狂了。人们从来没有过那样想读一本书的急切和热情,书商们到处为它打广告。确实,这本书是伟大的作品。"随着《高老头》的出版,巴尔扎克已经成为巴尔扎克。所以,无论是从内在写作逻辑的角度,还是从外在文学认可的角度,《高老头》都是进入巴尔扎克文学世界的最重要的作品,我们可以假设,如果《高老头》没有获得成功,那么,巴尔扎克可能就真的放弃文学创作了,整部《人间喜剧》都不会有。

《高老头》浓缩了巴尔扎克小说最重要的特征。最惊世骇俗的,就是小说开头对伏盖公寓的描写。这是历来既为人诟病,又让人津津乐道的篇章。巴尔扎克花费了大量的笔墨,细心描写了一座位于巴黎中心但几乎不见阳光的破败公寓,它价格便宜,供从外省来巴黎的各色人等暂时居住。公寓的女主人伏盖太太跟公寓本身的关系,仿佛是一只蜗牛和它的壳,二者完全融合在一起。由于巴尔扎克对环境的重视,这段描写被认为是文学史上最经典的景物描写之一,它把一座公寓描写成了一个活生生的人物。

在《高老头》中,莎士比亚的影响明显可见,《高老头》也因为描写了类似的父女关系,而被誉为"近代的《李尔王》"。然而,所谓的父亲被女儿抛弃的主题,在《高老头》中与在《李尔王》中大相径庭。而《李尔王》作为历史剧,更可以反衬出巴尔扎克现实主义小说的特色。巴尔扎克在小说的开头就强调,"一切都是真实的",all is true,而这本身就是对莎士比亚名言的引用。但是,莎士比亚强调的是人的心理与情感的真实性,因为他讲的是古代的故事,而巴尔扎克则试图通过对这句话的引用,来说明他的笔下是人们所处的真实的巴黎,是如假包换的当下的法国。

《高老头》的戏剧元素也是显而易见的。我国有一部有名的喜剧电影,叫《七十二家房客》,讲的就是在一个破败的旧式大院里的不同房客的故事。《高老头》中的伏盖公寓,作为一个固定的场所——尤其是有一个共同吃饭的大厅——把各种人物集中在一起。同样的戏剧元素,使得其中的每个人物都具有了重要性,仿佛阿加莎·克里斯蒂的《东方快车谋杀案》,人人有份,逃都逃不掉。在这个几层的公寓里,每一个房间里的不同的人,都有着不同的身份。这代表了小说空间的"内",而小说空间的"外",由几个主要人物的行动和讲述引出来。每个人都因为其身世、阶层的不同而带出不同的情节,而到小说最后,重要的情节冲突都汇集在了一起。

由于有一个贵族女亲戚鲍赛昂夫人,拉斯蒂涅被引入巴黎的上流社会,尤其是先后见到了两位美若天仙的女子,他的内外世界,就由他出入上流社会的活动而被连接起来。同时,通过信件,拉斯蒂涅与外省世界,也就是他的母亲、姐姐等人所处的社会,连接在了一起。这和巴尔扎克的生平有一定关联,因为巴尔扎克本人也和他的母亲，尤其是他的一个姐姐，关系非常好。非常有意思的是，母亲和姐姐的名字都是劳拉（Laure）。"劳拉"在欧洲传统中是一个著名的名字，文艺复兴时期重要的诗人彼特拉克的情人，就叫劳拉，这个名字与但丁的"贝阿特丽丝"同等重要。特别是，在法语中，劳拉的发音跟"黄金"一模一样，而巴尔扎克一生都在生活中追求黄金、在小说里研究金钱。

在伏盖公寓内，拉斯蒂涅跟住在他旁边的一位奇怪的老先生比较投缘。这位老先生就是高老头，法语叫格里奥老爹。他也跟外面的世界有联系，他的行为引起了别人的好奇，而他在自己的房间里也藏着秘密。最令人好奇的是，时不时还有艳丽的女子来他的房间。

可以说，整个伏盖公寓，只有拉斯蒂涅和毕安训两人是正常的，因为伏盖公寓符合他们穷学生的身份。其他人都是沦落或隐居在那里。

而另外一位住客，伏脱冷，他的外部世界就更加神秘了。在巴尔扎克的世界里，经常有这样一个人物，他的世界是在法国之外的，不是在意大利、西班牙，就是更加遥远的地方，在南美洲，比如《贝姨》中的亨利·蒙丹士，或者在印度，比如《欧也妮·葛朗台》中欧也妮的堂兄查理。这是一个非常有趣的现象，也让巴尔扎克的小说跟中国古代的小说有了一定的共同之处——他的小说里，总有一些"方外之人"，就像唐宋传奇里的侠客，明清小说里的胡僧，等等。他们代表了一个不可测的世界，甚至代表一种超越的力量，给巴尔扎克的小说带来奇幻的氛围。小说中，唯一不能通过情节去猜测的外面的世界，就是伏脱冷的世界。他代表了一种世界观，他说要像炮弹一样地轰向社会，其实我们具体并不知道他轰向何方。

第四讲 巴尔扎克："人间喜剧"的缔造者

《高老头》继承了《驴皮记》的奇幻色彩。高老头虽然晚年凄惨，但身负异禀，他能把镀金的器皿用手随意扭来扭去，揉成长条，送到当铺，为他女儿还债。拉斯蒂涅虽然做到了洁身自好，不肯接受与伏脱冷的魔鬼交易，但他在赌场出奇好的手气，却为他与纽沁根夫人的交往提供了进一步发展的可能性。伏脱冷更是结识三教九流，通过高明的手段，获取高额的经济回报。

在法学院求学的拉斯蒂涅很快就意识到，学法律没有什么用处，只有通过结交上流社会、成为银行家的情人，才能一步步实现自己的野心；而在医学院求学的毕安训，则知道唯有掌握医学，才可以尽可能地帮助别人，成为一个了解人的生理结构、生老病死，接近人的生物真相的人。通过拉斯蒂涅，巴尔扎克预示了自己的雄心：为世人带来一种有关社会中的人的全新的知识。

高老头抱恨离世，拉雪兹公墓成了阴阳隔世的地方，但它更是让拉斯蒂涅面对一个完整的巴黎生活场景的契机，面对巴黎城，这位被眼皮底下发生的惨剧唤醒的野心勃勃的青年，准备彻底进入社会大学，跟巴黎斗一斗。而他跟巴黎斗争的方式，就是跑到银行家的家里，跟银行家及其夫人一起用餐，在资本家与贵族的双重世界里，开拓自己的人生。为此，他将不顾廉耻，因为他后来会娶银行家的女儿——同时也是他情妇的女儿——为妻。而帮助拉斯蒂涅进入上流社会的鲍赛昂夫人，也起到了连接巴黎与乡下两个空间的作用，她黯然退出巴黎，已经预示了后来的许多小说场景。

读巴尔扎克的小说，一定要对场景和环境极其敏感。与伏盖公寓形成强烈反差的，是鲍赛昂夫人的华丽府邸。在巴尔扎克笔下，始终存在两个巴黎，一个巴黎是"沙龙"，有甜腻的氛围、华丽的衣衫和饰品、优雅的街区；还有一个巴黎，是"地狱"，是低俗的狂欢、阴暗的街道、条件极差的阁楼房间。

《高老头》的情节递进，还预示了巴尔扎克小说的一个重要特点，那就是后来几乎成为巴尔扎克标签的"全知全能"视角——一种上帝般的视角。这种视角，说明作者对一切都知晓，这对现代人来说，是不可思议的。由于巴尔扎克的小说有思考、解释、分析的需求，所以，他必须能够展示一切。但同时，他也并不是每次都直截了当地通过小说家自己的口吻介入小说的情节或者人物的内心，他采取了一个从18世纪初期的法国小说家勒萨日那里借鉴而来的手法。勒萨日是"流浪汉小说"著名的代表，在他的名作《瘸腿魔鬼》中，一个魔鬼带着男主人公飞翔，不断地揭开一户一户人家的屋顶，让男主人公看到屋子内真实的、与外部世界不一样的场景。

巴尔扎克小说的目的，就是揭开表象、表现"私人生活场景"，所以，他的人物必须能够进入各种各样的内部空间。巴尔扎克没有"魔鬼"可以借用，他就采取了让人物进行偷窥、偷听的手法，来了解其他人的内部空间。由于伏盖公寓是一座陈旧、破败的建筑，隔音效果不好，也缺乏保护隐私的设施，人们得以互相监视。拉斯蒂涅就是通过偷听和偷窥，了解到高老头的内情的。这样的手法，在巴尔扎克之后的许多小说中都会出现，无论是有意为之，还是纯粹的无意，这种手法都会推动情节的发展。但是，在许多小说中，即便了解了真相也无济于事，比如《夏倍上校》，比如《禁治产》，这也是在《高老头》中就开启了的：拉斯蒂涅了解了所有真相，但也并不能够避免高老头在最悲惨的处境下死去。这就造成了理性的"知识"与社会更高层次的真实之间的矛盾。巴尔扎克的"风俗史"的意义，也在于此。他揭示了现代社会重要的一面：无论是人文科学的知识，还是自然科学的知识，都是不够用的，社会会让每一个书生都感到幻灭。

与拉斯蒂涅的飞黄腾达形成鲜明对比的，是《幻灭》中的吕西安，他姓夏同，跟生活中的巴尔扎克一样，他也给自己安了一个贵族头衔，叫德·吕庞泼莱。但他一到巴黎，就被已经飞黄腾达的拉斯蒂涅故意说出真相，被上流社会摒弃，连与他一起私奔到巴黎的外省贵妇巴日东太太，也对他弃之不顾。《幻灭》由三部分组成，完成于1837—1843年间，也就是《人间喜剧》真正开始成熟的阶段。所以，巴尔扎克本人对《幻灭》情有独钟，认为是自己最成功的作品之一。如果说《高老头》有一种戏剧性质，具有与舞台上高度紧凑的演出相似的特点，那么，《幻灭》则显示出小说特有的、可以舒展自如的特色，更像一幅长篇画卷。可以说，巴尔扎克的小说艺术，在《幻灭》中得到了最高的体现。

吕西安从外省出发到巴黎，在巴黎沉浮，成功又失败，最后不得不回到家乡，甚至被逼到了自杀的边缘。巴黎与外省紧密地连接在一起，尽管二者是两个完全不同的世界。另一位主人公，虽然在篇幅上没有吕西安重要，却明显构成了同样重要的小说线索，他就是成为吕西安的姐夫的印刷厂老板大卫·赛夏。在吕西安的姐姐、大卫的妻子夏娃身上，有着巴尔扎克的姐姐劳拉的影子。劳拉是巴尔扎克一生中最好的知己，在巴尔扎克去世之后，还编了巴尔扎克的作品，留下了许多重要的关于巴尔扎克生平的资料。由于巴尔扎克一生都在创作，许多有关巴尔扎克的重要资料，都来自他跟最亲近的两名女性的通信，以及她们的回忆，一个是后来成为他妻子的韩斯卡夫人，另一个就是劳拉。

吕西安、赛夏、夏娃三人构成的故事，已经具有了现代社会小说的全部元素。在吕西安和大卫的身上，我们可以看到巴尔扎克本人年轻时的个人经历：开印刷厂，希望作为文学青年在巴黎出人头地,等等。在巴尔扎克小说一贯的主题如上流社会的虚伪和钩心斗角、资本家的竞争和倾轧、文学青年对贵妇人的迷恋等之外,《幻灭》尤其精彩地展示了19世纪巴黎的报界、媒体如何受到政治的制约。

拉斯蒂涅与吕西安,是法国文学史上最著名的小说主人公之一。他们几乎是一对双胞胎,却如日月一般反差、对立。通过《交际花盛衰记》,巴尔扎克假设了拉斯蒂涅没有做出的选择,那就是跟伏脱冷做魔鬼一般的交易。只不过,这个交易会以双重的形式出现,也就是通过爱上了吕西安的交际花、绰号为"电鳗"的艾丝苔来实现。然而,无论是出于爱情,还是出于道德,艾丝苔自杀了,造成了吕西安也最终自杀。通过《交际花盛衰记》,巴尔扎克最终彻底摒弃了恶的诱惑,而几乎是魔鬼的化身的伏脱冷,则摇身一变,成了一个维持社会正义和秩序的警察头目。雨果《悲惨世界》里的警长沙威,就有伏脱冷的影子。其实,伏脱冷在现实中是有原型的,那人叫维多克,是当时著名的罪犯,但巴尔扎克在他的基础上进行了大胆的艺术加工。

通过拉斯蒂涅和伏脱冷的重复出现,以及拉斯蒂涅的反面吕西安的故事,巴尔扎克撑起了整部《人间喜剧》的结构,所以《高老头》和《幻灭》,以及可以被看作《幻灭》的下半卷的《交际花盛衰记》,可以被视为《人间喜剧》的支柱。

"幸福的西西弗":巴尔扎克的现代意义

巴尔扎克对于后世的影响是巨大的。即使到了20世纪现代主义和后现代主义盛行的时期，几乎所有的大作家，都还要对巴尔扎克的小说进行"表态"，以表明自己的立场。

我们必须知道，巴尔扎克绝非完人。他在生活中被人视为粗俗的人，爱虚荣、奢侈，再加上他的长相不如一些著名的浪漫主义作家如雨果、缪塞那么高贵、清秀，在世时，他就招来了许多耻笑。他的作品，由于创作量太大，难免有粗糙之嫌。这发生在一位享誉世界的大文豪身上，似乎不可思议，但却是事实。从美学角度来讲，巴尔扎克的写法，也并不让所有人认同。从根本上来讲，他虽然与司汤达一道，将法国小说提升到了前所未有的高度，但是，他与司汤达代表了两种不同的创作手法。相对于司汤达的写法，巴尔扎克的写法是直接的、分析性的，急于解释一切，不含蓄，最终失去了某种神秘感和想象余地。而在现代小说中，这种神秘感和想象余地是不可或缺的。因此，几乎可以说，从19世纪下半叶开始，就在巴尔扎克的名声越来越遍及全球的同时，随之而起的，是几乎长达一个世纪的对巴尔扎克小说的全面围剿。"巴尔扎克式"的小说，渐渐被指称为一种必须反对、必须加以革新的陈旧的、传统的小说的代表。从福楼拜到普鲁斯特，一直到昆德拉，似乎都站在巴尔扎克的反面。其中最为突出的反对者，当数法国的新小说作家，尤其是新小说的领军人物，也是新小说派中的理论家，阿兰·罗布-格里耶。

然而，巴尔扎克的作品，其实是具有鲜明的现代意义和现实意义的，这也是他的作品经久不衰且历久弥新的原因。

可以看到，巴尔扎克的小说，已经是真正的现代社会的小说。他抓住了现代社会的本质：资本对于人、对于精神世界的冲击，对原有社会秩序的动摇和摧毁，以及人在这样一个社会中的沉浮与荣辱。他的清醒，他对现实的关注和分析，使得他超越了浪漫主义的程式化的美好和抒情，剖析社会发展的各个方面和各个角落。他的粗暴、直露、坦率、无情，打破了文学表面上的阳春白雪，触及社会与人性的阴暗角落，这就有点像现代艺术中的毕加索，破坏性地创建了新的体系。同时，他并没有因为关注现实而成为被动接受现实的奴隶，而是在所有作品中投入了自己的激情与想象。在现实主义的表层之下，巴尔扎克的精神依然是浪漫的，这也是为什么他得到了一些最伟大的浪漫主义者的认可，比如早期的浪漫主义者雨果，以及晚期的浪漫主义者、甚至最后一个浪漫主义者波德莱尔。在其他艺术中，他也得到了德拉克洛瓦这样的浪漫主义大师的推崇。他们都看到了巴尔扎克真正的价值。

　　巴尔扎克的小说深入人心。且不说他的普遍意义，至少他对法国社会的分析和描述，是极其精准的。直到今天，法国人的集体无意识中，已经深深打上了巴尔扎克小说的烙印，他们通过巴尔扎克的分析来看待世界。举一个大家最能理解的例子，那就是，当年轻的马克龙通过竞选成功当上法国总统时，法国人几乎不假思索地把他看成了一个拉斯蒂涅。

　　巴尔扎克还是一个善于从前人最伟大的文化传统中汲取具有普遍价值的优点和力量的作家。在《人间喜剧》的序言中，他旁征博引，对英国、意大利、德国，当然还有法国，甚至东方的最伟大的艺术传统进行了梳理，无论是对拉伯雷、斯特恩（也就是昆德拉推崇的《项狄传》的作者）的独到理解，还是对拉斐尔、罗西尼的引为同好，都可以看出他高人一等的批评眼光。他认同并继承了法国传统中莫里哀的喜剧甚至马里沃的戏剧中对于人性的深刻刻画。他还关注同时代最先进的科学成果，并将它们引入文学之中，使得文学可以另起炉灶，与科学齐头并进、相提并论，这在后来成为现代文学的一贯做法，每一次现代文学新思潮的出现，都与当时全新的自然科学发现和社会科学发现紧密联系在一起。可以说，巴尔扎克为现代小说提供了养料，并为其指明了方向。所以，巴尔扎克故居纪念馆馆长伊夫·加涅常常说，巴尔扎克写尽了人，所以只要人还存在，他就具有现实意义。我的理解是，巴尔扎克已经写出了现代人的基本轮廓，只要我们还继续存在于现代社会，接受经济法则和现代政治规则的制约，那么，巴尔扎克就还是我们的同代人。

　　巴尔扎克在中国的接受情况尤其特别。巴尔扎克的小说在中国现代文学发展的一些重要节点上，都起到了重要的作用。法语翻译界的傅雷先生已经将自己的名字和巴尔扎克紧紧联系在一起，而傅雷先生的译本也让我们看到，无论是从传统角度还是现代角度来看，巴尔扎克都和中国有明显的缘分。茅盾的《子夜》，虽然被冠以"自然主义"之名，但掩卷之余，人们联想到的，无疑是巴尔扎克。说实在的，当下的各种电视剧、电影，但凡能被人称道的大都能找到巴尔扎克的影子，而一个编剧但凡能学到巴尔扎克的一点皮毛，文化市场上也不会出现那么多的烂剧、神剧！

　　然而，在我看来，巴尔扎克最大的现代性和当下意义，是他对女性地位的深刻分析，以及对婚姻的看法。巴尔扎克是最早对女性的命运进行深入关注的作家，这一点对男性来说尤其可贵。事实上，巴尔扎克最早吸引的也是女读者。后来成为他妻子的韩斯卡夫人，首先就是他的忠实读者，她是巴尔扎克的大粉丝，曾主动给巴尔扎克写信。特别可惜的是，在中国，很少听说巴尔扎克的读者群有女性化的一面。固化了的巴尔扎克的形象，无论是现实主义的代表，金钱社会的剖析者，还是踌躇满志的年轻人征服巴黎、征服女性的故事的编撰者，都吸引不了女性读者。这是

伟大的 19 世纪：重返文学的正典时代

巴尔扎克在中国的传播遭遇的最大遗憾。

　　事实上，作为19世纪上半叶法国社会最敏锐的分析者，作为人类社会与动物世界的比较学的大专家，巴尔扎克从一开始就意识到，男女关系是现代社会的支柱。婚姻是男女关系最重要的社会表现形式。因此，他的一部早期作品有一个非常奇怪的名字，叫"婚姻生理学"。作为一名法律专业的学生，巴尔扎克在实习时当过公证人的助理，对于拿破仑的《民法典》非常熟悉。他深知这部重要的法典在涉及女性的问题上，是带有歧视性的。因此，法国大革命，或者说窃取了大革命的自由成果的拿破仑，在自由、平等、博爱的旗帜下，并没有给予女性自由解放的可能性。在《高老头》中，高老头的两个女儿对她们的父亲可以说是采取了彻底抛弃的态度，然而，从某种程度上来讲，她们也是身不由己，因为她们的财权与行动权，几乎完全掌握在她们的丈夫手中。一旦把女儿嫁出去，高老头的命运，就被掌握在了他的女婿们手中，无论他给女儿们提供了多么丰厚的嫁妆。

　　在这方面，《三十岁的女人》具有极其重要的意义。这是一部非常奇特的小说。由原先写成的五个短篇小说连接而成，因此，在整体上显得并不连贯、统一。然而，通过对"三十岁的女人"一生遭遇的讲述，巴尔扎克将女性渴望自由、渴望爱情的一面与被家庭与母爱束缚的一面所造成的冲突，充分地展现出来。其中对女主人公的女儿在小时候对自己弟弟的残酷态度，甚至出于嫉妒而置其于死地的描写，可以说提前整整100多年揭示了儿童心理的复杂性。毫无疑问，福楼拜的《包法利夫人》从《三十岁的女人》中获得了许多灵感。同样，我们可以看到，普鲁斯特对《幻灭》赞不绝口。因此，被认为最反巴尔扎克的两位法国作家，一位把小说引向了现代，一位是现代小说的鼻祖之一，其实都是巴

第四讲　巴尔扎克："人间喜剧"的缔造者　　　151

尔扎克小说的受益者。

当然，我们不能简单地把巴尔扎克看作一位早期的女性主义者。由于他所处时代的特殊性，巴尔扎克面对女性的态度是非常复杂的。在提倡女性解放的同时，他也时常会流露出男性对女性的歧视，而他对于女性心理的刻画，也使他看到了人性的复杂。巴尔扎克笔下的女性形象，丝毫不亚于那些最著名的男性主人公，他也往往有意无意地用女性的名字来命名他的小说。他甚至有两部作品，题目直接就叫"女性研究""女性研究再论"。有的作品，像《欧也妮·葛朗台》，题目中的女性人物其实并非真正的主人公。这一点在《搅水女人》中尤其明显，因为"搅水女人"在小说里只是一个次要人物，但巴尔扎克最终还是选择了这样一个名字作为小说的题目，足见他对女性人物的重视。

刻画女性形象最为成功的，莫过于《贝姨》。《贝姨》和《邦斯舅舅》是巴尔扎克后期最著名的小说，傅雷先生也是花了最大的心血将它们翻译成中文。在这两部小说中，出现了跟之前的小说不同的、全新的人物。巴尔扎克甚至不知道如何把他们归类，所以又特意开辟了一个"穷亲戚"系列，因为邦斯舅舅和贝姨都是以穷亲戚的身份出场的。如果说，《邦斯舅舅》在对男性形象的刻画上达到了新的高度，那么，《贝姨》中的女性形象刻画则达到了最饱满、最丰富的程度，而且各种类型的女性都有。除了贝姨本人之外，华莱丽、阿特丽娜，甚至被人包养的戏子玉才华，都栩栩如生。在另外一部著名的小说《幽谷百合》中，巴尔扎克对女主人公莫尔索夫伯爵夫人的塑造同样饱满，充满了心理上的复杂性。

巴尔扎克的高明还在于，与一般的小说家不同，他具有一种强烈的对艺术家身份的认同，并认为只有艰苦卓绝的劳作，才能让艺术家的才华得到真正的展现，而人性的软弱，比如艺术家的虚荣和懈怠，则会把艺术家扼杀在摇篮里。他对于艺术有一种类似绝对的追求，在许多作品中，他都会对艺术和艺术家大发议论，并探讨米开朗基罗、拉斐尔等大师成功的原因。他从绘画、雕塑、音乐等艺术种类中获取灵感，不断地滋养自己的小说艺术。因此，他是一位从不满足、像苦役犯一样勤奋工作的艺术家，几乎从未间断对艺术的思考。而对绝对的追求，对艺术的献身，正是巴尔扎克创作的永恒动力。在《贝姨》中，通过描写一位艺术家，巴尔扎克发出了这样的感慨：

> 劳心的工作，在智慧的领域内追奔逐鹿，是人类最大的努力之一……艺术家不能因创作生活的磨难而灰心，还要把这些磨难制成生动的杰作……如果艺术家不是没头没脑地埋在他的工作里，像罗马传说中的居尔丢斯冲入火山的裂口，像士兵不假思索地冲入堡垒，如果艺术家在火山口内，不像地层崩陷而被埋的矿工一般工作，那么作品就无法完成，艺术家唯有眼看自己的天才夭折。

所以，我们既要让巴尔扎克走下神坛，同时也要发现，他至少是个半神。安德烈·莫罗瓦称巴尔扎克为"当代的普罗米修斯"，他从神那里偷来了火，为人类照亮世界。其实，我觉得，有另外一个神话人物也非常适合巴尔扎克的形象。当我们读到加缪的名著《西西弗的神话》时，当我们听到加缪在最后说"我们必须想象，西西弗是幸福的"时，我们眼前尽可以出现巴尔扎克的形象，这是一位幸福的"西西弗"。

据说，中国是拥有巴尔扎克读者最多的国家。我更愿意相信，中国是知道巴尔扎克名字的人最多的国家。考虑到我国的人口数量，做到在一个方面人数最多，不足为奇，然而，巴尔扎克的现实主义，他对金钱的分析，尤其是对环境给予人的影响的分析，使他注定会拥有大量的中国读者——我国是章回体小说的发源国，我们的小说家对整体把握人物的性格、让每一个人物都栩栩如生，可谓独擅胜场、游刃有余。卢梭认为，社会把人变坏，巴尔扎克非常崇拜卢梭，但他认为，社会既能把人变坏，也能把人变好，一切要看人如何去适应社会中的新生事物，如何去改变社会。当股票市场、电子金融让金钱再一次变成看不见、摸不着的数字时，巴尔扎克的小说，能让我们对当下的社会有新的认识；而假如女性读者更多地来阅读这位女性之友，品味个人自由与母性束缚之间的张力，假设"乘风破浪的姐姐"们都能在《三十岁的女人》中看到自己的影子，那么，巴尔扎克的中国读者只会更多。

我知道，巴尔扎克的文学世界浩瀚如海，在这短短的一讲内，我不可能向大家展示巴尔扎克作品的全貌，但我特别希望，随着巴尔扎克读者的老年化，随着外国文学读者整体数量的减少，如果女性读者能够增多，如果年轻的读者继续加入，想必中国可以继续维持世界上巴尔扎克读者最多的国家的称号。毕竟，这也是一个世界纪录。

延伸阅读

1. 〔法〕巴尔扎克:《驴皮记》,梁均译,江苏凤凰文艺出版社,2019年

    巴尔扎克的成名作,充满了奇幻色彩,同时预示了他未来的一些主要主人公甚至他自己的命运。

2. 〔法〕巴尔扎克:《欧也妮·葛朗台》,傅雷译,译林出版社,2017年

    巴尔扎克最重要的作品之一,对人物性格的刻画入木三分。葛朗台是最著名的文学形象之一,是"守财奴"的典型,他的女儿欧也妮则代表了善良与正直。

3. 〔法〕巴尔扎克:《幽谷百合》,李玉民译,华夏出版社,2007年

    巴尔扎克最浪漫的作品,是世界文学史上最著名的爱情小说之一。同时也说明巴尔扎克决心从浪漫主义中走出,选择现实主义。

4. 〔法〕巴尔扎克:《贝姨》,傅雷译,人民文学出版社,1994年

    巴尔扎克后期最重要的作品,出现了新的风格和主题,对女性心理有最细腻的刻画。

5. 〔法〕巴尔扎克:《邦斯舅舅》,傅雷译,人民文学出版社,1954年

    与《贝姨》同属后期的"穷亲戚"系列,相当于姊妹篇,《贝姨》刻画女性情感,《邦斯舅舅》描述男性的友谊。

第五讲

爱伦·坡：19世纪哥特小说代言人

马 凌
复旦大学新闻学院教授、书评人

爱伦·坡在文学史上之所以地位特殊，是因为通俗与严肃两派均奉他为宗师。通俗文学视他为近代文学中推理、恐怖、悬疑一脉的开创者；严肃文学奉他为浪漫主义、唯美主义、表现主义乃至黑色幽默和解构主义的鼻祖。究其原因，是媚俗与脱俗的复杂矛盾心态，使爱伦·坡的创作观念和美学思想呈现出与众不同的风貌。应该说，爱伦·坡的小说创作动机是表面媚俗、实际嫉俗的。

命运多舛的黑色大师

> 我不在乎我尘世的命运
> 只有少许的尘缘
> 我不在乎我多年的爱情
> 被忘却在恨的瞬间
> 我不悲叹我孤寂的爱人
> 生活得比我快活
> 但我悲叹你为我而伤心
> 我仅仅是一名过客

这首诗叫《致无名氏》,1829年,它的作者20岁。在文学史上,埃德加·爱伦·坡以离经叛道、特立独行而闻名,即所谓"他不在乎他尘世的命运"。1809年1月19日,爱伦·坡在波士顿出生,1849年10月7日他在巴尔的摩去世,终年不到40岁。在世时,他树敌颇多,穷困潦倒,酗酒浪荡,也许是当时最不被人理解的作家。他留给后人诗歌63首,未完成诗剧一部,中短篇小说68篇,散文4篇,长篇小说两部(含未完成的一部),还有一部难以归类的哲学著作《我发现了》。

斗转星移，人们对爱伦·坡的赞誉之声越来越多。时至今日，坡被视为美国19世纪最卓尔不群的作家。19世纪美国文坛人才辈出，欧文、库珀、梭罗、霍桑、爱默生等灿若群星，但是只有坡有天才之誉。他被尊为侦探小说的先驱、科幻小说的奠基人、恐怖悬念小说大师、超凡绝伦的天才。他不是文学史上的过客，而是一个另类星系的中心。受到他影响的大作家包括波德莱尔、马拉美、儒勒·凡尔纳、罗伯特·路易斯·斯蒂文森、柯南·道尔、希区柯克、蒂姆·伯顿、江户川乱步等等。

坡的祖父来自爱尔兰，是一位制造商，参加过独立战争，人称"坡将军"，在巴尔的摩建立了体面的家庭。父亲大卫·坡受过良好教育，但是违背父母意愿加入了剧团，22岁时与剧团首席女演员结婚，因为个人缺乏演技，逐渐郁郁寡欢、嗜酒如命，在坡不到两岁时销声匿迹、不知所踪。坡的母亲伊丽莎白·阿诺德是来自伦敦的著名演员，非常美貌，才艺过人。丈夫大卫失踪后，她要独自抚养孩子，积劳成疾，终于因肺结核在1811年12月去世于里士满，去世时只有24岁。从此以后，"美人早逝"这个主题成为坡一生的心结。

大卫与伊丽莎白共有三个孩子，长子亨利、次子埃德加与小女儿罗莎莉，罗莎莉天生有智力障碍。母亲逝世后，三兄妹被分别收养，埃德加被里士满的爱伦夫妇收养，从来没有办理正式的收养手续，姓氏也没有改，只是加了中间名，从此叫埃德加·爱伦·坡。在中国我们习惯叫他"爱伦·坡"，国外其实更习惯叫他"埃德加·坡"。

养父约翰·爱伦是来自苏格兰的烟草商人，家境殷实，为人刻板。养母对他很慈爱，爱伦·坡对她怀有真正的母子之情。在爱伦·坡6岁时，养父母带他去伦敦旅居、经商。在英国的5年时光里，他游览过哥特式古堡，在多所寄宿学校就读，成绩优异、争强好胜，数学、化学和医学是他的长项，文学、历史、地理、生物、天文也都不错，游泳、马术、拳击和剑术样样精通，他在音乐方面也有一技之长，擅长吹长笛。

1820年，生意失败的爱伦先生携全家离开英国、重返里士满。爱伦·坡也进了当地中学继续学业。1823年，也就是爱伦·坡14岁时，他炽热地爱上了同学的母亲斯塔纳德夫人，次年斯塔纳德夫人逝世，爱伦·坡后来在1831年为其写下诗歌《致海伦》。在他随后的爱情生活中，追求母亲样的情人与追求孩子样的情人，一直交叉出现。1825年，爱伦先生继承了大笔遗产，买下市中心的宅邸，爱伦·坡与邻居的女儿萨拉·罗伊斯特交往，私订终身。1826年，爱伦·坡进入新建成的弗吉尼亚大学读书，学习文史和多门外语，成绩优异，但是受南方贵族学校风气的熏染，他花钱大手大脚，欠下了2000美元的债务。在当时，一个文学编辑的月薪大约只有15美元，所以2000美元真的是一笔巨款。年底回到家后，气恼的养父不许他再回学校，安排他在自家商行当学徒。

1827年，爱伦·坡得知心上人萨拉与别人订了婚，原因是养父扣下了他从大学里写给萨拉的情书，他与养父大吵，愤而离家前往波士顿。后来，他以埃德加·佩里的假名入伍，出版了小诗集《帖木儿及其他诗》，发行量大约50册，每册售价12.5美分。在部队里，他驻防海岛要塞，对于航海有了一定的认识，后来他写下《金甲虫》等小说，与这一时期的经历是有关系的。1829年，爱伦·坡的养母辞世，他离开部队回家奔丧，在巴尔的摩出版了第二部诗集。在养父的帮助下，他进入西点军校深造，西点军校每月的补助金只有28美元，对爱伦·坡来说可谓入不敷出。西点军校的纪律严格，不准在寝室里存放文学书籍，爱伦·坡十分失望，终于在1831年因故意违反纪律被学校开除。同年4月，爱伦·坡在纽约出版了第三部诗集《埃德加·A.坡诗集》，是朋友们凑钱出的。

养父再婚并迅速生子，爱伦·坡知道自己继承遗产无望，于是回到生父的家乡巴尔的摩寻找亲人。坡的祖母、姑母、表妹弗吉尼亚和哥哥亨利在一起生活，生活来源是祖母的抚恤金。国内把"姑母"翻译成了"姨母"，这可能更符合我们中国的道德传统——中国古代认为姑表亲比姨表亲在血缘关系上更近，因此和姨表亲结婚更容易被接受，但回到历史来讲，姑母是爱伦·坡生父的妹妹，因此弗吉尼亚是爱伦·坡的"姑表妹"，也是他后来的妻子。

不久，哥哥亨利因酗酒和肺结核去世。坡希望以自己的收入帮助亲人，于是参加了《费城星期六信使报》主办的征文比赛，匿名发表小说《梅岑格施泰因》，这也标志着坡从诗歌创作转向了小说创作。从此，他陆续在报刊上发表小说，开始了创作的丰收期。

1835年，26岁的坡应里士满《南方文学信使报》出版商的邀请，担任该报的助理编辑，后升为编辑。同年祖母病逝，失去一切依靠的姑母和表妹走投无路，坡遂与年仅13岁的表妹弗吉尼亚秘密结婚，接妻子和岳母来里士满居住。在当时的美国文化中，表兄妹是可以结婚的，鉴于当时人的平均寿命不到40岁，13岁也是适婚年龄。此时的坡博学多才、谦恭有礼，有南方绅士的风度；妻子有着黑色的头发，性情温和、乖巧懂事；家务事则都由岳母克莱姆夫人负责，她是家里的厨师、主妇、园丁、坡的私人秘书和助手。坡的薪水微薄，每周只有15美元，虽然三人有挨饿乃至乞讨的时候，但是坡尽力为家人提供物质享受，比如给妻子买钢琴和竖琴，这样妻子弹琴、他吹长笛、岳母唱歌，三人其乐融融，这样温暖的生活持续了13年。靠坡的努力，《南方文学信使报》的销量从500份增长到3500份，但因为坡酗酒严重，与老板渐渐不和，他于1837年被解雇。

在《南方文学信使报》工作的一年多时间里，坡发表了83篇评论、6首诗歌、4篇杂文、3部短篇小说和一部未完成的剧本，相当高产。1838年，坡的中篇小说《南塔特克的阿瑟·戈登·皮姆的故事》在纽约和伦敦出版，但是收入有限，坡的生计依旧艰难。1839年，坡毛遂自荐，出任费城《伯顿绅士杂志》的助理编辑，发表了短篇小说《厄舍府的倒塌》《威廉·威尔逊》等，取得了一定的成功，同年在费城出版《怪异故事集》。因为与老板伯顿争吵，坡再次被解雇。后该杂志被收购合并，坡在1841年担任新合并的《格雷厄姆杂志》的助理编辑，每周的薪水为15美元，每篇文章另有20—50美元的稿费。在坡的努力下，杂志的发行量由5500份增长至25000份，这是非常了不起的成就。

1842年，妻子弗吉尼亚在一次唱歌时血管破裂，从此咯血，因肺结核一病不起。坡白天在杂志社工作，晚上照顾妻子，《格雷厄姆杂志》的编辑岗位不久也被朋友夺走。为了实现自己的文学理想，坡一直试图创办自己的杂志，起初命名为《佩恩》，后来改叫《铁笔》，都未能如愿。他去过华盛顿拜见总统泰勒，希望谋个职位，也没有成功。他想模仿他人，做美国诗人与诗歌的巡回演讲，结果却树敌更多。

1844年，坡搬家到纽约，在《纽约太阳报》上发表《气球骗局》，年底出任《明镜晚报》的助理编辑。1845年是坡的幸运年，他出任《百老汇杂志》助理编辑、主笔，甚至成为该杂志的所有者，尽管杂志在半年后遭遇了停刊。最关键的是，坡在1845年1月发表于《明镜晚报》的《乌鸦》一诗，使他得到了文坛的认可——诗人詹姆斯·洛威尔称坡为天才。也是在这一年，坡在纽约出版了《埃德加·A.坡故事集》和《乌鸦及其他诗》，结交了大批文艺界的朋友，并与女诗人弗朗西斯·奥古斯特相恋。但是名气并未能改变坡贫穷的生存状况，即便1846年《埃德加·A.坡故事集》法文本的出版让坡在欧洲有了名气，他卧病在床的妻子依然缺少取暖的钱。

1847年1月，弗吉尼亚去世，与坡的生母一样，年仅24岁。坡为此大病了一年。爱伦·坡饮酒之多、宿敌之多，是前所未有的。1848—1849年，坡与多名女士相爱并多次求婚，其中包括年轻时曾经与他私订终身、现在孀居的萨拉·罗伊斯特，但最后都没有结果。坡为此患上精神疾病，企图自杀。1849年9月28日，坡在巴尔的摩因酗酒而发烧，随后不知去向，10月3日被发现时已不省人事，被送入华盛顿大学医院。10月7日，爱伦·坡与世长辞，名义上死于"脑溢血"，那不过是酒精中毒的委婉说法。据说他最后的遗言是"上帝保佑我的灵魂"。

坡的遗稿保管人是鲁弗斯·格里斯沃尔德，他曾是坡的朋友，后来也是著名的编辑。但是他编造了一系列关于坡的世纪流言，说坡酗酒、吸毒（服用鸦片酊）、淫乱，捏造坡与姑母克莱姆夫人的"罪恶关系"。在坡生活的时代，这些不道德的行为是要受到严厉谴责的，而在后世，它们却助长了坡的传奇性，这些传奇性被书写进后世的文学史，又进一步助长了大家对他的兴趣。

1851年，海伦·惠特曼夫人（坡追求过她，两次求婚、一次订婚，均未果）出版了《埃德加·坡和他的评论家们》。1853年，约翰·亨利·英格拉姆出版了坡的四卷本选集。这几部著作都保证了坡的名望在他死后持续地增长。

与坡同时代或稍晚一些的美国著名作家，大都对坡颇有微词。霍桑不喜欢《厄舍府的倒塌》，麦尔维尔通过小说《骗子》对坡进行讽刺，朗费罗是坡公开的论敌，爱默生说坡是"叮当诗人"，亨利·詹姆斯认为坡的诗歌初级而且肤浅，马克·吐温认为坡的写作方法是机械的。坡的作品不被美国人看好，在法国却叫好声一片，法国的象征主义者首先表达了对坡的厚爱。波德莱尔1847年看到《黑猫》的法文译本，从此入迷，翻译了《乌鸦》，并将坡在《诗歌原理》中的思想运用到《恶之花》的创作中。马拉美为了读懂坡，特意去学了英语，之后也翻译了坡的作品。瓦莱里专门写了论文分析坡的《我发现了》，称赞其为"世纪天书"。象征主义绘画的代表人物奥迪隆·雷东，则在1882年出版了石印画集《献给埃德加·坡》。

经由法国象征主义，坡作品的主题、风格和美学渐渐为人接受，并对现代主义文学产生了深远影响。惠特曼在1892年发表了《埃德加·坡的地位》，肯定了坡的超凡才华。萧伯纳、艾略特、奥登等诗人，也都承认受到坡的影响。奥登说："在听到《乌鸦》和《钟》之前，我自己不曾记起是否听人朗诵过诗歌。"除了象征主义，坡对于德国的表现主义文学、绘画和电影，以及法国的超现实主义运动，也都有直接的影响。

在中国，第一个翻译爱伦·坡的是周作人，他在20岁时翻译了《玉虫缘》，即《金甲虫》。后来，陈蝶仙翻译了4篇爱伦·坡的侦探小说，结集为《杜宾侦探集》。周瘦鹃、沈雁冰等都翻译过《泄密的心》。坡的《诗歌原理》被刊登在《小说月报》上，《乌鸦》被刊登在《学衡》上，使得"鬼才""仙才""鬼气"等评语纷纷出现。焦菊隐翻译的《海上历险记》(即《南塔特克的阿瑟·戈登·皮姆的故事》)和《爱伦·坡故事集》在1949年出版。1982年之后，爱伦·坡重新回到中国大众的视野之中。1995年，倪乐、曹明伦翻译了大部头的《爱伦·坡集：诗歌与故事》，上下两卷共1520页，是迄今最完整的爱伦·坡作品集。

南方·哥特·黑森林

爱伦·坡的小说一般来讲分成四类，分别是神秘恐怖小说、侦探推理小说、科学幻想小说和幽默讽刺小说。神秘恐怖小说主要是心理恐怖小说，包括《黑猫》《泄密的心》《威廉·威尔逊》《人群中的人》《乖戾之魔》。

坡的侦探推理小说在他的时代很有名，因为当时英语文学中还没有"侦探小说"这一类别，坡自己将这类小说称为"推理小说"，包括《莫格街凶杀案》《玛丽·罗杰疑案》《被窃之信》。坡塑造了业余侦探杜宾的形象，创造了侦探推理小说的基本模式。《福尔摩斯探案集》的作者柯南·道尔曾经感叹，在爱伦·坡之后，任何写侦探小说的作者都不可能自信地宣称，此领域中有一方完全属于他自己的天地。其他的侦探推理小说，还包括《就是你》《长方形的箱子》《金甲虫》等。

坡的科学幻想小说《汉斯·普法尔登月记》和《气球骗局》，比凡尔纳的《从地球到月球》和《气球上的五星期》还要早。凡尔纳在谈论坡的影响时说："他肯定会有模仿者，有人试图超越他，有人试图发展他的风格，但有许多自以为已经超过他的人其实永远也不可能与他相提并论。"这部分作品还包括《大旋涡底余生记》《催眠启示录》《莫诺斯与尤拉的对话》《未来之事》《瓶中手稿》《南塔特克的阿瑟·戈登·皮姆的故事》。

坡的幽默讽刺小说也很多，大约占其所有作品的 1/3，嘲讽的对象主要是唯利是图的商人、不学无术的学者、自封的文学大师和跳梁小丑一般的政客，包括《辛格姆·鲍勃先生的文学生涯》《如何写布莱克伍德式文章》《绝境》《山鲁佐德的第一千零二个故事》《欺骗是一门精密的科学》《甭甭》等。

或许，需要解释一下这一节的题目——"南方·哥特·黑森林"。我们知道文学可以分为"正经的"文学和"不正经的"文学。南方文学主要是民间的、浪漫的、颓废的。哥特文学是恐怖的、阴森的、神秘的。那么，什么是"黑森林"呢？"黑森林"，即 Black Wood（《布莱克伍德》），是当时著名的杂志，以刊登耸人听闻的文章而行销颇广。

美国当代著名文学评论家哈罗德·布鲁姆说坡是一个真正的南方人："如果说爱默生无论好坏，过去是现在也还是美国的精神，那么无论过去还是现在，坡都是我们的癔病，是我们在压制中表现出来的怪异的一致性。"

需要注意的是，对爱伦·坡的小说创作，评论界一直是众说纷纭、毁誉参半。20世纪80年代，中国出现了第一次爱伦·坡小说研究热潮，适逢西方现代主义文学在国内声势浩大，研究者将坡奉为表现主义和象征主义的鼻祖，认为他的小说世界是严肃高雅的。随着20世纪90年代初期的通俗与高雅之争，欧美通俗文学大量涌入中国，此时的爱伦·坡又被看作推理小说、悬念小说、恐怖小说的鼻祖而被称为"通俗文学大师"。在当下，如何客观评价爱伦·坡，如何解释体现在他作品当中的媚俗与脱俗的两重性，就成为了一个迫切的问题。

由于种种原因，国内研究界忽视了爱伦·坡的职业身份——他是大众报刊的撰稿人和编辑，而我认为，从新闻学的专业角度出发来看待爱伦·坡的小说创作，可能会是一个有益的尝试。坡是一位复杂的作家，原因之一是他具有多重身份。他在家庭中是孤儿、逆子、失职的丈夫；在个人生活中是酒徒、瘾君子、愤世嫉俗的悲观者；在文坛上是诗人、文学评论家、小说家；在社会上则是报刊撰稿人、职业编辑和不成功的报刊业老板。以往的研究者多强调他身世的悲剧性、精神世界的孤独性和文学世界的奇异性，这些都与他的诗人身份和气质相联系。而相形之下，他与报刊业的关系、他的报人身份，则经常被忽略。

爱伦·坡的一生与报刊有着不解之缘，主要体现在两个方面，一是作为读者，一是作为报人。阅读报刊是他生活中的一个重要部分，少年时代，在养父爱伦的藏书阁里，外国报刊既让他结识了拜伦、诺瓦利斯、霍夫曼等浪漫主义文学精英，也让他对于遥远的异邦、浩渺的大海、深邃的宇宙产生了浓厚的兴趣。爱伦·坡日后创作所具备的浪漫主义因素，以及题材中的异邦、大海、宇宙意象都与此相关。每天坚持阅读报刊的人很多，但爱伦·坡却是与众不同的，那是因为他形成了所谓的"杂志习性"。

美国著名文学评论家布鲁克斯曾经指出，坡的杂志习性进一步使他与思想界的现状和趋势保持密切的接触，虽然在一定意义上，坡完全置身于美国生活的主流之外，但他却具有一种别的作家所不具备的新闻嗅觉，对于成为当时思想运动特色的民主倾向和伦理倾向，他虽毫无好感，却又感到惊异，而且他对文明的进展，对当时的文学生活和流行现象全都了然于心。我觉得这个评价是非常中肯的。

爱伦·坡就气质而言是一名诗人，他也的确是以诗人的身份开始创作的。不幸的是，单靠写诗难以维持生计，所以坡从22岁开始向报刊投稿，逐渐投身于编辑行业。1835年，坡受雇于极有影响力的《南方文学信使报》。1839年担任《伯顿绅士杂志》编辑，1841年转入《格雷厄姆杂志》，1844年进入《明镜晚报》编辑部，1845年掌管《百老汇杂志》。除此之外，为了增加收入，他还向其他报刊投稿，比如《戈迪淑女杂志》《亚历山大每周信使》《星期六晚邮报》《先驱杂志》《美元日报》《民主评论》《纽约太阳报》，等等。通过亲身经历，他意识到了报刊对社会所具有的后来被誉为第四种力量的巨大威力，特别是他发现报刊正成为一切文学机构中影响最大的一个。

为了满足对贵族式地位的渴求，坡创办了属于自己的、不流于俗的文学杂志《铁笔》，借此想成为全国知识界唯一的、无可置疑的仲裁者。在1846年致一位青年崇拜者的信中，他说："至于《铁笔》，那是我生命中之崇高目标，我片刻也没有背离这一目标。"的确，在他生命的最后两年，在爱妻谢世、贫病交加的极度困境中，爱伦·坡依然设法多方奔走呼号，目的只有一个，为《铁笔》筹措资金，只可惜壮志未酬、英年早逝。

至此，坡在报刊业沉浮了16年之久，他的报人生涯与创作生涯也平行延续了16年。坡所处的19世纪30—40年代，正是美国大众报刊业的第一个黄金时代，商业性决定了大众报刊势必要努力增加发行量，而发行量的关键又在于是否迎合了大众的趣味。所以，警察局新闻、煽情故事、冒险故事充塞了各报刊的版面，风格上则是危言耸听、幽默讽刺、附庸风雅和道德说教的大杂烩。以报刊为依托的美国文学，在此时面临通俗性的挑战。在这样一种文化氛围之下，爱伦·坡面临着两难的抉择，一方面是诗人的理想，他曾提出了纯诗理想和基于判断之上的绝对独立的文学批评思想；另一方面则是报人的责任，受媚俗的行业风气制约，他也不得不迎合读者的心理。所以，诗人理想与报人身份的冲突决定了他心态的两重性——媚俗与脱俗。

　　作为报刊撰稿人，爱伦·坡的出发点是媚俗的，为了换取稿酬，他为报刊写小说、写评论、写散文。散文的内容五花八门，比如向绅士们介绍英格兰的巨石阵，为淑女们讲解拜伦的爱情，一会儿教读者什么是居室装修的品位，一会儿向读者描摹空想中的花园。他一生中唯一的两次获奖也是参加报刊征文比赛以求赢得奖金的结果，包括1833年通过《瓶中手稿》获得《星期六游客报》50美元的头奖，以及1843年通过《金甲虫》获得《美元日报》100美元的大奖。这样急功近利的写作，自然使他的作品良莠不齐。不过诗人的才气又使他并非一个二流的撰稿人，即便在媚俗的题材里，他也能用不同于流俗的方式为作品打上独属于爱伦·坡的奇异印记。

　　作为职业编辑，爱伦·坡复杂的心态使他的职业生涯具有悲剧色彩。一方面，当他执行老板的意志，以扩大发行量为目的时，他是一个对读者品位有精确判断力的优秀编辑。比如他曾经使《南方文学信使报》的销量从500份增加到3500份，使《格雷厄姆杂志》的销量从5500份增加到25000份，在全国月刊销量中跃居首位。简而言之，媚俗使他成功。但另一方面，每当他想把自己严肃高雅的报刊业理想付诸现实时，他不是被解雇，就是以失败告终。最为典型的是他1845年借钱买下《百老汇杂志》，握有完全的编辑大权，本希望借此完成独立办刊的夙愿，反倒只经营了半年就不得不停刊了。

　　爱伦·坡生命最后几年的精神崩溃，也与此大有关系。由此可见，爱伦·坡的报人身份对理解他的小说创作至关重要。这不仅因为报刊是他大部分作品的载体，更重要的是，报刊也对他的创作起到既限制又塑造的作用。正是在报人与诗人的夹缝中，爱伦·坡形成了自己独特的风格。

当代读者往往只看到爱伦·坡小说的奇异色彩，却忽视了他的小说与当时其他报刊作品在题材与风格上的联系。其实在当时的美国报刊界，危言耸听是最盛行的风格，它包括两重内涵，内容上的和表达上的。为了迎合大众求新求异的心理，报刊在内容选择上以刺激性为标准，比如流行于大西洋两岸的《爱丁堡评论》等文学杂志，经常刊登耸人听闻的短篇小说——描述把活人埋进坟墓的过程，描写在面包炉里被烤死的人，还有让将死的人述说他们的感受，不一而足。更有甚者，放弃新闻的基础，也就是客观真实性，而捏造假新闻。比如美国第一份成功的大众报纸《纽约太阳报》，就在1835年8月捏造了一系列关于天文学家在天文观测中发现月球人的虚假报道，为了与这样的内容相适应，这些报道在表达上往往用严肃的文体遮盖谎言，用夸张的文笔进行煽情。

爱伦·坡对这些风气的看法体现在他1838年发表的小说《如何写布莱克伍德式文章》中。《布莱克伍德》是当时因为刊登耸人听闻的作品而广受读者欢迎的杂志，爱伦·坡在小说中写了一位泽诺比娅小姐，是该杂志的读者，为了学习创作技巧，她亲自到杂志社向主编求教。主编先生总结了如下诀窍，说题材应该是亲身经历的灾难，语气应该在简洁式、高调冗长插入式、形而上学式、超验式和综合式之间进行选择，最后再用各类书中的只言片语来增添学贯古今的意味。泽诺比娅小姐听到之后马上把理论用于实践，用综合式语气写成了一篇"布莱克伍德式"文章，题目叫作《绝境》，讲述自己如何在钟楼上被大钟的指针切断了脖子。为了显示自己的博学，她又在文章中生硬地穿插了塞万提斯、阿里奥斯托、席勒等著名作家的只言片语。很有意思的是，在小说中，爱伦·坡用夸张的语气对"布莱克伍德式"文章进行了一针见血的讽刺，但是在现实世界里，他自己的大部分小说却十分具有"布莱克伍德式"特征，包括用第一人称叙述亲身经历过的危险事件和不可思议的情节。另外，他也喜欢在文中炫耀剪贴簿式的博学。比如，《瓶中手稿》写幽灵船的故事，《大旋涡底余生记》写怒海余生，《千万别和魔鬼赌你的脑袋：一个含有道德寓意的故事》写突然失去头颅，《陷坑与钟摆》写从宗教裁判所死里逃生，《金甲虫》写荒岛寻宝，《眼镜》写与太外祖母结婚，《长方形的箱子》写丈夫抱着妻子的棺材跳海，《过早埋葬》写关于被活埋的噩梦，《就是你》写以假乱真的僵尸复活，《瓦尔德马先生病例之真相》写催眠与活尸，《莫格街凶杀案》写猩猩伤人。至于《失去呼吸：一个布莱克伍德式的故事》，则几乎就是另一个《绝境》。

爱伦·坡传记的研究者证明，爱伦·坡本人读起《布莱克伍德》杂志，可以废寝忘食。布鲁克斯虽然一直替坡的天才辩护，也不得不指出："许多美国作家都在各种美国杂志上发表诸如此类的故事，有一些坡的作品就是符合当时潮流的故事。"

从历史语境上看，爱伦·坡的小说在题材选择上的媚俗性十分突出，然而通过6年后他发表的另一篇小说《辛格姆·鲍勃先生的文学生涯》，读者也会发现，在媚俗表面下隐藏着作家的真实倾向。小说的第一人称叙述者鲍勃是一名理发师的儿子，有一天，一位编辑在理发店里朗诵了一首关于"鲍勃生发油"的诗歌，鲍勃深受感染，立志要当诗人。他的第一批投稿是从荷马、但丁、弥尔顿等人的作品中抄下来的片段，结果这些杰作被四家无知的杂志——《无聊话》、《闹哄哄》、《棒棒糖》和《大笨鹅》批驳得一文不值。经过几小时的冥思苦想，鲍勃终于完成了一首改头换面的"鲍勃油之歌"，结果这首根本不通的"诗"不仅被吹捧为杰作,还在杂志界引起了一场论战。鲍勃本人也以"战斧手"的身份开始涉足文学评论界。靠这些"大作",鲍勃有了名望并获得了杂志的股份,在小说结尾,他又通过各种手段把国家的全部文学统一进了几本家喻户晓的"高贵刊物"中,它们就是《无聊话》、《闹哄哄》、《棒棒糖》和《大笨鹅》。

在这篇小说中,除了对报刊业的讥讽,值得注意的是爱伦·坡的自嘲,因为鲍勃先生的笔名"战斧手",就是爱伦·坡自己的笔名。鲍勃先生的高贵刊物又何尝不是坡自己的梦想?

小说最后一段话真正反映了坡自己的写作状态:"请看看我!——我如何勤奋——我如何辛劳——我如何写作!天哪,难道我没写作?我不知道天底下有'悠闲'二字。白天我紧紧地粘在案头,夜晚我脸色苍白地面对孤灯。你们本该看见过我——你们本该。我曾朝右倾。我曾朝左倾。我曾向前坐。我曾向后坐。我曾笔挺而坐。我曾垂头而坐,把头低低地俯向雪白的稿纸。因为所有的一切——我写。因为欢乐和悲伤——我写。因为饥饿和干渴——我写。因为喜讯和噩耗——我写。因为阳光和月色——我写。我写什么无须说明。重要的是我的风格!"

《如何写布莱克伍德式文章》和《辛格姆·鲍勃先生的文学生涯》一向被研究者视为二流作品,而在我看来,其实它们是理解爱伦·坡小说创作的钥匙。如果对第一篇文章细加分析,当能发现它颇具某些"后现代"色彩——它是一部"元小说",即有关小说的小说。按照英国批评家戴维·洛奇的解释,"是关注小说的虚构身份及其创作过程的小说"。坡在小说中借布莱克伍德先生之口,对当时流行的报刊小说风格条分缕析,又通过小说中的小说——泽诺比娅小姐的习作《绝境》,演示了这类小说的具体构成。

此外，它还有"黑色幽默"的色彩，除了贯穿全文的讽刺与夸张的语气，其情节之荒诞不经也非常典型，特别是《绝境》中描述的主人公的头颅被切断的过程。最重要的是，小说还具备"解构自身"的色彩。《绝境》号称完全真实，但第一人称的叙述角度却露出了马脚，因为主人公不可能在死后写下这篇文章。

如果将后一篇小说与爱伦·坡的其他小说联系起来看，就会发现他的小说一向具有强烈的讽刺与自嘲的倾向。比如，《山鲁佐德的第一千零二个故事》说的是山鲁佐德靠虚构活了一千零一夜，结果却因为讲述了当代生活的真实情况而被国王处死；《与一具木乃伊的谈话》以古老的文明暗示现代人的无知和狂妄。此外，爱伦·坡还有近1/3的小说在行文中提到了报刊业，无一不对其进行了犀利的嘲讽。

因此，爱伦·坡在不得不采用媚俗的题材与方法时，也一心希望保持自己的脱俗性。反映在心态上，就是玩世不恭；反映在具体创作中，就是用讽刺来解构报刊业，用自嘲来为自身开脱。他所谓的"我写什么无须说明。重要的是我的风格！"，暗示了他对风格的重视，而他的风格就是无限"夸张"："把滑稽提高到怪诞，把害怕发展到恐惧，把机智夸大成嘲弄，把奇特变成神秘和怪异。"于是，幽默是黑色幽默，讽刺是刻骨的针砭，夸张到极处就暴露出内部的荒诞，俗到极致反而实现了向脱俗的过渡。

爱伦·坡在文学史上之所以地位特殊，是因为通俗与严肃两派均奉他为宗师。通俗文学视他为近代文学中推理、恐怖、悬疑一脉的开创者；严肃文学奉他为浪漫主义、唯美主义、表现主义乃至黑色幽默和解构主义的鼻祖。究其原因，是媚俗与脱俗的复杂矛盾心态，使爱伦·坡的创作观念和美学思想呈现出与众不同的风貌。应该说，爱伦·坡的小说创作动机是表面媚俗、实际嫉俗的。一些受制于报刊业现状而产生的观念，经过他的天才加成，反而达到了脱俗为雅的效果，并对后世的严肃文学与通俗文学皆产生了深远影响。

总之，坡的文坛地位问题是由多重因素决定的。首先，就现实生活而言，诗人理想与报人身份的冲突使坡在精神上处于痛苦的分裂状态。其次，当他不得不书写媚俗的作品时，他又以玩世不恭的讽刺心态保持了自己的脱俗性，借极度夸张的风格来实现大俗大雅式的质变。另外，在文学思想和美学观念上，他媚俗的动机却产生了脱俗的理论，并启发了后世的各派文学。媚俗与脱俗的二重性，为理解坡的小说和他的贡献增添了复杂性。比如，诗人洛威尔就曾针对坡的创作有一个著名的判断，他说坡是3/5的天才加2/5的胡扯，应该说爱伦·坡是一个通过表面媚俗而达到实质脱俗的作家，这就是他对文学史的贡献。

变态，是人类对自我折磨的渴望

爱伦·坡曾经写过一首小诗，叫作《孤独》："从童年起我就一直与别人不一样。我看待世间的事情与众不同。"后来的朋友皆说爱伦·坡从小特别害怕黑暗，特别害怕孤独，夜晚独自一人时经常感到胆怯，而且他对于超自然现象的信仰和恐惧，也持续终生。他最恐惧有一张脸向他俯下身来，所以经常在睡觉的时候用被子把自己裹住。他还有一种非常奇怪的心理，因为凝视深渊太久而感到难以忍受，所以打算一跃而下。这样一种心理，也可以解释爱伦·坡小说中的心理刻度。关于他的这种"黑暗"，有一首诗写得很好，这首诗的作者不是别人，是大家非常熟悉的博尔赫斯：

> 埃德加·爱伦·坡
> 大理石的光辉，尸衣下面
> 被蛆虫破坏的黑色解剖学——
> 他收集这些寒冷的象征：
> 死亡的胜利。他并不害怕他们，
> 他害怕另外的阴影，爱的
> 阴影，人们共同的幸福。
> 蒙住他双眼的不是闪亮的金属
> 也不是墓穴的大理石，而是玫瑰。
> 就像镜子中的那一边
> 他孤身一人沉湎于他复杂的
> 命运：去臆造可怕的梦魇。
> 也许在死亡的那一边，
> 他仍旧在孤独而坚忍地
> 建立着壮丽而又凶险的奇迹。

如果大家和我一样喜欢博尔赫斯，就会发现博尔赫斯有一个特点，他的笔下有非常奇妙的宇宙观，但是却没有爱情。爱伦·坡也是如此，他写了很多与女性有关的故事，可是有的研究者会发现，他笔下的这些女性爱着叙述者，但是叙述者却可能有厌女症，这到底是怎么回事？

研究坡的小说，可能要从心理学上寻找一定的支持。坡的心理恐怖小说早于弗洛伊德，探索了一向不为正统文化所重视的非理性世界和人类灵魂的最隐秘之处。死亡欲望、精神分裂、神经质、偏执狂、躁郁症、疑病症、恋物癖、臆想症，这些反常主人公的变态故事，揭示了心灵黑暗的一面，那么暴力、残酷、阴暗，又那么脆弱、紧张、惶惑。爱伦·坡小说的主人公大多是杀人犯、心智不健全者或精神病患者，由于他们以第一人称坦白自己的心态变化、描述自己的犯罪过程，读者在阅读主人公抑郁、崩溃和癫狂的过程时，也往往会不由自主地理解这些"坏人"。这就是所谓的"叙事伦理"，在爱伦·坡的笔下，不道德的故事具有了拓宽人道视域的可能性。作者既没有教唆犯罪之心，更没有道德说教之意，他只是表现和挖掘了人类的病态心理，让读者凝视深渊。

爱伦·坡的心理恐怖小说多有着哥特式小说的外壳，通常有一个让人产生幽闭恐惧的空间，比如巨大阴森的古堡、光线昏暗的卧室、黑暗潮湿的地下室，通常有一个已死、濒死、复活再死的美丽女人，通常有异常强烈的感官刺激——包括情节设计、气氛渲染、精神状态的起伏。坡讲求"效果论"，认为无论是诗歌还是小说，作家必须注重效果的统一，必须时刻想到预定的结局，使每一个情节变得必不可少。他在《评霍桑的〈故事重述〉》里阐述自己的创作原则："聪明的艺术家不是将自己的思想纳入他的情节，而是事先精心策划，想出某种独特的、与众不同的效果，然后再杜撰出这样一些情节……他把这些情节联结起来，而他所做的一切都将最大限度地有利于实现预先构思的效果。"

这是一种什么样的效果呢？是一种心理恐惧的效果。

以他的名作《厄舍府的倒塌》来说，叙述者是旁观者和幸存者，他应邀来到厄舍府，见到老同学罗德里克·厄舍和罗德里克的孪生妹妹玛德琳，此时玛德琳已经生命垂危，罗德里克则精神迷乱。当晚玛德琳辞世，罗德里克将玛德琳的尸体放在地窖中保存，准备14天后正式安葬。但是罗德里克魂不守舍，七八天后，在一个乌云压顶、狂风呼啸、雾霭泛着白光的夜晚，披着尸衣的玛德琳出现在他们眼前，玛德琳一头栽倒在哥哥身上，再度死去，罗德里克也惊惧而死。整座厄舍府同时倒塌。为了取得最佳效果，坡用了大量文笔渲染环境、营造气氛、铺垫情绪。

如果讲故事情节，刚才这个短短的故事，情节也不过如此，重要的不是坡讲了什么，而是他如何去讲。

比如开场写厄舍府的远景："那年秋天一个晦冥、昏暗、廓落、云幕低垂的日子，我一整天都策马独行，穿越一片异常阴郁的旷野。当暮色开始降临时，愁云笼罩的厄舍府终于遥遥在望。不知为什么，一看见那座房舍，我心中便充满了一种不可忍受的抑郁。"

当代人长期被电影镜头训练，应该都能感受到这个故事开始于一个远景，如果可以配乐的话，应该是比较低沉的音乐。

再往下是它的中景描写："孤零零的房舍、房舍周围的地形、萧瑟的垣墙、空茫的窗眼、几丛茎叶繁芜的莎草、几株枝干惨白的枯树。……房舍前一个水面森然的小湖，从陡峭的湖边朝下俯望，可看见湖水倒映出的灰蒙蒙的莎草、白森森的枯树和空洞洞的窗眼，我心中的惶悚甚至比刚才更为强烈。"

如果还用镜头语言来说，这一处出现了一个特写，镜头里是一个湖，这个湖倒映了整个厄舍府。湖的倒影在此是一个镜像的比喻，也就是真实世界与表象世界的融合。这样一来，到底什么是真实，什么是虚幻，什么是现实，都已经变得模糊了。

再向下是近景："它主要的特征看来就是非常古老。岁月留下的痕迹十分显著。表层覆盖了一层毛茸茸的苔藓，交织成一种优雅的网状从房檐蔓延而下。但这一切还说不上格外地破败凋零。那幢砖石建筑尚没有一处坍塌,只是它整体上的完好无损与构成其整体的每一块砖石的风化残缺之间有一种显而易见的极不协调。……说不定得有一双明察秋毫的眼睛,方能看出一道几乎看不见的裂缝,那裂缝从正面房顶向下顺着墙壁弯弯曲曲地延伸,最后消失在屋外那湖死水之中。"——这里是为大厦倾颓埋下伏笔,也传达着现实世界的岌岌可危。

再向下是内景:"我进去的那个房间高大而宽敞。又长又窄的窗户顶端呈尖形,离橡木地板老高老高,人伸直手臂也摸不到窗沿。微弱的暗红色光线从方格窗射入,刚好能照清室内比较显眼的物体;然而我睁大眼睛也看不清房间远处的角落,或者回纹装饰的拱形天花板深处。黑色的帷幔垂悬四壁。"

这样大段的描写,对于今日的读者来说可能是一种折磨。我们习惯了看比较短平快的文字,但要注意的是这一步一步的从远景到中景、近景再到内景的叙述,实际上是在渲染某种氛围,让大家日益感到沉重,这是为爱伦·坡的效果论服务的。

在之后具体的情节当中,爱伦·坡还描写了罗德里克白得像死尸一样的皮肤,他的习惯性痉挛、极度的神经紧张、遗传病症,以及可能由吸食鸦片所致的一种变态的恐怖:"我就要死了,我肯定会在可悲的愚蠢中死去。"

同时,坡也用了很多的笔墨来描述关于房子的迷信观念,即这座房子如何左右了厄舍家族的命运。例如,他细致刻画了多年来重病缠身的妹妹玛德琳,她因患有强直性晕厥而日渐消瘦。此外,他还用了很多细节来描述罗德里克的画——画的是一个无限延伸的巨型地窖,沐浴在不适当的光辉之中,他写的诗歌《闹鬼的宫殿》和他读的书——《魔鬼》《天堂与地狱》《尼克拉·克里姆地下旅行记》《手相术》《宗教法庭手册》《在美因茨教堂礼拜式上为亡灵之祝祷》等。这些细节一方面加强了阴森恐怖的效果，一方面也刻画了人物性格，向我们暗示了罗德里克是一个沉浸在死亡中的人物。

当然，小说最华彩的部分，是最后对恐怖与美丽交织的奇特夜晚的描绘，大风、乌云、浓雾，它们像一张裹尸布，笼罩了府邸及其周围，使一切都泛出一种非自然的白光。

在故事的结尾，叙述者为了安抚朋友，开始读一本叫《疯狂的约会》的书，结果是故事当中套故事，故事中的声音与现实中的声音相应和。当读到故事中的骑士破门、巨龙惨叫、铜盾掉落时，现实中也出现了类似的声音。虚幻与现实已经混杂在一起，在这种情况下，罗德里克崩溃了。他有一段独白，说自己几天前就听到了声响，知道自己活埋了妹妹，但是"我不敢说"。独白结束于疯狂的一句："疯狂的人哟！我告诉你她现在就站在门外！"玛德琳此时果然出现，兄妹二人双双死去。叙述者逃离府邸，血红色的月亮照亮了墙上的裂缝，厄舍府轰然倒塌，沉入幽深的小湖中。

这部小说很值得进行心理分析，我不是心理分析的专家，所以仅在这里分享我看到的一些观点。

一种观点是，罗德里克和玛德琳或许有乱伦关系，坡虽然没有深入描写，但却写到他们有一种令人难以理解的生理上的感应，这或许是对乱伦的暗示。乱伦的精神压力实在是太大了，导致二人双双患病，哥哥既盼着妹妹死，又不敢面对妹妹的死。妹妹患有强直性晕厥，"死"后要等14天才能确认下葬，但是哥哥却在当天晚上就找了一个带铜廊的地窖，钉上了棺材盖，锁上铁门，把妹妹埋葬了，这显然是不合常理的。哥哥陷入长期的愧疚之中，在听到声音之后，知道是自己活埋了妹妹，但他只是害怕，却并未施以援手。最后，罗德里克表面上是死于惊恐，实际上是死于长期的精神上的自我折磨。

小说的另一个主题是"美人香消玉殒"，"美人之死"恰恰是坡常用的小说主题。坡的母亲24岁死于肺结核，她在舞台上饰演了众多以死亡作为结局的女主角，比如朱丽叶和奥菲利亚，母亲的美艳、她在舞台上的"死亡"与"复活"以及实际的死亡，给幼年的坡留下了深刻的心理印记。坡的妻子与肺结核搏斗5年，同样在24岁辞世。肺结核是19世纪的"世纪病"，死亡的到来非常突兀，生命常常是戛然而止，那时的人们对死亡的理解与体会，与今天的我们有很大的不同。美人的香消玉殒，更显出命运的残酷。坡目睹了肺结核从发病到致人死亡的整个过程，对此体会尤深。因此，美人之死、死后复活、复活再死，美与尸体在一起，死亡与惊悚在一起，就成了坡一直在其中打转的母题。

例如，《莫雷娜》写学识渊博的妻子莫雷娜借女儿的身体还魂；《丽姬娅》写已故的美貌博学的前妻借现任妻子的尸身复活；《贝蕾妮丝》写患有偏执型人格障碍的主人公与表妹贝蕾妮丝结婚，在贝蕾妮丝癫痫发作后将其埋葬，又在疯狂状态中敲下了还活着的贝蕾妮丝的32颗牙齿；《长方形的箱子》写一位画家携爱妻的尸体上船，并在海难时坚持与装有妻子尸体的长方形箱子一起沉落大海；《椭圆形画像》写画家以妻子的生命为颜料，最后画出的椭圆形画像栩栩如生，而妻子却死了。

D. H. 劳伦斯在《经典美国文学研究》（1923）中指出："在坡的小说里，每个人都是吸血鬼，尤其是坡自己。他故事中的人物几乎活出了可以想象得到的每一种心理内投和身份证明的幻想，通过在身体上吞噬情感上失落的东西，寻求减轻精神的抑郁症。

不是在性生活，而是在感觉和幻想上，也就是身体通过吸纳和认同的行为形成自身。坡的精神气质是魔鬼，而魔鬼是我们的命运。坡的天才是为否定和对立而生的。"

以上是劳伦斯对坡的评价。我们在坡的心理惊悚故事中看到了恐怖，看到了美，但是没有爱。就像《丽姬娅》中表现的那样，丽姬娅有强大的意志力，但叙述者只感兴趣于她的眼睛，并说"她不会回来太久，她永远是我失去的爱"。只有死去的、失去的，才是安全的，这是爱伦·坡的一个心理定势。

面对当时的一位女诗人安娜·刘易斯的诗《被遗弃的人》，坡写道："这首小诗我已经读了20多遍，每次读都会对它愈加赞叹，它有说不出的美。"

> 人们曾说——所有死去的人
> 都会得到一份眼泪；
> 有些刺痛、流血的心
> 对着每具棺木感喟；
> 但在那痛苦和恐惧的时刻
> 谁能靠近来面对
> 我那卑微的卧榻并流下这
> 一滴永别的眼泪？

他所发现的宇宙

爱伦·坡的短篇小说，特别是心理恐怖小说，为什么这么黑暗？为什么如此变态？这都可以通过他的宇宙论来解释。本节要通过坡的《黑猫》和《我发现了》两部作品来看他的观念世界和文学世界。

先看他的经典名篇《黑猫》。爱伦·坡的确养过一只黑猫，在散文《本能与理性：一只黑猫》中，他高度赞扬了自己家里这只"世上最非凡的黑猫"："它没有一根白毛……有一副一本正经、道貌岸然的神态"，而且有打开复杂门锁的本领，是本能与理性的完美结合。坡认为"天下所有的黑猫都是女巫"，从字里行间就能看得出，他对这只黑猫是很敬畏的。

小说《黑猫》采用坡惯用的第一人称，写一个从小性情温顺、富于爱心、喜欢小动物的人，变成了一个剜去猫的眼睛、吊死它，再被负罪感折磨到疯狂、砍死爱妻、在警察面前自我暴露的人。在小说里，这只黑猫叫普路托（Pluto），用的是罗马神话里冥王的名字。它"个头挺大，浑身乌黑，模样可爱，而且聪明绝顶"。

小说以主人公的口吻解释了他为什么会做出这样的恶行：由于不断酗酒，他的心理状况越来越差，有一次，他喝醉回家，猫本能地躲避他，他一把将猫抓住，而猫则"轻轻地在他手上咬了一口"。对于一个养猫的人来说，这样的场景其实是很常见的。可是，主人公"固有的灵魂似乎一下子飞出躯壳"，"最残忍的恶意"渗透了他"躯体的每一丝纤维"，他不慌不忙地剜掉了猫的一只眼睛。

《黑猫》致力于探讨的，正是人的"反常心态"，它是一种人类的原始心态——"谁不曾上百次地发现自己做一件恶事或蠢事的唯一动机仅仅是因为他知道自己不该为之？"。自寻烦恼的欲望，或者说自毁的倾向，是"反常心态"的基本内涵。

第五讲 爱伦·坡：19世纪哥特小说代言人

一天早晨，我并非出于冲动地把一根套索套上它的脖子并把它吊在了一根树枝上——吊死它时我两眼噙着泪花，心里充满了痛苦的内疚——我吊死它是因为我知道它曾爱过我，因为我觉得它没有给我任何吊死它的理由；我吊死它是因为我知道这样做是在犯罪——一桩甚至会使我不死的灵魂来生转世为猫的滔天大罪……

如果说《黑猫》的前半段描写的还只是一种反常的心态，即一种知道不应该做而去做的心态，后半段则描述了"反常心态"如何发展为实际的针对人类本身的恶行。当主人公试图劈死第二只黑猫时，他的爱妻过来阻拦，结果主人公拿起斧子劈死了他的妻子。一定要注意，主人公劈死爱妻可不是"失手"，出于同样的"反常心态"，他像吊死黑猫一样劈死了自己的爱妻，因为她那么圣洁、那么贤惠、那么逆来顺受、那么善解人意。有评论家指出，其实黑猫与他的妻子是一体两面的，他对妻子的憎恶体现为对黑猫的憎恶，所以他杀死黑猫与杀死妻子是一体的。在小说的最后，主人公妻子的尸体上的确蹲着一只黑猫，向警察暴露了他的罪行。

在人身上，有一种现代哲学不愿意考虑的神秘力量，然而，倘若没有这种无名的力量，没有这种原始的倾向，人类的许多行动就得不到解释，就不能解释。这些行动所以有吸引力，仅仅是因为它们是丑恶的、危险的，它们拥有把人引向深渊的力量。这种原始的、不可抗拒的力量是自然的邪恶，它使人失常，进而做出杀人的举措和自戕的行为，成为凶手和屠夫。

以上这段话来自爱伦·坡的论文集《创作的哲学》,他认为人类无法言喻的原始本能天然具有破坏性和攻击性,与弗洛伊德认为人类本性中潜藏着死本能的观点不谋而合。

在他的小说中,大量的心理变态的人物要么攻击他人,要么自我攻击,而且往往是攻击他人与自我攻击相结合,最终走向深渊。他们往往在走向深渊的过程中感受到内心莫大的解脱,这是一种非常有意思的心理。我希望大家不要把它仅仅理解为变态心理,它其实是弗洛伊德所说的隐藏在人性中的、使人趋向死亡的非理性。

在对立本能的影响下,《黑猫》中的猫和妻子变成"我"痛苦的源泉。小说主人公被死本能左右,对她们由爱生恨,将攻击敌意、破坏力量投射在他的爱猫及善良的妻子身上,对猫儿虐待毒打,对妻子施以家暴。猫儿毕竟是兽类,具有动物本能的防御攻击性,在以为主人要对它施暴之时,咬了主人一口,彻底激发了主人的死本能——他剜掉猫儿的眼睛,后又将其吊死。在无故遭遇火灾之后,主人公的家庭更是一贫如洗,他自甘堕落,终日饱受精神折磨,消极、倒退的死亡情绪越发地积蓄暴涨,他进而把侵略倾向与敌意转向最亲近的妻子,对其痛下杀手,最后进行了自我惩罚,走向自我毁灭。

因此,自我破坏和自我惩罚的心态,是我们理解《黑猫》这一类心理恐怖小说的背景。值得注意的是,爱伦·坡其实非常怕死,这又是理解其心理恐怖小说非常重要的一点。《黑猫》的主人公在杀害妻子后,费尽心机隐匿尸首,处心积虑编造谎言,企图逃脱法律制裁、苟活于世,这是犯罪分子求生的本能意志的体现,说明他并没有对现实完全绝望。然而在几乎蒙混过关之际,他却敌不过死本能的挟持,陷入失控的状态,主动暴露了罪行。在一定程度上，我们也可以理解为这是主人公的"赎罪"心理，他希望一死了之，用自我毁灭的方式逃避灵魂的自我谴责，回归最原初的状态——平静的死亡。

在爱伦·坡大量的描述变态心理的小说中，都有死本能的作用，这样的冲动在坡的时代无法得到合理的解释。只有到了弗洛伊德的时代，精神分析才让我们大致了解了这一心理。因此，我不建议大家把坡理解为一个变态狂，他的心理恐怖小说恰恰使我们意识到了人性本能的深渊和黑暗面。

1847年2月3日，坡在纽约的一家图书馆面对60名听众进行演说，严肃地论证了上帝的存在。演说的讲稿在4个月后出版，它就是被后世称为"美国天书"的《我发现了》。坡把这本150页的小册子视作自己一生的最高成就和最后的总结，这篇艺术遗言融天文学、逻辑学、神学和美学为一体，不可避免地有庞杂晦涩的问题，因而多年来颇受冷落，研究界或者对其视而不见，或者认为它是一部业余天文爱好者的拼凑之作，更有甚者，干脆把它视为作家在精神错乱状态下的一派胡言。当然，也有极个别人给这部作品以极高的评价，比如著名的科学家阿尔伯特·爱因斯坦，他在1934年的时候指出，《我发现了》是一个卓尔不群的独立头脑的伟大成就。私以为，理解《我发现了》，将有助于我们进一步理解《黑猫》《厄舍府的倒塌》等一系列坡的作品。

有意思的是，坡在《我发现了》的序言中曾自豪地宣称："我书中所言皆为真理，所以它不可能消亡。即使它今天因遭践踏而消亡，有朝一日也会复活并永生……我不在乎我的作品是现在被人读，还是由子孙后代来读。既然上帝花了6000年来等一位观察者，我也可以花上一个世纪来等待读者……在完成《我发现了》之后，我已经没有求生的欲望了，再也写不出什么像样的东西了。"

100年以后,坡的理论果然得到了复活。一方面,以瓦莱里、欧文·霍夫曼为首的一批著名文学评论家给予了坡高度评价,美国评论家哈罗德·布鲁姆就宣称,就文学价值而言,《我发现了》的价值比坡的诗歌的价值要大得多;另一方面,进入20世纪以后,随着天体物理学的发展,科学家们也证明了坡的伟大,《我发现了》所"发现"的实际上是宇宙诞生和消亡的原理,其中的假说与宇宙大爆炸、热力学等当代理论不谋而合。按照天文学家的看法,爱伦·坡是堪与开普勒、牛顿甚至爱因斯坦相媲美的天才人物。《我发现了》的确是坡一生事业的巅峰,也是他全部思想观念的总结,他的出发点是宇宙论,落脚点却是人生论和文学论。与其说坡发现的是一个科学的宇宙,不如说他发现的是一个神学的宇宙。

《我发现了》有两个副标题,一个是"一篇关于物质和精神之宇宙的随笔",另外一个是"一首散文诗"。坡对"诗"有着独特的定义,早在1831年他的诗集再版时,他就宣布过自己的诗歌信条:"我认为一首诗与一篇科学著作截然不同,它的近期目的不是求真理,而是求快乐。"后来的爱伦·坡似乎推翻了自己对诗的定义——《我发现了》正是一部科学著作与一首诗的结合,一方面蕴含着科学真理,一方面又直接关注人生问题。

《我发现了》里的爱伦·坡是异常严肃的,甚至有些学究气。在书的开篇,他宣布要与读者一道探讨一个最严肃、最广博、最艰深、最庄重的问题:"我决意要谈谈自然科学、形而上学和数学——谈谈物理及精神的宇宙,谈谈它的本质、起源、创造、现状及其命运。"随后,坡对"宇宙"做了界定:"宇宙指人类想象力所能触及的浩瀚空间,包括所有能被想象存在于这个空间范围的万事万物，无论其存在形式是精神的还是物质的。"也就是说，坡将天文学意义上的"物质宇宙"视为"星系宇宙"，他的宇宙观念除了物质宇宙，还包括精神宇宙。（西方的宇宙观念大体上有两种表述，一是 cosmos，来自希腊文 kosmos，本义为秩序，其反义词是 chaos，意为混沌；二是 universe，来自拉丁文 universo，意为包罗万象、万有。坡的宇宙概念一方面包括了前者，有对宇宙秩序的探索；一方面更接近于后者，包容了一切。）最有意思的是，坡的宇宙有一个认识论的前提——人的想象力，这一观念具有强烈的唯心主义色彩，也是坡的特异之处。

坡的这套理论还具有一定的天文学难度，他"想象"出了一套宇宙粒子理论，然后用了将近 4/5 的篇幅修正了牛顿的万有引力定律和法国天文学家拉普拉斯的星云学说。坡指出，宇宙起源于虚无，在类似"大爆炸"的原始推动力作用下，原始粒子产生，并形成了多样的物质和星系，但是，每一个粒子自诞生起就处在回归寂灭的状态，也就是于扩散运动中回归原始的"统一"。正是在坡由大串天文学术语构成的论述里，后世的科学家们惊喜地识别出了"大爆炸""黑洞""反物质""多重宇宙""熵"等现代天体物理学概念。要知道，西方世界直到 1948 年才出现关于宇宙大爆炸的论文，而科学家们直到 20 世纪 60 年代以后才把"熵"与宇宙的终结联系起来，70 年代以后才把"黑洞"与多重宇宙联系起来——简而言之，坡的宇宙理论，可谓相当超前。

但就像牛顿因为解决不了"第一推动力"的问题而最后皈依上帝，坡也在全文的 4/5 处突然转向了上帝。他指出，星系宇宙的一切源于上帝，"随着上帝之心的每一次悸动，一个崭新的宇宙将从无到有，又从有到无"，马上急转直下的是下一段："那么——这颗上帝之心是什么？"坡回答说："它就是我们自己。"

从基督教的角度来看，坡的这套理论是非常异教的。坡其实发明了这样一套宇宙论，它的核心是人类自己。由此，《我发现了》指出了一条道路，由宇宙通向上帝，由上帝通向人心，再由人心回归寂灭。《我发现了》的主题，其实是一种寂灭论，它认为走向死亡就是回归上帝，如果我们把上帝加引号的话，"回归上帝"的过程就是回归宇宙起点的过程。

1849年10月7日，在《我发现了》正式发表两年多后，坡结束了他命途多舛的一生，他的遗言是"上帝保佑我的灵魂"。联系他昔日玩世不恭的所作所为，《我发现了》或许是坡在生命最后阶段对上帝的皈依，坡的"上帝"不是我们传统理解中的宗教的上帝，而是一个巨大的无名的造物主。

或许可以将爱默生的哲学作为参照系，以更好地理解坡的宇宙观。在美国学院派批判家眼中，坡与爱默生好比一对天敌，喜欢坡的人不可能喜欢爱默生，反之亦然。哈罗德·布鲁姆就曾点明，《我发现了》是对爱默生的《论自然》的一种应答。

《论自然》发表于1836年，同样也提出了一个关于宇宙的整体理论，包括它的起源、现状和终极；同样相信人可以通过直觉认识真理，每个人都有内在的神性，因而在一定范围内，人就是上帝。但是，二者的差异是分外明显的。约翰·道格拉斯·希里指出："坡的理论，乃是溶解消蚀的理论，是终极灭亡的理论，透过幽闭症而得以实现；而爱默生的理论，却是生机勃勃的理论，是富于建设性的理论，通过大写的人而实现。"坡是极端的悲观主义者，他承认上帝可以认识，但又宣布上帝神性的微粒在人身上表现为反常，因为"任何对正常的偏离都包含着一种向其（指上帝）回归的趋势"，即是说，对毁灭、本能、苦难、解体、堕落的屈从，反而成了对上帝的崇拜。

如果说坡代表了虚无主义的倾向，那么爱默生则代表了实用主义精神。如果说坡的上帝象征了弗洛伊德所说的死本能，那么爱默生的上帝则象征了尼采所说的生命意志。正因爱默生的思想继承了富于美国特征的、解放性的宗教观念，又顺应了美国社会那种飞速发展、情绪高昂的时代精神，所以最终汇入了以个人主义、理想主义、自力更生为特征的美国精神的主流。而坡势必不为当时的美国所理解，成为时代的孤独者，很长一段时间内被美国人遗忘。只有到美国梦开始破碎的20世纪，美国人才能从坡的悲观里找到共鸣，批评家们也才发现坡所具有的现代性。让我们回到布鲁姆的话："如果说爱默生无论好坏，过去是现在也还是美国的精神，那么无论过去还是现在，坡都是我们的癔病，是我们在压制中表现出来的怪异的一致性。"

最后，我想分享《乌鸦》中的一段文字来结束本讲：

> 从前一个阴郁的子夜，我独自沉思，慵懒疲竭，
> 沉思许多古怪而离奇、早已被人遗忘的传闻——
> 当我开始打盹，几乎入睡，突然传来一阵轻擂，
> 仿佛有人在轻轻叩击，轻轻叩击我的房门。
> "有人来了，"我轻声嘟哝，"正在叩击我的房门
> ——唯此而已，别无他般。"
> 哦，我清楚地记得那是在萧瑟的十二月；
> 每一团奄奄一息的余烬都形成阴影伏在地板。
> 我当时真盼望翌日；——因为我已经枉费心机
> 想用书来消除悲哀——消除因失去丽诺尔的悲叹——
> 因那被天使叫作丽诺尔的少女，她美丽娇艳——
> 在这儿却默默无闻，直至永远。

延伸阅读

1. 〔美〕爱伦·坡:《爱伦·坡的怪奇物语》,曹明伦译,北京时代华文书局,2020年

    本书选辑了爱伦·坡的32篇最著名的短篇小说,涵盖四大类别,且附上了多位插画家的百余幅插图。国内各个出版社出版了各种爱伦·坡全集与选集,本书是印刷较精的版本。

2. 〔美〕爱伦·坡:《爱伦·坡诗集》,曹明伦译,湖南文艺出版社,2018年

    爱伦·坡以卖文为生,是为了培育他的诗歌与哲学。这本诗集辑录了他留存于世的全部诗作,共有60余首,还附有《创作哲学》和《诗歌原理》两篇经典的创作谈,更配以法国插画大师埃德蒙·杜拉克精美绝伦的28幅全彩插画,颇为精致。

3. 〔美〕爱伦·坡:《我发现了》,曹明伦译,湖南文艺出版社,2019年

    本书是爱伦·坡的最后一部著作,向来有"美国天书"之誉,是一部关于宇宙起源及其终极宿命的壮阔史诗。大诗人瓦莱里对其热情礼赞,波德莱尔、科塔萨尔亲自将它译成法语和西班牙语,连爱因斯坦都对其加以肯定。决定挑战自己知识储备的读者,可以一读。

4. 朱振武:《爱伦·坡研究》,人民文学出版社,2011年

    国内的爱伦·坡研究蔚为大观,朱振武教授的这部著作是有代表性的一部。作为国家社科基金后期资助项目,本书颇有学术价值。

5. 电影《黑猫》,斯图尔特·戈登导演,2007年

    依据爱伦·坡短篇小说《黑猫》改编的电影,加入了爱伦·坡的生平,属于对爱伦·坡及其作品的一种另类解读。画面为哥特风,有爱伦·坡作品的神韵。

第六讲
狄更斯：用放大镜看世界的现实主义小说家

乔修峰
中国社会科学院外国文学研究所研究员

  狄更斯是一个很敏感的人，能够在喧哗与骚动的世界中听到松鼠的心跳，听到冰雪融化、草叶生长。当他把这些感受写出来时，生活显得格外具有活力。他凭借自己敏锐的观察、感受和想象创造了一个世界，那个世界在很多细节上都不像现实世界，但在精神和气息上却很像现实世界，以至于随着他的去世，那个时代仿佛也落下了帷幕。或许我们应该说，那个时代并没有消逝，只是永远地留在了狄更斯的小说中。只要打开他的小说，我们立马就能回到那个鲜活的世界。

运用"最高比较级"的小说家

狄更斯出生于1812年，去世的时候是1870年。可以说，他是看着英国走进了维多利亚时代，逐渐摆脱内忧外患，经过一系列改革，发展成了一个现代化强国。那个时代和狄更斯小说里描写的一样，既是一个动荡不安的时代，也是一个充满了希望和活力的时代，就像他在《双城记》开篇所写的那样：

> 那是最好的年月，也是最坏的年月；那是智慧的时代，也是愚蠢的时代；那是信仰的新纪元，也是怀疑的新纪元；那是光明的季节，也是黑暗的季节；那是希望的春天，也是绝望的冬天；我们将拥有一切，也将一无所有；我们直接上天堂，也会直接下地狱。总之，那个时代跟现代非常相似，甚至当年有些大发议论的权威人士都坚持认为，无论说那个时代好也罢，坏也罢，只有用最高比较级，才能接受。（《双城记》，石永礼、赵文娟译，人民文学出版社，1993年。译文根据原文略有改动。）

这段话很明显地体现了狄更斯的风格。他是一个具有诗人气质的小说家，文字中散发着浪漫主义气息，追求那种阴风怒号、浊浪排空的磅礴气势。当时的很多小说家都看到了那个时代好的方面和不好的方面，但只有狄更斯能把这种对比写到极致，写到"最高比较级"。

狄更斯夸张的风格属于文学批评中常说的"陌生化"，让原本熟悉的世界变得陌生起来。他不是在用显微镜看世界，而是在用放大镜看世界。或者说，他并不是在写他看到的世界，而是在写他感受到的世界。狄更斯是一个很敏感的人，能够在喧哗与骚动的世界中听到松鼠的心跳，听到冰雪融化、草叶生长。当他把这些感受写出来时，生活显得格外具有活力。他凭借自己敏锐的观察、感受和想象创造了一个世界，那个世界在很多细节上都不像现实世界，但在精神和气息上却很像现实世界，以至于随着他的去世，那个时代仿佛也落下了帷幕。或许我们应该说，那个时代并没有消逝，只是永远地留在了狄更斯的小说中。只要打开他的小说，我们立马就能回到那个鲜活的世界。在狭窄喧闹的伦敦街道上，我们仿佛看到了衣衫褴褛的奥利弗；在浓雾笼罩的泰晤士河畔，我们仿佛看到了小杜丽单薄的身影。合上书，那些活生生的面孔、得得的马蹄声，仿佛都被浓浓的夜幕封存起来，一切都陷入了沉寂之中。

狄更斯是一位很有才华的作家，也是一位非常勤奋的作家。从21岁发表第一篇短篇小说，到58岁去世时还在写最后一部长篇小说，狄更斯在30多年的创作生涯里，一共写了15部长篇小说，还有大量的中短篇小说和散文作品。他经常熬夜写作，有时甚至同时在写两部小说。《雾都孤儿》《马丁·瞿述伟》《董贝父子》《大卫·科波菲尔》《荒凉山庄》《艰难时世》《小杜丽》《双城记》《远大前程》《我们共同的朋友》都是大家耳熟能详的作品，几乎每一部都是经典。狄更斯不是一个特别会讲故事的人，他的故事结构有时不够紧凑，情节编排有时过于依赖巧合，抒情或煽情的段落有时可能会过于冗长，但他也会设置大量的伏笔、悬念和谜团，总能吸引读者一直读下去。在狄更斯之前，英国小说的主要场景是乡村，是他把我们的视线吸引到了城市，停留在了浓雾弥漫的伦敦。

狄更斯能成为19世纪英国最受欢迎的小说家，与他塑造的人物形象有很大关系。他们大部分都是E. M. 福斯特在《小说面面观》中说的那种"扁平人物"，脾气性格相对单一。我们古代小说中的张飞、李逵都可以算作这样的人物，让人看过之后就再也难以忘记。扁平人物的个性和心理不像"圆形人物"那样会随着环境和时间的变化而变化，但把扁平人物写活并不容易。狄更斯做到了，他写的人物有各种各样的怪癖，那些怪癖会让我们觉得世界是那么荒诞，又是那么可爱。他的人物一旦出场，就再也离不开舞台了，很难把他们再放到另一部小说中。狄更斯创作的人物非常多，大概有2000个，几乎涉及当时的各个阶层、行业和派别。从这些人物身上，当时的读者看到了自己，看到了自己身边的人，也看到了自己从未见过的人。

儿童是成人视角的盲区

在狄更斯写的人物中，儿童特别多。他也经常用儿童的视角来看世界。相对于成人而言，儿童的视角是局限的，但又是放大了的。他可能只看到了桌子腿，但这个桌子腿在他眼里却是又粗又高；他可能只是受到了轻微的不公正的对待，但他也会觉得这是一件大事。这就会让我们反思成人的视角有哪些问题和盲区。在狄更斯写的儿童中，很多都是孤儿，像《雾都孤儿》中的奥利弗、《远大前程》中的皮普、《荒凉山庄》中的埃斯特。可能没有哪个小说家像他这样写过这么多的孤儿。还有些人物，虽然不是孤儿，却有孤儿般的经历和感受。19世纪上半叶，英国的死亡率非常高，很多孩子不到10岁就夭折了。狄更斯小说中的孤儿很容易让我们联想到我们自身。我们可能不是孤儿，但那些孤儿的经历和情感，我们可能或多或少都曾经有过。他们的遭遇不仅会唤起我们童年的记忆，也会让我们觉得，即便是成年人，在这个世界上也是游走或迷失在茫茫人海中的孤儿。

如果说孤儿是狄更斯小说中突出的人物形象，那阴冷、潮湿、黑暗、萧条就是他小说中突出的环境氛围。他当然也写过明媚的阳光，写过野花在草地里绽放、小鸟在树枝上歌唱，但那些衬托孤儿凄凉感受的环境氛围才是他小说中的基调。《雾都孤儿》中奥利弗第一眼看到的伦敦不是车水马龙的繁华都市，而是狭窄、泥泞的街道和污浊的空气。《远大前程》中皮普第一次记住他的家乡，是在一个阴冷的冬日的下午，夜幕就要落下的时候，海边的沼泽地里弥漫着荒凉的气息。这样的环境加剧了人物的孤独感和不安全感，让他们更加向往温暖的炉火、丰盛的食物与和睦的家庭。这是非常朴素的愿望，也是狄更斯和他的人物一直想要的生活。

狄更斯能把孤儿的感受写得如此真切，与他童年时代的经历有很大关系。他出生在英国南部的港口朴次茅斯，10岁的时候随父母搬到了伦敦北部的郊区。他父亲是海军部的小职员，属于社会中下阶层，每年有300多镑的收入，在当时并不算少，但他花钱没有节制，经常入不敷出，欠了不少债。狄更斯12岁那年，他父亲因为没有能力偿还债务，被关进了伦敦的马夏尔西监狱，在里面待了一年多。这段时间一家人不仅流离失所，更是遭受了极大的精神创伤（狄更斯后来经常在小说中描写监狱和不知道量入为出的家长）。他父亲出狱后，也没能改掉挥霍钱财的习惯，家里的经济状况一直不太稳定。狄更斯15岁时就不得不辍学回家，在伦敦自谋生路，直到22岁才在《晨报》社谋得了一份稳定的工作。虽然他很快就成了成功的作家，但经济上的不安定感在很长一段时间里仍是盘踞在他心头的恶魔。他之所以格外看重金钱，很大程度上就是因为金钱能够给他带来安全感。他小说中的很多主人公最后也都成了富有的人，但依然保持着善良。

就在狄更斯12岁生日的前两天，还发生了一件让他一生都感到"悲伤和耻辱"的事情——他被父母送到鞋油厂去打工。虽然当时他父亲还没有被关进监狱，但家里的经济已经比较困难。狄更斯每天要从伦敦北郊走很远的路到市中心的鞋油作坊，在那里工作10个小时，再走回家。这段经历大概持续了半年到一年的时间。他从一个中产阶级家庭的孩子变成了工厂里的童工，感受到的不仅是身份的沉沦，更是对未来的绝望。更让他难过的是，他父亲出狱后，他母亲还想让他继续在鞋油厂工作。他说："我后来一直没有忘记，也永远不会忘记，我母亲很想再把我送回去。"他后来一直不愿跟别人提起这段经历，却把他在这一时期的感受写到了小说里。他经常会写一些不负责任的父亲和麻木冷漠的母亲，经常写没有父母、无依无靠的孤儿。

狄更斯和他小说中的孤儿一样敏感、忧郁，但又坚强、乐观，从不放弃对幸福的追求。他喜欢写那些孤儿一个人在路上徒步历险。我们看到，奥利弗·退斯特从他打工的棺材铺逃走，走了200多里路到了伦敦；大卫·科波菲尔从他打工的伦敦仓库逃走，走了200多里路到了多佛。他们一路上经历了很多磨难，但

第六讲　狄更斯：用放大镜看世界的现实主义小说家　　199

最终都到达了终点。这些旅行也是一个比喻，是认识世界、探索人生、为生存而战的历程。在这个过程中，可能会受到伤害，犯些错误，但这也是精神和道德成长的过程。

狄更斯的《远大前程》就诠释了这个主题，但又非常不同于他以前的小说。这部小说写于1860年到1861年，和《艰难时世》一样，小说的标题很有意义，通常被看作关于现代社会的寓言。"远大前程"是当时乃至现代很多人的梦想，狄更斯揭示了金钱导致的梦想破灭和精神异化，探讨了为改变命运而付出的代价。从狄更斯的整个创作生涯来看，这部小说还有两层意义：一是他小说中的孤儿长大了，他把孤儿皮普写成了一个"圆形人物"，采用第一人称回顾性叙事，像"忏悔录"一样记录了皮普的心路历程，这在狄更斯的小说中是不多见的；二是这部小说没有像他之前的小说那样批评具体的制度和机构（像监狱、济贫院、法庭、学校等），而是批评了金钱的负面影响和势利的风气，把道德情操的培养视为社会进步的基础。

"远大前程"的幻灭和忏悔

小说里的"远大前程"，主要指主人公皮普想成为一个"上等人"。小说一开篇就讲了皮普对自己身份的认识。他出生在海边沼泽地里的一个小村庄，父母双亡，姐姐把他抚养长大，姐夫是村里的铁匠。皮普还有5个哥哥，但很小就夭折了，皮普说他们在残酷的"生存斗争"中很早就放弃了——这其实也是在暗示他自己也面临着生存问题。

他很小就体会到了孤儿这个身份带给他的屈辱。他姐姐脾气暴躁，嫌他是个负担、累赘，经常数落他。这让他从小就产生了一种负罪感，觉得自己就不该活在这个世界上，好像自己是"不听劝阻，硬要投生到人世间来的"[1]。他的自尊心受到了伤害，变得敏感、缺乏自信。幸好他还有一个善良、温厚、疼爱他的姐夫，是他在这个世界上唯一的依靠，他的愿望就是长大了能像姐夫一样当个铁匠。

但后来发生了一件事，改变了他对自己前途和命运的期待。在离他们村子不远的镇上，有一位有钱的哈维沙姆小姐，她让皮普到她家去玩，皮普在那里见到了她的养女埃斯特拉。"埃斯特拉"（Estella）这个名字的含义是"星星"，她也的确像星星一样冷艳高傲。埃斯特拉不愿跟皮普一起玩，瞧不起他，说他是个"干粗活的孩子"，嫌他说话不够文雅，两手粗糙，鞋子笨重。（第8章，第60页）这让皮普脆弱的自尊心受到了很大的伤害。他说："我被羞辱、被伤害、被鄙视、被冒犯。我愤怒、难过到了极点。"（第8章，第62页）他找了个没人的地方放声大哭，用脚踢墙，扯自己的头发，发泄心中的痛苦。他以前只知道孤儿是个屈辱的身份，不知道家境贫寒竟然也是件丢人的事。他接受了埃斯特拉的眼光，开始感到自卑，嫌弃自己的家庭，甚至开始埋怨唯一给了他温暖的姐夫。他第一次认识到，在上等人的眼中，铁匠过的是一种卑微的生活，他敬爱的姐夫竟然也是低人一等的。这对他朦胧的价值观造成了颠覆性的打击。

他后来又去了几次哈维沙姆小姐家，并且懵懵懂懂地爱上了

---

[1] 第4章，第23页。本文参考的小说版本为 Charles Dickens, *Great Expectations*, ed. Charlotte Mitchell, London: Penguin, 2003. 引文后标出的章节和页码均出自该书。部分引文参考了主万、叶尊的译本，人民文学出版社，2020年。

埃斯特拉，但埃斯特拉还是瞧不起他，对他时好时坏、若即若离。皮普这时就想着能够改变自己的身份，成为一名绅士，能跟埃斯特拉门当户对、缔结良缘，因为绅士在当时属于"上等人"。他很希望哈维沙姆小姐能帮他实现这个愿望，但哈维沙姆小姐最后却让他跟他姐夫学打铁，他顿时感到前途一片黑暗。幸好，在狄更斯的小说世界中，常有天上掉馅饼的时候。就在他当学徒的第4年，机会来了。伦敦的大律师贾格斯到村里来找他，说有人要出钱把他培养成绅士，先到伦敦接受绅士教育，之后再继承一大笔遗产，但这位恩人不愿透露姓名。皮普以为他的恩人就是哈维沙姆小姐，让他成为绅士，就是为了撮合他与埃斯特拉。

这是小说标题Great Expectations第一次在正文中出现。（第18章，第138页）这是一个双关语。Great expectations既可以指对"远大前程"的期待，也可以指"在遗产方面大有盼头"。根据《牛津英语大词典》（*OED*）的解释，expectations作为复数，指的就是未来有望获得遗产或从遗嘱中获益。对皮普来说，他渴望的远大前程，就是成为一个上等人，能在身份地位上配得上埃斯特拉。突如其来的遗产可以让他变身为"富二代"，不用再奋斗打拼就能直接从农村的铁匠变成大城市的绅士，过上"有闲阶级"的奢侈生活。皮普的远大前程是与遗产或者说金钱密不可分的，这也是小说标题所蕴含的反讽。

英国社会很注重门第出身，但到了19世纪，随着英国由农业社会向工业社会、由封建社会向民主社会过渡，社会的流动性逐渐增强，社会地位的等级划分逐渐松动，身份地位成了可以流动的商品，只要付得起钱，就可以拥有。也就是说，一个人即使不是出身于名门望族，也可以通过金钱把自己包装成一个上等人。这就使很多人有了提升自己社会地位的新渠道，在社会地位的阶梯上不断"向上爬",成了当时的风气。

金钱不仅可以买到社会地位,它本身也逐渐成了社会地位的重要标志。当时的很多英国人喜欢炫富,他们要通过金钱来显示自己的地位,最常见的做法就是经济学家凡勃伦所说的"炫耀性消费"。尤其是在以陌生人为主的城市场景中,人们通常会根据一些外在标志来判断他人的身份。《远大前程》里有一个细节:皮普到伦敦以后,雇了一个小伙子给他当仆人。他发现这个男仆实际上没什么用处,还碍手碍脚,但有这个男仆就能表明他的身份。这是因为,男仆在当时和马车一样,也属于"奢侈品"。雇一个男仆不仅要支付薪水,还要交税,每年是2镑8先令。如果雇主是单身汉的话,要交4镑8先令。这就是奢侈品税。狄更斯做童工的时候,每周才挣6先令,他要工作两个月才能挣够一个男仆的税钱。所以,在狄更斯那个年代,出门带着一个男仆,就像现在出门拿着一个奢侈品牌的包一样。在《匹克威克外传》里,有人看到匹克威克带着一个男仆,就认为他是一个上等人。

维多利亚时代有很多人靠自己努力挣钱改变了命运,就像狄更斯和他小说中的大卫·科波菲尔那样,但也有很多人是靠继承遗产来改变社会地位的,这种不劳而获的机遇加重了人们的投机心理。那时的小说也经常写遗产对人的影响,我们熟悉的《简·爱》《名利场》《米德尔马契》都写到了这一点。20世纪90年代,中国社会科学院外文所的朱虹先生曾经写过一篇文章,专门谈"英国19世纪小说中的临终遗嘱问题"。狄更斯就经常写这个话题。在《小杜丽》中,杜丽一家就是靠着突如其来的遗产,从阶下囚变成了上等人;《荒凉山庄》里的理查德·卡斯顿就因为期待着继承遗产而荒废了人生;《远大前程》从标题上就开始讽刺这种现象,可以说是建立在 great expectations 之上的 great expectation——以继承遗产为前提的远大前程,这就相当于一个人用左脚踩着自己的右脚往上爬,注定是徒劳无用的。

果然,皮普发现自己的"远大前程"不过是一场梦。他的恩人不是哈维沙姆小姐,而是他小时候帮过的一个逃犯——马格威奇。马格威奇被流放到澳大利亚之后,在那里挣了钱,要报答皮普当年的一饭之恩,计划用金钱把皮普打造成一名绅士。马格威奇曾被判终身流放,如果再回到英国,就会被处死。但在皮普23岁那年,马格威奇还是偷偷回到了伦敦,想亲眼看看自己一手打造的这位绅士。不过,马格威奇还是被人发现了,他的财产也都被没收了。皮普的"远大前程"梦就这样破碎了。他说,"那有望继承的大笔遗产,就像老家沼泽地上的浓雾见了太阳一样,都消失不见了"(第57章,第470页)。

梦的破灭,也是重生。皮普梦想破灭的过程,也是他道德成长过程。他逐渐认识到,就在他的社会地位提升的同时,他的道德品性却在堕落。他所追求的埃斯特拉成了他的"镜像",他在埃斯特拉身上看到了自己,而他也最终变成了埃斯特拉那样的势利小人,在飞黄腾达之后就开始瞧不起自己原来的阶层。从性质上来说,他嫌弃自己的姐夫,比当年埃斯特拉嫌弃他还要严重,不只是势利,更是忘恩负义。

皮普既是故事的主人公,也是故事的讲述者。他在回顾自己的人生时,感到非常愧疚,尤其是觉得愧对姐夫——这个世界上最疼爱他的人。他举了三个例子。一次是离开家乡去伦敦的时候,他要坐驿车(驿车是一种马车,类似于现在的公交车或长途汽车),但他不想让姐夫送他到驿站,害怕别人觉得他俩身份不相称。后来到了伦敦,姐夫要来看他,但他并不开心,甚至希望姐夫不要来,害怕姐夫的出现会暴露他卑微的出身;见到姐夫之后,他表现得很冷淡、很不耐烦，甚至还发了脾气，弄得姐夫很不自在，最后不辞而别。还有一次是从伦敦回老家时，他选择住在旅馆而不是住到姐夫家，甚至没有回家去看看姐夫。皮普嫌弃姐夫，根本上是因为他内心鄙视自己的出身，想和自己的过去一刀两断。皮普在讲这些事情的时候，反复表达自己的忏悔。嫌弃自己的家，肯定是件很痛苦的事。

但狄更斯并不是让我们批评皮普，而是让我们从皮普身上看到自己，告诉我们要常怀感恩之心，做一个善良、宽厚、本分的人，善待亲人，少做些让自己后悔的事情。可能会有读者觉得狄更斯讲的这些道理都很简单，可仔细想想，人生的道理往往都很简单，但要真正领悟并不容易，有时候甚至还要付出沉痛的代价。皮普就是一个例子，在他的自尊心被埃斯特拉伤害之后，他回到家中跟姐夫说自己要成为一个上等人，他姐夫告诉他要走正道，但他听不懂；他疯狂地爱着埃斯特拉，他的好朋友比迪和赫伯特都劝他，说埃斯特拉根本不值得他爱，但他也不听。狄更斯用孤儿皮普的经历告诉我们，一个人真正地长大，就是在他开始从道德上反思自己的时候。这种反思并不轻松，很多人，包括我们自己，有时也会逃避，为自己开脱、辩解。所以，坦诚的皮普更让我们同情，也更能引起我们情感上的共鸣。谁没在少年时代犯过愚蠢的错误呢？毕竟，那个时候我们还看不懂世界，理解不了亲人，也看不清自己。

在狄更斯所有的小说中，《远大前程》的一个独特之处就是具有强烈的忏悔意识。这在英国小说中也是不多见的。皮普的忏悔也与狄更斯写作时的心境有很大关系。在写《远大前程》之前的两三年，狄更斯经历了他人生中的又一个黑暗时刻。他爱上了年轻的女演员埃伦·特南，还因此和已经一起生活了20多年的妻子凯瑟琳分居（按照当时的法律，这种分居已经是事实上的离婚）。他和皮普相似，不仅没能理智地处理自己的情感生活，也一直没能处理好与父母、兄弟、孩子的关系。他也在反思自己与家人的关系，即便没有像皮普那样深感愧疚，至少也是非常纠结和煎熬。

重塑英国"绅士"的定义

皮普的"远大前程"就是成为一名绅士，因为当时绅士在社会地位上属于"上等人"。当他梦想破灭后，他才认识到什么是真正的绅士。所以，这部小说也是在重新定义"绅士"。

"绅士"（gentleman）在英国是一个很重要的概念。从中世纪起，这个概念就包含着两个核心要素：一个是高贵的身份，一个是高尚的品德。Gentle这个词最初就是noble的同义词，既指外在的身份，也指内在的品德。现在，"绅士"作为身份地位的意义已经淡化，在日常语言中主要是礼貌用语，用作对男士的敬称，例如讲话时称呼Ladies and Gentlemen，但它作为道德品性的意义还是保留了下来。我们有时说一个人"很绅士"，主要是指他的言谈举止体现了一种比较高的道德修养。但在狄更斯那个年代，绅士还是一种重要的身份，意味着比较高的社会地位。这也是皮普想成为绅士的主要原因。一个小孩子会有这种想法，也说明这是当时人们的普遍看法。那么，当时的英国人怎么判断一个人是不是绅士呢？

我们不妨看看丹纳的说法。丹纳是19世纪法国的艺术理论家，傅雷先生曾经翻译过他的《艺术哲学》。丹纳还写过一部《英国文学史》。1861年,也就是《远大前程》刚出版的时候,丹纳到英国旅行,后来又多次去英国。他把对英国风土人情的考察写成了一系列文章,后来收录到《英伦札记》这本集子里。其中一篇说,他在英国旅行的时候发现,对于当时的英国男子而言,最关键的问题总是"他是绅士吗?"。可见,绅士的确是当时的一个重要的身份标签。怎么判断呢?丹纳总结了三个标准。

首先是生活方式,这是最简单的标准,比如说拥有丰厚的财产,住宽敞的房子,穿昂贵的衣服,还有各种奢侈的生活习惯。丹纳说,在普通人眼里,尤其是在那些奴颜婢膝的人眼里,有这些就足以称得上是绅士了。生活方式最直观,比较容易判断;同时,生活方式也最容易模仿,只要有钱就可以做到。18世纪以后,英国的经济结构逐渐发生了很大的变化,经商和开办工厂的人越来越多,他们有钱以后,很容易模仿绅士的生活方式,而且也会让孩子去接受绅士教育。在《远大前程》里,皮普的恩人马格威奇就用自己挣的钱把皮普包装成了一名绅士。

绅士的第二个标准就是受过一定的教育,有文雅的举止。皮普的恩人就安排他去伦敦接受绅士教育,让他在言谈举止上像个绅士。皮普跟赫伯特的父亲学习言谈,跟赫伯特学习举止。小说里讲了赫伯特教了皮普一些基本的就餐礼节和规矩,比如怎样使用刀叉和汤匙,怎样喝酒,餐巾不能放到酒杯里,等等。

在普通人眼里,此时的皮普已经是个绅士了,但狄更斯显然并不这么认为。他借赫伯特之口说,如果骨子里不是真正的绅士,就不可能在举手投足上成为真正的绅士。(第22章,第181页)这正是丹纳所说的第三个评判标准,也是最根本的评判标准,那就是心灵或品德。皮普恰恰不符合这个标准,他虽然已经过上了绅士般的奢侈生活,有了文雅的言谈举止,但从他嫌弃自己的姐夫、报复裁缝铺的伙计来看，他还没有达到真正的绅士的标准。《远大前程》里还有一个人物——康佩斯。他也受过教育，端着上流绅士的派头，实际上却是一个诈骗犯，通过欺骗哈维沙姆小姐的感情，骗走了她的大部分财产。皮普的恩人马格威奇也是孤儿，四处流浪，后来被康佩斯收留利用，犯下了很多罪行。两人被捕受审时，康佩斯明明是主犯，却因为受过教育、像个绅士，就被轻判，而作为从犯的马格威奇却遭到重罚。

皮普和康佩斯的例子说明，只有绅士派头，过着绅士般的生活，还不足以成为真正的绅士。就在《远大前程》出版的前一年，也就是1859年，塞缪尔·斯迈尔斯出版了一本畅销书《自助》。他在书中说："真正的绅士……不是取决于生活方式或言谈举止，而是取决于道德品质——不是取决于个人财产，而是取决于个人品质。"他进一步解释说："财富、地位与真正的绅士品格没有必然的联系。穷人在精神上、在日常生活中也可以是真正的绅士，成为一个诚笃、坦率、正直、礼貌、温和、勇敢、自尊、自助的人，也就是说，成为一个真正的绅士。"这正好也是皮普后来对他姐夫的评价。皮普在"远大前程"梦想破灭后病倒了，欠了不少债，他姐夫从乡下赶来照看他，还替他还了债。皮普这才意识到，姐夫才是真正的绅士。姐夫是一个善良宽厚的人，一直疼爱皮普，没有因为皮普忘恩负义就不再管他；在皮普遇到困难的时候，他不仅赶过来照顾皮普，还慷慨地替皮普还了债，100多镑对一个铁匠来说已经是巨款了；而且，他一直有作为铁匠的自尊，从不趋炎附势，是一个正直本分的人。

狄更斯借助皮普的视角，强调了绅士的评判标准要由只看外在改为注重内在。这也是当时很多英国作家的观点，他们都在尝试重新定义绅士，强调绅士的品德，尤其是强调绅士应该善待他人。"牛津运动"的领袖约翰·亨利·纽曼给绅士下的定义非常有名。他在《大学的理念》(1852)中强调,大学是培养现代公民的地方,培养出来的人要成为"真正的绅士",最核心的一点就是"从不给他人带来痛苦"。他认为,绅士最关心的就是让身边的人感到舒服自在。因此,绅士待人要温文尔雅,要善解人意、懂得体谅他人,这样才能让人感到如沐春风。《远大前程》中的赫伯特没有多少钱,但他显然具有绅士的风度和品格,他在纠正皮普的用餐习惯时,表达得很委婉,丝毫没有让皮普感到难堪。相反,皮普明知比迪对他有爱慕之心,却多次跟比迪讨论他对埃斯特拉狂热的爱,没有理会这样做是否会令比迪感到难过。

纽曼特别强调绅士"在情感上要细腻温柔",这也正是狄更斯所强调的敏锐的感受力,即要有一颗柔软的心。在《远大前程》里,埃斯特拉曾经对皮普说自己是"没有心的"。这里的"心"不仅仅指爱情,也指纽曼所说的那种细腻温柔的情感,就像埃斯特拉自己解释的:"我的心里没有柔情,没有同情,没有感情,没有无聊的情绪。"(第29章,第237页)皮普奔向"远大前程"的过程,恰恰也是心肠逐渐变硬的过程。在狄更斯看来,如果我们身边这样的人越来越多,这个世界就会成为一个不宜居的坚硬的世界。他喜欢的人物,哪怕是硬汉,也有满腔的柔情。这种柔情就像铁匠铺的炉子中跳跃的火苗,柔软却又温暖,驱赶着弥漫在沼泽地上的寒气。

延伸阅读

1. 〔英〕狄更斯:《大卫·科波菲尔》,宋兆霖译,译林出版社,2011年

    除了《远大前程》,我还推荐大家读一读《大卫·科波菲尔》(*David Copperfield*)。狄更斯的大多数小说都是常见的第三人称叙事,而这部小说却和《远大前程》一样,采用了第一人称叙事,由主人公来讲述自己的故事。《远大前程》讲的是失败与重生的故事,《大卫·科波菲尔》讲的则是孤儿大卫通过奋斗走向成功的故事。如果说皮普是狄更斯藏在内心深处的影子,大卫则是狄更斯外在的模样。

2. 〔英〕彼得·阿克罗伊德:《狄更斯传》,包雨苗译,覃学岚校译,北京师范大学出版社,2015年

    狄更斯的传记很多,阿克罗伊德的这本传记很好地将狄更斯的生平与其创作结合起来。他的文笔很好,对狄更斯的作品也有独到的见解。狄更斯把自己的人生写进了小说,而阿克罗伊德又把它从小说中提取了出来。读了狄更斯的小说,再读读这本《狄更斯传》,就更能理解狄更斯创造的那个独特的世界。

3. 〔英〕乔治·爱略特:《米德尔马契》,项星耀译,人民文学出版社,2018年

    乔治·爱略特与狄更斯都是维多利亚时代的小说家,但他们的风格差别很大。两人的感受都很敏锐,情感都很强烈,但狄更斯的语言就像暴风骤雨、惊涛拍岸,爱略特的语言却像和风细雨,更加细腻、含蓄、克制。《米德尔马契》是她的代表作,写19世纪的女性如何探索自己的职业、事业和使命,这些女性心中也有自己的"远大前程",但她们经历了和皮普不一样的情感挫折和道德成长。

4. 电视剧《狄更斯世界》,BBC出品,2015年

    根据狄更斯的小说改编的戏剧、影视剧非常多。在近几年拍的电影里,2005年罗曼·波兰斯基执导的《雾都孤儿》对色彩的运用非常好,2019年阿尔曼多·伊安努奇执导的《大卫·科波菲尔的个人史》选用的角色很有颠覆性。我想推荐大家看看2015年BBC出品的电视剧《狄更斯世界》(*Dickensian*)。这部电视剧的特色在于它把狄更斯的《远大前程》《圣诞颂歌》《雾都孤儿》《荒凉山庄》等多部小说中的情节和人物串联了起来,拼贴出一个相对完整的狄更斯的世界,生动地展示了19世纪伦敦的生活百态。

第七讲

托尔斯泰：19世纪俄国文学的巅峰

石一枫
作家，代表作有长篇小说《借命而生》、中篇小说《世间已无陈金芳》、译作《猜火车》

  托尔斯泰可以说是19世纪俄国文学甚至世界文学的巅峰，这么一个处在山尖上的作家，确实也可以说是人类智慧不断发展的结晶。文学史或文化史上往往有这么一个现象，就是某一种艺术门类或者某一段时间的、某一个国家的文学文化，不断发展积累到巅峰时期，就会出现一个集大成的巅峰人物。比如，哲学从柏拉图和亚里士多德时期，经过一两千年的发展，终于到了黑格尔，黑格尔就是西方古典哲学的巅峰，在黑格尔之后，现代哲学就要重新"洗牌"了。西方文学其实也是这样的……在19世纪长篇小说这个领域，几乎没有人能和托尔斯泰相比，托尔斯泰几乎已经达到巅峰了。

《安娜·卡列尼娜》：人类巅峰时期的巅峰之作

《安娜·卡列尼娜》是19世纪现实主义小说的高峰，对于中国人而言，它是我们既熟悉又陌生、既耳熟又不能详的作品。但是"耳熟不能详"的东西，反而是大家最感兴趣的。

为什么说我们中国人对《安娜·卡列尼娜》很熟？因为每一个中国人都听说过那么一两句所谓的箴言，比如《围城》中的那句"城里的人想出去，城外的人想进来"，它说的是婚姻，还有一部小说里的名句也是说婚姻的，那就是《安娜·卡列尼娜》的第一句——"幸福的家庭总是相似的，不幸的家庭各有各的不幸"。

这话我们在不同的场合，在不同的杂志、报纸上已经看了无数遍。像《知音》这种杂志也会引用托尔斯泰这句话，估计也有上百遍，这很神奇。

其实说得不恭敬一点，它几乎就是鸡汤一样的话，是几十年来中国流行的"哲理名言"里边最有名的一句。但很矛盾的是，对于今天的读者尤其是年轻读者来说，阅读《安娜·卡列尼娜》还是稍微有一点困难的。19世纪的人写东西和现在的人不一样，不会像阅读量超过10万的公众号推文一样迎合人们的阅读习惯。

我们每个人都听说过《安娜·卡列尼娜》这本书,都看过无数遍"幸福的家庭……不幸的家庭……"这句话,都觉得很有道理。但是我想,真正读完这本书的人其实并不多。反正以我的经验,可能一些从事文学批评与研究的朋友能读完,大学中文系或者大学外语系的学生也能读完。这些往往是带着任务读书的状态,似乎唯有如此,我们才能在今天这个时代读完《安娜·卡列尼娜》这样的作品。

当然,这也很正常,因为每个人的生活都挺忙,"一个白胡子老头"写个几十万字,没有那么有趣,也没有那么搞笑,看着也挺累的。但是,今天的人读书读得少,也是一件很可惜的事情。读书这事儿是有门槛的,在我一贯的理解里,门槛越高,快乐越大。这就像吃饭一样,吃淮扬菜得花不少钱,还要学淮扬菜的知识、懂淮扬菜的各种吃法和门道,这很麻烦,但也是一个学习的过程,吃淮扬菜带给你的快乐绝对不是吃麦当劳能够相比的,吃麦当劳很方便,那点儿快乐随时就可以得到,但实际上获得的快乐也很小。

所以,阅读《安娜·卡列尼娜》这种经典作品,就好像是吃大餐,吃淮扬菜,吃那种一桌有七八道菜的法餐,它很麻烦,有时候你也会不耐烦,觉得挺累的,但是读完之后获得的快乐——先不说收获,只说快乐——是非常高的。

先大致介绍一下托尔斯泰这部重要的作品。托尔斯泰也是一位大家听过无数遍的文学大师,其实俄国有两个托尔斯泰,一个是列夫·托尔斯泰,就是《安娜·卡列尼娜》的作者,也是《战争与和平》的作者;另一个是阿·托尔斯泰,他名字的首字母是一个A,俄语就念"阿",好多人都觉得这俩人是亲戚,其实不是,他们基本上没什么关系。就像李白和李商隐都姓李一样。但是列夫·托尔斯泰所在的托尔斯泰家族确实也是俄国的名门望族，在俄国历史上出了很多相当重要的人物。这个家族基本上靠文化和写作成名，而其中名气最大的就是列夫·托尔斯泰。

同时，托尔斯泰可以说是19世纪俄国文学甚至世界文学的巅峰，这么一个处在山尖上的作家，确实也可以说是人类智慧不断发展的结晶。文学史或文化史上往往有这么一个现象，就是某一种艺术门类或者某一段时间的、某一个国家的文学文化，不断发展积累到巅峰时期，就会出现一个集大成的巅峰人物。比如，哲学从柏拉图和亚里士多德时期，经过一两千年的发展，终于到了黑格尔，黑格尔就是西方古典哲学的巅峰，在黑格尔之后，现代哲学就要重新"洗牌"了。

西方文学其实也是这样的，经过17—18世纪小说和诗歌的发展，到了19世纪就出现了那么几位大师，比如福楼拜，比如巴尔扎克，还有英国的狄更斯，俄国的托尔斯泰，这些人在他们的国家和时代里是文学的集大成者，他们作品的厚重程度、深邃程度，还有艺术表现力，往往是全面超过之前的很多作家的。

客观地说，屠格涅夫也是俄国很了不起、很伟大的作家。再比如，俄国作家从受法国作家影响到能够独立成为一股重要的文学力量，其实是从普希金开始的。屠格涅夫、普希金都是了不起的作家，但是从作品的厚重程度、深邃程度来看，托尔斯泰还是超越前人的。

而托尔斯泰之后的很多俄国作家和苏联作家，比如伟大的陀思妥耶夫斯基，比如帕斯捷尔纳克，包括离我们很近的邦达列夫，他们和托尔斯泰又不一样，就像尼采之于黑格尔，他们另开一局，在另一个领域写作。因为他们知道，在19世纪长篇小说这个领域，几乎没有人能和托尔斯泰相比，托尔斯泰几乎已经达到巅峰了。

再打个比方，有可能恰当，有可能不恰当。有三样东西最能表现19世纪人类智慧能够达到的复杂程度：一样是钟表，瑞士钟表在19世纪靠手工制作，钟表匠人达到了19世纪人类在机械制造方面最复杂的程度；还有一样是交响乐，贝多芬、柴可夫斯基、勃拉姆斯，他们的交响乐达到了音乐领域复杂程度的极致；最后一样就是长篇小说——19世纪的长篇小说，几乎可以说是今天人类能够看到的长篇小说里最复杂、最深厚的作品。20世纪的长篇小说往往不靠复杂程度，不靠广度、深度来取胜，而是靠独特的见解、独特的人生观，或者一些振聋发聩的哲学理念，跟19世纪还不一样。

所以，《安娜·卡列尼娜》是人类在巅峰时期的巅峰之作，我们的确可以这样来理解它。

其实，《安娜·卡列尼娜》是很有意思的，它在很多人的心里相当于言情小说。我第一次看《安娜·卡列尼娜》时，还是一个青春期的孩子，那时候也喜欢看言情小说，琼瑶也看，亦舒也看，后来琼瑶、亦舒都看不过瘾，就想看个厚的言情小说，所以也是把《安娜·卡列尼娜》当作言情小说看的。在大多数人的理解中，《安娜·卡列尼娜》是一个爱情故事，一个爱情悲剧。这么看也行，不是不行。琼瑶的很多作品也写多愁善感的女主人公，她们经常利用文学来抒发自己的情怀。经常是男主人公不理女主人公了，女主人公就会干两件事，第一件事就是在纸上抄录古诗词，"庭院深深深几许"或者"我心深深处，中有千千结"；另一件事就是没完没了地看《安娜·卡列尼娜》。琼瑶小说里出现过很多次《安娜·卡列尼娜》，马上要失恋了，和男朋友吵架了，外面下着大雨，一个男的在那儿跪着说"你好残忍"，然后一个女的就流着眼泪看《安娜·卡列尼娜》,这就是琼瑶小说里经常出现的一个场景,很有意思。

另外一位中国作家也在作品里提到了《安娜·卡列尼娜》,就是池莉,她是我很佩服的一位武汉作家。她的小说《水与火的缠绵》里,主人公曾芒芒就很爱看《安娜·卡列尼娜》。在20世纪80年代,爱看《安娜·卡列尼娜》也是追求个性解放、追求文化的表现。

我们刚开始都是从爱情故事来理解《安娜·卡列尼娜》的,而如果真的把这个故事复述一遍,它的确也就是个爱情故事。托尔斯泰确实也是从现实的故事里获得了写作的灵感,在1870年前后,他就想写一个贵族妇女出轨的爱情悲剧了。大概是在1872年前后,他真的在自己家庄园附近听说了一件事——有一位妇女一边追求新生活,一边遭受着由个人命运带来的极大痛苦,后来死在了一辆大车的车轮之下。现实的故事触发了作家的写作,这是很常见的事情,像英国小说《德伯家的苔丝》,也是因为当时一桩著名的刑事案件触动了作者哈代,使他写出了这么一部作品。

讲书,总得复述一遍主要内容,其实就是书中的两条爱情故事线。

第一条线是安娜的故事。托尔斯泰还挺会讲,他不是先从安娜讲起,而是从安娜的哥哥讲起。安娜的哥哥叫奥勃朗斯基,也是一个俄国贵族,他家里出了点儿事,他和他的家庭女教师不清不楚,闹了点恋爱纠纷。家庭女教师在西方小说中,也算是一个婚姻方面或者说爱情方面的高危人群,比如《简·爱》就是家庭女教师的故事,但是我们都喜欢简·爱,却要批判奥勃朗斯基。奥勃朗斯基和家庭女教师出了不体面的丑闻之后,他的妹妹安娜也就是主人公安娜·卡列尼娜(本来是嫁到了彼得堡),就从彼得堡回到莫斯科的哥哥嫂子家里来劝架了,调解家庭矛盾。

安娜怀着好心来,但是自己没碰上什么好事儿,在火车站她遇到了年轻英俊的军官沃伦斯基,沃伦斯基和安娜可以说是一见钟情。托尔斯泰在这个地方埋下了一个伏笔,就是这时火车轧死了一个人,这一幕可以看作安娜爱情故事的一个悲剧性预兆,也是安娜个人生命的悲剧性预兆。

沃伦斯基和安娜两个人感情逐渐深入之后,出身莫斯科名门望族的吉娣也为沃伦斯基神魂颠倒,这里其实是常见的三角恋。沃伦斯基并不喜欢吉娣,他真正喜欢的是安娜。安娜和沃伦斯基的感情在社交界不断发展,不断升温,终于在一个时刻达到了高潮——沃伦斯基参加赛马时,从马上摔了下来,安娜登时花容失色,站起来就哭了。

这一幕几乎就是把安娜对沃伦斯基的感情暴露在所有人面前,也暴露在她的丈夫卡列宁面前,但是卡列宁当时对安娜的婚外情采取了相当虚伪的态度。他的意思是说,"你可以在外面有情人"——有情人这件事在贵族生活圈子的伦理道德中是可以理解的,"但是你不要跟我离婚"——离婚,家庭破裂,这是贵族生活圈子不能接受的。卡列宁能够接受安娜在外面有人,但是他不能接受安娜为了追求爱情而离婚,这等于说卡列宁不在意自己的尊严和爱情,也不在意人性的追求和社会伦理,他只在意那点儿贵族官僚的面子,可以说,卡列宁确实是一个虚伪的人。

安娜的老公不怎么样,实际上安娜遇到的情人也不是一个完美的情人。沃伦斯基是很英俊,看起来也很有男人味儿,但是他面对爱情,面对社会伦理道德,面对舆论的压力,反而表现得不如安娜坚定。安娜是比较勇敢的,她想追求爱情,就真的去追求,社会给她压力,她也真的能扛住这个压力。现在说起来,她真是一个人性解放的先驱,她唯一觉得对不起的,就是自己的儿子谢辽沙,这是安娜唯一的心理障碍。

但是沃伦斯基却深深陷于社会压力的旋涡之中,他看着是个"贾宝玉",是个认为爱情至上、人性至上的人,骨子里还是贾宝玉所说的"俗物"。因为这段不道德的感情,他跟安娜同居之后丧失了很多在社会上越混越好的机会,他的名誉变得不好了,升迁也遇到了问题,贵族圈子也开始排斥他。他越来越受不了,对安娜的热情就渐渐冷淡了下来,也后悔和安娜发生了这段感情。

而最后承受痛苦的不是卡列宁,不是沃伦斯基,而是安娜这么一个弱女子。安娜这个人最后承受了爱情、亲情、家庭、社会、伦理以及法律等多方面的残酷的惩罚,或者说是压力。当生活和世界所有的压力都落到这么一个弱女子的肩上之后,安娜终于顶不住压力崩溃了。托尔斯泰在小说的后半部分,层层递进地描写了安娜崩溃的过程,直至她在火车站卧轨自杀,这是和小说刚开始的那一幕——安娜看到一个穷人卧轨,被火车轧死——相呼应的。因此,安娜的爱情悲剧,也是安娜的命运悲剧。

另外一条线,就是这部小说的副线,即列文的故事。列文也是贵族,但是他的另一重身份是俄罗斯的知识分子,是一个有思考能力、有想象力和社会责任感的知识分子。小说的副线是列文和吉娣的爱情故事。

前面其实已经说过了,吉娣是一个涉世未深的小姑娘,她疯狂地迷恋沃伦斯基,所以当沃伦斯基和安娜在一起时,她就快疯了,是列文帮助吉娣从感情的旋涡里走了出来,等到吉娣从痛苦中恢复后,她也觉得"蓦然回首,那人却在灯火阑珊处"。沃伦斯基是靠不住的,哪个男人更好?当然是列文更好啊。吉娣一回头,终于发现列文才是那个好男人。

吉娣和列文结婚了，一直住在列文的庄园里，两个人应该说是过上了童话中王子和公主所过的生活。当然深究下来，他们的故事也不能说是完全的幸福，因为列文个人还有关于人生、社会、国家和民族的困扰。他虽然从吉娣那里得到了爱情，但是爱情并不能解决这些困扰，他仍然保持着一个烦恼的、思索的、踌躇的形象，终究没有脱离一个知识分子的底色。应该说，这是和托尔斯泰个人有关系的，托尔斯泰的个人观点在列文身上有非常深的投射。

这就是《安娜·卡列尼娜》的故事情节：两条线，两个爱情故事，一个是安娜的故事，一个是列文的故事，这两个故事循环递进、交相呼应。有的研究者把它叫作桥形结构，这个桥形结构构成了《安娜·卡列尼娜》这部小说。

两对三角恋与一个真圣徒

我们现在来介绍一下书中的几位主人公，其实也就是这两对三角恋的主要当事人。第一个是安娜，即《安娜·卡列尼娜》这部作品的女主人公。首先，她很漂亮，是一个美女。其次，她是一个在礼仪、教养甚至文化方面都非常符合贵族规范的大家闺秀，她非常端庄、典雅，是上流社会妇女的典范。还有一点就是，安娜非常善良，贵族妇女里有善良的，也有不善良的，有脾气软的，也有脾气硬的。《红楼梦》里的王熙凤脾气就很硬，是刚烈泼辣的"凤辣子"，安娜不是这样的，她的脾气、性格有时候非常软，对很多人是很宽厚的，充满了同情。

书中让我感触特别深的，就是安娜和她儿子谢辽沙的感情。当时安娜已经和沃伦斯基同居了，但是她最牵挂、最念念不忘的就是她的儿子。愧对、牵挂儿子的这种感情被托尔斯泰塑造得非常细腻，他把安娜性格里宽容、善良的一面写得非常到位。可以说，安娜几乎是一个完美的女性。

如果你对安娜的认识没有那么深，从远处看，她就是一个完美的贵族女性，但是托尔斯泰写出了一个完美的贵族女性背后不为人知的特点。这个最主要的特点，就是她对生活、对社会、对自己的命运有一种勇敢的决绝，其实说到底，就是她对待爱情的勇敢。当时有很多不符合社会规范的爱情，但很多人为了家庭生活和社会生活割舍了这种爱情，隐藏或者漠视自己的真实感情。安娜则正视自己的感情，正视自己的欲望，而且勇敢地冲出家庭，去挑战当时社会伦理道德的虚伪，她就是要追求个人的幸福。从某种意义上来说，她既是一个温文尔雅、知书达理的女性，同时又是一个胆大包天的女性。在安娜的美丽善良之下，埋藏着一颗勇敢的心。

但一个人的勇敢，也得看它发生在什么时代，或者说发生在什么场合，发生在好莱坞电影里，那种勇敢往往就是积极的、充满希望的，但是发生在当时的俄国，发生在托尔斯泰的作品里，这种勇敢带来的就是一种绝望。个人终究无法与社会对抗，个人终究无法与命运对抗，你的勇敢是值得歌颂的，你的勇敢是伟大的，但是你的勇敢注定失败。这是托尔斯泰对安娜这个人物性格和命运的塑造。可以说，恰恰是因为安娜美丽、善良、高雅、勇敢，安娜的死才激起了如此巨大的绝望。在托尔斯泰笔下，个人的努力，个人的欲望，个人的生命力，终究会在时代中被燃尽，而且无法真正撼动整个时代，这是一个非常绝望的过程。如果

《安娜·卡列尼娜》里有一个绝望的象征，那么它应该就是主人公安娜。

另外一个人就是小说的男主人公沃伦斯基。沃伦斯基是一个什么样的人物？我个人的看法和很多以前的文学史或文学教科书稍微有点不一样。在文学史或者教科书里，沃伦斯基基本上是一个被批判的形象，这个人看着胆大，实际上很胆小，说白了就是一个绣花枕头，长得比谁都英俊，身子骨比谁都壮，看起来胆儿比谁都大，又敢玩儿马，又敢玩儿枪，还敢自杀，就是这么一个人，在与安娜的爱情中，却先退缩了。

一般来说，对于沃伦斯基的批判都是认为他虚伪，认为他懦弱无能，但是我理解的沃伦斯基不是这样的，我反而觉得沃伦斯基恰恰更像一个真实的人。我们每个人都有的那点儿欲望，那点儿对生活的向往，那点儿对美的追求，沃伦斯基全都有，我们每个人都有的那点儿懦弱，那种面对社会、面对体制、面对生活的胆怯，沃伦斯基其实也有。沃伦斯基这个人后来确实愧对安娜，但不得不说他还真的是爱安娜，我们可以否定沃伦斯基的人格，可以否定他在社会上的种种表现，但是在爱情这方面，我觉得不太好否定他。他真的为安娜自杀过，只不过没死成。他真的在某一段时间全身心爱着安娜。他更像一个真实的人，一个充满了欲望，又充满了胆怯，充满了勇气，同时又充满了踌躇的人，是一个光明面与黑暗面并存的很正常、很普通的人。我觉得在这本小说里塑造得最接地气的人物就是沃伦斯基，他最像真实生活中的人。

沃伦斯基之后就是卡列宁，我们对卡列宁这个人物一般没有什么好印象。卡列宁最主要的形容词就是"虚伪"，一直到20世纪，别的作家看卡列宁，都认为他是一个可笑的形象——他是一个公务员，位至高官，但是面对老婆的婚外情，他却采取了一种既虚伪又丑陋的态度，他放任妻子的行为，居然只是为了顾及自己的那点面子，他不敢面对真实的人性，只敢面对这个社会的需要、这个职位的需要、这个贵族地位的需要。应该说，卡列宁是一个被社会生活完全改造、征服了的人。

有个词叫异化，解释起来确实比较复杂，在卡列宁这个人物身上，异化的表现就是他不敢正视人性、不敢正视人心，他所能够正视的只有人的地位、角色和职位，这种人就是被异化的人，卡列宁自此在西方文学里就是一个虚伪可笑的形象。我倒是觉得，卡列宁固然虚伪可笑，但我们也能从他身上看到个人的悲哀。我们在生活中遇见的一些人，是不是或多或少也很像卡列宁？说实在的，你别看沃伦斯基更像一个复杂的、现实中的人，我在生活里看到的"卡列宁"反而更多。有的时候，我们的生活里既充斥着"沃伦斯基"，同时也充斥着"卡列宁"，或者说很多人回家的时候变成了"沃伦斯基"，上班的时候就变成了"卡列宁"。这两位男性角色一正一反，他们在小说里也是惺惺相惜的，有一段时间还达致了相互间的谅解。

另外一个很重要的人物就是列文，其实从文学或者思想意义的角度来看，列文的重要性要高于沃伦斯基和卡列宁。你别看在几乎所有的改编电影里，沃伦斯基都是男主角，经常由大帅哥出演，但是在托尔斯泰那里，真正的男主角应该是列文。别看在小说里列文跟安娜没见过两三面，实际上列文的重要性不逊于安娜。为什么说列文重要呢？因为列文身上投射了托尔斯泰对于人生和社会的很多想法，而且他是一个思索中的知识分子。米兰·昆德拉有一句话叫"人类一思考，上帝就发笑"，但是在小说里，往往就是这样一个善于思考的人物，一个总是困惑的人物，他的身上寄托着作者更多的深意和感情。

我们再说说托尔斯泰当时所面临的社会问题。俄国在1870年前后处于一个巨大的变局之中，像托尔斯泰这种有识之士，觉得以前的沙皇农奴制不行了，但是对于新的制度究竟是什么，大家心里又没底，也不知道这个社会应该往哪方面去、应该变成什么样。到底是变成法国的样子，变成英国的样子，还是变成美国的样子？他们心里也很迷茫。现在很不好，将来什么样也不知道，究竟要往哪方面走，谁也不清楚，和当时的很多俄国知识分子一样，托尔斯泰也持有这样一种矛盾的心态。

当时很多的俄国知识分子或贵族，像十二月党人或者所谓的虚无主义者，有的去搞革命了，有的去搞暗杀了，也有的去搞无政府主义了。托尔斯泰没有那么激进，他并不是一个激进的人，他相对温和，有点像甘地。他退回到农庄，亲近农民，想过一种淳朴的、小国寡民的生活，他想从这种生活里找到人生的哲学和社会完美的状态，再从这种人生和社会状态里给俄国找到一条出路。

我们会发现，小说里列文所考虑的事情以及他考虑问题的方法，其实和托尔斯泰非常相像。托尔斯泰在农庄里倡导给农民免税，给农民自由，甚至像一个苦行僧一样和农民一起劳动，这对一个贵族来说是难以想象的。因此，我们总是说托尔斯泰身上有圣徒气质，他也的确是一个真正的圣徒，列文也是如此。

我们看看列文在小说里干过什么事。他当然有跑到莫斯科去和奥勃朗斯基见面，他和奥勃朗斯基是好朋友，两人一起吃饭、喝酒、参加贵族舞会，他也追求过吉娣，这都是一个贵族正常的社交行为，没有什么问题。但是列文真正想干和他干的最重要的事情是什么？那就是回到农庄和农民一起劳动，把农庄经营得越来越好。列文心里有一个梦想，或者说是理想，就是个人的农庄好了，每一个农庄都好了，这个国家也会好，整个人类也会好。他想通过个人的劳动、努力和淳朴的生活来改造社会，这与托尔斯泰的社会理想和改革理念非常像。但是，托尔斯泰的理想后来实现了吗？没有实现。我们都知道，又过了几十年，俄国爆发了十月革命，托尔斯泰的那种田园牧歌式、小国寡民式的社会改良理想就此流产。托尔斯泰也把对理想的怀疑以及对自我的怀疑，投射到了列文这个人物身上。

  吉娣刚开始拒绝了列文的追求，但是在嫁给列文之后，她也很爱列文。因为她发现自己找到了一个和沃伦斯基不一样的男人，沃伦斯基伤害过她，列文则给了她宽厚与温存，给了她一个安宁朴素的生活，吉娣很爱列文提供给她的生活。但是我们会发现，列文在结婚后反而总是郁郁寡欢，他总在忧虑，总在思考。他在思考什么呢？有时候他自己都说不清楚，但他觉得自己不能停止思考。其实，列文想的不仅是男女之爱，不仅是自己的丰衣足食，不仅是自己的出人头地，他想的是社会、国家以及全人类怎样才能变得更好。从某种意义上来说，列文是一个失败的知识分子，但他是一个真正的知识分子；他是一个微不足道的圣徒，但他也是一个真正的圣徒。

  列文是托尔斯泰在书中的投影，非常让人敬重和感动。《安娜·卡列尼娜》是一出爱情悲剧，里面有男欢女爱，有男女之间的追逐、欺诈与互相伤害，但是在这本书里，托尔斯泰还写到了一个心胸宽广、眼界无穷的知识分子，他正在思索全人类的命运，这就是这本书最了不起的地方。在我看来，如果没有列文，《安娜·卡列尼娜》绝对不可能像今天这样伟大。有了列文，这部作品才成为一部真正意义上的名著、巨著，也使托尔斯泰成了文学史上最伟大的作家之一。

名著的艺术震撼

接下来,我想分析几个《安娜·卡列尼娜》令人印象深刻的艺术特点。

第一个特点是结构上的精巧漂亮。小说采用了双线结构,也有人管它叫"桥形结构",就是两条线索从两头分别出发,最后在小说叙事的中段达到高潮。这个结构在19世纪的小说里其实不算特别复杂,无非就是写一段安娜,再写一段列文,写一段安娜,再写一段列文,如此循环往复、循序渐进,不断切换角度。尤其是,和20世纪的作品,比如马尔克斯的《百年孤独》、福克纳的《我弥留之际》以及昆德拉的《生命中不能承受之轻》相比,《安娜·卡列尼娜》的结构就更简单了。

但是我一直有一个观点,就是脱离了内容和思想主题谈结构,都是无稽之谈。写小说又不是做七巧板,你拼一个大象,我拼一个熊猫,比谁拼得更有花活儿。不是这样的,写小说不是把东西拼来拼去,而是为了表达内容和主题。所以一部小说的结构到底好不好,到底完美不完美,取决于它是否能够完美而漂亮地表现内容和主题。

从这个意义上讲,《安娜·卡列尼娜》里双线的桥形结构非常完美地表现了小说的主题,上一节其实对于小说的主题也有一定的触及,一个是爱情悲剧、人生悲剧,另外一个是在社会变革中人的迷惘、困惑和探索的过程。我们会发现,安娜那条线和列文那条线从两个方面出发,都写出了托尔斯泰对人生、社会和整个人类的迷惘和探索,两条线呼应得非常精确,又构成此起彼伏的关系。那么,假如我们为《安娜·卡列尼娜》换一个更复杂的、属于20世纪小说的叙事结构,会更适合表现这部作品的思想性吗?我觉得是不能的,恰恰是这么一个不是特别复杂的结构,能够表现托尔斯泰想要表现的东西。

同时,这种结构也非常适合读者。我们有时候谈一个作品如何伟大,如何了不起,写得如何聪明,都没有考虑过读者的感受。我觉得这很不公平,也很不民主,凭什么你写小说就不在意别人呢?我倒是觉得从读者接受的角度来看,这个结构非常好。它好在哪儿?最简单的一点,就是一个人的故事看累了,就换另一个人的故事,比如你看安娜的故事看累了,有点烦了,就告一段落,把视角转到列文,换个脑子,列文的故事看累了,又回到安娜,再换个脑子。我们不断"换着脑子"往前看,而两条线都在发展,等换了几回脑子之后,我们会发现自己并不是很疲倦地走过了很长的路,这是这种结构非常好的一个地方。

这种结构不具有那种现代式的、料峭的、充满了技巧的美,而是有一种古典的、淳朴的美,它非常难得,因为今天愿意这样写小说的人其实不多,今天的西方小说就不这么写。因此,恰恰是像托尔斯泰这样的真正的大师,才能构造出《安娜·卡列尼娜》式的结构。

第二个特点是小说的描写,除了爱情描写、心理描写和景物描写,托尔斯泰对于贵族生活的刻画也非常精妙。文学有着记录时代的功能,比如,巴尔扎克就是19世纪巴黎生活的书记官,想知道那个时代的巴黎是什么样的,只要去看看巴尔扎克的《人间喜剧》,它会给你一个充满感性质感的认识。

托尔斯泰的《战争与和平》也是如此,他在书中描绘的上流社会风情画,就是19世纪俄国贵族的真实生活。从历史研究的角度讲，如果我们想知道那个时代的俄国贵族是怎么过日子的，可以去看看《战争与和平》，它给你提供的感性的东西非常丰富。当然，我个人觉得《安娜·卡列尼娜》比《战争与和平》要更加细腻。

其实中国的很多文学作品也能达到这种效果，《红楼梦》就是一部典型的作品，曹雪芹在书中不厌其烦地描绘贾府的衣食住行，一下子就把你带到那个时代里去了，你就会知道那个时代的人到底是怎么过日子的。

《安娜·卡列尼娜》也是这样，这里举几个例子，来看看托尔斯泰的细节表现能力之强。

第一个例子是奥勃朗斯基和列文在莫斯科见面，两人一块儿吃饭，托尔斯泰把点菜的过程写得特别详细。侍者说，今天牡蛎还行，然后奥勃朗斯基就说："来牡蛎。"侍者说喝香槟酒得要白标的吧，现在的人估计听不太懂，在那个时候，法国香槟酒数白标的最好，这是一个品牌，奥勃朗斯基肯定得要白标的。然后要什么蔬菜、要什么肉，都写得非常详细。详细的程度可以媲美《红楼梦》里对茄鲞的描写。托尔斯泰不厌其烦地写奥勃朗斯基是怎么点菜的，你就可以看出奥勃朗斯基真是一个会享受的人，这个败家子儿真会过日子、会吃饭。

同样地，通过对点菜的描写，也能看出列文的性格。列文肯定是觉得这么吃太奢侈、太过分了。列文也不是没钱，两人AA制的时候列文也是掏得起的，但是他就觉得人这么过日子是不是有点堕落？列文是一个有追求的人，他不好驳奥勃朗斯基的面子，毕竟两人是好哥们儿，关系不错，但他又对朋友这种生活方式有点儿看不惯，他有自己的一套道德伦理追求，这点也可以体现在吃饭上。

在和奥勃朗斯基一起吃饭时，列文的态度很微妙，托尔斯泰对这点写得特别详细。再回头来看列文在农庄里干完活是怎么吃饭的——他吃得特别朴素，恨不得吃两口就立刻接着干活。通过分别描写奥勃朗斯基和列文吃饭的过程，托尔斯泰就把当时几种贵族的生活状态和生活方式写得非常清楚了。

第二个例子是描写奥勃朗斯基和沃伦斯基等人一起去打猎。俄罗斯贵族爱打猎，打猎的时候要穿猎装。小说写到沃伦斯基的猎装很新、很漂亮、很笔挺，其他人用现在的话说，也是"装备党"——装备搞得非常全，一看就是新的、最时髦的。但奥勃朗斯基不是这样的，作为一个资深的花花公子，一个贵族里的老玩家，一个真正的贵族"老炮儿"，他的猎装不能是新的，新的说明你在赶时髦，说明你在拾人牙慧，说明你是个暴发户，说明你不常打猎。所以奥勃朗斯基的猎装是半旧的，他的猎枪雕着非常精美的花纹，但也是半旧的。这些衣服穿在身上可能不是那么笔挺端庄，却有一种随意轻松的风范。

鲁迅在《魏晋风度及文章与药及酒之关系》中，就写到了魏晋南北朝的士族讲究穿旧衣裳，讲究无拘无束，有一种非常洒脱甚至有点颓废的样子，他们觉得这才是真正的贵族范儿。各个国家的贵族一旦堕落起来，都是以旧为新、以旧为美、以旧为高贵。托尔斯泰塑造的奥勃朗斯基就是这样一个真正懂得享受的贵族。我们跟着奥勃朗斯基走，就能看出俄国贵族到底腐朽到了什么地步。

《安娜·卡列尼娜》对女性服装的描写也非常详细。中国小说家里写女性衣服最细的有两个人，一个是曹雪芹，《红楼梦》对女性衣服的描写相当详细，什么样的人就穿什么样的衣裳，史湘云性格豪爽，她有时候就穿得像个男孩子；另一个是张爱玲，她在细节描写上继承了曹雪芹，她的小说会明确写衣服的料子和旗袍的款式，比如《金锁记》和《十八春》，《十八春》的后半部分就解放了，腐朽不起了，至少小说的前半部分是这样一个状态。

和曹雪芹、张爱玲一样，托尔斯泰也花了很多笔墨描写安娜和吉娣这两位贵族女性的衣着。在舞会上穿什么衣服，在沙龙上穿什么衣服，日常穿什么衣服，写得都非常详细。我们也不太懂19世纪西方贵族妇女的穿着，可以想象应该是电影里那种裙子里边能藏俩人的状态。托尔斯泰有写到安娜的一件非常具有代表性的黑色天鹅绒长裙，这套衣服是非常符合安娜的气质和性格的，也渲染了安娜身上的悲剧性。可以说，整个俄国贵族生活的风情画在《安娜·卡列尼娜》里被表现得特别细腻。

有人说19世纪的小说，比如托尔斯泰和巴尔扎克的小说，有时候也包括狄更斯的小说，都让人看不下去，为什么？就是因为这种东西写得太细了，一处风景写两页，一件衣裳写两页，怎么吃饭写两页，我们今天看起来确实是有点烦，因为今天通过看画、看电影、看照片都可以解决这个问题，没有必要费这么长时间读小说。但是，只有通过细读，我们才可以理解当时人的生活，以及当时的作家是如何再现这种生活的。19世纪是一个人类生活发生巨变的世纪，从衣食住行到生活的方方面面，都发生了巨大的变化，这些变化一定要在小说里表现出来，而我们今天已经习以为常的东西，在当时的读者看来其实是非常令人惊奇的。因此，当时的读者看这些细节描写，并不感到疲乏，反而是极度兴奋的。我的老师兼朋友、《十月》杂志的主编陈东捷，就总说"今天的小说肯定不能写得那么细，但是我们不能因此说以前的人写得细就错了。不，以前的人有以前的人的道理"，确实是这样。我们也得承认，大量的细节描写是《安娜·卡列尼娜》这部作品的一个特点。

第三个特点就是象征性，托尔斯泰是非常会用象征的。我们总是说现代主义作品充满了象征，比如《万有引力之虹》用导弹制造的巧合来象征生命的荒谬；比如《第二十二条军规》用军规的悖论象征现代社会的非理性；包括前一阵子很火的加缪的《鼠疫》，也是用鼠疫象征整个人类社会的困境。这都是现代主义式的象征，这种象征往往非常巨大，非常直接，是极其抽象的哲学意义上的象征。

托尔斯泰不会这样写象征，但是他肯定也非常善于写象征。托尔斯泰的象征是那种具象的象征，而且是那种藏在生活细节里的象征。你平常看的时候，会觉得它好像就是日常生活里的一笔，就是故事情节里的一个道具而已，再一体会才会发现，这其实是一个非常到位的象征。在《安娜·卡列尼娜》里，最典型的象征就是火车。

第一，它在故事情节里高度有效，安娜第一次见到沃伦斯基就是在火车站，安娜死亡也是在火车站，火车是与故事情节融合在一起的。

第二，它也与整个时代融合在一起。火车对于19世纪的俄国人来说，是一个非常新鲜的东西，就和今天我们看马斯克发射了火箭一样。在那么一个落后、封闭的封建国家，第一次有了火车，带来的是什么？是现代文明与社会变革的某种希望和需要。火车象征着现代文明，安娜死于火车站，火车和安娜的命运悲剧结合在一起，它的象征意义就很清楚了——俄国已经到了这样一个不得不进行变革的时代，但是这种变革也只能给人带来悲剧。这是一个对整个社会、整个民族、整个国家命运的巨大的象征，是典型的托尔斯泰式的象征。

我们第一次看《安娜·卡列尼娜》时,看到火车只觉得它是火车,但是看两遍之后会发现,它就不仅仅是"火车"了。这种象征的力量和加缪的《鼠疫》,和萨特、马尔克斯作品里的象征相比,到底哪个更好?在我看来,现代主义的象征和古典时代的象征各有各的好,但是古典时代象征的魅力,也是现代主义不能替代的。

我分析的只是《安娜·卡列尼娜》的几个最典型的特点,如果真的去看小说,其实可以体会到更多艺术上的震撼。

爱情是最符合人性的东西

这一节,我们谈一谈《安娜·卡列尼娜》这部小说的主题。为什么把主题放在如此靠后的地方讲?因为主题所引发的东西,反而是最多的。

仅就19世纪的小说来看,《安娜·卡列尼娜》的主题也并不新鲜,就是一个妇女出轨的故事。福楼拜说过,"通奸是一切名著的主题",这话说得当然有点儿极端,但是在福楼拜所处的时代,写到通奸的小说太多了:《安娜·卡列尼娜》里的安娜出轨了,福楼拜的《包法利夫人》里,爱玛也出轨了,霍桑的《红字》写的也是出轨,毛姆的《月亮和六便士》与《刀锋》也涉及这点……那个时期大量的小说都在写出轨,也难怪福楼拜会说这么一句。

但是,安娜的出轨和别人的出轨有什么不一样呢?或者说,为什么文学史上有了福楼拜的爱玛,有了霍桑《红字》中的海斯特，还要有安娜这样的形象？一个主题需要来回来去地表现吗？

应该说，时代的巨大变化总是会在爱情上体现出来，也许这就是所谓的"春江水暖鸭先知"，个体爱情生活里所体现出的时代变化反而更深刻、更敏锐，可能也更本质，因为爱情是人身上最有人性的东西，也是最符合人性的东西。而关于爱情，哪怕是出轨这样不道德的爱情，每个作家也有不同的理解和表现。

时代、社会的变化对人的改变，会最直接地体现在爱情中，这并不是一个多么深邃的理论，而是一个人人都能理解的理论。有人曾总结中国女性喜欢找什么样的人结婚，得出的结论是：50年代找军人，60年代找工人，80年代找有钱人，后来又开始流行经济适用男……

每个时代都有每个时代的择偶观。当然，比起爱情中细微的感受，择偶观显得更简单，择偶无非也就是领个证的事儿，爱情却是更复杂的。时代的变化总是会在人们的爱情观里表现出来，《安娜·卡列尼娜》里也是这样，它写的好像只是爱情悲剧，是一个女人勇敢追求自己的爱情，最终却没有收获爱情，还付出了生命的代价，但是在托尔斯泰笔下，这样的爱情悲剧却能使我们想到整个时代，甚至于整个俄国当时的状态。为什么这么说？

在废除农奴制之前，俄国处于真正的古典时代。那一时期的贵族妇女，即使喜欢上了丈夫之外的其他男人，大概率也不会离婚，可能会把感情压抑下来，也有可能像小说里卡列宁所能接受的，把对方当作情人，不破坏已有的家庭。

只有从传统社会向现代社会过渡的时期，才会出现安娜这样矛盾的女性形象，她想要一段真正纯粹的感情，这是因为时代发生了变化，人的价值观，人对生活的追求、对自己生命的追求也随之发生本质的变化：过去的东西已经不能满足我了，我想要一个新的东西、真的东西，甚至愿意为之付出生命。这样一种爱情观是典型的启蒙时代之后的爱情观，或者说是新的时代——强调个人的力量、个人的价值、个人的尊严的时代——才会有的爱情观。

但是，安娜虽然有了一个新的爱情观，在爱情生活里是一个"新人"了，她在别的生活里可能还是"旧人"。在托尔斯泰笔下，这样一个"新人"终究无法像好莱坞电影的结局那样，冲破千难万阻，获得爱情，而注定要在新与旧的冲突中香消玉殒。

托尔斯泰塑造了安娜这个"新人"，却又认为"新人"要面对的是悲剧，这反映了他对变革时代的矛盾态度。托尔斯泰从来不认同旧道德、旧理念、旧秩序，但是他对于新道德、新理念和新秩序也有所保留。他并不觉得一种新的道德理念真的能够改变人的生活，或者说，他甚至不相信新的道德理念一定能够取得胜利——他在本质上是一个悲观主义者。

列文的婚姻也反映了托尔斯泰同样的看法。第一次读《安娜·卡列尼娜》时，我就觉得列文这个人特别"矫情"，他都抱得美人归了，还经营着一个农场，这日子过得还不好吗，还整天愁眉苦脸的干什么？其实，列文的苦闷投射了托尔斯泰个人对理想生活的思索。另外，作为能在那个时代独善其身、有思考能力的知识分子，列文也在按照自己的方法找寻一条属于自己、属于这个国家的道路。和托尔斯泰一样，列文骨子里是悲观的，可能他现实生活中的问题都解决了，但他仍然不开心。如果列文没有得抑郁症的话，那么他的忧虑就有可能是一种更加本质的、来自更远更深地方的忧虑，在这种忧虑面前，列文是不开心的。

比起写安娜撕心裂肺的痛苦，写沃伦斯基那种几乎要自杀的精神崩溃，写卡列宁翻来覆去的斤斤计较，托尔斯泰对列文之苦闷的书写，反而是书中非常微妙且非常到位的一笔：人可以用理性去冲破一些东西、解决一些问题，但是从更宏大的视角来看，人类仍然是渺小的。你因为感知到自己的渺小而不开心，但你又认同这个渺小，所以你的反应没有那么激烈，如此一来，你的生活就会像一条长河，这样渺小而漫长地流下去，这可能很像列文的心境，也很像托尔斯泰的心境。

再看时代的变化，在俄国这样一个庞大的帝国中，当旧的东西不断瓦解、不断崩溃，新的东西又不知道在哪里，不知道对不对，也不知道从哪里来的时候，人的那种巨大的迷惘、忧虑，以及相应的思索，在《安娜·卡列尼娜》这部小说里都可以体会到。所以我觉得，《安娜·卡列尼娜》的主题有小有大，它虽然看起来像一部爱情小说，但仍然有一个大的主题，这个大的主题几乎可以说是关乎整个国家历史和社会的变化。

谁是你心中的安娜

最后，我想介绍一下《安娜·卡列尼娜》的不同译本和改编情况。

《安娜·卡列尼娜》在国内有两个主要的译本，都是经典的译本，一个是上海译文出版社的草婴版。草婴先生，我们都知道他是研究托尔斯泰的专家，翻译了大量托尔斯泰的作品，这一版应该说是非常权威的译本。我第一次看《安娜·卡列尼娜》，看的应该就是草婴版，但最近这一次看的是另外一个译本，同样也是由大家翻译的，从某种意义上说，它的译者比草婴还要更加有名、更加有影响力，那就是人民文学出版社的周扬、谢素台版。这个译本很有意思，它不是从俄文译过来的，而是从英文转译过来的。这个译本为什么很重要？因为，学过文学史的朋友都知道，周扬是中国现当代文学史上非常重要的一位人物，既是一个重要的文化人物，也是一个重要的历史人物。谢素台是人民文学出版社的一位老编辑，他也常年研究和翻译外国文学。

那个年代的人翻译外国文学作品，确实都是几年磨一剑，或十年磨一剑，甚至有些人一辈子就和一位作家"死磕"。老先生们的翻译，不管是草婴的译本，还是周扬、谢素台的译本，尽管表达方式或者语气语调和我们今天的习惯不太一样，但是其用词之典雅、之精准，翻译质量之高，却真是令人叹为观止。不光是今天的翻译家得学习过去的老先生，就是作家，也得学一学老先生们是怎么处理语言的。

两个译本在人名翻译上会有一些分歧，比如，草婴版把男主人公的姓氏翻译为"沃伦斯基"，在周扬、谢素台版中，则翻译为"奥隆斯基"；还有女主人公的名字，草婴版是"安娜·卡列尼娜"，周扬、谢素台版则是"安娜·卡列宁娜"。都是音译，但是用了不同的字，不管是哪个版本，我们大概都能知道这个人是谁，所以对此也不必深究。

同时，《安娜·卡列尼娜》也有好几版改编电影。好像每个国家都有那么一部文学作品，会被反复改编。通过反复的改编，这个国家几十年的数代观众，都对这部作品十分熟悉。比如，川端康成的《伊豆的舞女》就有很多电影版本。在日本，基本上所有的大明星都演过《伊豆的舞女》。现在中国人知道的最有名的版本，是山口百惠与三浦友和演的，其实在山口百惠之前和之后，还有很多女明星出演过《伊豆的舞女》。川端康成的这部小说，可谓是日本的国民级作品。

同样,《安娜·卡列尼娜》也是俄国乃至西方世界的一部国民级作品。无数女明星都演过安娜·卡列尼娜这一角色,饰演安娜对于女明星来说,甚至成了一种荣誉、一种证明自己的方式。从1914年开始,改编自《安娜·卡列尼娜》的影视作品有三四十部,比《伊豆的舞女》还要多。比较有名的版本有1935年的嘉宝版,嘉宝是好莱坞黄金年代最红的女明星之一;1948年的费雯·丽版,费雯·丽是《欲望号街车》的女主角,是一位非常有气质的女演员;1967年苏联的吉娅娜·萨莫依洛娃版,萨莫依洛娃是当时苏联很著名的女演员,苏联的版本也被认为是最接近托尔斯泰原著的版本;1997年的苏菲·玛索版,苏菲·玛索是一代人的女神,她还演过《勇敢的心》里的王妃,因为她气质很高雅,所以经常演贵族妇女。如果问这些女演员中哪个更像我心目中的安娜,我会觉得苏菲·玛索最像,当然也可能是苏菲·玛索对我们这一代人的青春造成了巨大的影响。

还有一个2012年的版本,饰演安娜的是凯拉·奈特莉。我觉得这一版电影的质量要比苏菲·玛索主演的那部好,导演水平更高一些,据说这也是俄罗斯人比较认可的版本。1977年,英国还有一部10集的电视连续剧《安娜·卡列尼娜》,内容非常完整,把小说的情节事无巨细全演了一遍。电视剧肯定是要比电影容量更大一些,这也是正常的。

我很爱看名著改编的电影,很多当年看过的书,后来都非得找各种版本的改编电影来看一看。我觉得在所有的名著改编电影里,BBC对狄更斯作品的改编可能是最成功的一个。因为狄更斯作品的故事风格更适合影视改编,它更简单、冲击力更强、戏剧化程度更高,人物都具有典型性,人物命运也有起伏。改编自狄更斯小说的影视作品,和原著的差别都不大,比如《远大前程》和《大卫·科波菲尔》,拍得就很棒。还有《雾都孤儿》,好莱坞也拍过不止一个版本,最有名的就是大导演波兰斯基的版本。除了狄更斯作品的影视改编,还有近几年比较火的《小妇人》的改编电影,也很有特色。

那么,名著改编电影的质量高低取决于什么?不取决于导演的功力——有人老是苛求导演,苛求演员,我倒觉得大可不必。名著改编的成功与否,往往取决于这部文学作品是否适合被改编成电影,或者说白了,取决于它到底是一部靠复杂取胜的作品,还是一部靠简单取胜的作品。

其实狄更斯的很多作品,都是靠简单、清楚和冲突性强等特点取胜的,这些特点也符合商业电影和电视剧的创作要求,因此改编的质量都非常高。但是像《安娜·卡列尼娜》这种作品,以及托尔斯泰的其他作品,包括咱们的《红楼梦》,都不是靠简单、冲突性强和戏剧化取胜的作品,而是靠内在的深度和外在的广度同时取胜的。应该说,这种作品"天生"就难以改编,改编出来的影视作品的质量,也很难达到原著的水准。

例如,奥黛丽·赫本主演的好莱坞版《战争与和平》,就完全无法与托翁的原著相提并论。赫本算是那个时代最好的女演员了,那部电影的导演也非常好,而好莱坞的制片团队几乎代表了20世纪60年代电影制作的顶尖水平。但是在电影里,托尔斯泰200万字的皇皇巨著,完全被处理成了娜塔莎·罗斯霍夫伯爵小姐的个人爱情史,它完全把原著中的家族史、国家史、战争史处理成了一个女孩儿的爱情故事。应该说,《安娜·卡列尼娜》的影视改编也有这样的问题,虽然它和《战争与和平》不一样,它不是一部历史小说,不是一部家族史,就是安娜的个人情感史,但因为它是托尔斯泰写的,所以单纯把它改编成爱情电影,还是难以再现小说的风貌和特点。

小说给我们带来的那种宏大、广博、艺术性的审美效果,在任何改编自小说的电影里,都是很难感受到的。我认为这就是阅读的意义所在,对于《安娜·卡列尼娜》这部作品来说,它无法被电影替代。

延伸阅读

1. 〔英〕毛姆：《月亮和六便士》，傅惟慈译，上海译文出版社，2014年

    《月亮和六便士》是由英国小说家威廉·萨默塞特·毛姆创作的一部长篇小说，作品以法国后印象派画家保罗·高更的生平为素材，表现了天才、个性与物质文明、现代婚姻和家庭生活之间的矛盾，有着广阔的生命视角，对皮囊包裹下的人性进行了犀利的解剖。

2. 〔美〕哈珀·李：《杀死一只知更鸟》，李育超译，译林出版社，2017年

    《杀死一只知更鸟》是美国女作家哈珀·李发表于1960年的一部长篇小说，1961年获得普利策文学奖，被翻译成40多种语言，在世界范围内售出超过3000万册。于1961年改编成电影。小说讲述了三个孩子因为小镇上的几桩冤案而经历了猝不及防的成长，既有痛苦与迷茫、悲伤与愤怒，也有温情与感动。

3. 〔捷克〕哈谢克：《好兵帅克历险记》，星灿译，人民文学出版社，2012年

    《好兵帅克历险记》是捷克著名作家雅罗斯拉夫·哈谢克以第一次世界大战为背景创作的传世讽刺杰作。小说通过一位普通士兵帅克在第一次世界大战中的种种遭遇及他周围各类人物的活动，以谑而不虐、寓庄于谐、含怒骂于嬉笑之中的绝妙手法，将残暴腐朽的奥匈帝国及其一切丑陋暴露在光天化日之下。

4. 〔美〕塞林格：《麦田里的守望者》，施咸荣译，译林出版社，2010年

    《麦田里的守望者》是美国作家杰罗姆·大卫·塞林格创作的一部长篇小说，作者借鉴了意识流天马行空的写作方法，充分探索了一个十几岁少年的内心世界，反映了第二次世界大战后美国青少年矛盾混乱的人生观和道德观，代表了当时相当一部分人的思想和处境。

5. 〔美〕约瑟夫·海勒：《第二十二条军规》，吴冰青译，译林出版社，2019年

    《第二十二条军规》是约瑟夫·海勒写作的一部严肃的、讽刺性极强的小说。书中认为现代社会处于一种"有组织的混乱"、一种"制度化了的疯狂"之中，这个社会的一切只服从"第二十二条军规"的荒诞逻辑。通过这部小说，作者将他眼中的美国社会真实地展现在了读者面前。

第八讲
亨利·詹姆斯：书写美国文明的核心价值

毛 亮
北京大学外国语学院教授

　　詹姆斯的小说属于美国小说传统中的一个独特的流派。它的独特性来自詹姆斯本人特殊的人生经历和文化思考。他信奉19世纪文化世界主义的理想，追求更广阔和多元的文化境域，所以他的作品没有明显的美国本土色彩，不像同时期的马克·吐温、德莱塞、豪威尔斯等自然主义和现实主义作家。他非常重视个体的心灵、自我意识与社会形式之间既相互联系又相互塑造的辩证关系，所以他成熟期之后的小说，也脱离了美国小说反社会习俗的"浪漫传奇"传统。可以说，詹姆斯把美国小说带回了日常生活的经验世界之中。

亨利·詹姆斯的文学生涯

詹姆斯是一位享有世界声誉的美国作家和近现代西方文学理论家，他的家庭背景和成长经历其实都是比较特别的，要读懂詹姆斯的小说，应该先大致了解一下詹姆斯这个人。

詹姆斯来自新英格兰的"老钱"家族（即美国内战后大规模工业化之前，主要依靠土地和贸易发达的新英格兰家族），到他父亲老亨利·詹姆斯，仍然可以依靠继承的家产维持一家人宽裕的生活而不用工作。当时许多这样依靠土地发迹的"老钱"家族，后来都投身于各种文化和慈善事业；而新兴的工业和金融资本家像卡内基和摩根，还无暇去做这样的事情。

詹姆斯的家庭来自新英格兰的波士顿，詹姆斯1843年出生于美国纽约，1916年第一次世界大战期间去世于他在英国乡间长期居住的别墅，终年73岁。他的哥哥是美国著名的哲学家和心理学家、美国实用主义哲学的奠基人之一、哈佛大学教授威廉·詹姆斯（也是现代文学中"意识流"这个名词的发明者）。他们的父亲老亨利·詹姆斯也是一个文化人，但著述不多，也不太出名，他最大的成就大概就是培养了威廉和亨利这两位美国文明史上杰出的思想家和作家。

詹姆斯生活和写作的年代，也有一定的特殊性。亨利·詹姆斯的文学生涯，大概介于维多利亚文学和现代主义文学之间。他的成名作《一位女士的画像》发表于1880年，标志着詹姆斯的文学创作进入了成熟期，而英国维多利亚时代最负盛名的小说家乔治·爱略特正好去世于同一年，这可以说是维多利亚文学开始逐步退潮的一个标志。当詹姆斯登上文坛时，维多利亚时代最主要的小说家，如萨克雷、狄更斯、爱略特和特罗洛普等都已经出版了他们最主要的作品，而下一代的现代主义作家还没有登上历史舞台，詹姆斯恰好生活在两者中间的这一段时间。

如果我们转回到美国的历史，詹姆斯出生的1843年，正好是美国文化本土主义情绪比较强烈、浪漫主义和超验主义运动处于全盛之时。詹姆斯的父亲老詹姆斯与爱默生关系非常密切，而亨利和威廉从小就经常能够见到爱默生和其他新英格兰的浪漫主义者（比如布朗森·奥尔科特，小说《小妇人》的作者露易莎·梅·奥尔科特的父亲，以及玛格丽特·富勒），但是当他们两个成年并分别开始自己的文学与哲学生涯时，已经是内战之后，而那时浪漫主义运动已经式微，新一代的文化人登上了美国文学舞台。他们对过于狭隘的本土主义文化情结和浸润于美国自然环境之中的浪漫主义文学感到不满，开始把眼光投向更广阔的外部世界和更多样的文化传统，特别是欧洲和东方（尤其是印度和东亚）的文化。

后人称这一代发源于新英格兰的知识分子为"美国的文化世界主义者"，他们发动了美国文明史上非常重要的、承前启后并产生了巨大影响的文学、文化和教育改革运动。而詹姆斯从赴哈佛大学深造开始，就非常认同这些积极向美国人引进、介绍欧洲和东方文化艺术的新一代知识人。后来，詹姆斯读了英国文化批评家阿诺德的作品，这让他更加坚信阿诺德提倡的几个基本观点，比如文化的世界主义（文化即人类有史以来所思所言的最优秀的作品，不拘束于一个传统之中），比如对道德教条主义的批评与对智性和审美自由的推崇。阿诺德相信人的智性和审美活动最终也能大大贡献于一个国家的公共生活和整体的社会进步，这些观念伴随着詹姆斯一生的文学思考和文学创作。

《小说的艺术》与詹姆斯小说创作的成熟

在《一位女士的画像》出版之后，詹姆斯发表了一篇文学评论文章《小说的艺术》。它是詹姆斯最为人所熟知、最重要的文学评论，也是他对自己的小说创作所做的阶段性理论总结，对我们理解包括《一位女士的画像》在内的詹姆斯的经典小说，会有特别大的帮助，因此值得拿出来说一说。

詹姆斯写这篇文学评论的直接动因，是回应当时英国作家行会主席沃尔特·贝桑发表的一篇讨论小说的文章。贝桑从他的身份出发，对当时的英国小说家提出了一系列他们应该遵守的基本原则。面对晚期维多利亚社会的现实状况（比如社会思想的日益多元，文学艺术层面共识的弱化），贝桑在文章中坚决捍卫维多利亚文学传统的道德理念，特别是文学应该教化大众的道德原则，用他的话说，小说必须首先具有"有意识的道德目的"（the conscious moral purpose）。

詹姆斯的文章，反对的恰恰就是贝桑最看重的"文学必须教化大众"的道德预设。在詹姆斯看来，这样的预设，实际上成了维多利亚时代的小说家都必须服从的教条,而詹姆斯认为小说要想进一步发展,首先要打破的就是这样的教条。所以,詹姆斯说他首先要做一个"对文学自由的呼吁"(a plea for liberty)。

詹姆斯的"文学自由"是什么意思呢?它不是一个空洞的口号,相反,这个提法背后有实践和理论层面的具体内容。从理论上讲,就是指小说创作应该摆脱任何预设的规定和套路。詹姆斯强调,用任何教条来限制小说家的自由,这样产生出来的文学作品不仅是不真实的,同时也是不道德的。从实践上讲,詹姆斯认为,贝桑希望看到的,无非是英国小说家要"构想一些充满美德、积极向上的人物形象";另外小说必须要有一个happy ending,即我们所说的那种"大团圆"式的结局。詹姆斯对此进行了讽刺,指出在这类皆大欢喜的结局里,小说家的任务是"分配各种奖金、终身津贴,以及安排丈夫、妻子和小孩子的幸福归宿,还有其他大笔的金钱需要安排"。同时,詹姆斯也反对贝桑对小说语言的看法,贝桑认为小说的语言要"轻松乐观"(cheerful),让读者读起来不会被"烦人的分析或描写"打断。就是说,小说的语言不要太难,作家有责任避开过于思辨化的分析和表达,小说的用处就是娱乐和教化大众,所以让一般人喜闻乐见、读得懂就好。

詹姆斯对贝桑的反驳,首先基于一个常识,即贝桑提出的这些原则,是对人性的随意裁剪。詹姆斯反问,个体的人生经验,果真能被如此程式化的叙事套路规定吗?在文章中,詹姆斯提醒读者,事实上,个体真实的"经验"过程,是完全自由的,因为"经验的过程从来就是无限的,从来不会真正终止,它是一个规模大得不可限量的感知过程,仿佛是一个由极纤细的丝线编织成的巨大的网,悬挂在自我意识的厅堂中间,用来捕获每一个飘浮在空中的细小颗粒"。这是这篇评论文章里面非常有名的一段理论表述，根据这个心理学认识，詹姆斯在文章中随即说到，小说的基础，只能是一个人对世界个人性的、最直接的印象（a direct personal impression of life）。虽然艺术家最终不得不赋予本质上无限和不间断的人生经验一个有限的、有明确范围的艺术形式，但是我们必须看到，人生经验的过程，本质上是无限与自由的，这是它不可改变的基本特征。换句话说，自由，首先是个体人生经验的本质，同时也是艺术家表现和再现生活经验的前提，这两点都不能被预设的教条束缚，即使是具有道德关怀的教条也不行。注意，这个提法并不是对文学道德性的否定，詹姆斯要说的，是只有因"自由"的经验而得来的"真实"，才是小说这一文体能够成立，而且最终能够教化"人心"的前提。

如果说个体的真实经验是小说的基础，那么詹姆斯由此引申出的另一观点，即文学的自由和小说家的自由，就是尽最大的努力，去表现一个完整的人性（而非贝桑那种被预设好的人性）。所以，在文章里，詹姆斯提出了两个非常关键的观点。第一个观点是，"文学和小说的道德力量的本质，就在于它能够观照人生活的全部经验（survey the whole field）"，任何对人性内涵和人生经验的回避，都不过是道德上的"胆怯"（diffidence）而已。第二个观点则更为关键，詹姆斯说，"一件艺术品最深刻的品质总是来自创造者自身心灵与头脑的品质"，而"创造者的心智越敏锐和精微（fine），一部小说、一幅绘画或一件雕塑就越能够具有艺术之美和道德之真（beauty and truth）"。如果把这两个观点结合起来，就会发现詹姆斯讲了这样一个原则：文学的道德性源自对完整人性的观察和思考，一个作家越能用他的心智把握住人性的整体面貌和其中最细微的曲折之处，他的作品就越能同时具有道德性和艺术性。詹姆斯在《小说的艺术》中相信，艺术家的"道德感"（the moral sense）与他的"艺术感"（the artistic sense）是可以"彼此相伴"的。

詹姆斯对人性的看法，从思想传统上讲，与英国和美国的清教观念是很不同的。贝桑的说法本质上是清教的，即人性本恶，因此人的实践行为包括文学创作，才需要预先的道德约束和规范。虽然詹姆斯是英美小说家中最擅长描写"人性恶"的一位作家，他的小说许多是对人性"恶"鞭辟入里的分析和表现，但是我们要注意，在詹姆斯的小说中，代表"恶"的那些人物从来都不是小说叙事的中心人物。而且，詹姆斯的小说中，代表"人性恶"的人物不单是不道德的，也是"有缺陷的"，他们首先缺失的，是自由发展和改变自我的能力。换言之，詹姆斯笔下代表"恶"的人物，首先是"不自由"的。他们的心灵是凝固和封闭的，《一位女士的画像》中费尽心机娶了伊莎贝尔的奥斯蒙德就是一个典型。

相反，《一位女士的画像》中的伊莎贝尔以及其他詹姆斯经典作品中的中心人物，他们都能够获得一种道德的自觉和新知，这根本上是因为他们具有"自由"的人格和"自由"的经验，而不是说他们天生就是"天使"，实际上他们都不是（他们出场时都是有深刻缺陷的人物）。这和维多利亚小说中那些天使般的人物还不一样，詹姆斯笔下的人物很像我们，今天的我们去理解他们，我觉得没有什么困难。

詹姆斯骨子里相信，"自由"不是一种需要利用宗教或道德进行"管控"的危险，而是人性中的"善"得以生长和实现的第一前提。他相信，当个体的思想与行动得到最充分亦即最"自由"的展开时，人能认识到的，必然不只是人性中"恶"的方面；因为人性中的善与美、责任与温情、爱与友谊，必然也会在"自由"的经验过程中，被切实地感知和真诚地激发出来。（这也可以解释为什么詹姆斯会严厉地批评法国文学家,比如福楼拜和莫泊桑的色情描写,比如左拉的幼稚可笑的环境决定论,因为他们笔下的人性是狭隘的、有缺陷的。)

詹姆斯和贝桑之间的这场辩论,是詹姆斯对自己小说创作的一个理论思考和总结,贝桑这篇捍卫道德教条的文章,碰巧刺激了詹姆斯,让他决定全面阐述一系列对小说创作至关重要的理论问题。

《小说的艺术》与詹姆斯自己的文学写作方法也有密切的关联。比如,詹姆斯对经验的"个人性"的强调(经验首先是"我"的经验,不是被外在力量规定的),对小说写作而言就意味着情节的相对弱化和人物重要性的提高。换言之,"人物"而非"情节",变成了小说的核心,这是詹姆斯的小说理论在创作层面产生的直接后果。詹姆斯的小说不再重复维多利亚小说的情节套路,而是以一个具有想象力和自由人格的人物为核心,而所有的情节安排,都服务于这个人物思想和行动的展开和演变。维多利亚小说的情节范式,比如"大团圆"的结局,比如强调个体与社会之间的妥协与和解,对詹姆斯而言,都是对人性有害、随意的裁剪和扭曲。

詹姆斯认为,既然作家有绝对的艺术自由,那么相应地,作家也应该赋予他笔下的"人物"以同样的行动和思考的自由,而不应预先把道德观念"定制"到这个"人物"的性格之中去。所以,詹姆斯在为纽约版《一位女士的画像》撰写的前言中,提到了自己的好朋友、俄国作家屠格涅夫构思小说的方法。他回忆到,屠格涅夫从不先从情节(plot)入手,而是先努力想象一个或几个"人物",并试着让这样的"人物"如真人一般沟通交流,最后才去设想和安排最能展现这些"人物"内在特质的情节和场景。

詹姆斯说他自己在写作《一位女士的画像》时，也依循了屠格涅夫的方法，先构想了伊莎贝尔这个鲜明生动、自由天真的美国女孩的形象，而在之后的创作中，他反复思考的问题就是"在这样的情形下，伊莎贝尔会怎么做"。换言之，小说情节提供的是一系列的场景，让伊莎贝尔这个"人物"在其中能够自由地行动、思考和选择，詹姆斯就像是一位画家，只是去记录伊莎贝尔的思想、情感和她行动的过程，而不是去管束和引导她。所以，这部小说的题目是"一位女士的画像"。

赋予一个人物这样的自由，也意味着赋予她同样的责任和担当，詹姆斯不像很多维多利亚时代的作家那样，用情节上的安排避免小说人物面临过于激烈的冲突和对立，他笔下的经典人物，因为拥有不受外在约束的自由，所以必须面对随之而来的全部后果，并承担相应的责任。小说的道德内涵，就源自这种自由与责任之间的辩证关系。这一创作方法，也是詹姆斯理论思考的直接后果。

在詹姆斯去世之后，他的崇拜者开始把他的小说当作一种纯粹和完美的叙事艺术的典范，还罗列出一系列所谓詹姆斯小说的标志性特征，比如小说叙事采用单一情节而非维多利亚文学常用的多情节多声部的结构，比如小说采用限制视角并放弃所谓的作者的全知视角，比如小说中高度戏剧化的叙事风格（表现多种不同的观念、利益、情感的互动和交锋）。我对这样的说法，是有些不以为然的。一方面是因为它们太绝对了，詹姆斯也写过多情节多声部的小说，而且詹姆斯的小说里也不是只有一个主要情节，其他情节线索都不重要；另一方面是这样纯粹的对技法的讨论，带有太多唯美主义和为艺术而艺术的色彩，而詹姆斯本人从来都不认同这样的观点。詹姆斯重视文学形式但不认同形式主义。

詹姆斯喜欢在小说中安排高度戏剧化的对立（即不同人物的人格、利益、价值观之间的差异和冲突），不过，这还是源于他对艺术自由与道德观念之间关系的考虑。在现代社会，没有哪一种预设的宗教、道德和政治教条可以不经过个人的经验和判断而天然地成为普遍的权威。詹姆斯对于经验"真实性"的重视，本质上是对"个体自由"作为现代社会价值观基础的确认。由此出发，詹姆斯才会在小说里强调个体性视角的重要性，同时强调作家对人性的全部内涵要做一种无畏和全面的探索与表现，而且他也拒绝由任何统摄性的权威来仲裁个体人物的命运，所以小说中戏剧化的对立以及开放性的结尾，才会成为詹姆斯常用的写法。

实际上，早在1868年，詹姆斯就已经在一篇评论文章中指出，"教条化批评的时代已经过去了"，而任何"公共性的意见和公共性的趣味都只能是悄悄地从一千个个体所独有的想法和信念中逐渐沉淀和升华出来"。就是这种高度现代性的历史意识和人本主义的道德观，使詹姆斯形成了自己独特的叙事方法，而《一位女士的画像》之所以选择伊莎贝尔这样一个人物作为主人公，同时小说的情节和关怀也明显溢出了他所批评的，或贝桑所提倡的那种道德教条，根本原因也在于此。

个体与社会秩序之间的紧张

现在，让我们回到《一位女士的画像》这部小说。首先要说，对一部经典作品，肯定有许多不同的读法、不同的阐释角度，我这里只是和大家分享我自己的角度。在我看来，《一位女士的画像》借鉴了英国小说特别是维多利亚小说的传统，但根本上仍然是对美国文明的核心价值（即个体自由）的深入探索与阐释。要读懂这部小说，需要我们看到这两个方面。

从西方文学发展的历史来看，小说是一种非常特别、非常现代的文体。小说从一开始就具有建构和表现现代西方社会基本价值观的功用。卢卡奇说过，小说是现代中产阶级生活的史诗。卢卡奇这句话的重点在"史诗"这个词语上，把小说看成一种史诗，就是说小说和史诗一样，都是一个社会核心价值观的载体，这是史诗文学的根本特征。英国小说中，《鲁滨逊漂流记》对现代个人主义之兴起的呈现、理查逊的《帕美拉》和《克拉丽莎》对西方婚姻和家庭秩序的建构，以及奥斯丁、爱略特和狄更斯等维多利亚时代小说家的作品，也都做了同样的工作。

维多利亚小说中最主要的一批经典作品，其基本的模式是把简·奥斯丁的婚姻家庭小说与源自欧陆的教育小说（如歌德的《威廉·麦斯特》）结合起来，即在一个社会的伦理秩序（婚姻和家庭）框架之内，表现小说人物的人格成长和变化的过程。夏洛蒂·勃朗特的《简·爱》，乔治·爱略特的代表作，盖斯凯尔夫人的小说，还有狄更斯的《远大前程》，都属于这一类维多利亚小说。《一位女士的画像》在很多地方借用了这一传统，其主题也是一个女性人物的婚姻和家庭生活，詹姆斯也着重表现了主人公伊莎贝尔的成长和转变过程。《伟大的传统》的作者利维斯，也把詹姆斯的这部作品放在英国风俗小说（novel of manners）的传统之中加以讨论。

不过，读完《一位女士的画像》之后，我们肯定会感觉到，这部小说有许多地方和英国维多利亚时代的小说不一样。小说主人公伊莎贝尔是一个在欧洲生活的美国女孩，而这个人物的基本特点，显然源自美国人的自我想象和自我认知。换句话说，这个人物的鲜明、特别之处，并不在于她代表了中产阶级的美德或缺陷，而在于她代表了美国文明的一些特质，所以这部小说涉及欧洲与美国两种文明形态的差异甚至冲突，这是它不同于维多利亚文学的一个地方。

在情节上，一般而言，维多利亚时代的小说，叙事形式是线性和连续的，而《一位女士的画像》的叙事中却有一个明显的断裂，小说前后两个部分之间隔了三年的时间，所以，这部小说可以大致划分为两个相对独立但不连续的部分：第一部分是伊莎贝尔错误的婚姻，第二部分是伊莎贝尔的家庭悲剧和她的人格变化。这就好比一出戏剧的两幕，联系两个部分的是伊莎贝尔这个中心人物，而不是叙事本身。

更重要的一个差异，在于小说中伊莎贝尔与社会秩序之间的关系。前面说过，经典的维多利亚小说，一般要给出一个"大团圆"的结局，即使作家写了一个悲剧性的婚姻，他也不会让主人公陷入不可挽回的失败，因为失败的婚姻意味着人的欲望与伦理秩序之间的冲突是不可调和的。

这样的情节套路，是詹姆斯非常不喜欢的，这是因为他的想法和维多利亚时代的作家不同。在《一位女士的画像》中，我们似乎看到了一个维多利亚时代的故事，但是却没有看到维多利亚小说中"大团圆"式的结局。显然詹姆斯没有追随维多利亚小说的基本范式，他拒绝为伊莎贝尔的婚姻悲剧给出让人满意的解决方案，甚至拒绝让伊莎贝尔轻易摆脱她的婚姻关系。詹姆斯让个体与社会秩序之间的紧张，一直持续到小说的结尾甚至结尾之后。《一位女士的画像》到后面始终笼罩在一种危机的气氛之下，小说里没有个体与社会之间的全面和解，没有个人观念与社会共识之间的一致。这样的情节安排不仅对当时的读者来说是不同寻常的,也引起了文学批评家的争议。

美国女孩的人生戏剧

整体而言,《一位女士的画像》是詹姆斯给伊莎贝尔这个年轻的美国女孩安排的一场人生戏剧。

小说的第一部分是这出戏剧的第一幕,失去了父母的伊莎贝尔被她的姑姑带到了英国,她的姑父老杜歇先生是一位美国银行家,旅居英国多年。在姑父家,伊莎贝尔遇到了她的表兄拉尔夫和拉尔夫的好朋友、英国的青年贵族沃伯顿勋爵。伊莎贝尔天真和独立的性格让拉尔夫和沃伯顿都对她着迷,而沃伯顿更是在认识伊莎贝尔不久后,就认真地向伊莎贝尔求婚。很有意思的是,这段经历看起来像奥斯丁笔下的美好爱情故事,却在伊莎贝尔美国式理想主义的影响下发生了突然的转向。伊莎贝尔觉得,她如果嫁给了沃伯顿,就一定会被等级制的贵族制度吞没,从而失去人格的独立,所以她断然拒绝了沃伯顿。

伊莎贝尔的决定让拉尔夫既感惊讶又印象深刻,这个没有什么钱的美国女孩竟然拒绝了沃伯顿勋爵的求婚,而这个决定居然来自一种完全非功利的、非常浪漫的道德理想。伊莎贝尔让拉尔夫看到了一种与众不同的独立人格和一种"自由的想象力"。拉尔夫自己虽然也爱着伊莎贝尔,但重病缠身的他无法像常人一样生活,不过,他让老父亲悄悄地修改了遗嘱,从自己应得的遗产中拿出了30000英镑赠予伊莎贝尔。在老杜歇先生去世之后,对此一无所知的伊莎贝尔一下子成了一个拥有财富的人（伊莎贝尔每年能够得到大约1500英镑的利息，大致相当于三个维多利亚时代典型中产阶级家庭的年收入的总和）。

伊莎贝尔的财富很快让她成为"猎物"（这个情节在维多利亚时代的小说中非常常见），旅居欧洲的美国人梅尔夫人，是当时小说中典型的一类人物，即"财富猎人"（fortune-hunter），这类人出身体面却没有钱，所以常年混迹于上流社会，依附于富人并试图钓到一个有钱的人结婚。梅尔夫人既优雅又很有教养和见识，她很快就和伊莎贝尔成为好友，而在伊莎贝尔获得大笔遗产之后，梅尔夫人精心设了一个圈套。梅尔夫人早年曾有一个情人奥斯蒙德，是一个旅居意大利却没有什么才能和钱财的业余艺术爱好者，因为梅尔夫人自己"太有梦想和追求"了，所以两个人没有结婚，但是两人有一个私生女，就是小说中奥斯蒙德号称与自己的亡妻生的女儿潘西。

奥斯蒙德孤身一人住在佛罗伦萨城外，无所事事，而梅尔夫人看出伊莎贝尔有一种不愿意被社会习俗束缚的自由的想象力，于是就精心安排，让伊莎贝尔结识了看似同样与众不同、独立于庸俗社会的奥斯蒙德。果然如梅尔夫人所料，奥斯蒙德顺利地让伊莎贝尔接受了自己，伊莎贝尔同意嫁给他。伊莎贝尔的决定出乎所有人的意料，特别是他的表兄拉尔夫，拉尔夫一眼就看穿了奥斯蒙德的狭隘和自私，但是他无论如何也无法说服伊莎贝尔。此时的伊莎贝尔认为，自己和奥斯蒙德的婚姻正因为没有符合所有人的预期，才体现了自由和独立的个性。到这里，小说的第一部分结束，伊莎贝尔人生大戏的第一幕也就落幕了，她真诚但是盲目的自我想象，让她心甘情愿地走进了梅尔夫人设下的局，走进了错误的婚姻。

这场戏的第二幕,开始于第36章,需要注意的是,詹姆斯在这里一下跳过了三年的时间。病情日益严重的拉尔夫在老朋友沃伯顿勋爵的陪伴下,来到意大利养病,他已经知道自己时日无多,希望去看看已经结婚三年的表妹。他们两个人来到伊莎贝尔与奥斯蒙德居住的罗马,而经过了三年的时间,此时的伊莎贝尔已经发现奥斯蒙德原来的乐于孤寂、不慕名利和只追求唯美的艺术人生,都是一种表演。真实的奥斯蒙德自私虚伪,而且贪婪刻薄。当拉尔夫到来时,伊莎贝尔每天都生活在与奥斯蒙德对抗的煎熬之中,唯一与她相知相伴的就是继女潘西(当时的伊莎贝尔还不知道她是奥斯蒙德和梅尔夫人的私生女)。

当奥斯蒙德见到了一个"真金白银"的英国贵族沃伯顿勋爵时,他变得非常兴奋,贪图名利的他开始幻想沃伯顿能娶自己的女儿潘西为妻。为了达到这个目的,奥斯蒙德暗示伊莎贝尔施展自己对沃伯顿的"影响力"(因为沃伯顿曾经追求过她),来说服沃伯顿娶潘西。但是,经过自己的思考和对潘西想法的了解,伊莎贝尔决定违背奥斯蒙德的意愿。她想办法间接说服沃伯顿主动离开意大利,同时她悄悄许诺潘西一定会帮她摆脱这桩包办婚姻,让她有机会和自己真正心仪的人内德·罗齐尔在一起。

在小说的第二部分,我们看到了一个与第一部分非常不一样的伊莎贝尔,一个"时刻在选择和行动的伊莎贝尔",她勇敢、机智甚至有些狡猾,她判断清晰、行动果断,而她对弱者如潘西和罗齐尔所表现出的那种尊重和关切,以及她对权威的不屑与抵抗,都让她显得极有神采、充满活力。这里的伊莎贝尔,具有的不是自由的想象,而是自由的意志和自由的行动,她不再是第一部分里那个充满幻想、天真无知的女孩。伊莎贝尔心智与人格的巨大变化,通过这番高度戏剧化的冲突,得到了高光的表现。

在小说的结尾,拉尔夫病重,而伊莎贝尔再次忤逆了奥斯蒙德的意志,决定独自回到英国探望拉尔夫。此时,伊莎贝尔自己的生活前景是非常暗淡的,她已经知道了奥斯蒙德与梅尔夫人过去的关系,也终于明白自己的婚姻实际上是一个精心设计的圈套。在英国,拉尔夫也希望伊莎贝尔以后就留在杜歇的家中,结束这段痛苦的婚姻。小说中另一个一直在追求伊莎贝尔的美国人古德伍德也赶到英国,他也劝说伊莎贝尔放弃自己婚姻的牢笼,去追求自由的生活。然而,伊莎贝尔再次出乎所有人的意料,在拉尔夫去世之后,她马上就回到了罗马,詹姆斯也留下了一个评论家自此之后评说不断、争论不休的小说结局。

伊莎贝尔,现代人格的典型

《一位女士的画像》就这样围绕着伊莎贝尔这个生动鲜活、可爱又可敬的女性人物,安排了这样两幕戏剧。

戏剧第一幕的基本情节是"欺骗"和"圈套",即伊莎贝尔被自己虚幻的自由想象所驱动,心甘情愿地进入了梅尔夫人设下的"局"。这一幕的吊诡之处,就在于伊莎贝尔是怀着所有美好的、有关自由的想象,走入了一个囚徒的处境,失去了她的独立人格。这个反转,是非常值得注意的。

第二幕的基本情节,则是"觉悟"与"责任"(包括伊莎贝尔对她自己的责任,对潘西的责任,等等)。有趣的是,在第二幕里,伊莎贝尔完全抛弃了那种抽象和空洞的自由想象,她凭借着清晰的思考和积极的行动,获得了真正的自由的心灵与自由的意志。这里又是一个反转。把这部道德戏剧的两个部分联结起来的，是伊莎贝尔这个人物，也是詹姆斯借由这个人物对自由这一美国文明核心价值的反思和探索。

要读懂《一位女士的画像》，一定要看到以上这点，因为这部小说是一部有关"个体自由"的小说。虽然它有着英国风俗小说的外表，有着典型的维多利亚小说的主题，但本质上，它仍然属于美国文学传统，因为这部小说提出的问题，关乎人性的天真与其危险，关乎个体自由的真实含义，特别是关乎两种不同形态的自由之间的区别，一种是爱默生式的抽象的、反社会习俗的自由，另一种是立足于社会习俗、独立判断并承担责任的自由。我认为，小说提出的这些问题，也包含着詹姆斯和以爱默生为代表的美国个人主义思想家之间的对话和论辩。

为什么这么说呢？因为詹姆斯明显将他对美国文明的一些根本认识写进了伊莎贝尔的性格之中，这使得伊莎贝尔身上有着特别鲜明的现代色彩，我们今天读这部小说，一点都不会对伊莎贝尔感到陌生。

例如，在小说的开头，詹姆斯是这样勾勒伊莎贝尔的性格的：

> 她的自信之中带有许多的骄傲，她的自尊往往和自恋难以区分，她总是在不断地对自己的人生做各种规划，不断地追求完美的状态。她不断地评估自己是否有新的进步，她认为自己的内心世界就如同一个长满了鲜花的花园，里面既没有不愉快的事也没有坏人的存在。所以对她来说，所谓内省和反思都是令人愉快的活动，仿佛在阳光下的花园里漫步一番，回家时还可以带回几束美丽的玫瑰花。
>
> 她判断别人是否有见识和讲道理的唯一标准，就是看他

们是否对她格外有一番青睐和赞扬。与此同时，伊莎贝尔也有一种高贵的想象力，她不喜欢平凡、琐碎和日常小事，她喜欢幻想自己投身于一个与众不同的英雄事业，但是她头脑中的想法往往是一团混沌，模糊不清，但她的骄傲和自尊心，又让她不乐于接受任何权威意见的指导。她觉得自己根本不需要别人就可以过得很好，所以婚姻和家庭都无非是自己给自己找麻烦的蠢事。然而，在内心的最深处，她好像又感到一种向往和渴望，让她觉得自己在某种情形下，也愿意不顾一切地、全身心地付出，而这也会给她带来真正的幸福。

其实，我们哪一个人没有一点伊莎贝尔的影子呢？伊莎贝尔是现代人格的一个典型，她不是维多利亚小说中一出场就像天使一样的人物，如狄更斯笔下的小杜丽或爱略特笔下的多萝西亚，那样的人物，我们今天读起来才会觉得陌生，觉得有点假，而伊莎贝尔的可爱和真实，就在于她身上这些自相矛盾的想法和情感，让她可以跨越时空，与今天的读者互通声气。伊莎贝尔表现出的具有现代色彩的、真实的人性，就是这个人物的成功之所在，而这也是因为詹姆斯拒绝了贝桑式的道德教条的束缚。

伊莎贝尔身上具有美国的国民性，这也是显而易见的。例如，小说中，当拉尔夫初次见到伊莎贝尔时，他随口问她是不是被自己的母亲"领养"了？不想这一问让伊莎贝尔非常在意，她一下子变得严肃起来，回答说"不是，我很珍爱我的自由"（I am very fond of my liberty）。注意，伊莎贝尔特地用了一个政治性的大词 liberty，来形容自己的身份，就好像她登上远赴欧洲的航船时，还没忘在口袋里放上一本《独立宣言》。拉尔夫之所以被伊莎贝尔吸引，很大程度上也是因为她身上带着那个信奉平等和自主的文明所赋予人的自然而然的自尊和自重。

伊莎贝尔拒绝沃伯顿勋爵的求婚，也出于同样的美国式的理想主义，她完全不了解在英国一个女孩嫁给沃伯顿勋爵意味着什么，她没有这样的知识和经验。但是，真正重要的是，她压根就没有兴趣去了解这些事情，这是因为她有着拉尔夫所说的来自大西洋彼岸的那种"高贵的想象力"。小说第一部分里，伊莎贝尔对社会的习俗和权威，怀有一种本能的反感，而她对人在社会中所要扮演的角色和承担的责任，也都采取了退避三舍的态度。这些性格特征是属于美国人的，再具体一点讲，它体现了詹姆斯对美国浪漫主义的伦理和道德观念的概括和批评。小说的第一部分里，伊莎贝尔大多数时间其实都在逃避，她逃避一直对她念念不忘的古德伍德，而她拒绝沃伯顿也是一种逃避；当她知道自己获得了一大笔遗产之后，她的第一个念头居然也是不想接受，因为拥有这么多财富也就意味着更多的人际纠葛和更多的责任。自由意味着脱离所有社会关系，因为习俗与伦理都是对她的独立人格的威胁。伊莎贝尔心里的想法，几乎是原封不动地从爱默生的文章里搬来的。爱默生在《自我依赖》这篇散文里就说过，社会秩序是针对那些有着独立美德的人的阴谋。在另一处，伊莎贝尔说到她心目中的自由，就是"在深夜里，坐在一辆马车上，没有任何的目的地，任由车子将我带往未知的远方"，爱默生在《论自然》一书中也有类似的表述。在后来的美国文学中，这样的"漫游"想象，已经成为一个经久不衰的主题。

这样一种充满浪漫色彩的、美国式的个人主义，因为没有方向、拒绝承担责任，才能想象一个似乎具有无限可能的自我和一个具有无限可能的世界。伊莎贝尔奉行这样的自由理念，这也让她成为了美国文明的代表。

在小说中，"想象"（imagination）是詹姆斯描写伊莎贝尔性格的一个关键词，"想象"这个词很有意思，我们现在用这个词，已经有了约定俗成的含义，比如从表面现象中看到内在本质，或是看到超越现实的精神性的存在。不过，从英文构词法来看，imagination的原义，是说我们的心灵具有感知和建构图像（image）的功能。所以，在小说的第一部分中，詹姆斯经常说伊莎贝尔充满了"想象"，实际上这不是一种赞扬，反而是一个挺深刻的批评。詹姆斯要说的，是伊莎贝尔还没有真正的理解力和判断力，她习惯抓住甚至虚构出让自己着迷的"场景"和"图像"。如果我们留心一些就会发现，在小说的第一部分，特别是伊莎贝尔被奥斯蒙德逐渐吸引的过程中，这种瞬间性的、碎片化的主观"想象"特别多。实际上，就是在这些唯美脱俗但虚幻不定的主观"想象"的引导下，伊莎贝尔心甘情愿地走进了梅尔夫人设下的圈套。

小说的转折和解读的关键

小说第二部分里，伊莎贝尔陷入了与奥斯蒙德的婚姻困局，现实磨掉了伊莎贝尔年轻时幼稚的想象。但是，我们不能把这个转变简单地看成一个悲剧，好像伊莎贝尔性格中的缺陷和她的"骄傲"（pride or hubris）让她陷入了骗局。现代小说都不像亚里士多德的悲剧理论那样简单。我们不要忽视，伊莎贝尔性格中的那些弱点，恰好也是使她后来走向心智成熟、获得道德意识的种子。其实，我们去想一下，这个道理并不难懂，因为自恋与自尊，自恋与尊重他人，藐视习俗与独立思考，这些"缺陷"和"美德"

之间并非不能转化。伊莎贝尔后来转变的关键，在于明白了个体如何能够获得方向感，如何在社会秩序中做出判断与行动，如何扮演具体的角色并承担伦理责任，如何给予自己稳定和持久的环境，如何明了自己的内心、洞察他人的善恶。这样的转变，让人格的缺陷成为人格力量和美德的源泉，于是想象的自由成为实践的自由，这是伊莎贝尔走向成熟的根本，也是理解这部小说的一个关键。

关于这一点，应该仔细读一下第42章，詹姆斯自认为这一章是他平生写作中最为得意的一个章节。当然，在当时的英美小说里，用这样长的篇幅和整整一章，来专门表现一个人物的内省和反思的心理过程，的确很不同寻常。在这一章之前，奥斯蒙德刚刚暗示伊莎贝尔，应该利用自己之前与沃伯顿的纠葛来引导沃伯顿娶潘西为妻。这个建议不仅是不体面的，而且也让伊莎贝尔陷入了更大的伦理困局，她与奥斯蒙德的矛盾自不用说，她和继女潘西的关系怎么处理？她是否应该违背奥斯蒙德的意愿去帮助潘西与潘西真正喜欢的罗齐尔？而且，伊莎贝尔还有一层更隐秘的忧虑，这关乎沃伯顿对她的感情，她隐隐约约地怀疑，沃伯顿看似喜欢潘西，实际上是想以这样的方式接近自己。（后来证明的确如此，拉尔夫明确告诉了伊莎贝尔，沃伯顿的真正目标是她而非潘西。）可以说，从来不愿意与社会发生任何瓜葛的伊莎贝尔，在这一时刻却深深地陷入了一个极其复杂和难解的伦理困境之中。

在这一章里，詹姆斯在文字上也刻意安排了一系列的对比，来凸显伊莎贝尔人格的变化。比如，在小说的开头，伊莎贝尔相信"这个世界充满阳光，而且给予了她无限的空间"，而詹姆斯在这一章里，却刻意让伊莎贝尔独自坐在黑夜之中。此时她的内省不像她原来想象的那样，仿佛在阳光里去花园做一番漫步游玩，而是要深入人性的幽暗曲折之处，去洞察善恶的表征。最主要的一个变化，则是伊莎贝尔自我认知的变化。在小说的第一部分，这个人物的"想象力"实际上意味着判断力的缺失，她的内心世界充满了混乱无序的直觉与印象，她的想法随着这些变化不定的"图像"而变化。但是，在这一章里，伊莎贝尔开始试图叙述自己的故事，她开始回忆，开始梳理自己原来的想法，开始把自己的经历一点点地拼接起来，组成一个清晰的叙事，通过这样的story-telling，伊莎贝尔婚前和婚后生活的真实情形也一点点清晰起来，包括她的经历、情感和选择的前因后果，以及她所面对的当下处境中的善恶纠缠。（学者保罗·利科曾经说过，在西方文学中，说故事或叙事是道德观念得到具体化表现的最重要的方式之一。）

与此同时，我们会发现，詹姆斯在小说中第一次和他笔下的人物完全重合，或者说詹姆斯在这里把说故事的自由全部交给了伊莎贝尔，让她自己去说清楚自己的人生故事。当伊莎贝尔能够跳出自我，开始用一种客观、明晰和连贯的方式解读她自己的生活时，她也就能看清楚自己的处境、洞察他人的内心、做出明确的判断和选择，不再被倏忽不定的印象所左右，不再被表面的虚幻所迷惑了。从这里开始，我们看到了一个完全不同的伊莎贝尔，一个充满精神、积极行动的伊莎贝尔。她逼退了沃伯顿，绕过了奥斯蒙德和梅尔夫人，与潘西和罗齐尔暗中沟通，最终让继女潘西至少有机会去寻找自己的幸福。

小说第42章是非常具有詹姆斯风格的一章，但是单单看到詹姆斯运用了心理叙事是远远不够的，这一章的关键问题，涉及个体如何能真正拥有自由。詹姆斯否定了爱默生式的个人主义，那种简单的反对习俗、拒绝社会角色、执着于自我意识中的灵感直觉的自由观念。这不是通向自由的途径，反而是让人失去自由的陷阱。伊莎贝尔在这一章里的反思，也是她自我认知的重构，或者说她逐步明白，清晰的自我认知需要一个连续和稳定的经验世界，这既不是瞬间的成就，也不是漫无目的的漂流所能够到达的。那么，这个稳定和连续的经验世界在哪里呢？其实，它不就是我们每天生活于其中的那个日常的社会吗？包括它的习俗、人们在其中扮演的角色和承担的责任？我们扮演的角色和承担的责任，实际上赋予了我们真实的、逐步实现自我的空间。在判断、选择和行动中，我们认识自己并认识他人，这才是通向自由的道路，也是伊莎贝尔觉悟的根本内涵。

如果看到这一点，我们也就不难理解为什么伊莎贝尔在小说的结尾会决定回到罗马，她拒绝摆脱自己名存实亡的婚姻。对于这个结局，批评家们一直是众说纷纭。其实，问题的关键并不是批评家所讨论的伊莎贝尔回去会做什么，许多批评家都在争论这个问题，我倒觉得它没有那么重要。我想提醒大家注意的是，小说结尾有一个特别有意思的细节，在拉尔夫去世之后，伊莎贝尔早年的追求者、美国人古德伍德也赶到了英国。古德伍德劝说伊莎贝尔随自己回美国，而不必再与奥斯蒙德这个恶棍纠缠。小说中，他告诉伊莎贝尔，你看我们两个都还年轻，我们没有负担，我们是自由的，世界如此之大，我们想做什么就可以做什么，为什么还要纠结于你囚笼一般的婚姻呢？

我觉得恰恰是这番话点醒了伊莎贝尔，詹姆斯在这里借古德伍德之口，让伊莎贝尔之前那些虚幻的、有关自由的想象，再次呈现在她的面前。而且，古德伍德的话与奥斯蒙德和伊莎贝尔订婚后所说的话，在文字上几乎一模一样，这显然是詹姆斯的刻意安排。但是，这些话此时已经不能再欺骗伊莎贝尔了。伊莎贝尔的回答非常简单:"不,这个世界很小。"有些批评家把这句话当成伊莎贝尔悲观情绪的表露,好像她已经失去了活力,也没有了自由的想法。我觉得恰恰相反,小说整个的第二部分要说的,就是"世界很小"这个道理,这个世界的"小"是因为它的具体和真实,但这个具体和真实的世界,才给了伊莎贝尔角色、责任、选择和真正的自由。这是她此刻不会再被欺骗的原因。我们的确难以确定伊莎贝尔未来的道路,但这个世界很小,因为我们在每一个街角都可能不得不去判断善恶和真伪,不得不去选择和行动。

在伊莎贝尔离开罗马,独自坐火车赶去英国见拉尔夫最后一面时,她正处于人生的最低谷,自己的婚姻已经破裂,她唯一的知己在弥留之际,而她的继女潘西被禁锢在修道院内。即使在这样的时刻,詹姆斯笔下的伊莎贝尔也不失其人格的力量。我想用《一位女士的画像》里最打动我的一段文字,来呈现詹姆斯对这种人格力量的塑造:

> 在她灵魂的深处,在一切想放弃的念头后面,她依然意识到她需要面对的、属于她自己的生活还远远没有结束。有时候,这样的念头不仅是一种启示,也是一种让人重新找到活力的东西。这是人格之中仍然具有力量的证明,证明她终究有一天还会得到幸福。如果活着只是为了受折磨,承受生活给予人的、不断重复和日益深刻的痛苦,那么她觉得她自己的价值和她的人格肯定不会让她陷入这样的处境。不过,她又想,为什么总是把自己想得这么美好呢,这是不是一件愚蠢而又虚荣的事情呢?这个世界上,哪有什么能确保我们的珍贵和美好呢?况且,珍贵和美好的东西被毁灭,历史上不是比比皆是吗?难道这不正好说明,一个人如果真的那么

珍贵，他反而就越有可能遭受痛苦？也许，如果想不那么受苦，那就应该让自己觉得自己皮实和粗糙些才好。此时掠过她眼前的、那些隐隐约约模模糊糊的影子，仿佛是她漫长的未来的生活。她永远不会选择逃避，她将一直坚持到最后。

应该说，这段话里没有什么悲观情绪。如果在小说的第一部分，詹姆斯对伊莎贝尔倾注了最大的喜爱和宽容，那么在这里，詹姆斯则对伊莎贝尔表现出了极大的尊重。在这些文字里，我们读不出低落和悲观的情绪，所以把小说结尾的伊莎贝尔看成一个悲剧性人物，应该说是一种误读。小说的结尾真正有意思的地方，是詹姆斯拒绝给予伊莎贝尔任何"妥协与和解"的机会，这是这部小说的不同凡响之处。维多利亚小说的结尾，大多必须有一种个人与社会的和解，美国小说中即使是霍桑的《红字》，主人公海斯特最终也回归了曾经迫害和放逐她的波士顿。《一位女士的画像》的结尾没有什么和解，小说结束于伊莎贝尔的另一次明确的道德选择。这个结尾不是悲剧性的，因为伊莎贝尔自己早已否定了那个在茫茫黑夜里漫游的浪漫想象。小说的结尾是开放性的，那是因为我们都明白，一个人要认识自己，要为自己建构一个自由的命运，本来就不可能有一个预设的终点。

美国文明的核心问题

《一位女士的画像》是詹姆斯第一部真正意义上的成熟作品，

也是国内读者最熟悉的詹姆斯的长篇小说,但詹姆斯还有相当多的长篇小说,其质量和价值也不亚于《一位女士的画像》。

在《一位女士的画像》出版之后,詹姆斯写了两部社会题材的长篇小说,一部是描写美国内战后新英格兰改革运动的《波士顿人》,另一部则是以19世纪末欧洲无政府主义思想为主题的《卡萨玛西玛公主》,它描写了一个年轻的英国工人与激进的恐怖主义者之间的纠葛。在今天,《卡萨玛西玛公主》和陀思妥耶夫斯基的《群魔》一样,重新引起了当代西方读者和批评家的注意。此外,早于《一位女士的画像》的长篇小说《美国人》,虽然在艺术价值上还不能和前者相比,但它是一部非常幽默、可读性很高的描写欧美文明冲突的喜剧。詹姆斯小说成就的巅峰之作,当然是他最后完成的三部长篇小说《大使》、《鸽翼》和《金碗》,这三部作品已经成为世界文学的经典,也都是"国际主题"(美国人在欧洲)的小说,和《一位女士的画像》有许多主题和关怀层面的相似性。

实际上,詹姆斯的经典小说作品,包括《一位女士的画像》,是很难"定位"的,詹姆斯本人有着漫长的文学生涯,对英美文学和欧陆文学都非常熟悉,他在自己的创作中也非常注意借鉴不同国家的文学传统、文艺思想和创作方法,因此,詹姆斯小说创作的文化视野,几乎囊括了整个西方文化。

英国剑桥文学批评学派的代表人物利维斯坚持认为詹姆斯的小说应当归属于英国小说的伟大传统,而且将詹姆斯本人看作这一传统为数不多的几位奠基人之一。他认为,詹姆斯的小说从人物的日常经验出发,探索了人性中最根本的观念、欲求和情感,从而将个体的人、社会的习俗和更深刻的历史变迁三个不同的层面有机联系起来。这是英国小说的传统精神。

当然，对一个作家的评价肯定有分歧。我还是倾向于认为，詹姆斯的小说属于美国小说传统中的一个独特的流派。它的独特性来自詹姆斯本人特殊的人生经历和文化思考。他信奉19世纪文化世界主义的理想，追求更广阔和多元的文化境域，所以他的作品没有明显的美国本土色彩，不像同时期的马克·吐温、德莱塞、豪威尔斯等自然主义和现实主义作家。他非常重视个体的心灵、自我意识与社会形式之间既相互联系又相互塑造的辩证关系，所以他成熟期之后的小说，也脱离了美国小说反社会习俗的"浪漫传奇"传统。可以说，詹姆斯把美国小说带回了日常生活的经验世界之中。

不过，归根结底，我认为他最关心的仍然是美国文明的核心问题，特别是"自由"这个核心观念。正是这样的价值观，才让他走出维多利亚小说的局限。他不认为一个人与社会秩序之间必须要达成和解与妥协，但同时他也不相信，一个人可以仅凭借自我意识的解放，就能过上美好的生活。可以说，詹姆斯既不认同维多利亚文学的道德教条，也不认同许多现代主义文学的价值观。

利维斯有一个地方说得很准确，他认为詹姆斯的小说即使在描写个体与社会之间激烈冲突的时候，也没有放弃对一个理想的文明社会和伦理秩序的追求。我觉得，对詹姆斯而言，恰恰因为现代人心灵敏感多变，思想活跃，而且充满独立的主体意识，他们才比以往更需要一个理想的社会秩序和公共生活，让他们能够认识和实现自我、获得真实和圆满的人生经验，舍此之外，别无他途。这是詹姆斯对美国人和美国社会的批评，也是他对美国文明未来的期待，在这个层面上，他的小说属于美国文明的核心传统。

延伸阅读

1. 〔美〕亨利·詹姆斯:《一位女士的画像》,项星耀译,人民文学出版社,1984年

    项星耀先生是优秀的老一辈翻译家,在他留下的翻译作品中,有两部经典的英美小说,是堪称达到了"信、达、雅"标准的名译:一部是乔治·爱略特的《米德尔马契》(*Middlemarch*),另一部就是亨利·詹姆斯的《一位女士的画像》。如果读者想阅读詹姆斯这部小说的中文译本,项星耀先生的译本可以说是不二之选。当然,对于英文得力的读者,阅读英文原著仍然是了解詹姆斯作品的思想内涵与修辞风格的最好方式。

2. 〔英〕F. R. 利维斯:《伟大的传统》,袁伟译,生活·读书·新知三联书店,2002年

    利维斯是20世纪50年代执教于英国剑桥大学英文系的著名学者和知识分子。《伟大的传统》现在已是英美小说批评的经典之作,在书中,利维斯将英国小说"伟大传统"的起点定位于奥斯丁,而其后的爱略特、詹姆斯和康拉德三位作家则以自己的小说作品延续了这一伟大的文学传统。

    在当下的读者和研究者看来,利维斯的观点似乎有些片面和过时了。我倒是觉得这本书仍然极有价值,仍然值得希望了解英美小说的读者认真读一读。我们不必纠结到底如何界定英国小说的"伟大传统",以及利维斯到底是对还是错。利维斯最重要的一个观点是,英国小说的特质在于它将社会风俗民情的厚重与小说人物个性的自由鲜明做了生动的联系,并通过两者之间的互动去观察人性的面貌。不论其他,利维斯对英国小说传统的这一看法,是非常准确和睿智的。

    本书对詹姆斯的小说以及他的文学思想都做了非常细致和丰富的解读,虽然利维斯对詹姆斯晚期杰出的三部小说多有负面的评价,而这一点会引起今天许多研究者的争议,但他对《一位女士的画像》的分析非常准确和到位,仍然值得我们关注。

3. 代显梅:《亨利·詹姆斯笔下的美国人》,中国人民大学出版社,2007年

    国内资深的詹姆斯研究者代显梅教授的这部作品,是对詹姆斯小说"国际主题"(即美国人在欧洲的情节模式)的一个专门研究。这本书对詹姆斯的文学思想和文化关怀之间的密切关系,做了非常好的梳理和阐释,

对我们理解《一位女士的画像》也很有益处。

4. 陶洁:《灯下西窗》,北京大学出版社,2004年

北京大学英语系的陶洁教授研究美国文学多年,这部著作搜集了陶洁教授多年来在美国文学与文化研究方面的重要文章。本书虽然已经出版有年,但对我们进入和理解美国文学仍然非常有帮助。

陶洁教授治美国文学的路径,是把美国文学与美国文明的基本理念密切联系起来,让文本细读与思想史阐释相互结合。这个治学思路针对美国文学传统而言,可谓是"对症下药",因为美国文学传统与美国文明的思想发展始终融合不分。本书虽然偏重于20世纪的美国文学,但是在解读现代美国文学作品时,始终注意回溯美国文学早期的发展历程,以及美国文明基本价值观形成的历史经验,因此既是对美国文学经典作品的个案研究,也是通过文学的视角,对美国文明的精神历程进行的系统观照和思考。

5. Fred Kaplan, *Henry James: The Imagination of Genius, A Biography*, New York: Morrow, 1992

弗雷德·卡普兰是美国纽约城市大学英语系的教授,也是一位著名的研究19世纪英美文学的学者。卡普兰教授长于为经典作家撰写传记,他在教学生涯中已完成对狄更斯、卡莱尔和詹姆斯的传记书写。

本书与之前的詹姆斯传记相比,明显偏重对詹姆斯文学生涯与创作经历的阐释和分析,而不仅仅是对詹姆斯生平经历的描述,所以对于想要了解詹姆斯小说的读者而言,也更有帮助。此外,与之前最负盛名的多卷本詹姆斯传记不同,本书在篇幅安排上详略更为得当,更适合当下读者的阅读习惯。

6. Laurence Holland, *The Expense of Vision: Essays on the Craft of Henry James*, Baltimore: The Johns Hopkins University Press, 1982

如果要推荐一本英美学者的詹姆斯研究专著,我会毫不犹豫地推荐这部出版于1982年的专著《理念的代价:詹姆斯小说的艺术论》。对专业读者而言,这部作品仍然是近几十年来詹姆斯小说研究中最优秀的一部。

霍兰德对詹姆斯小说创作的理念和关怀有一个基本的看法,即詹姆斯的小说从根本上表现了他对一种理想社会秩序的追求。詹姆斯把民情和

习俗带入了美国小说，而这是他对美国小说过于缺失现实感的一种修正；但是，霍兰德提醒读者，詹姆斯并不是奥斯丁那样的经典现实主义作家，因为他对理想社会秩序的追求，让他的小说产生了一种内在的紧张：一方面，他和经典的英国现实主义作家一样，描写了个人在烦琐的社会习俗中安身立命的过程，而另一方面，他却追随霍桑和马克·吐温，让他笔下的主人公体现出一种生机勃勃的、敢于变革社会秩序的叛逆精神和道德想象力。这样的内在紧张就源自詹姆斯根深蒂固的、来自美国文明的理想主义精神，而这是我们理解詹姆斯小说艺术的根本立足点。

霍兰德的著作还有一个难得之处，就是他对詹姆斯最主要的经典长篇小说，比如《一位女士的画像》和"最后的三部曲"（《大使》、《鸽翼》和《金碗》）都做了非常厚重的文本细读和思想阐释，体现了这位不幸英年早逝的学者非常难得的学术功力和思想见识。

第九讲

奥斯卡·王尔德：伪装成"段子手"的天才

陈以侃
作家、译者

我一直认为，王尔德是真正的天才里很罕见的品种——他是一个被理解的天才。看看今天的学术论坛和社交网络对王尔德的讨论，你会发现大家好像都很明白他好在哪里。我有时会点开关于王尔德的微信推送，里面基本都把他写成毒舌段子手、金句王，即使那个账号对王尔德的作品一无所知，即使它把王尔德的句子翻译得七零八落，有些句子甚至不是王尔德自己的，但里面透露的王尔德式的精彩，确确实实属于他本人。王尔德是一个难得的被很多人用正确方式理解和喜爱的天才。可话又说回来，那种理解和喜欢中带着的犹豫和猜疑（我们明明读懂了天才，却忍不住怀疑他只是段子手），或许才是我们要讨论的重点。

无处不在的王尔德

我要讲的经典作家是个很当代的经典作家,一个在维多利亚时代写作,但今天依然随处可见的作家。这个作家叫王尔德。

其实,聊起王尔德,除了照抄他的句子,一旦想要认真讨论,甚至想要带着些论点去讨论,都会显得非常笨拙,而要一本正经去解读他、讲授他,真的像是自讨没趣。王尔德的写作有种反对阐释的气质。英文里有个词叫"paradox",讲王尔德是避不开这个词的,最常见的译法是"悖论",也有译成"佯谬"的,"佯"是"佯装",假装错了,中文里确实没有特别对应的概念,我自己有时提到,喜欢翻译成"似非而是"——貌似是胡扯,但越想越有道理,真退开几步再看一眼,又像胡扯。王尔德的作品几乎就是由paradox堆起来的,比如随便摘一句:"我很愿意相信你要说的任何事,只要它是难以置信的。"其实王尔德这个人就很paradoxical,一方面,他是朦朦胧胧的、变幻的,没有简单的定义和模型能关得住他,可每个人好像心里都很明白他是怎么一回事;另一方面,他是如此容易接近,他的趣味是如此易得,又好像笼罩在层层叠叠的误解中。想到这里,我觉得聊到"误解"这两个字,好像就真正触及"王尔德"这个话题了。

对王尔德的"误解",或许主要源自两方面,一是他作为一个作家,作为一个公众人物,太浮夸了,太不像街头的你我了,他是如此不遗余力地过分地唯美,在自己的形象上编织各种各样的幻象,似乎就没打算让凡夫俗子去把他想明白;二是在他死后50年、100年,他的想法和做法、作品和句子被类似后现代解构主义、同性恋解放这些思潮和运动疯狂借用,不单是这些正经事,就连帆布包和马克杯也到处借用王尔德的肖像和文字。要剥离附加在王尔德身上的种种"发挥",还原他的本来面目和他的话语的本意,似乎也不太可能。里尔克有句话广为流传:"名声是附在一个人周围的误解的总和。"这多少有点像王尔德式的 paradox、王尔德式的似非而是,但这句话不是王尔德说的,因为它还缺一点王尔德式的自命不凡——我们那位英国"王先生"还真的说过"要伟大,就是要被误解"(To be great is to be misunderstood)。还有"关于一个人生命的真相不是他做了什么,而是在他周围生长出的传说"。我想,王尔德自己是不会介意被误解的,他一定会享受成为一个被误解的天才,这个天才因为我们的蠢笨和刻板受到了不公正的待遇。

　　但我一直认为,王尔德是真正的天才里很罕见的品种——他是一个被理解的天才。看看今天的学术论坛和社交网络对王尔德的讨论,你会发现大家好像都很明白他好在哪里。我有时会点开关于王尔德的微信推送,里面基本都把他写成毒舌段子手、金句王,即使那个账号对王尔德的作品一无所知,即使它把王尔德的句子翻译得七零八落,有些句子甚至不是王尔德自己的,但里面透露的王尔德式的精彩,确确实实属于他本人。王尔德是一个难得的被很多人用正确方式理解和喜爱的天才。可话又说回来,那种理解和喜欢中带着的犹豫和猜疑(我们明明读懂了天才,却忍不住怀疑他只是段子手），或许才是我们要讨论的重点。

我在读王尔德之前，看过博尔赫斯写他，就知道博尔赫斯也是王尔德的粉丝。他说王尔德给了那个时代它所需要的东西：对大部分人来说，是 comédies larmoyantes——博尔赫斯用了一个法语词，意思是"哭哭啼啼的喜剧"，这是法国的一种戏剧流派，虽然是喜剧，但有悬念，搞得大家很紧张，最后皆大欢喜的结局一出，又弄得大家都要哭；对一小撮人来说，则是用语言构成的精妙图案。而且，博尔赫斯说，王尔德在完成这样看似天差地别的事情时，带着一种漫不经心的喜悦，"他以一种随意的成功创作出了截然不同的作品，完美却损害了他；他的作品是如此和谐，以至于它显得本就该如此，甚至不足挂齿"。博尔赫斯还说，要想象一个没有王尔德警句的宇宙并不容易（意思是，王尔德讲的那些道理大家都懂，他不讲也有别人会讲），但这份困难，想象没有王尔德的困难，并不意味着这个世界本该就有王尔德的句子。

博尔赫斯的这份推荐真的让人很难再添加什么。他那篇文章里还说，王尔德很奇妙的地方在于，他的文字不难懂，有的人可能连一段康拉德都读不明白，却可以读懂剧本《温夫人的扇子》，而且一下午就能看完。我从工科转到英文专业之后，第一本让我真正沉醉在原文里的英文书，就是王尔德的长篇小说《道连·格雷的画像》，读这本书让我觉得，自己之前学英文、背单词、做语法题下的功夫，一下子获得了千万倍的回报。当时还以为这是英文世界给我的承诺，类似的喜悦以后是享之不尽的，但真要说那种惊心动魄的"怎么还能好成这样"的阅读体验，之后读到的英语小说鲜少能有和这本媲美的。

一旦说起王尔德，时不时就会看到一个标签——他是英文世界里被引用第二多的作家，只输给永远的第一名莎士比亚。但如果逛了足够多的书店和文创店，可能就会暗地里想，《牛津幽默引文选》说不定是对的，那本书就宣布王尔德是被引用最多的作家，虽然像这样的论断也很难求证。有人说好的警句是"看过一眼，一辈子都能背诵"，对于我们这些吸收了王尔德不少句子的人来说，很容易有种验证式的幻觉，好像哪里都有王尔德。2018年新出了一本大部头的王尔德传记，将近700页，作者叫马修·斯特吉斯，他在这本书的开篇讲了这样一段小故事，他从纽约的短租公寓出发，要去哥伦比亚大学图书馆查阅和王尔德有关的资料，途中经过一家爱尔兰酒吧，门口的黑板上用粉笔写着"工作是喝酒阶级的磨难"，其实就是把"酒精是工人阶级或者无产阶级的curse、诅咒、磨难"倒过来说了；然后他坐地铁，对面坐着一个女孩，她的手机壳上写着"真正去生活是世上最罕有的事"；走进大学校门，又看见一个学生，T恤上写着一句话："Genius is born, not paid."意思是"天才是花钱买不来的，它是天生的"。这三句话确确实实都是王尔德说的，而这样的早晨对作者来说是常有的事。他说像他们这些跟王尔德比较"熟"的人，的确会有滤镜，会觉得在报纸、杂志、电视上到处都能看到王尔德。

  我最近也遇到了这样的事情，一档火爆的综艺节目请了很多大牌小牌的摇滚乐队一起比赛，有个台湾的乐队，歌唱到一半突然来了一段独白，里面夹带了一句话："我们还是做好自己，因为别人都已经有其他人在做了。"这就是王尔德的名句。

  但那位传记作者斯特吉斯也说，王尔德时时刻刻冒出来，不只是因为我们的阅读碎片化了、社交网络更适合传播他的金句这么简单，他的书大家还在读，他的戏大家还在演。就在这部传记出版前后大约一年，还有两本关于王尔德的书出版，都写得很精湛，一本叫作 Making Oscar Wilde,《制造王尔德》，详细讲述了一个刚刚毕业的大学生怎么就成了一位国际巨星；另一本叫 Oscar Wilde: The Unrepentant Years,《奥斯卡·王尔德：不悔过的岁月》，重新讲述了王尔德从出狱到去世的那短短两三年，这段时期前人往往草草带过，或者是因为不忍心，或者是因为缺乏材料，但这本书提出了不少有意思的新角度。还是在2018年，出了一部电影，叫 The Happy Prince,《快乐王子》，这当然也是王尔德一篇童话的名字，但讲的也是他出狱之后的生活。

像这种喷薄式的对王尔德的关心，一方面当然说明他还有很多地方值得我们继续了解，另一方面也说明公众很愿意花钱来了解王尔德。研究王尔德的学者甚至是略带尴尬地互相打趣说，也只有那些研究王尔德的学术专著，才会被书店放在显眼的位置，才有能力去竞争畅销书榜上的一席之地。

或许讲到最后，我们能多少体会到为什么大家对王尔德的兴致今天还是如此高涨。当然，这个问题未必就有一个透彻的答案，但有一件事情是我们切切实实可以做的，那就是借助这几部新的王尔德传记，把王尔德生平里的几个片段重新讲述一下，再把这个人物的形象勾勒一番，作为之后讨论的基础。

1895年是王尔德在伦敦文坛呼风唤雨的顶点，而他驾驭的可能甚至不只是文坛，还是整个英国社会。那时他集中精力写剧本也没有几年，大致可以从三年前创作《温夫人的扇子》开始算起，但一部接着一部，他之后的剧作都是让人忘乎所以的成功，直到1895年的《不可儿戏》成为他的集大成之作。

在当时的伦敦，看戏是最体面的文化消费之一，而仅仅从艺术追求上排高下，剧作家那时的地位恐怕也比我们现在随便臆测的要高得多。我们都很熟悉的两位文坛巨人——20世纪最畅销的小说家之一毛姆,以及无论怎么排都应该是史上最佳英文小说家候选人的亨利·詹姆斯——他们都很想在剧场里取得成功,这种私心的渴望不亚于他们在小说创作上的野心。但要征服伦敦的剧场并不容易,也就是在那个1895年,亨利·詹姆斯的戏终于上演了。但是他在这部戏的首演上寄挂了太多的期待和担忧,不敢坐在观众席里,反而去另外一个剧场看了王尔德的戏。看完之后,他走回自己的剧场,戏正好演完,他被人怂恿着上了台,结果又被嘘下了台。而王尔德的戏,每一次演出几乎都是截然不同的场面。有时候落幕,他上台接受欢呼,嘴里会叼着根香烟,说一些类似这样的话:"我要恭喜观众们,你们今晚的表演是非常成功的,几乎让我相信你们对这部戏的评价和我自己对它的评价一样高。"

就这样,整个伦敦的上流社会,简直就像被王尔德玩弄于股掌之间。据一位有名的戏剧演员回忆,在《不可儿戏》的首演现场,观众的笑声像此起彼伏的波浪从开头翻涌到结束,有时候甚至感觉他们笑得有些歇斯底里,这是她一生都没有遇见过的;小演员在台上可能只露了一两面,下台的时候,幕后的舞台经理就恭喜他说——你余生都会不断想起,你参演了第一场《不可儿戏》。

我们把时间往回倒一些,大概10年之前,王尔德娶了一位律师的女儿。两年之后,王尔德的第二个孩子出生,他也遇见了17岁的罗比·罗斯,从此被引入了同性恋的斑斓世界。在那之前,学者们大致同意,王尔德虽然对男性之美心驰神往,但只是说说而已。到了1891年,他遇到了一个长着天使脸庞的贵族子弟阿尔弗雷德·道格拉斯,他们都叫他波西。王尔德被波西引去的地方,用比较粗糙的词语概括,就是一个男妓络绎不绝的纵欲的世界。波西的父亲叫昆斯伯里伯爵,是现代拳击规则的发明人,也是个凶神恶煞的莽夫,他声称要拯救自己的儿子,在王尔德所在的俱乐部留了一张卡片,上面骂王尔德整天摆出一副鸡奸者的样子,"鸡奸者"这个单词还拼错了。在那时的英国,同性恋当然是违法的,但其实对于99%的同性恋社群来说,他们和这条法律只是默认彼此存在而已。甚至可以这样说,伦敦那些关心八卦的人,没有人猜不到王尔德和波西关起房门来干了些什么。王尔德那些最亲密的朋友自然都劝他不去理会就好——我说"都劝",其实不准确,而且这些劝的人说话都没有分量,只有一个人的话有用,那就是波西,他跟自己的父亲是有深仇大恨的,因此就怂恿王尔德去告他。若不是这次让人难以置信的胡闹,王尔德本该是安全的,而英国文学史或许也有一个小板块会被重写,但王尔德执意要起诉男朋友的父亲,一方面是为情所困,但我想更多的是因为王尔德在人生得意之时,自以为可以用语言随意塑造现实。

  我们现在已经可以读到王尔德在法庭上的论辩。一开始王尔德才情横溢,简直要把法庭变成为他而设的晚宴,但对方律师不是等闲之辈,渐渐把他那些精妙、轻巧的回答都磨光了。致命的还是对方律师找来了那些跟王尔德有过来往的男妓,最后法官宣判,说这是他判过最恶心的案子,而两年的苦役在他个人看来是远远不够的。在这一过程中,王尔德的逮捕令被很神秘地搁置了一个半小时,大概就是留给他逃跑的,但是王尔德说他觉得留下来更高贵、更美——他不想被看作懦夫或者逃兵。

如何制造一个王尔德

在这一节里，我们再把时间往前推，看王尔德怎么变成我们所知的王尔德，或者抽象一些，他的艺术人格是怎么成形的。世界最早见识王尔德这个人物，是因为一句话，那时他去美国讲学，经过海关时被问到，你有什么东西要申报吗？王尔德说："只有我的天才需要申报。"之前一直有争议说这句话是后人杜撰的，现在大致能确认，王尔德曾告诉罗比·罗斯，他和海关说了这句话。前面提到的《制造王尔德》，主要就是细讲他在美国讲学的前前后后——一个艺术人格就这样在我们眼前成形，呈现了很多鲜为人知的关于王尔德的细节。

但说到"制造王尔德"，要如何从无到有地把这个人造出来呢？第一点要指出的——这里还可以加个"剧透"警告，接下去要讲的也是我们最后要回到的点——就是制造王尔德用的不是"英国材料"，而是地地道道的"爱尔兰素材"。他的父亲是位外科医生，被封了爵，在爱尔兰医学史上是有自己的条目的，同时他也是了不起的文化人，致力于收集爱尔兰的民间故事；而王尔德的母亲是个女诗人，她给自己起了一个意大利笔名，号称自己跟但丁有亲戚关系，而且她也是用文字为爱尔兰民族解放事业而战的女英雄，威震四方。王尔德爵士和王尔德夫人跟宾客在餐桌上聊天，是爱尔兰文化生活中的一个景点。关于这对夫妻，还有很多故事和名句流传：有一次，一位名声不好的女宾客被带进他们家，有人跟王尔德夫人说，这女子不体面，王尔德夫人回击说，只有生意人才体面呢；王尔德爵士还被一个女病人告过强奸，虽然后来法庭确认指控不实,那些去他诊所的病人反而增加了些,但多少算是场轩然大波,位于那场风暴中心的王尔德夫人却公开表示,她对这件事完全不关心。

毫无疑问,父母的一言一行都潜移默化地影响了小奥斯卡的成长,在此就不继续深究了,因为王尔德本人一定会强调,所有真正的艺术家都是自己造出了自己。后来到了伦敦,王尔德每日见的都是社交圈最有头有脸的人物,但他始终觉得,那些人的尊贵都是父母给的,而他的尊贵是用才华从无到有挣来的,"我才是真正的贵族"。所以在他的戏剧和小说里,几乎没有父子关系、母子关系,孤儿、弃婴倒是不少。

但说到底,他终究还是看着自己的父母,才明白了"有文化"能把自己送到什么样的高度上去。他是个天才学生,但不管有多天才,在牛津大学拿到拉丁文和希腊文的双重一等荣誉,不下极大的苦功是不可想象的。现在我们就讲到故事比较迷人和卖座的部分了。因为王尔德开始像王尔德了。他开始留长发,穿好看的衣服,三天两头往寝室里加稀奇古怪的装饰,例如黄色的绸缎和孔雀羽毛,这时候他或许还说了自己第一句广为流传的话,他说:"我发现要活得配得上我的蓝色瓷器,是很不容易的。"他还摆那种很老套的学霸姿态,白天假装不用功,晚上熬油点灯地复习。毕业的时候,别人问他接下去要干吗,他说他绝不可能做一个干巴巴的学者,他大概会写作,会写诗,但总之要红——I want to be either famous or notorious,要么扬名立万,要么臭名昭著。他毕业后在伦敦租了房子,很快就成了社交圈的宠儿,当时有名媛从波兰来,就问朋友,这个年轻人,他也不写作、不画画,什么都没干,为什么哪里都能见到他呢?其实这时王尔德不是什么都没干,他在很用心地扮演着一个审美家,穿漂亮衣服,说漂亮的话。在这一点上,可以说王尔德现代得不可思议,他几乎像是经历过社交媒体时代一样,还是个大学生,就已经明白个人形象是经营的结果。后来记者问他,你真的手握百合沿着皮卡迪利大街走过吗?他说,真的这样做其实没有什么,但让大家以为你会这样做,是生命的凯歌。

当时有一本很有名的杂志叫《笨趣》(*Punch*),它的其中一位供稿人是有名的讽刺漫画家杜穆里埃,他画了几幅讽刺诗人的漫画,大致是说诗人喜欢互相吹捧。虽然杜穆里埃告诉过别人,他画的只是一个类型而已,但王尔德到处跟人说,漫画里的那个诗人就是他,虽然从外形上根本就不像。在维多利亚时代,艺术是很崇高的,一位艺术家故意要别人嘲笑自己,这是闻所未闻的。王尔德甚至去找杜穆里埃,说我给你当模特吧,这样你可以画得像一些,你缺讽刺我的材料吗,我给你讲讲可以怎么骂我……

后来伦敦的舞台上又上演了一部戏,嘲笑那些崇尚唯美主义的人,说来也是不简单,王尔德走出大学校门才三年,根本就没有写出什么值得夸耀的东西,但那些看戏的观众都猜得到,台上讽刺的人大概就是王尔德。等这部戏要被"出口"到美国去的时候,推广部门想到,美国人其实根本就没见识过这些唯美主义者,这还怎么讽刺。他们想到一个好办法,那就是付钱让王尔德去美国走一圈,大众若是觉得这样的人物确实有些可笑,他们也就会去看戏了——王尔德欣然应允。但接下来事情的走向就有些出乎意料了,要说王尔德征服了美利坚,好像也并无不可。每次主持人介绍他上台的时候,观众若不是充满敌意,至少也是满腹狐疑,但王尔德几乎每场都能一句一句把他们拉拢成自己的支持者,甚至他在监狱和矿井里的演说也同样成功,就好像那里跟伦敦的沙龙并没有什么大的不同。本来巡回演讲预定了4个月,结果却持续了一年。

等王尔德重新踏上英格兰的海岸，他已经实实在在成了享誉大西洋两岸的文化明星。因为他始终要面对各方的猜疑和攻击，在维护他那一套唯美主义哲学的时候，他自己的思想也渐渐贯通，冲破了本来在他脑中和身边的缥缈的唯美主义氛围。但要审视当时所谓的唯美主义潮流，探究王尔德形成了怎样有力和新鲜的艺术主旨，可能凭空讲起来太宽泛了，需要一些可以用来咀嚼的材料。这就不得不提《道连·格雷的画像》了。

在矛盾中生发的唯美主义

在这一节里，我想讲一讲王尔德唯一的长篇《道连·格雷的画像》，探讨一下它的形式和主旨是不是有矛盾之处，然后从这里捋出王尔德的唯美主义是从哪里延续而来的，他又是怎样高级地把前人对立、矛盾的地方全都借来当成自己的理论基石。

说到《道连·格雷的画像》，这个故事是王尔德面对自己的一幅肖像时，伴随着一声哀叹，一直在心里酝酿着的——一个俊朗的年轻人，全身心地投入到醉生梦死的享乐中去，但岁月和作恶都没有在他的外貌上留下痕迹，这些毁损都只堆积到画布上的那个形象中。于是王尔德就创造了三个人物，一个叫道连·格雷，希望自己的画像代替自己变老，而他可以永葆青春；一个叫巴塞尔·霍尔沃德，是一个疯狂迷恋道连·格雷的画家，道连·格雷的那幅画像就是他的作品；还有一个叫亨利·沃顿，是个贵族，是画家的好友，鼓吹享乐主义，满嘴的曼妙辞藻，把道连·格雷引上了通过放纵实现自我的道路。他的名句是"去除诱惑只有一个办法,就是听命于它"。

在小说中,我们跟道连·格雷一起经受着亨利·沃顿的蛊惑,看他如何寻求新鲜的刺激,如何寻欢作乐。小说的副线情节不多,最重要的可能只有一条,道连·格雷偶然在一个粗鄙的剧场里发现了一位叫西贝尔·薇恩的女演员,当时她在演莎剧,让人目眩神迷。但很讽刺的是,这个少女因为爱上了道连·格雷这位突然降临到她世界的白马王子,一下子就无法在舞台上演出真挚的情爱了。王尔德不仅写似非而是的句子,他的很多故事,也貌似违背常理。道连·格雷发现自己爱的只是薇恩在舞台上的那个幻象,于是就无情地抛弃了薇恩,薇恩自杀,她的海员哥哥后来还回来替妹妹寻仇。王尔德还替小说营造了一个高潮,就是格雷毁了很多人的人生之后,甚至把画家霍尔沃德也杀了,最后在悔恨中想要毁掉那幅肖像,以为能抹掉过去,结果只是毁灭了自己。

虽然王尔德没有太明目张胆地描写道连·格雷的某些黑暗的取乐方式,但读者还是多少能看出里面涉及毒品,涉及不太光明正大的性爱,尤其是画家对格雷的情感,在当时正经的英国文学里还是个违禁的话题,而当时英国文坛已经好多年没有出现这样一部被热议的小说了。

正因为有这些夺人耳目的话题,读者似乎很愿意跳过这部小说的具体情节。其实只看小说的故事梗概就能明白,它明显是在批判空泛的唯美主义信条:它是通过道连·格雷这个人物告诉你,单纯去寻求新的刺激,只能导致自我的灰飞烟灭。但我们读小说的时候,似乎感受不到这一点,因为鼓吹这一套生活方式的亨利·沃顿,他的语言几乎和王尔德一模一样,而反对他的那些人,却都是些无趣又无力的卫道士。

为了进一步"误导"我们,王尔德又在全书连载完结、出单行本的时候,加了一个两页的序,上面是二三十条排版很精致的警句。上来是:

艺术家是创造美好事物的人。
揭示艺术、隐藏艺术家,是艺术的目标。

中间有:

没有所谓道德的书和不道德的书。
书要么写得好,要么写得差。
仅此而已。

结尾是这样几句:

一个人若是做出了一件有用的东西,我还是能原谅他的,只要他自己不对这件东西心生喜悦。
制造一件无用的东西只有一个借口,那就是他对这件东西极为欣赏。
所有的艺术都是极其无用的。

有一位爱尔兰小说家,在英美很受推崇,书评也写得非常好,叫约翰·班维尔,他就说这篇两页的序言、20多句话,是王尔德写得最好的东西。而整部小说所代表的道德取向,以及故事里那些故意撩人心弦的惊悚元素,肯定是和这篇序言里所坚持的唯美主义诉求相抵触的。但正是这种矛盾，使我们能够跃入属于和不属于王尔德的唯美主义思想，去看看唯美主义者究竟在聊些什么。

亨利·沃顿在指导道连·格雷过一种放浪人生的时候，给过他一本书作为某种操作指南，这本致命的书是一部法国小说，王尔德这样描述它："文笔是很奇妙的珠光宝气的文笔……没有情节，只有一个人物，故事说到底只是研究一个巴黎男青年的心理，他活在19世纪，却用自己的整个人生体验所有其他时代的激情和思维方式……某些舍弃被人很不明智地称为美德，他热爱这些舍弃中的造作；他同样热爱那些聪明人依旧称之为罪孽的反抗，爱的是反抗中的自然。"小说里没有点明这本书叫什么，但它显然是法国作家于斯曼的《逆流》，王尔德自己也承认这一点。

唯美主义本来确实是法国人的玩意儿。到19世纪末，文明似乎已经进展到了这样一个地步，让其中最文明的人都觉得有些无聊了。像戈蒂耶、波德莱尔、魏尔伦这些作家，都在写"恶之花"，沉迷于都市生活的糜烂，庆贺行将就木的文明。"为艺术而艺术"，追根溯源，是个法国口号，法国唯美主义者推崇高度美学化的写作观，王尔德周围聚集了一大群艺术家，也都朝法国看，呼吁艺术有跳脱道德的权利。

另一方面，19世纪正是英国殖民主义和工业化如火如荼的时候，每个人都热火朝天地在奋进，这种发达与繁盛必定会掩盖对精神生活的渴求，很多人开始质疑自己一天到晚到底在忙些什么。然而，从奋进中孕育出的追求无用、追求纯粹的美学思潮，又必定为奋进的大众所鄙夷，因为这一剂精神的解药与他们要填补的心灵上的空洞并不匹配。王尔德的思想体系，其实就是在为自己和为艺术的一次次辩护中成形的。

除了法国文学，王尔德的唯美主义具体是从哪里学来的，这又是一种王尔德式的悖论和似非而是——如此不循规蹈矩、机杼别出的王尔德，却又是最会"抄袭"和借用别人思想的人。

他借鉴得最明显的，是他在牛津大学很推崇的两位老师，一位叫沃尔特·佩特，一位叫约翰·拉斯金。这里我们自然没有空间详细铺展他们的思想，但似乎应该讲一讲二者思想上的矛盾和冲突，在这两派之间，王尔德本该是要站队的，他也曾摇摆过，但最后却又好像毫不费力地把这两派糅合成了他自己的一个新东西。

佩特有一本书叫《文艺复兴研究》，主要分析了那一时期的几位艺术家，但最有名的部分是阐述他自己思想的序言和结语。这本书是王尔德的黄金之书，据说那篇结语他是可以全文背诵的。结语的主旨是：人生稍纵即逝，我们必须竭尽所能去尝试新的体验、新的感受，不是这样的体验能带来什么好处，而是为了体验本身。最有名的一句话是："要永远燃烧得像这宝石般坚硬的火焰，维系这种狂喜，即是生命的成功。"实际上，亨利·沃顿在整部小说里宣扬的思想，就是把佩特的这篇文章展开了讲而已；有人开玩笑说，亨利·沃顿教唆道连·格雷犯了世上所有的错，自己却什么坏事也不干，除了一件，那就是抄袭佩特。

另一方就是拉斯金了，他很严厉地相信艺术的道德力量，几乎要把它歌颂成一种信仰。他有一句著名的信条——"教授艺术就是教授一切"，可以粗浅地理解为：人世的一切都是相通的，当你理解了什么是真正的美，它就可以指导你人生的方方面面。王尔德同时受到佩特和拉斯金的影响，在美国讲学时，就已经形成了自己的体系。他当时主要讲了两个话题，一个是"英国文艺复兴"，一个是"House Beautiful"，美丽居所，主要讲室内装潢的重要性。他的这条思路，就是既要佩特，又要拉斯金：一方面，鼓吹艺术是无用的、琐碎的、表面的，认为艺术并不一定是一流学者、上层社会的诉求；另一方面，又强调艺术在生活的细微处影响着我们，引领我们变得更好。法国近20位作家花了近20年时间，钻进了一个追求美必然导致颓废、必然走向消亡的死胡同，但王尔德似乎在什么作品都没有的时候，就轻描淡写、趾高气扬地走出来了。

这一节主要讲了王尔德的成长，以及他去美国讲学的过程中怎么借用别人的思想发展出一套自己的唯美主义。接下来，我将会讲他在戏剧创作中的艺术主旨。

藏着秘密的人，挑衅规范

前面讲到佩特和拉斯金，两人看似势同水火的美学体系和人生观，王尔德轻轻巧巧就合并了，这种双重性，这种每次遇到两个选项，都要把它做成双选题的冲动，是理解王尔德作品和人生的要点。

本节就从这种所谓的双重性入手，具体讨论王尔德的戏剧作品。双重性不仅是王尔德在写作中痴迷的手法，它也是厘清王尔德人生种种复杂状态的比较简单的办法，从而也成了他作品与人生的连接点。如果用大白话把这套意思复述一遍，就是说：王尔德天性里总觉得矛盾的两面都对，总想两者兼得，所以生活中他会这样选，作品中他会这样写，于是生活和作品中的双重性就彼此怂恿、互相模仿。

他人生中那些重大的矛盾可以大致罗列为：他既是一个爱着孩子的父亲、被妻子珍惜的丈夫，又是一个游走在年轻男妓和情人间的同性恋者；他从小是个新教徒，但一生都心系天主教，想要转变信仰；他自称有着一颗"凯尔特人的心"，却塑造着英国社会的语言和风尚，但也衷心热爱着法国文化。

很多年来，我们都把王尔德出狱之后的两年半给"收缩"了，觉得他过得太惨了，几乎难以启齿。但之前提到的王尔德传记《奥斯卡·王尔德：不悔过的岁月》却告诉我们，我们之前都想错了。这本书的作者尼古拉斯·弗兰克尔是一位非常出色的王尔德学者，他认为如果真要给王尔德的流亡选一个词，这个词应该是"欢笑"：朋友们劝诫王尔德要低调，他却不顾劝阻积极呼吁英格兰的监狱善待囚犯；本来他是有机会跟妻子复合的，但他决定跟波西私奔去那不勒斯，尽管他也知道一旦私奔，自己就再也见不到两个儿子了。以往，我们把这个决定理解为王尔德精神崩溃、思想破碎的讯号，或者理解为他的第二道判决书。但弗兰克尔说，这是文学史上最被误解的一段情节之一，其实波西真的是最爱和最懂王尔德的人，要是他知道自己毁了王尔德的人生，他会很痛苦。

这只能说明，王尔德是非常复杂的，要了解他，你总要去每一件事、每一条说法的背面一探究竟。王尔德其实心里明白跟波西重聚意味着什么，他在狱中写的5万字长信《自深深处》，里面处处可以读到看透了波西似的怨恨："我之所以在这里，就因为试图把你父亲送入监狱。"但是在赶往那不勒斯之前，他告诉别人，他知道波西会毁了他的人生，但他不能在没有爱的环境里生活、工作。他说，"我一定要爱和被爱，不管付出什么样的代价……我之后当然会经常痛苦，但我依然爱他：只为了他毁了我的人生这件事,我就爱他"。

王尔德在生活中被黑暗和危险吸引,这和他的艺术直觉是一致的,他总想把约定俗成的大道理、传统道德,颠倒过来、翻过来检查一下,于是这种双重的人生,对他的创作几乎是种刺激。他还在《自深深处》中写道:"我在自己的餐桌上接待生活中的那些邪恶,并在他们的陪伴中获得愉悦,大家总认为我很糟糕。但那些人总能在快乐中触发我。这就像跟猎豹一起用餐,那种兴奋一半是因为危险。"

不只是《道连·格雷的画像》,在王尔德重要的戏剧作品中,像这样不可告人的过往、难以启齿的秘密,都是情节的中心。所谓重要的戏剧作品,就是1895年的《不可儿戏》,再往前数三部,有1892年的《温夫人的扇子》,1893年的《不重要的女人》,以及1895年的《理想丈夫》。它们的展开模式都是19世纪传奇剧(melodrama)的模式,其实英文melodrama现在也很常用,可能换成时下的语言就是"狗血",每部剧里都有一个天大的秘密,要是被人知道,一切就都完蛋了。在紧张的氛围中,人的情绪都很激动,最后往往由巧合、意外和横空出世的义举来奉上皆大欢喜的结局。

在《温夫人的扇子》里,温夫人怀疑自己的丈夫跟一个不正经的女人有不正当的关系,决定跟一个花言巧语的男人私奔,最后被那个不正经的女人给救了,"不正经"自然是打引号的——那个女人其实是温夫人的母亲。再比如,《理想丈夫》里面有个很高尚、很讲原则的妻子,她崇拜自己的丈夫,觉得他是英国政坛的灯塔,然而丈夫出道时的第一桶金是靠出卖国家机密换来的,他此刻正被一个女人敲诈。《不可儿戏》之前的这几部剧,在情节上跟《道连·格雷的画像》有些相像,多少还在自己那个时代的讲故事模式中,总要营造一些暗黑、惊悚的悬疑和刺激,好像怕我们太俗气了，不这样就不会看下去。但其实它们的魅力跟这一点点小狗血关系真的不大，而主要体现在人物的谈吐中。王尔德还没有集中精力创作戏剧的时候，这样评价《道连·格雷的画像》："这部小说就很像我的人生——全是对话，没有行动。行动我写不好，我笔下的人就是坐在椅子里闲扯。"聪明如王尔德，他当然知道什么媒介能发挥他的才华：在舞台上，不仅仅全是对话，而且王尔德的戏里面只要是有意义的对白，不管谁说，听上去都像王尔德自己，它总是有趣的、犀利的、新鲜的，带着一点点调皮和邪恶，但又总能让观众认同。

有一位作家叫利顿·斯特拉奇，或许是英国文学史上最好的传记作家之一，1907年，他去伦敦看《理想丈夫》的重演，跟朋友这样描述这部戏剧："完全就是一堆金句，偶尔会飘出几丝狗血剧的味道，还有莫名其妙的多愁善感。"他的一句话总结就是："金句像大海一样把它吞没了。"

王尔德未必是不会描写行动、讲不好故事，他之前剧作的情节设置，或许是故意为之，但不管怎样，总让一部分读者和观众觉得不够贴合现实，是不大不小的缺憾。而他的最后一部剧作《不可儿戏》，如果真要很浅薄地以作品完成度来论高下，应该可以算是王尔德留下的最好的东西了。当《理想丈夫》火热上演时，王尔德就已经在排演《不可儿戏》了，这一回，他想弄一个轻巧的闹剧，他给剧场经理写过一份项目计划书，里面构想的情节和最后呈现的作品是很一致的。

第一位男主杰克·沃辛，是一个游手好闲的年轻绅士，我们姑且把他叫作男主甲。男主甲住在乡下的大宅子里，他是一个年轻女孩的监护人，为了树立道德榜样，每次他要去城里寻欢作乐的时候，就说自己有个为非作歹的弟弟欧内斯特（Earnest）——

欧内斯特出事了，他要去救人。剧的名字叫 The Importance of Being Earnest，当然是双关了，一方面，earnest 就是诚恳的意思，剧名直译就是"诚恳的重要性"，意译就是"不可儿戏"；另一方面，也可以译为"成为欧内斯特的重要性"，这跟剧情也是大有关系的。现在我们有了男主甲，他虚构了一个叫作"诚恳"的坏弟弟。男主甲在伦敦城里有个好朋友阿尔杰农·莫格里夫，我们叫男主乙。男主乙有个表妹，男主甲爱朋友这个表妹爱得很深，正要求婚，但他在城里换了身份，成了自己虚构的、当作借口的兄弟欧内斯特。本来那个表妹是要接受求婚的，她打小就想嫁给一个名字叫"诚恳"的人，觉得有种很靠得住的感觉，但问题来了，男主甲要去跟表妹的母亲提亲，就必须坦露自己的身世，他其实是个弃婴，不知道父母是谁，于是老夫人就说出了这样神奇的话："丢了父母之一可以被视作不幸；但父母二人都丢了，看上去就像粗心了。"

男主甲回到乡下家里，这里有他的被监护人茜茜里，还有茜茜里的家庭女教师。男主甲发现他的好朋友男主乙自己偷偷来了，还冒充男主甲编造出来的那个浪荡兄弟欧内斯特，并对茜茜里一见钟情，而茜茜里因为一直听男主甲编造欧内斯特的那些荒唐事，也早就对这个人情有独钟。当然，表妹和表妹之母也来了。最后真相揭开，茜茜里的这位家庭女教师，原来就是当年弄丢男主甲的女保姆，而男主甲的生父原来就是表妹之母的兄弟，一查，原来男主甲出生时取的名字真的就是欧内斯特。

这一切当然听上去荒唐透顶，王尔德本来想写的就是一个轻喜剧，但几乎是无心插柳，在大多数人心目中，这成了王尔德的传世之作；因为原先作品里那两个王尔德之间的撕扯消失了，那个多愁善感、追求惊悚的王尔德，一不小心把舞台全让给了那个干脆的、在形式上工整而精致的王尔德。每一个人物都藏着自己的秘密，每一句对话都是对真相的戏弄，《不可儿戏》整部戏都是儿戏，越演，那种意在言外之感就越发如梦似幻起来。奥登说，这或许是英语里唯一一部纯粹用语言写成的戏剧，不管王尔德是有意还是无意，他创造出的这套策略，就是让所有其他的戏剧元素都成为次要的事，只为对话本身服务，于是，他就创造出了一个纯粹的语言世界，每个人物都只由他说了什么话而被塑造起来，整个情节只不过是一系列给他们说这些话的机会。

《不可儿戏》是现代戏剧中最受欢迎的戏剧之一，在很多人看来，即使以剧作家的技艺来考量，它也是成就最高的作品之一。就像前面提到的，这部剧首演时，从头至尾观众席都有此起彼伏的笑声，笑声中甚至带着一些癫狂。

当然，这部戏的成就，不止在于它很好笑。它最迷人的地方，也是王尔德的写作到今天生命力愈发旺盛的最重要的原因，就是它既呈现社会的形态与规则，又在呈现它的每一处细节中嘲讽它。王尔德其他作品中，当然也处处是这样的笔墨，但有时情节所需，他自己也没法写尽兴。但到了《不可儿戏》，因为无处不假、无人不装，这种反讽就成了贯穿整个剧的背景音。剧中表妹的母亲布拉克内尔夫人，代表着社会固有的观念，于是也就成了最反讽、最出彩的角色。男主甲想求娶她的女儿，老夫人就问："你抽烟吗？"男主甲答："我抽。"老夫人说："很好，每个男人都该有一份事业，伦敦到处都是无事可干的男人。"后来聊到房子，男主甲说，我除了在乡下的大宅子，在城里某某街上也有一套房。老夫人问："门牌号多少？"男主甲答了。老夫人立马说："啊，是不太时髦的那一侧，我就知道有哪里不对。"我还在王尔德的传记中读到过有关这部戏的一个细节——最初的剧本上，老夫人还拿出一个小册子查了一下门牌号，但排练到最后，王尔德改了一下，让老夫人直接开口做出了判罚，她显然对伦敦所有楼盘的时髦度了然于胸。王尔德的这些俏皮话看似空洞，但当你觉得它俏皮的时候，你就已经领会了王尔德的意图——那些煞有介事的社会规范和理念，要细想的话，都有荒唐好笑的一面。

回到王尔德的人生，英国同性恋去罪化是在20世纪60年代，多少年被坚信不疑的罪行，让王尔德在最如日中天的时候，在他写出自己最好作品的时候，结束了创作生涯。马尔库塞说，艺术的功能是砸碎日常经验，预示一种不同的现实准则。当然，我们都能第一时间想到对这句话的反驳——日常经验挺好的，全砸碎了可怎么办？这似乎也可算作是对王尔德整个艺术创作的质疑。但我们之所以有这样的反应，是因为我们总忘记雪莱的那句话——诗人是未被承认的立法者——诗人并不真正立法。对于艺术，我们从不该要求艺术家每件事说得都对，他只是不断创造新的形式，提醒你，你之前想的也未必都是对的。

真相很少纯粹，也从不简单

最后这节，我想照着自己的思路，聊一聊这样一个问题：王尔德在巴黎一家破败的旅馆中离世，100多年后，为什么他还如此生机盎然地"活"在我们中间？我记得陆建德老师在《12堂小说大师课：遇见文学的黄金时代》的引言中说，文学是条长河，它其实不能划分流派和时段，还特意提到王尔德，说他的人物比维多利亚时代的人物内心更丰富，语言真真假假，层次更多，自然就延续到了后来的现代主义。这当然都说得很好，王尔德逮着什么颠覆什么的劲头，自然也是天才般的先知，预演了后来的后现代主义、解构主义。但文学流派和思潮是不能代替写作的，纯粹的后现代主义自己都过时了，但王尔德似乎依然是"新鲜的"，作家的生命力是完全不一样的东西。

19世纪末20世纪初，伦敦那帮文人团体中有个大人物叫埃德蒙·高斯，是个大翻译家、大评论家。他经常和法国作家安德烈·纪德通信，在信中说，王尔德自然不是什么伟大的作家。（当然，纪德算是王尔德的崇拜者，他1910年写了本书叫作《纪念王尔德》。）当时，这种对王尔德的轻蔑态度并不罕见。后来，被时光遗忘、被岁月痛击的自然是高斯而非王尔德。到20世纪中叶，他那四五十本评论各路文学的"皇皇论述"已经被完全遗忘了。

1983年，企鹅出版社倒是出版了一本高斯的家庭回忆录《父与子》，直到今天还在卖，算是一部小小的经典，一位评论家在那一版的序言里这样宣告：

高斯的弱点就在于他的唯美主义……当文明遭遇"一战"这种非理性的屠戮时，他那种对待文学的享乐主义姿态就举步维艰了；它完全没有办法处理那种动荡，因为说到底，唯美主义自己也更多是疾病的症状，而不是对疾病的解读或矫正。在变化的环境中，埃德蒙·高斯的轻盈与其说是敏锐，倒不如说是无力；在文明遭遇危机的时候，极度的精致成为了一种肤浅。

今天看来，这段话是过时的，至少高斯的问题肯定不是出在唯美主义上，大家放逐了高斯的那些文学评论，只是因为它们写得不够好。相比之下，今天还有那么多人喜欢王尔德，我们还会到处见到和王尔德有关的新书、新电影，肯定不只是因为王尔德写得好笑、好玩。

当然他首先的确是好笑、好玩的。我还在读书的时候，就有人讨论"当代王尔德是谁"这个问题。当时最让人信服的人选似乎是美国人戈尔·维达尔，他也是个全能型的作家，写了一大批厚重的美国历史小说，同时还是高产的评论家，在电视上说了很多关于美国社会的金句，让人印象深刻。他那时跟美国小说家诺曼·梅勒结了宿怨，每次都在节目里吵得很凶。正巧，跟当年那位昆斯伯里伯爵有点类似，梅勒也把自己当成一个拳击手，他有一次在社交场合和维达尔吵起来，情急之下挥拳正中维达尔面门，维达尔反击说："果然你还是用不好文字。"

戈尔·维达尔当然也写过王尔德，他说，王尔德的特点是他不需要分析和解读，你只需要去读他、听他就好了。他说王尔德创造了一部完美的戏剧，这部戏不关于任何事，又是关于一切的（这当然指《不可儿戏》）。他还说，当王尔德真的写得好的时候，他的那些笑话不需要解释，我们只需要笑就好了，同时也会感到困惑，为什么像这样优美到无瑕的"文字表演"，再没有见到第二个人可以将它维持这么久。

我一开始就引了一段博尔赫斯，他替王尔德那种"漫不经心的喜悦"感到惋惜，觉得那种表面上浑然不费力的完美对王尔德是一种伤害。但博尔赫斯在那篇文章里还做了一个论断，多年来我时不时就会想到和引用——博尔赫斯说："多年来阅读王尔德，重读王尔德，我发现了一个事实，而王尔德的歌颂者似乎从来不曾意识到，这个事实既简单，又是可以验证的，那就是王尔德几乎总是对的。"

这么说来，一个作家，他写得又完美、又好笑，还总是正确的，我们还能再要求他什么呢？

我可能要拖着大家再陪我回一趟学生时代。英国人有一个自己的"当代王尔德"人选，叫史蒂芬·弗莱，后来这个人在中文网络里也有名声，被喊成"油炸叔"。他是同性恋，也是无所不知的文艺复兴式的人物，写过很好的书，向大众介绍诗歌的写法、希腊的神话，但他最有名的可能还是作为演员出演影视作品，以及在电视上讲聪明有趣的话。作为王尔德的忠实粉丝，他在一部关于王尔德的传记片里扮演了王尔德，真是此生无憾。史蒂芬·弗莱自己是很时髦的，大概十几年前，他是最早一批做播客的名人和文化人，他的节目里有一期就是关于王尔德的。那一期节目的标题叫"墙纸"（Wallpaper），我曾在资源匮乏的年代、在大学生活的不同场景中反复听这期节目——弗莱介绍了王尔德的生平，由于他那时正好在拍周游美国的纪录片（又是效仿王尔德），他也聊到了一些王尔德在美国的故事。

当时有个记者问王尔德："王尔德先生，为什么美国这么暴力呢？"那时美国南北战争结束还不到20年，这场战争可能是当时西方现代文明里死伤最惨重的冲突，王尔德答道："美国之所以如此暴力，是因为你们的墙纸太丑了。"乍听起来，这句回复自然太轻佻、太讨厌了，但就像博尔赫斯说的，王尔德又是对的。Wallpaper，墙纸，你可以把它替换成任何我们日常用到、看到、听到的东西，对它们的美学要求，也就反映了我们如何期待生活。这种要求和标准自然可以放在语言上，我们不过多讨论时事，但当一个国家地位最高的政治人物整天用极其低劣的语言表达极其低劣的思想时，时事和国民的日常生活就有了一种内在的联系。

好的警句，好的俏皮话，听过了很难忘记，不只是因为它们在语言表达上很精致，主要是当它们击中我们的头脑时，那些因此而兴奋起来的脑细胞和负责用直觉理解真相、理解美的脑细胞大概是同一批。说到美国的"当代王尔德"维达尔，他有一句并不出名的话，我却不知怎么一直记得。那句话出自他的一篇比较随意的散文，叫 On Prettiness，也就是"论好看""谈谈漂亮"，他说："我们今天活在一个如此相对主义的世界，一个人眼里的美女是另一个人眼里的野兽。这就意味着外表丑陋是很有价值的，因为，比方说，现在要是一个舞台上的明星比观众里最其貌不扬的人长得好看，这不仅残忍，甚至是种冒犯。"这当然在事实层面完全经不起考验，但它又是那么准确，仿佛在描述数十年后在全世界的线上和线下发生的事——当对话的参与者越积越多时，对话的内容就会越来越粗浅，思维方式也会越来越直白；大家会对精致的、华丽的、复杂的、危险的、似是而非的东西保持猜疑，认为它们在道德上是堪忧的。这就是在对王尔德的法庭审判中发生的事，大家只问一件事，你到底是不是个鸡奸者，然后为自己选对了立场而产生强烈的优越感，这也是今天很多文艺讨论中发生的事——人们热衷于争论纳博科夫到底有没有萝莉情结，或认为出轨的安娜·卡列尼娜真的是死有余辜。

但就像王尔德说的，真相很少纯粹，也从不简单。现代艺术最重要的一点就是创造一件乍看上去完全失实的东西，让你更能睁开眼睛去寻找真相。之所以要重申一遍，是因为即使是艺术家自己，也很容易忘记他们的职责不是颁布日常生活的法典、守则，而是去"骚扰"、震动、启发。

我还想提醒一句，我们不要忘记王尔德是爱尔兰人。在英国人的统治之下，爱尔兰人反抗的工具几乎只剩下他们的语言和他们的急智，在那片土地上，向权力说谎一直被真诚地视为某种道德。英国统治者眼里的那种爱尔兰人的狡黠，他们变换语言、重塑现实的能力，很多时候只是出于自我保护的需要。比如，有英国士兵来问路的时候，给他们指一个错的方向，或许就能拯救一个村落。乔伊斯文字中那种惊天动地的华丽，当然是跟这一点有关的，乔伊斯的反面，是贝克特，他把语言几乎压抑到了沉默的地步，跟这一点同样有关。贝克特后来选择用法语写作，说c'est plus facile d'écrire sans style，即"没有文采的写作更容易"，那是因为他知道对爱尔兰人来说，滔滔不绝的文采实在是难以控制的冲动，有时候反而伤了自己，但在法语里，他可以艰难而耐心地寻找合适的字词。

2020年，萨莉·鲁尼的《正常人》出版了中文译本，我们又认识了一位享誉全球的爱尔兰年轻人，因为有热播的同名电视剧帮忙，中文读者终于和英语世界的人一样，发现听爱尔兰人说话是一件多么有意思的事。提到鲁尼，我时常会想起王尔德，我依旧觉得鲁尼的胜利是一场王尔德式的胜利，就像王尔德每说一条属于上流社会的俏皮话，他就戳破了一层英国社会的虚伪，鲁尼笔下的人物每次为了让调情继续，就会多袒露一些自我。有趣往往通往真相。情感的真实跟社会的真实一样重要。

回到史蒂芬·弗莱，他当年的播客里还有一段表述：他把王尔德比作纽约的帝国大厦，说你晚上打一辆车，沿着第五大道开，在帝国大厦跟前，你是看不到它的楼顶的，但你从车的后窗一路看着它，周围的其他楼会慢慢地变小，帝国大厦就像在你眼前升起，往星空中越升越高。他说王尔德就是这样，随着时间推移，他好像越发高大起来。

我也吃不准作家的"身高"该如何测量，不确定王尔德将来是不是会越发重要，我只希望我们会是一群越来越觉得王尔德有趣的人，而不是相反。

最后，我想为大家附上《道连·格雷的画像》序言开篇的一段文字：

The artist is the creator of beautiful things.

To reveal art and conceal the artist is art's aim.

The critic is he who can translate into another manner or a new material his impression of beautiful things.

The highest as the lowest form of criticism is a mode of autobiography.

Those who find ugly meanings in beautiful things are corrupt without being charming. This is a fault.

Those who find beautiful meaning in beautiful things are the cultivated. For these there is hope.

They are the elect to whom beautiful things mean Only Beauty.

There is no such thing as a moral or an immoral book.

Books are well written, or badly written. That is all.

（Oscar Wilde,"The Preface", in *The Picture of Dorian Gray and Other Writings*, Bantam Dell, 2005.）

延伸阅读

1. Oscar Wilde, *The Picture of Dorian Gray and Other Writings*, Bantam Classics, 1982

    这是我大学时代翻得最多的一本英文书,里面收录了《道连·格雷的画像》、几部戏剧作品,还有王尔德在服刑期间写的《雷丁监狱之歌》。我觉得大家还是要相信博尔赫斯,王尔德作品的原版不难懂,只要有一点点英文基础,就可以像道连·格雷那样,在一知半解中让王尔德带你"误入歧途"了,没有信心的朋友也可以拿着译本对照着看,王尔德是 lord of language,语言之王,大家可以研究一下真正精纯的英文怎么用简单的语言构造一些被引用了百年的好句子。

2. 〔英〕奥斯卡·王尔德:《道连·格雷的画像》,荣如德译,上海译文出版社,2006年

    我没有完整地考察过王尔德作品在国内的翻译情况,但可以推荐几位我很尊敬的翻译家的译本。首先是荣如德先生译的《道连·格雷的画像》,余光中先生译过几部王尔德主要的戏剧,都是很好的领略王尔德魅力的起点。还有就是复旦大学的谈峥教授,笔名叫谈瀛洲,译过王尔德的童话集。前面没有提到王尔德的童话,其实这也是他永远不会被遗忘的天才作品。你一方面可以看得出这是他写给自己孩子的故事,那么纯真,那么动人,但另一方面你也能感觉出来,真正的写作者是没有写作对象的,任何年龄和文化背景的读者都能在其中读出那种深沉、哀伤的人世的真相。

3. 〔美〕理查德·艾尔曼:《奥斯卡·王尔德传》,萧易译,广西师范大学出版社,2015年

    接下来这本书,不只是关心王尔德的读者,而是所有关心文学的读者,我都想推荐,就是理查德·艾尔曼写的《奥斯卡·王尔德传》,这本书也有中文版。英国有个很出名的当代作家威尔·塞尔夫,他很喜欢王尔德,模仿《道连·格雷的画像》写过一部小说,叫作《道连:一场模仿》,中文版由上海译文出版社出版。这算是一本致敬之作,本身也是很有意思的作品,但塞尔夫的才情是张牙舞爪的才情,可能不适合入门。我这里提到他,是想认可塞尔夫的一个判断,他说艾尔曼的《奥斯卡·王尔德传》不仅是最好的传记作品,可能也是最好的文学评论。当年读到这本书时,我就意识到虔心的研究、敏锐的文心,加上迷人的文笔,这三者凑在一起

可以写出怎样了不起的作品。当然，在艾尔曼之后，也有很多王尔德研究专著，它们在细节上修正了艾尔曼的一些认知，但艾尔曼对王尔德的呈现和评说，不单单塑造了我在这里对王尔德的分析，其实也塑造了这几十年来大家对王尔德的理解。

4. 电影《王尔德》，布莱恩·吉尔伯特导演，1997年

提到王尔德作品的影视改编，我首先想推荐BBC做的一些广播剧，或者是王尔德戏剧演出的录音，网上并不难找，可以对照着原文来听，这是感受王尔德的魅力最保真的一种方法。

然后是相关的电影、电视剧，数量也不少，王尔德的作品就像金庸的小说一样，很难糟蹋，也很难改到差得不能看，大家能找得出来都可以看一看，可能2000年左右改编的《理想丈夫》和《不可儿戏》比较好找，特别是《不可儿戏》里有我们比较熟悉的演员科林·费尔斯和朱迪·丹奇。

但如果只选一部，可能最有代表性的还是史蒂芬·弗莱主演的《王尔德》，饰演王尔德男朋友波西的，是裘德·洛，他那时刚刚出道，俊朗到你不由会赞叹一声"难怪！"。

第十讲
契诃夫：小说与戏剧中的人间诊断

刘文飞
翻译家、学者，首都师范大学教授、人文社科学部主任

契诃夫对他笔下的主人公都是充满爱意的，即便对于那些"反派"人物，他也不带恶意和敌视，即便面对"变色龙""套中人"这样的典型，契诃夫的态度也并非居高临下和毫不留情。契诃夫小说的重要主题之一，借用普希金概括果戈理创作的话来说，就是揭示"庸俗人的庸俗"，然而，契诃夫之所以写人的"庸俗"，正是为了表达他面对现实中人、人性和人格的不完善而感到的痛苦和惋惜，说到底，其目的仍在于治病救人。

契诃夫的一生

与大多数贵族出身的19世纪俄国大作家相比，契诃夫的出身是比较贫寒的，他1860年初出生在俄国南部亚速海边的一座港口城市塔甘罗格，父亲是一家杂货铺的老板。有一次，我从乌克兰的基辅乘火车返回莫斯科，列车在天蒙蒙亮的时候停靠在塔甘罗格，我下车来到站台上，只见朦胧的晨雾笼罩四周，透过薄雾可以看到山坡下凌乱的建筑，隐隐地有一股鱼腥味飘过来，这种破败、忧郁的场景似乎与契诃夫出生的时代差别不大，或者说，这样的场景就是我们印象中典型的"契诃夫氛围"。

契诃夫从小就是个孝子，后来一生都是一个善良的人。他是家中的第三个孩子，很小的时候他就开始帮父亲站柜台卖东西，因为个子太矮，常常要站在一个小板凳上，才能与顾客进行交易。后来，他的父亲生意破产，为了躲债逃往莫斯科，还在上中学的契诃夫独自一人留在塔甘罗格，寄人篱下，实际上是父亲留给债主的"变相人质"。但是在3年多的时间里，这位中学生忍辱负重，自食其力，给人当家教，甚至还寄钱给在莫斯科的家人。3年之后，契诃夫中学毕业，考上莫斯科大学医学系，从此离开了故乡。

1889年，已经成为一位著名作家的契诃夫在给朋友苏沃林的一封信中这样写道："贵族作家天生免费得到的东西，平民知识分子却要以青春为代价去购买。您写一个短篇小说吧，讲一位青年，一个农奴的后代，他当过小店员和唱诗班歌手，上过中学和大学，受的教育是要尊重长官，要亲吻神父的手，要崇拜他人的思想，为每一片面包道谢，他经常挨打，外出做家教时连双套鞋也没有……您写吧，写这个青年怎样从自己身上一点一滴地挤走奴性，怎样在一个美妙的早晨一觉醒来时感到，他的血管里流动的已不再是奴隶的血，而是真正的人的血……"契诃夫建议苏沃林描写的这个"青年"，其实在某种程度上就是他自己。艰难的成长环境往往会使人愤世嫉俗、敌视一切存在，但有的时候却相反，会使人养成低调、内敛和宽容的生活作风。在契诃夫身上发生的，当然是后一种情况。

1880年，还是莫斯科大学一年级学生的契诃夫就开始在一些讽刺杂志上发表幽默小品文，他的第一个短篇故事，就是《一位顿河地主写给有学问的邻居的信》。由于这些作品都是搞笑故事，契诃夫在发表它们的时候常常使用各种笔名，他用得最多的署名是"契洪特"，这是契诃夫在上中学的时候他的老师给他起的外号，很有幽默感的契诃夫把它拿来用作笔名。后来，他这一时期的创作也就被研究者们称为"契洪特时期"。契诃夫当年写作这些幽默故事的主要目的是赚稿费补贴家用，据说他用第一笔稿费给过生日的妈妈买了一块大蛋糕。这一时期，契诃夫的创作力十分旺盛，据统计，他在1883年一年之内就发表了120篇短篇故事，平均三天写成一篇。契诃夫早期的短篇大多是一些幽默故事，但其中也不乏后来流传于世的名作，比如《变色龙》《万卡》等。1884年契诃夫大学毕业的时候，他已经出版了一部短篇故事集。

1886年，当时俄国文坛的重要作家之一格里戈罗维奇在读到契诃夫的小说后，给他写了一封信，在肯定他的天赋和才华的同时，也对他过于热衷搞笑、写作过于匆忙的做法提出了批评。他建议契诃夫转向"严肃的写作"。契诃夫读了信之后很受触动，之后的创作也的确发生了明显的变化。他虽然还在继续写作短篇故事，继续保持幽默的调性，但作品的主题更为严肃了，创作手法也更加精致了，他在数年时间里写出了许多俄国文学史，乃至世界文学史上最优秀的短篇小说，比如《苦恼》和《草原》等，相继出版了短篇小说集《杂色故事》和《在昏暗中》，引起轰动，从此享誉文坛，被公认为19世纪末最杰出的俄国作家之一，地位似乎仅次于当时如日中天的托尔斯泰。1888年，他获得了俄国科学院的普希金奖。

　　1890年4月至12月，在半年多的时间里，契诃夫完成了一次惊人的壮举，他长途跋涉，历经艰险，前往俄国最东端的萨哈林岛，也就是我们中国人所称的库页岛，这座岛屿当时是沙皇政府流放苦役犯的地方。契诃夫选中萨哈林岛作为旅行目的地，主要是冲着那儿的苦役犯们去的。在当时俄国，与苦役犯、流放犯的待遇和命运密切相关的公正、公平、人道等问题，已经成为社会舆论的热点，作为批判现实主义作家的契诃夫，自然也会把揭露萨哈林岛苦役犯的生活实况视为自己应尽的社会责任。他在给朋友的信中说过这样一句话："我们应该到萨哈林岛这样的地方去朝圣，就像穆斯林前往麦加。"这句话道出了契诃夫的一个心理动机，也就是说，他前往萨哈林岛既是去朝觐苦难，同时也是检阅自己，检阅自己对苦难的承受能力，检阅自己的意志和良心。契诃夫在岛上逗留了3个月，他挨家挨户访问当地住户，探访犯人，留下了近万张田野考察卡片。

契诃夫萨哈林岛之行的最重要成果，就是他留下的两本书《寄自西伯利亚》和《萨哈林岛旅行记》。《寄自西伯利亚》是他应邀为《新时代报》撰写的系列旅行随笔，契诃夫在这些随笔中记叙西伯利亚的风土人情和旅途中的趣闻逸事；《萨哈林岛旅行记》的出版则引起了巨大的社会反响，各界人士就此展开相关讨论，最终直接或间接地促成了俄国的多项司法改革，比如1893年禁止对妇女进行体罚，修订与流放犯婚姻相关的法律，1899年取缔终身流放和终身苦役等等。契诃夫的萨哈林岛之行以及他留下的这两部著作，都是伟大的人道主义壮举。值得一提的是，契诃夫在前往萨哈林岛途中，曾经航行在黑龙江上，遇到过一些中国人，他还在船上与一位中国人同住一间舱室，契诃夫在给家人的信中详细描写了那位中国人的言谈举止，还请那位中国人在他给家人的信中写了一行汉字。他在一封发自西伯利亚城市伊尔库茨克的信中这样写道："我看到了中国人，他们善良而又聪明。"从萨哈林岛乘船返回莫斯科的途中，他还到过香港。就这样，契诃夫的足迹两次印在中国的土地上，这在19世纪的俄国大作家中是十分罕见的。

契诃夫长期身患肺结核，不适合住在寒冷潮湿的莫斯科，因此他就在位于黑海岸边的南方城市雅尔塔郊外买了一块地，建起一幢小楼，称为"白色别墅"。1899年9月，他和他的母亲、妹妹一起住进了这一处新居。契诃夫在雅尔塔的白色别墅居住了4年多，这是契诃夫一生中的最后4年，也是他创作上的总结期。他在这里写下十几篇小说，其中包括《宝贝儿》《带小狗的女人》《在峡谷里》等等，还写下两部剧作，也就是《三姐妹》和《樱桃园》，这都是他最为成熟的作品，他还在这里编成了自己的第一部作品全集。居住在雅尔塔的契诃夫已经是俄国文坛的中心人物之一,白色别墅因此也成为当时俄国文化生活的中心之一,这里宾客盈门,高朋满座,托尔斯泰和高尔基就曾经一同来这里探望契诃夫。

1904年6月,契诃夫病情恶化,医生建议他出国疗养,契诃夫与医生和家人商量后选中了德国西南部的小镇巴登韦勒。1904年6月3日,契诃夫和妻子离开莫斯科,他对前来送行的人说:"我是去死的。"契诃夫夫妇在巴登韦勒的一家疗养院住下,但是契诃夫的病情未见好转。7月1日夜里,契诃夫醒了过来,据一直陪伴在他身边的妻子后来回忆,"他平生第一次让人去叫医生过来",并主动提出想喝点香槟酒,他从床上坐起身,大声地用德语对赶到床边的医生说了一句话,然后又用俄语向妻子重复了这句话,意思就是:"我要死了。"之后,他端起酒杯,面对妻子微笑了一下,说道:"我很久没喝香槟了……"他平静地喝干香槟,轻轻地躺下,向左侧躺着,很快就永久地睡去了,用他妻子的话说就是,"他像婴儿一样睡去了"。契诃夫说过:"人的一切都应该是美的,无论面孔,还是衣裳、心灵或思想。"他的一切也的确都是美的,甚至包括他的死亡。

梅列霍沃庄园

在这一节中,我想充当一个导游,带大家去契诃夫的庄园梅列霍沃看一看。契诃夫出身贫寒,怎么会有庄园呢?这是在他的小说为他带来了比较丰厚的收入后,他在1892年花费13000卢布购买的。这座庄园不大,但是离莫斯科不远,只有几十公里。买下这块地后，契诃夫全家一齐上阵，下大力气整修和新建房屋，耕种土地，开辟菜地和花园，终于将梅列霍沃打造成了一座像样的庄园。契诃夫后来在给朋友的信中写道："如您所知，我现居乡间，在自己的庄园……我像从前一样没有成家，也不富裕……父母住在我这里，他们见老，但身体还行。妹妹夏季住在这里，操持庄园，冬季在莫斯科教书。几位兄弟各有工作。我的庄园不大，也不漂亮，房子很小，可是生活很安静，房子也很便宜，夏季十分舒适。"如今，这座庄园已经被开辟为博物馆。

梅列霍沃庄园的核心建筑是一栋总共有8个房间的平房，其中除了契诃夫的书房和卧室外，如今还保留着契诃夫的父亲、母亲、妹妹和弟弟的卧室。契诃夫的父母常住梅列霍沃，兄弟、妹妹以及侄子们也是梅列霍沃的居民，他们构成一个庞大的家庭。成为大作家之后的契诃夫仍旧和自己的家人住在一起，这在俄国作家中十分少见，其中原因，除了契诃夫家抱团合群的小商人家庭的固有传统外，无疑也与契诃夫本人随和、宽容的性格有关。

如今在这座庄园里，人们仍然能够随时随地感受到契诃夫带有幽默的温情。主屋背后有个小池塘，是契诃夫一家人入住以后开挖的，据说契诃夫喜欢坐在池塘边钓鱼，因为这个池塘很小，契诃夫就称它为"鱼缸"；契诃夫的书房正对着一片菜地，据说契诃夫的妹妹玛丽娅善于种菜，每到秋天，这片菜园总是硕果累累，契诃夫因而称其为"法国南方"；花园里有一棵老榆树，契诃夫称之为"幔利橡树"，"幔利橡树"是《圣经》中提到的一棵树，耶和华就是在幔利橡树旁对亚伯拉罕显容的；契诃夫还亲手在这棵树上装了一个木头鸟笼，起名为"小鸟兄弟酒家"；契诃夫爱狗，入住梅列霍沃之后，他从友人处要来两只矮脚猎犬幼崽，取名希娜和勃罗姆，几年过后，狗长大了，他认为应该像俄国人对待成年人那样，对它们采用名字加父称的称呼，以示尊重，于是就叫那只母狗为"希娜·马尔科夫娜"，叫那只公狗为"勃罗姆·以撒耶维奇"。因为契诃夫养过这样的两只狗，如今一年一度的全俄罗斯矮脚猎犬大赛就在契诃夫的梅列霍沃庄园里举办。

契诃夫不仅将他的家人安置在梅列霍沃，更将梅列霍沃及其周边地区视为自己的大家庭。从1892年开始，契诃夫在梅列霍沃住了8年，这是契诃夫一生的壮年时期，也是他社会活动最为积极的时期。在这段时间里，契诃夫两次当选当地乡村自治会的议员，在这里先后为农民子弟建了3所学校，这些学校的旧址如今分别被辟为乡村教师博物馆、乡村学校博物馆和契诃夫作品主人公博物馆，都是契诃夫梅列霍沃庄园博物馆的分馆；根据他的建议，梅列霍沃所在的小镇设立了一家邮局，邮局的旧址现在被开辟为契诃夫书信博物馆。更让人们难忘的是，在契诃夫入住梅列霍沃后不久，这个地区霍乱流行，契诃夫作为一名医生勇敢地站出来，创办诊所，免费为病人看病，他负责的巡诊区包括25个村庄、4座工厂和一座修道院，他没有助手，没有补贴，所有花费都靠自掏腰包或者四处化缘，他甚至在自家园子里种植草药，自制所需的药品。契诃夫在梅列霍沃的行医经历，曾经让契诃夫本人说出一句名言："医学是我的合法妻子，文学是我的情人。"也让他的研究者后来有过这样的总结："作为作家的契诃夫从不为人开具药方，作为医生的契诃夫则始终在治病救人。"

契诃夫一生写作了300多部作品，其中有40余部写于梅列霍沃庄园。完成前往萨哈林岛的长途旅行之后，契诃夫在宁静的梅列霍沃歇息下来，静心思考，写完了《萨哈林岛旅行记》。契诃夫的许多小说名篇，比如《第六病室》《挂在脖子上的安娜》《带阁楼的房子》《套中人》等，都写于这一时期。在契诃夫的书房里，我们会看到，他的写字台、沙发和扶手椅都是绿色的，因为他患有严重的眼疾，又要长时间伏案写作，绿色据说能减轻他的视觉疲劳。在契诃夫的书桌上能看到他那副著名的夹鼻眼镜，眼镜旁边还有一张打着粗横线的透格板，契诃夫常把这块纸板垫在稿纸下，按照透过来的横格写作。桌上的几份契诃夫手稿，字迹也很粗大。看着夹鼻眼镜旁的透格板和手稿，我觉得契诃夫这副著名的、标识性的夹鼻眼镜所衍射出的不再是知识分子绅士般的优雅，而是一位无比勤奋的写作者的艰辛。

契诃夫家人丁兴旺，何况还有大量来客造访，这对一位作家而言毕竟有所妨碍，于是，契诃夫就在1894年为自己建了一座专供写作的小屋。这座小巧玲珑的木屋藏身花园深处，只有一间书房和一间小卧室，小屋被漆成浅蓝色，楼梯和门漆成深红。正是在这间像是舞台道具的小屋里，契诃夫写出了著名的剧作《海鸥》。小屋入口处的外墙上如今挂着一块白色的大理石板，上面镌刻着几个字："我写成《海鸥》的屋子——契诃夫。"在这座所谓的"《海鸥》小屋"里，契诃夫后来又写出了《万尼亚舅舅》等其他剧作。这间小屋，应该就是俄国现代戏剧的摇篮和灯塔。

在梅列霍沃，一直没有成家的契诃夫还收获了他的两份爱情。契诃夫一家住进梅列霍沃后不久，契诃夫的妹妹玛丽娅经常领她的同事和好友丽卡·米奇诺娃来家里做客，玛丽娅后来在回忆录中写道："夏季，丽卡来梅列霍沃长住。她和我们一起举办了许多出色的音乐晚会。丽卡唱歌唱得不错……在丽卡和哥哥之间产生了相当微妙的关系。他俩走得很近，似乎彼此依恋。"关于两人的罗曼史，有人写过专著，童道明先生在《爱恋·契诃夫》一剧中做过细腻的揣摩和诗意的再现，契诃夫与丽卡1897年摄于梅列霍沃的那张照片，也曾被用作该剧在中国国家话剧院上演时的海报。根据这张照片上两人的衣着和身边的植物来判断,时间像是夏末初秋。

这段历时3年的恋情,最后以丽卡与人私奔去了巴黎而告终,但它却在契诃夫的创作中留下了深刻的痕迹,人们在《海鸥》中的尼娜等契诃夫笔下的许多人物身上,都能发现丽卡的身影。1898年9月,在莫斯科艺术剧院排演《海鸥》的现场,契诃夫与该剧院女演员克尼碧尔一见钟情。次年5月初,他带克尼碧尔回到梅列霍沃,大约正是在这里,他们做出了结婚的决定。契诃夫与丽卡·米奇诺娃,契诃夫与克尼碧尔,两段相隔7年的恋情都始于秋季,两段结局不同的爱情构成了契诃夫梅列霍沃时期情感生活的开端和终结。

如今,这座庄园里每年都要举办"梅列霍沃之春国际戏剧节",来自世界各地的剧院和剧组在这里演出,所演的剧作无一例外都是契诃夫的剧作,花园里、大树下和池塘边都会成为演员们的舞台,艺术家们在契诃夫的故居里演绎契诃夫的戏剧,同时也把整座庄园变成了一座巨大的戏剧舞台。

喜欢契诃夫的朋友们如果有机会去俄罗斯,不妨到莫斯科南郊的这座梅列霍沃庄园去看一看。

短篇小说创作

契诃夫的小说创作只有一种体裁,就是中短篇小说,他篇幅最长的中篇也不过三四万字,简洁是他最鲜明的创作特征,这首先就体现在体裁上。俄裔美国作家纳博科夫曾经开玩笑说:契诃夫是文学界的短跑选手，而不是一位有耐力的长跑运动员。契诃夫说过这样一句名言："简洁是天才的姐妹。"他的短篇小说一个突出的风格特征就是幽默，但除了他早期的一些作品外，他小说中的幽默绝非搞笑，甚至也不完全是果戈理式的"含泪的笑"，而是一种更加深层的、触及人的存在之痒的幽默。契诃夫的小说是所谓的"精神小说""情绪小说""心灵小说"和"心态小说"，表面上不写心理，但通过白描式的手法，却恰恰写出了主人公乃至作者自己的深层心理和感受。契诃夫的小说有数百篇，放在一起有十几卷，其中有许多脍炙人口的杰作，这里只选择5个短篇，试着做一些解读和赏析。

首先，是他的《万卡》。这个篇幅非常短小的短篇小说写于1886年，正是契诃夫的创作由所谓的"契洪特时期"向"严肃时期"过渡的关键时刻。万卡是一间鞋铺里的学徒工，他只有9岁，已经在城里打工3个月，他写信给他的爷爷，倾诉这3个月里的遭遇和痛苦，他所遭受的欺压。最后，他在信封上写下几个字："乡下爷爷收。"然后学着其他大人的样子，把信投进了信筒。为什么是"爷爷"呢？这或许是个父母双亡的孤儿？这封"没有地址的信"是无法被爷爷收到的，因为万卡不知道寄信要贴邮票，他也没有钱买邮票。契诃夫早期的这一短篇小说，情节简单到不能再简单，却也是富有深刻意蕴的——被一封信密封起来的万卡的痛苦，是无人知晓的，是无处倾诉的，而注定寄不出去的这封信也在暗示，人的痛苦可能就是没有接受对象的，是无法传递的。

第二篇是《变色龙》，这篇小说因为被收进了中国的中学语文课本而广为人知。小说写到，一条狗在大街上咬了一个人的手指，警官负责处理此事，他随着周围人关于狗主人身份的不同说法而不断改变自己的态度，听说狗主人身份显赫，他就大骂被狗咬了的人活该，听说这是条流浪狗，他就扬言要处死这条狗，如此等等。这个短篇显然是充满讽刺力量的，但我们以往大多认为，故事中的警官是契诃夫的主要讽刺对象，认为他就是一条可笑的"变色龙"。但是，如果更细致地读一读这部作品，就有可能会对契诃夫的意思有一个更为深刻、层次更丰富的理解。那位被狗咬伤的人高举着流血的手指，"像是举着一面鲜艳的旗帜"，甚至不无得意和炫耀，听说狗主人身份显赫后又无比沮丧，甚至胆怯；周围看热闹的人跟着起哄，他们的情绪随着狗主人身份的变化而起伏变化。这就是说，无论是被狗咬了的当事人，还是所有的围观者，无疑也都是"变色龙"，是契诃夫嘲讽的对象。甚至，我有时感觉到，我们每一位读者可能也都是"变色龙"，至少，我们都曾经依据环境的变化而调整、变更过我们的心态和立场、情绪和作为，我们在特定的时空里都可能是契诃夫笔下的"变色龙"。

第三篇是《苦恼》。这篇小说的前面有一句题词："我向谁诉说我的苦恼？"这句话引自一首宗教诗。小说里写到，车夫约纳的孩子死了，已经快一个星期了，他很想向别人诉说一下自己的悲伤，并先后做过4次尝试：他想对他的第一位乘客、一位急着赶去约会的军官说，却遭到对方喝断；他想对乘车的3个年轻人说，他们根本不愿理睬他；他想对自己的同行、另一位车夫说，对方听着听着却睡着了。小说写道："他又孤身一人，寂静又向他侵袭过来……他的苦恼刚淡忘了不久，如今重又出现，更有力地撕扯他的胸膛。约纳的眼睛不安而痛苦地打量街道两旁川流不息的人群：在这成千上万的人当中有没有一个人愿意听他倾诉衷曲呢？然而人群奔走不停，谁都没有注意到他，更没有注意到他的苦恼……那种苦恼是广大无垠的。如果约纳的胸膛此时裂开，那种苦恼滚滚地涌出来，那它仿佛就会淹没全世界，可是话虽如此，他的苦恼却是人们看不见的。这种苦恼竟包藏在这么一个渺小的躯壳里，就连白天打着火把也看不见……"最后，车夫约纳决定把自己的"苦恼"说给他那匹拉车的小母马听："那匹瘦马嚼着草料，听着，向它主人的手上呵气。约纳讲得入了迷，就把他心里的话统统对它讲了……"约纳的痛苦无处倾诉，这或许是当时俄国社会的现实场景，是小人物的不幸，但是，它同时也象征着现代人的困顿感受，象征着人与人之间的存在主义状态。所谓"他人即地狱"，人与人之间的疏离和难以交流是普遍的、无处不在的。顺便提一句，被契诃夫用作小说标题的这个词，在俄语中为тоска，这是一个很俄国的单词，被各国斯拉夫学者公认为很难译成其他语言，其实它还有"忧伤""痛苦""愁闷"等含义，在这里译成"忧伤"可能更为贴切一些，"苦恼"是一个约定俗成的译法。

第四篇是《草原》。这部作品与其说是一部短篇小说，不如说是一首长篇散文诗，作品没有清晰的故事情节，通篇都是契诃夫关于俄国草原之美的描写。与此同时，契诃夫却拿草原之美和人的苍白做对比，以此来凸显现实的不合理性。契诃夫在作品中写道："你在路上碰见一座沉默的古墓或者一块人形的石头，上帝才知道那块石头是在什么时候，由谁的手立在那儿的。夜鸟无声无息地飞过大地。渐渐地，你回想起草原的传说、旅客们的故事、久居草原的保姆所讲的神话，以及凡是你的灵魂能够想象和能够了解的种种事情。于是，在唧唧的虫声中，在可疑的人影上，在古墓里，在蔚蓝的天空中，在月光里，在夜鸟的飞翔中，在你看见而且听见的一切东西里，你开始感到美的胜利、青春的朝气、力量的壮大和求生的热望。灵魂响应着美丽而严峻的故土的呼唤，一心想随着夜鸟一块儿在草原上空翱翔。在美的胜利中，在幸福的洋溢中，透露着紧张和愁苦，仿佛草原知道自己孤独，知道自己的财富和灵感对这世界来说白白荒废了,没有人用歌曲称颂它,也没有人需要它。在欢乐的闹声中,人听见草原悲凉而无望地呼喊着:歌手啊!歌手啊!"草原的美,乃至一般的美,似乎都是枉然的,草原"白白荒废了自己的美丽"!美丽的草原是孤独的,美的白白荒废,其实折射的是人心的苍白,折射的是现实生活的苍白,人不会欣赏美,可能是在生活的重压之下无暇欣赏,也可能是在庸俗环境中成长起来的人们已经失去了对美的感受能力。

最后,来谈一谈他的短篇小说《第六病室》。在第六病室,拉京医生与精神病人格鲁莫夫进行了一次"正常"的交谈,这位医生对他的病人说:"这欢乐与痛苦都是暂时的;要紧的是你我都会思考,我们看出彼此都是善于思考的人,那么不管我们的见解多么不同,这却把我们联系了起来。我的朋友,要是您知道我是多么厌恶那种普遍存在的昏庸和糊涂,而我每次跟您谈话的时候是多么快活就好了!您是个智慧的人,我欣赏你!"门外有人偷听,拉京医生因而也被当成了"不正常的人",也被关进了病室,最后死去。拉京医生为什么欣赏"病人",与"病人"倾心交谈呢?或许就是因为在正常的人中间没有他的知音,在正常的人中间没有正常的人。而"偷听"的无处不在,以及拉京医生的被关押和最终死去,则说明了环境的恶劣和残忍,这应该是《第六病室》的整体象征意义之所在。但是,"第六病室"也许并非像苏联时期对契诃夫这篇小说所做的阐释那样,是整个病入膏肓的沙皇俄国社会的缩影和象征,其实,契诃夫的所指可能更为广泛、更具普遍意义,它象征着现代人往往会面对的一种窘境,即身不由己地努力适应环境,将自我变成非我,将正常变成不正常,反之亦然。这是思考的痛苦,思想的痛苦,智慧的痛苦,是契诃夫式的痛苦,更是人与人、人与环境永恒冲突的痛苦!

戏剧创作

　　契诃夫是一位伟大的小说家，也是一位伟大的剧作家，其剧作的成就和影响丝毫不亚于他的短篇小说。早在读中学的时候，契诃夫就开始了剧本创作，他十六七岁时创作了一部无题剧作，在他去世之后，这部剧作才被发现，后来以《没有父亲的状态》为题发表，并被搬上舞台。按照剧中主人公的名字，这部剧作改名为《普拉东诺夫》。我国的国家话剧院也排演了这部剧作，当时，剧组请我去给演职人员讲解这部剧，他们无论如何都难以相信，这样一部场景宏大、人物关系复杂的大戏，居然出自一位中学生之手，它居然是契诃夫的第一部戏。当然，与《普拉东诺夫》相比，《海鸥》《三姐妹》和《樱桃园》无疑更加出色。

　　1896年，契诃夫精心创作的戏剧《海鸥》在彼得堡首演。剧中的女主角尼娜向往艺术，向往理想的艺术家生活，她怀着想当演员的愿望，置身于乡间的农庄，面对一汪湖水，与身边的两个青年艺术家交往和对话。她说："我被这片湖水牢牢地吸引着，就像一只海鸥。"《海鸥》全剧没有什么激烈的冲突，情节发展缓慢，几个准艺术家在台上走来走去，说着一些前言不搭后语、相互缺乏关联的抒情独白。当时的观众看不懂这出戏，演出以失败收场，演出现场哄笑声不断，在现场观看的契诃夫半途退场，心情沮丧。演出结束之后，报纸上登出了这样的剧评："这不是海鸥，而是一只野鸭！"但是两年后，联手创建莫斯科艺术剧院的斯坦尼斯拉夫斯基和丹钦柯却苦苦哀求契诃夫，让他们重新排演此剧，因为这出戏剧"情绪剧"的实质被这两位大导演敏锐地捕捉到了，也就是说，它让人物的情绪取代了传统的戏剧冲突，成为舞台上的主角。

1898年12月，《海鸥》在莫斯科艺术剧院的上演获得空前成功。从《海鸥》开始，人们对"舞台真实"产生了新的理解，人的内在世界成为戏剧主要的再现对象，所谓"情绪的潜流"彻底改变了戏剧的面貌。在今天的莫斯科艺术剧院老剧场入口处的门楣上，有一个巨大的海鸥雕像，一只飞翔在海浪之上的海鸥的图案也成了艺术剧院的院徽，被绣在舞台的幕布上，印在每次演出的节目单上，人们在用这样的方式昭示契诃夫及其《海鸥》的不朽。一部戏成就了一座剧院、一个戏剧流派，甚至一种戏剧美学，这就是契诃夫对于莫斯科艺术剧院、对于俄国戏剧乃至整个世界戏剧做出的贡献。

《三姐妹》写三位流落到外省的姐妹，在无聊的生活和失败的爱情中无时无刻不在怀念莫斯科，"到莫斯科去！"成为她们的心声和时刻挂在嘴边的台词，"莫斯科"似乎就等于《等待戈多》中的"戈多"。对于有理想的生活，契诃夫表现出了一种复杂的态度，一方面，人不能过没有任何理想的生活，另一方面，理想的生活究竟是否可能，也往往是令人怀疑的。因此，他为这部剧作赋予了一种既哀婉又明朗、既悲观又乐观的调性。就像他的短篇小说《出诊》的主人公科罗廖夫说过的一段话："过了50年，生活一定会美好；可惜我们又活不到那个时候。要是能够知道一点那个时候的生活，那才有意思呢。"

小说《在故乡》中也有一段抒情独白："要知道，更好的生活是没有的！美丽的大自然、幻想、音乐告诉我们的是一回事，现实生活告诉我们的却是另一回事。显然，幸福和真理存在于生活之外的某个地方。"幸福在明天，但对美好生活的渴望并不十分牢靠，也不十分确定，似乎是可望而不可即的，但是，如果连希望也不具有，岂不更糟？这是生活永恒的难题，每个有意识、有思想的人在一生中或迟或早、或多或少都会遭遇到，契诃夫不过以一种更为直接、更为尖锐，也更为艺术、更为美学的方式把它摆到了我们面前。在《三姐妹》的剧终，三位姐妹轮流独白，她们的话无疑是这部剧作的主题，乃至是契诃夫整个世界观的集中体现：

  玛莎（二姐）：哦，音乐演奏得多么动听！他们离我们而去，一个人永远、永远地离去了，我们孤独地留下来，为了重新开始我们的生活。应当生活下去……应当生活下去……大雁在我们头上飞翔，每个春天和秋天，它们都这样飞翔，已经飞翔了千万年。它们不知道为什么要飞翔，可是它们飞啊，飞啊，还要再飞翔几万年，只要上帝不给它们揭开这个秘密……

  伊琳娜（小妹）：总有一天，人们会知道，所有这一切究竟为了什么，为什么要有这些痛苦，将来什么秘密都不会再有了，可是现在应当活下去……应当工作，应当工作！明天我就一个人去，去学校教书，把一生都奉献给需要的人。现在是秋天，冬天很快就会来临，会飘起雪花，我会去工作，去工作……

  奥尔迦（大姐）：音乐演奏得多么欢乐，多么振奋，真想生活！哦，我的上帝！总有一天，我们会永远地离去，人们会忘记我们，忘记我们的脸庞、声音和我们的年纪，但是，我们的痛苦却会转化为后代人的欢乐，幸福和安宁将降临大地，如今生活着的人们将获得祝福。哦，亲爱的妹妹，

> 我们的生活还没有结束。我们将生活下去！音乐演奏得多么欢乐，多么欢快，似乎要不了多久，我们就会知道，我们因为什么而生活，因为什么而痛苦……如果能知道的话，如果能知道的话！

我多次在莫斯科艺术剧院观看《三姐妹》，每一次，在三姐妹道出她们的独白之后，剧场里总是一片安静，没有一丝声响，过了一会儿，当几片黄色的树叶从舞台上方落下，落日余晖一般的舞台侧光慢慢地亮起时，剧场里这才响起经久不息的掌声和欢呼声。

《樱桃园》写一个俄国破落贵族家庭最终失去了作为他们往日美好生活之象征的樱桃园。在传统的解释中，尤其是苏联时期的解释中，《樱桃园》被认为体现了旧的贵族阶级必然被新兴的资产阶级取代的历史命运，剧终时响起的砍伐樱桃园的斧头声，被视为资产阶级登上历史舞台的脚步声、贵族阶级的挽歌和新生活的强音。在这样一种意识形态阐释的语境中，几个汉译版本的《樱桃园》不约而同地都出现了一处误译，将剧中一句很普通的台词"你好，新生活！"翻译成了"新生活万岁！"，并认为契诃夫喊出了时代的最强音，是新生活的预言家。

我在读研究生时发表了自己的第一篇论文，题目就是《从一句误译的台词谈起》，认为契诃夫没有、也不可能喊出"新生活万岁！"的口号。现在看来，这个观点还是成立的，不过我现在更倾向于认为，契诃夫也是不愿意、不情愿喊出任何标语口号式的"台词"的。契诃夫笔下的"樱桃园"，可能就是我们往日的生活、习惯的生活，同时也可能是明天的生活、理想的生活。

《樱桃园》或许并不是对旧生活的声讨和对新生活的礼赞，

契诃夫的用意更像是在给出一种复杂的生活处境。在契诃夫的戏剧世界中,生活是美好的,充满了鸟语花香,"整个俄罗斯都是一座大花园",幸福是可以预期的,甚至是触手可及的,但是笼罩在人们周身的却又总是那种莫名的忧伤和刻骨的惆怅,而对生活的朦胧憧憬和深刻眷念,却又是可以一直持续到生命的终结的,就像剧中那个被庄园生活异化了的、其一生在人们看来似乎毫无意义的老仆人费尔斯在全剧结尾时所说的那样:"我的生活结束了,可是我觉得我好像还没有生活过……"这就是契诃夫给出的现代人类的基本生活模式,就某种意义而言,这是一个比哈姆雷特的"生存还是毁灭"的发问更加令人困惑的难题。

契诃夫创作的历史意义

契诃夫比托尔斯泰晚生了30多年,他开始发表作品的时间也比托尔斯泰晚了近30年,但却比托尔斯泰少活了6年。契诃夫创作最旺盛的时期恰逢托尔斯泰影响最盛的时候。不难想象,一个与托尔斯泰同时代的作家是多么的悲哀,多么的艰难。然而,契诃夫却在托尔斯泰这棵"文学大树"的浓荫之下开辟出了自己的一方天地,与托尔斯泰并肩构成了19世纪俄国批判现实主义文学最后的高峰。随着时间的推移,契诃夫在俄国文学史上的地位似乎在不断上升,因为,较之于他的同时代作家,契诃夫及其创作体现出了更多的现代性和现代感,我们能越来越多地感受到他人生哲学中的民主精神,他创作中的实验色彩,甚至他面对现实的存在主义态度。

契诃夫是一位充满民主精神和平民意识的俄国作家。2004年，在契诃夫去世100周年纪念日，一座契诃夫的新雕像在莫斯科艺术剧院附近的街角落成。我第一次看到这座雕像时，就感到一阵震撼，因为它最好不过地体现了契诃夫的性格和举止，似乎构成了契诃夫的谦逊和善良的永恒化身。雕像上，身材修长的契诃夫背倚着一个半人高的台子，身体有几分紧张，似乎正要起身来帮助眼前的某位路人，他清瘦的脸庞呈现出倦态甚至病容，但俯视的双目中却分明含有悲悯和体谅。关于契诃夫的善良，人们留下过许多描述和佐证。契诃夫的妻子克尼碧尔后来在回忆录中这样写契诃夫给她留下的第一印象："我永远不会忘记我第一次站在契诃夫面前的那一刹那。我们都深深地感觉到了他人性的魅力，他的纯朴，他的不善于'教诲'和'指导'……"打动克尼碧尔的正是契诃夫的"纯朴"和"不善教诲"。

契诃夫在世时就被公认为世界上最杰出的作家之一，但他从不以大师自居，而是与同时代的所有作家几乎都保持着良好的关系。有着强烈平等意识的契诃夫，一贯反对"天才"和"庸人"、"诗人"和"群氓"等等的对立，他在1888年给友人的信中写道："把人划分为成功者和失败者，就是在用狭隘的、先入为主的眼光看待人的本质。"契诃夫的许多中短篇小说在我国都家喻户晓，人们在肯定它们叙述简洁、形象鲜活的同时，也往往喜欢强调契诃夫的"辛辣嘲讽""无情鞭笞"，其实，契诃夫对他笔下的主人公都是充满爱意的，即便对于那些"反派"人物，他也不带恶意和敌视，即便面对"变色龙""套中人"这样的典型，契诃夫的态度也并非居高临下和毫不留情。契诃夫小说的重要主题之一，借用普希金概括果戈理创作的话来说，就是揭示"庸俗人的庸俗"，然而，契诃夫之所以写人的"庸俗"，正是为了表达他面对现实中人、人性和人格的不完善而感到的痛苦和惋惜，说到底，其目的仍在于治病救人。契诃夫试图在他的小说中打造一个各色文学人物平等共处的民主共和国，面对自己戏剧中的人物，他采取的也同样是这种态度，用他自己的话说就是，他的作品中"既没有恶棍，也没有天使……我不谴责任何人，也不为任何人辩护"。

契诃夫反对过度解读他的作品，也反对读者和批评家过度解读他自己，他说过："如果请您喝咖啡，您就不必在咖啡中寻找啤酒。如果我传达给您的是教授的思想，您就不必在其中寻找契诃夫的思想。"他在生活和创作中坚持中立和客观，也就是民主和宽容。他在1879年给弟弟的一封信中写道："你知道应该在什么地方承认自己的渺小吗？在上帝面前，在智慧面前，在美面前，在大自然面前，但不是在人的面前。在人群中应该意识到自己的渺小。"去世之前，契诃夫给妹妹立下这样的遗嘱："在母亲和你去世之后，全部财产捐给塔甘罗格市政府，用作家乡的教育基金。"他在遗嘱的最后写道："帮助穷人，爱护母亲，保持全家的和睦。"契诃夫的善良以及这种善良中所蕴含着的伟大和崇高，在当下世界似乎显得越来越具有现实意义了，他的平和与"中立"，冷静和宽容，较之于那些"灵魂工程师"和"生活教科书"，会让我们感到更为亲近、更加亲切。而这种善良和宽容，这种平等意识和"挤出奴性"的吁求，无疑是契诃夫作品现代意义的重要内涵之一。

契诃夫作为一位两栖作家，在小说和戏剧两个领域都取得了巨大成就。在短篇小说创作领域，契诃夫留下数百篇短篇小说杰作，不仅被视为俄国文学中最为杰出的小说家之一，也被公认为世界文学史上最杰出的短篇小说家之一。在一部英文版的《世界短篇小说史》中，契诃夫与果戈理、莫泊桑和爱伦·坡并列，被视为世界文学中最伟大的4位短篇小说大师之一。作为一位剧作家，契诃夫对于俄国文学的贡献也同样巨大，甚至更大。契诃夫的戏剧不仅直接促成了19世纪末俄国戏剧的转型，也对整个20世纪世界戏剧的走向产生了深远的影响。据统计，在世界各国剧院的演出剧目中，经典剧作家中被排演最多的是莎士比亚，现代剧作家中被排演最多的就是契诃夫。

契诃夫的剧作是充满现代感的剧作——剧作家的态度是客观、冷静的，表面上的冲突被淡化，戏剧焦点被置于人物丰富、复杂的内心世界和内在情感之上；淡淡的抒情和深刻的感伤相互融合，并不十分艰难的生活却给主人公们带来了莫名的哀愁，促成其进行持续的内省——这一切营造出了一种全新的戏剧氛围。人们常说契诃夫的戏剧是"情绪剧"，丹钦柯说契诃夫的戏是"一道潜流"，也就是说，契诃夫的戏剧写的是一种隐在的情绪或状态。他的戏剧是对现代人存在主义感受的真实的、超前的再现。契诃夫的戏剧人物一登场便明白其处境，剧情的发展不过是在论证这一处境的存在，是对这一处境的不断强化和深化。他有意让戏剧冲突从人与人之间的冲突转变成人与环境之间的冲突，他剧中的人物都带有或多或少的无奈和哀愁，或多或少的荒诞感和幻灭感，他们性格的内向化和"独白性"，他们相互之间的疏离感和非对话性，都是他们存在主义处境的真实流露或写照。契诃夫说过："舞台上的一切应该像生活中的一样复杂，一样简单。人们吃饭，就是吃饭，但与此同时，或是他们的幸福在形成，或是他们的生活在断裂。"契诃夫善于用生活化的现实场景屏蔽激烈的戏剧冲突，用极其抒情的氛围反衬生活的苍白，他的戏剧是抒情心理剧，而非现实情景剧，是情绪剧，而非情节剧，用俄国文学史家米尔斯基的话来说，就是"非戏剧化的戏剧"，他有意回避冲突、突转等戏剧因素，还将诗歌的抒情性和小说的散文性引入戏剧，使戏剧成了一种"超体裁"。

最后，我想引用几位名人对契诃夫的评价，来总结契诃夫的创作所具有的现代意义。

一是莫斯科大学教授、俄国著名的契诃夫研究专家拉克申的话，他指出："生活在19世纪的契诃夫，就其创作而言，却成了一个地道的20世纪作家。"

二是我们前面提到的那位俄国文学史家米尔斯基，他在20世纪20年代用英语写作了一部《俄国文学史》，这部文学史由我译成中文，2020年在商务印书馆再版了，在这部文学史中，米尔斯基写道："如今，英国的契诃夫崇拜最为忠实、最为热烈，法国次之，在这两个国家，契诃夫崇拜已经成为高档知识分子之身份标志。"

三是与契诃夫同时代的托尔斯泰的话，托尔斯泰称契诃夫为"散文中的普希金"，并说道："就技术层面而言，契诃夫高于我。"在契诃夫去世的时候，托尔斯泰深情地说："契诃夫的去世是我们的巨大损失，我们不仅失去了一位无与伦比的艺术家，而且还失去了一个杰出的、真诚的、正直的人……他是一个富有魅力的人，一个谦虚的人，一个可爱的人。"

契诃夫只活到44岁，但是他和他的作品却是不朽的。2004年，北京有关单位联合举办了首届北京国际戏剧演出季，演出季的总主题就是"永远的契诃夫"。这个主题拟得很出色，契诃夫对于我们而言，的确是一个常读常新的作家，他的作品甚至他的为人和举止，都永远能给我们以审美的享受和情感的教化！

视为世界文学中最伟大的4位短篇小说大师之一。作为一位剧作家，契诃夫对于俄国文学的贡献也同样巨大，甚至更大。契诃夫的戏剧不仅直接促成了19世纪末俄国戏剧的转型，也对整个20世纪世界戏剧的走向产生了深远的影响。据统计，在世界各国剧院的演出剧目中，经典剧作家中被排演最多的是莎士比亚，现代剧作家中被排演最多的就是契诃夫。

契诃夫的剧作是充满现代感的剧作——剧作家的态度是客观、冷静的，表面上的冲突被淡化，戏剧焦点被置于人物丰富、复杂的内心世界和内在情感之上；淡淡的抒情和深刻的感伤相互融合，并不十分艰难的生活却给主人公们带来了莫名的哀愁，促成其进行持续的内省——这一切营造出了一种全新的戏剧氛围。人们常说契诃夫的戏剧是"情绪剧"，丹钦柯说契诃夫的戏是"一道潜流"，也就是说，契诃夫的戏剧写的是一种隐在的情绪或状态。他的戏剧是对现代人存在主义感受的真实的、超前的再现。契诃夫的戏剧人物一登场便明白其处境，剧情的发展不过是在论证这一处境的存在，是对这一处境的不断强化和深化。他有意让戏剧冲突从人与人之间的冲突转变成人与环境之间的冲突，他剧中的人物都带有或多或少的无奈和哀愁，或多或少的荒诞感和幻灭感，他们性格的内向化和"独白性"，他们相互之间的疏离感和非对话性，都是他们存在主义处境的真实流露或写照。契诃夫说过："舞台上的一切应该像生活中的一样复杂，一样简单。人们吃饭，就是吃饭，但与此同时，或是他们的幸福在形成，或是他们的生活在断裂。"契诃夫善于用生活化的现实场景屏蔽激烈的戏剧冲突，用极其抒情的氛围反衬生活的苍白，他的戏剧是抒情心理剧，而非现实情景剧，是情绪剧，而非情节剧，用俄国文学史家米尔斯基的话来说，就是"非戏剧化的戏剧"，他有意回避冲突、突转等戏剧因素，还将诗歌的抒情性和小说的散文性引入戏剧，使戏剧成了一种"超体裁"。

最后，我想引用几位名人对契诃夫的评价，来总结契诃夫的创作所具有的现代意义。

一是莫斯科大学教授、俄国著名的契诃夫研究专家拉克申的话，他指出："生活在19世纪的契诃夫，就其创作而言，却成了一个地道的20世纪作家。"

二是我们前面提到的那位俄国文学史家米尔斯基，他在20世纪20年代用英语写作了一部《俄国文学史》，这部文学史由我译成中文，2020年在商务印书馆再版了，在这部文学史中，米尔斯基写道："如今，英国的契诃夫崇拜最为忠实、最为热烈，法国次之，在这两个国家，契诃夫崇拜已经成为高档知识分子之身份标志。"

三是与契诃夫同时代的托尔斯泰的话，托尔斯泰称契诃夫为"散文中的普希金"，并说道："就技术层面而言，契诃夫高于我。"在契诃夫去世的时候，托尔斯泰深情地说："契诃夫的去世是我们的巨大损失，我们不仅失去了一位无与伦比的艺术家，而且还失去了一个杰出的、真诚的、正直的人……他是一个富有魅力的人，一个谦虚的人，一个可爱的人。"

契诃夫只活到44岁，但是他和他的作品却是不朽的。2004年，北京有关单位联合举办了首届北京国际戏剧演出季，演出季的总主题就是"永远的契诃夫"。这个主题拟得很出色，契诃夫对于我们而言，的确是一个常读常新的作家，他的作品甚至他的为人和举止，都永远能给我们以审美的享受和情感的教化！

延伸阅读

1. 〔俄〕契诃夫:《契诃夫文集》,汝龙译,人民文学出版社,2020年

 人民文学出版社2020年最新推出的《契诃夫文集》共16卷,500余万字,《文集》第1—10卷为中短篇小说集,第11、12卷为剧作集,第13卷收入《萨哈林岛旅行记》等游记作品和小品文,第14—16卷为书信集,这是迄今为止规模最大的契诃夫作品汉译合集,也是实际上的契诃夫全集,是契诃夫的创作在汉译世界的首度完整呈现。

 这套巨著由汝龙先生(1916—1991)独自一人辛勤译成,汝龙在巴金先生的嘱托下从20世纪30—40年代开始自英语翻译契诃夫,其译文很快享誉文学界,使契诃夫及其小说成为中国现代文学发展的重要资源之一。他传神的译笔准确地传达出了契诃夫作品中的幽默和温情、简洁和平实,为一代又一代的中文读者所捧读、所喜爱。

2. 童道明编:《百年契诃夫》,文联出版社,2003年

 这套书是专为纪念契诃夫逝世100周年而编辑出版的,共有4本:《我爱这片天空:契诃夫评传》(童道明先生撰写的契诃夫评传)、《忧伤及其他:契诃夫作品选》)、《戏剧三种》和《札记与书信》。这套书的最大特色是:其一,为契诃夫作品和文字的新译;其二,配有大量图片,是所谓"插图本"。

3. 〔俄〕契诃夫:《可爱的契诃夫:契诃夫书信赏读》,童道明编译,商务印书馆,2015年

 这是中国著名契诃夫研究专家童道明先生编译的一部契诃夫书信选,附有译者的赏析文字,译者深有感触地说:"读契诃夫的小说、剧本自然能了解契诃夫,但根据自己的经验,是在读完了他全部的四千多封书信之后,才敢说我对契诃夫多少有了真切的认识。"

4. 〔俄〕契诃夫:《萨哈林旅行记》,刁少华、姜长斌译,花山文艺出版社,1995年

 这部游记是契诃夫1890年4—12月萨哈林之行的结晶,契诃夫在书中揭露了萨哈林岛苦役犯们的悲惨现实,游记的出版引起了巨大的社会反响,是契诃夫伟大的人道主义壮举。如今在萨哈林岛建有"《萨哈林旅行记》博物馆",为一本书建造一座博物馆,据说在全世界仅此一家。

5.〔俄〕米尔斯基:《俄国文学史》,刘文飞译,商务印书馆,2020年

《俄国文学史》是文学史家德·斯·米尔斯基以英文写就的,被誉为追溯俄国文学最好的一本通史,自面世后便成为关于俄国文学的经典之作,长期被选为欧美各名校的文学专业课本,影响、培育了数代研究俄国文学的英语学者。纳博科夫称这部文学史为"用包括俄语在内的所有语言写就的最好的一部俄国文学史"。